Te lo dedico a ti, que has decidido confiar en mí.
Espero que te guste.
Que el Sol te guarde y te guíe.

LIBÉLULA

BECKY ROJO

CONTENIDO

PRÓLOGO
Por Joss Muur

Cualquiera que tenga la oportunidad de cruzar con Becky un par de palabras, se daría cuenta al instante de la capacidad creativa que posee. Y es que no solo tiene agilidad para imaginar y crear, también sabe hacerlo con gracia.

Probablemente os preguntaréis, ¿y quién demonios eres tú?

Pese a que la idea de hacerme pasar por Becky es muy tentadora, os confesaré que no soy ella.

Mi nombre es Joss Muur.

Conozco a Becky desde que éramos adolescentes, así que podéis imaginar la cantidad de experiencias (muchas de ellas vergonzosas) que hemos compartido.

Pero ese es otro tema.

Como os iba diciendo, Becky me ha encargado que sea vuestro guía durante estas primeras páginas. Y sí, lo confieso, me ha entrado un no sé qué ante la responsabilidad que conlleva escribir estas líneas para su primer "hijo". Porque eso es lo que son los libros para sus autores.

A estas alturas puedo decir que he visto nacer "Libélula" casi desde sus inicios.

La primera vez que tuve la sospecha de que Becky tenía algo entre manos fue cuando comenzó a hacernos preguntas extrañas. Muchos hubieran pensado que estaba chalada, pero como os he dicho arriba, la conozco mejor de lo que ella cree, y no me sorprendió en absoluto que su mente se parase a reflexionar sobre aquellas cuestiones.

Por aquel entonces, no dejaba de preguntarnos por nombres que le pondríamos a esta o aquella cosa. Y es que en su cabeza ya se estaba consolidando "Libélula", esta historia que ahora tienes entre tus manos y por la que has apostado.

Recuerdo que la primera vez que me habló de ella fue en un bar donde solíamos ir a tomarnos unas copas. Allí, dejó salir ese batiburrillo de ideas que le rondaban y le taladraban el cráneo y que se niegan a desaparecer. Recuerdo su entusiasmo y su forma exagerada de gesticular al poder compartir por fin aquello que había tenido guardado dentro.

Y dejad que os diga que, allí plantados, en mitad de un bar, escuchando la historia que se había fraguado dentro de su cabeza, me quedé gratamente sorprendido.

Realmente había conseguido tejer no solo una idea interesante, también había empezado a elaborar una trama con gancho.

Y aquí es donde quería llegar.

Estás a punto de embarcarte en una historia apasionante.

Créeme, yo no te mentiría.

Las puertas de la Burbuja están abiertas, esperando a que te atrevas a dar el primer paso para adentrarte entre sus calles y para conocer a su gente. Siempre que permanezcas dentro del sector que se te ha asignado estarás a salvo. ¿O no?

Estás a punto de unirte a la Misión y de ayudar a los humanos en su lucha por la libertad.

Espero que estés preparado.

Te deseo que tengas una aventura maravillosa y que disfrutes del camino a través de estas páginas.

Porque "Libélula" es más que una simple historia.

"Libélula" es un sueño hecho realidad.

Gracias por apostar por este libro y por el talento de Becky.

Con mucho amor:
@jossmuur

PREFACIO

Dave levantó la vista de sus apuntes al darse cuenta de que el proyector que usaba para ver películas se encendía, apareciendo en la pared de su cuarto la imagen de una chica cubierta de rasguños y que miraba en todas direcciones. La imagen estaba distorsionada y no se distinguía el rostro.

—¿Qué es eso? ¿Has encendido tú el proyector? —Le dijo a Kellan, con quien estaba estudiando, mientras le daba un golpe en el brazo. Este leyantó la cabeza y miró sorprendido a la chica, que ahora ajustaba la cámara moviéndola de un lado a otro para encuadrarse.

—No… ¿No has sido tú? —Dave negó con la cabeza mientras miraba la pantalla de la televisión, que también se había encendido y mostraba la misma imagen.

Casi de forma inconsciente encendió los altavoces y unos ruidos de disparos y gritos inundaron su cuarto, pero no hizo caso de Kellan, que le decía que lo apagara cuando la chica comenzó a hablar.

Dijeron que era imposible que volviera a suceder, que los tiempos habían cambiado y que los problemas internacionales ya no se solucionaban de esa forma. Pero se equivocaron.

En el siglo XXI un conflicto entre países provocó una gran guerra que afectó a todos. La III Guerra Mundial.

Las armas biológicas y nucleares que se usaron provocaron la destrucción del planeta que conoces, convirtiéndolo en un lugar totalmente distinto. La fuerza de las explosiones movió las placas tectónicas y, en consecuencia, los volcanes, terremotos y tsunamis arrasaron con todo, dando lugar a un único continente yermo y oscuro. Los gases de las bombas contaminaron la atmósfera, impidiendo la entrada de la luz del sol y, por tanto, la vida.

Entonces, te preguntarás, ¿quién te lo está contando?

Tres cuartos de la población quedaron en la superficie, muriendo por la acción de las bombas, las catástrofes naturales y las pandemias de virus creados en laboratorios.

El cuarto de población restante se escondió bajo tierra, pero solo un uno por ciento consiguió sobrevivir más de una semana debido a la falta de alimento, los continuos movimientos de tierra y los contagios, reduciéndose este número de supervivientes con cada mes que pasaba.

Sin embargo, no todos los supervivientes se quedaron bajo tierra. Algunos salieron y, al ver que los gases tóxicos no les afectaban, decidieron reconstruir la civilización.

Fueron buscando supervivientes y rescatando a quienes podían, pero se dieron cuenta de una cosa: aunque a algunos de ellos los nuevos gases atmosféricos no parecían afectarles, otros enfermaban gravemente, muriendo a las pocas horas de estar en la superficie terrestre.

Así fue como se dieron cuenta de que las bombas habían creado una nueva especie, los mutados, cuyos pulmones resistían los nuevos gases que componían la atmosfera.

Para que los humanos pudieran sobrevivir en el nuevo planeta tuvieron que construir La Burbuja. Un lugar que imitaba las condiciones atmosféricas de la Tierra antes de la Guerra y en el que, tanto humanos como mutados, podían vivir.

Se crearon patrullas que rastrearon cada rincón de la Nueva Tierra buscando supervivientes y conduciéndolos a La Burbuja. Una vez se llegó a la conclusión de que no quedaba nadie fuera, y que si así era pronto moriría, se reunieron en asamblea para organizarse y planear cual sería el siguiente paso. Pero pronto se vieron las diferencias entre los mutados y los humanos, creándose dos bandos, uno por cada raza, que, a pesar de todo lograron coexistir.

Pero esa tolerancia no duró mucho tiempo.

I

Año 128 de la Nueva Tierra

—¡Silencio, por favor! ¡El Comité de Novedades va a comenzar!

Los representantes se sentaron en sus asientos, atendiendo al mandato del Coordinador y, cuando en la sala solo se escuchaba el silencio, el Presidente Humano Kilian comenzó a hablar.

—Representantes Humanos y Representantes Mutados, os doy la bienvenida a este Comité de Novedades en el que os voy a mostrar el resultado del proyecto en el que los humanos, junto con parte de mestizos y mutados, llevamos meses trabajando.

La puerta de la sala se abrió dejando ver tres humanos y dos mutados que transportaban una extraña máquina con la forma de las antiguas cápsulas espaciales. Al momento se oyó un murmullo de voces que fue callado rápidamente por el Coordinador y el Presidente Kilian continuó hablando.

—Nuestro anhelo ha sido siempre encontrar una forma de poder volver al pasado para que la Guerra no se produjera. Durante meses hemos estado investigando, creando prototipos y, finalmente, hemos dado con el definitivo. Este es el prototipo final de la Máquina del Tiempo, la cual podrá transportar a una persona al pasado para que pueda avisar a los humanos del siglo XXI y tratar de impedir la Guerra.

Los humanos aplaudieron con vehemencia las palabras de su Presidente, algunos incluso se levantaron de sus asientos. Sin embargo, en el lado mutado de la asamblea reinaba un completo silencio y todos observaban a su Presidente, que acababa de levantarse y miraba directamente a Kilian, el cual le devolvía la mirada.

Eren, el Presidente Mutado, pidió la palabra al Coordinador y este pidió silencio a los humanos que seguían aplaudiendo y vitoreando hasta que, poco a poco se hizo el silencio en la sala. Eren, en lugar de bajar al estrado se quedó en su lugar y habló desde allí:

—Como veréis, nosotros no compartimos vuestra alegría, y os voy a decir porqué. Vosotros queréis volver al pasado porque no habéis sabido adaptaros a este presente y sabéis que el futuro no está reservado para vosotros, pero nosotros, ¿por qué querríamos volver a un mundo abarrotado y simple? Somos la evolución, la nueva raza destinada a poblar la Nueva Tierra. No queremos volver al pasado y no vamos a dejar que vosotros lo hagáis.

Al momento de decir estas palabras comenzaron a oírse voces y forcejeos fuera de la Sala de Comités. Una fuerte explosión hizo saltar las puertas a la vez que un grupo de guardias entraba en la sala. Se dirigieron al estrado, donde estaban el Coordinador y el Presidente Kilian y les apuntaron a ambos con un arma en la cabeza. Otros se dirigieron a donde estaba la Máquina del Tiempo, apresando a los humanos y mutados que la habían transportado hasta la sala.

Los Representantes Humanos miraban con miedo lo que estaba sucediendo y murmuraban entre sí, algunos, los más valientes, lanzaban improperios a los guardias y a los mutados.

El Presidente Eren permanecía en silencio con una sonrisa adornándole el rostro.

—¡Eren, traidor! ¡Todos sois unos traidores! –exclamó el Presidente Kilian, el cual, a pesar de su situación, había copiado la valentía de algunos de sus compañeros humanos.

La sonrisa se borró de los labios del Presidente Eren que comenzó a descender desde su posición para dirigirse al estrado. Una vez allí, hizo una señal a los guardias que mantenían apresado al Presidente Kilian y estos golpearon con fuerza su estómago, lo que le hizo caer de rodillas soltando un quejido que trató de disimular. Eren se agachó y lo agarró del pelo para levantarle la cabeza.

—¿Traidores nos has llamado? ¿Vosotros osáis llamarnos traidores? Construimos La Burbuja para que pudierais vivir, os rescatamos uno por uno de los lugares donde os escondíais y os trajimos aquí. No solo eso, sino que os tratamos como a iguales y quisimos un gobierno dual, aun sabiendo que erais más débiles y menos capaces que nosotros. Ahora nos venís con todas estas tonterías de la Máquina del Tiempo, la cual si llegara a funcionar solo significaría nuestro fin, y después de todo eso, ¿nosotros somos los traidores?

A pesar de hablarle directamente a Kilian el resto de los Representantes de la Sala habían oído todas sus palabras, que fueron respondidas con vítores por parte de los mutados y con absoluto silencio por parte de los humanos, que se miraban entre sí, temerosos, sin saber lo que estaba sucediendo ni lo que iba a pasar.

Eren soltó a Kilian y se dirigió a los representantes esta vez.

—¡No somos traidores! ¡Estamos impartiendo justicia! Los mutados somos superiores, ¿por qué deberíamos seguir compartiendo el poder con unos seres inferiores como vosotros? Nuestra benevolencia se ha terminado, ahora solo os queda someteros o morir. —Se dirigió a Kilian, el cual miraba a Eren sin apenas sorprenderse de lo que estaba diciendo—. Empecemos contigo, amigo Kilian, ¿cuál es tu elección?

Kilian miró a sus compañeros humanos, tratando de disculparse con esa mirada por haber sido incapaz de evitar la situación que estaban viviendo y lo que sabía que iba a suceder en el resto de la Burbuja. Dirigió sus ojos a Eren, que le miraba expectante.

—Que el Sol nos guarde y nos guíe —afirmó el Presidente Kilian, acompañando sus palabras escupiendo en los zapatos de Eren.

A pesar de la acción de Kilian, una sonrisa cruzó el rostro de Eren, que agarró un arma que le pasó uno de los guardias. Sin perder un segundo, la llevó a la sien de Kilian y disparó.

El cuerpo sin vida del Presidente Humano cayó al suelo a la vez que la sala se llenaba de gritos y los mutados imitaban la acción de su presidente atacando a los humanos. Se oyeron numerosos disparos y gritos y el Presidente Eren hizo que las cámaras que habían estado grabando la reunión, la cual estaba siendo vista por los habitantes de La Burbuja, lo enfocaran a él.

—Habitantes de La Burbuja, a partir de ahora la situación injusta en la que nos encontrábamos los mutados ha terminado. Comienza un nuevo tiempo para nosotros, por fin tendremos el poder que nos merecemos y acabaremos con quien se interponga en nuestro camino para conseguirlo.

La situación vivida en la Sala de Comités se extendió por toda La Burbuja. Los humanos intentaron defenderse pero no estaban preparados. Mientras ellos se volcaban en la construcción de la Máquina del Tiempo, los mutados habían estado armándose para recuperar el poder que creían merecer.

A pesar de que parte de la población mutada no estaba de acuerdo con la masacre que se estaba llevando a cabo, poco importó a los guardias y voluntarios que estaban luchando contra los humanos.

Cuando los mutados consiguieron doblegarlos y que se rindieran, comenzó la segregación y se crearon dos sectores dentro del territorio de La Burbuja, uno en el que vivieran los humanos, el H, y otro para los mutados, el M.

La Burbuja, un territorio circular, fue dividida por dos anillos de manera que en el territorio central se encontraba el Sector M y, en el anillo externo, acorralados por los mutados y la tierra en la que no podían habitar, el Sector H, separados por otro territorio vacío para aumentar las barreras y asegurar la segregación.

Los humanos quedaron sin representación en el Gobierno, completamente subordinados a los mutados y sus presidentes, con leyes restrictivas y anticuadas que reprimían y coartaban su libertad. Sin embargo, los miembros supervivientes del Proyecto Sol creado por el Presidente Kilian que se encargaron de construir la Máquina del Tiempo, continuaron con su Misión en secreto. Reconstruirían la máquina en el H, reclutando adeptos de ambos sectores y razas, esperando el momento adecuado para volver a actuar.

II

Año 348 de la Nueva Tierra

La claridad comenzó a llenar de luz el cuarto a través de las cortinas. En otras casas el día estaba comenzando, las madres estarían levantándose para preparar el desayuno a sus hijos y los trabajadores estarían vistiéndose para ir a trabajar. Sin embargo Vera no había podido dormir en toda la noche. Se había acostado tarde ultimando los detalles de la reunión que esa tarde se iba a celebrar en su casa y no había podido dejar de pensar en ello.

El despertador sonó fuerte y la chica alargó el brazo para apagarlo. Suspiró sonoramente y cerró los ojos tratando de calmar el punzante dolor de cabeza que sentía a causa de la falta de sueño. Esperaba que esa tarde todo saliera bien y que, por lo menos, ese dolor que sentía valiera la pena.

Sin pensarlo más se levantó de la cama y entró al baño, miró su reflejo en el espejo y trató de arreglar el desastre que tenía por pelo, pero, al ver que no era posible, se metió en la ducha para lavarlo rápidamente.

Dos golpes en la puerta del baño la sobresaltaron. Se había quedado adormilada bajo el chorro del agua caliente. Sin esperar respuesta la puerta se abrió y su madre entró en el baño.

—Vera, ¿te estás duchando? —La chica contuvo una carcajada, la intuición de su madre la dejaba sin palabras.

—No, madre, ahora duermo aquí.

La madre bufó y abrió la mampara de la ducha bruscamente, provocando que Vera diera un grito y se tapara de forma ridícula.

—¿QUÉ HACES?

—Menuda cara, ponte algo de esos potingues que te ponías para salir con tus amigas, que hoy sí que te hacen falta.

—¡¡CIERRA!! —gritó Vera y su madre cerró la mampara con una sonrisa arrogante pero siguió hablando.

—Tienes que ir a por el vestido para esta tarde, te he dejado el recibo en la cocina. Me voy a trabajar.

Vera esperó a escuchar la puerta del baño y, tras unos segundos, la de la calle para dejar de cubrirse y seguir duchándose.

Sabía que la relación con su madre no era la misma que la del resto de sus compañeros, lo había comprobado al ir de visita a sus casas para estudiar o hacer trabajos. Vera y su madre no eran como el resto de familias.

Para el resto de vecinos su madre era una humana viuda común y corriente que trabajaba en una tienda, criada en otra zona del Sector H y que había perdido a su marido ficticio justo antes del nacimiento de su hija, lo que había hecho que se mudaran a esta zona para estar más cerca de su familia, compuesta de una abuela y abuelo también ficticios que, obviamente, también habían muerto, dejando a Vera y su madre solas.

La realidad era que Carli, su madre, era una soldado de alto rango del Proyecto Sol. Había vivido toda su vida en el Refugio del Sector H, un lugar protegido donde residían los Miembros del Proyecto que, por cualquier razón, no era seguro que vivieran fuera y donde, además, los soldados seguían entrenando y preparándose para enfrentarse a la opresión de los mutados. Tras quedarse embarazada de otro de los soldados, había sido infiltrada en la vida cotidiana con su hija, para poder recopilar información para Duncan, el Representante Humano del Proyecto.

Vera no había conocido a su padre y tampoco lo echaba en falta. Los primeros años de su vida los había pasado en El Refugio, rodeada de los hijos de otros miembros del Proyecto. Posteriormente, tras marcharse al ser infiltradas, había sido criada por una madre muy diferente a todas las que conocía, poco emotiva y cariñosa, con sentido del humor, muy estricta y con unos valores muy fuertes, que había intentado transmitir a su hija.

La ideología del Proyecto Sol era muy simple. Anteponer La Misión y su cumplimiento a toda relación personal y sentimiento.

Para Carli eso había sido fácil de asimilar: nunca conoció a sus padres y se crió en el refugio. Vera, por el contrario, siempre había tenido problemas siendo niña para poder anteponer el amor que sentía hacia su madre y sus amigos, hasta que, con el tiempo, a sus veintiún años, podía decir que era toda una soldado más del Proyecto, estudiando medicina para estar preparada por si llegaba el momento de ser reclutada.

Terminó de aclararse el jabón y salió de la ducha enrollada en una toalla. Se miró de nuevo en el espejo. El agua caliente había mejorado su aspecto pero seguía teniendo unas profundas ojeras en el rostro. Con un peine comenzó a cepillar sus rizos castaños.

En el Sector H no era común tener ese color de pelo tan claro. Lo normal era ser morenos, tanto de piel como de pelo, como su madre, pero Vera era una de las excepciones, lo único que tenía de su madre eran sus ojos marrón oscuro.

Le había preguntado a su madre numerosas veces si su padre tenía sangre mestiza, pero nunca había querido contestar, siempre cambiaba de tema, decía no acordarse o no saberlo, no hablaban nunca de él ni tampoco de la época en que se conocieron ni de su niñez. Decía que no era necesario que lo supiera ni para su entrenamiento ni para conseguir su objetivo y que, por lo tanto, no era una información relevante.

Cuando terminó de cepillarse el pelo, salió del baño y fue a la habitación a vestirse. Como solo tenía que ir a la tienda a por el vestido cogió lo primero que encontró en el armario y salió del cuarto.

Su casa era pequeña, como todas las casas de su sector, solo tenía dos habitaciones cada una de ellas con su baño, un salón-comedor y la cocina. Se dirigió allí en busca del recibo que le había dejado su madre y, cuando lo encontró, salió de la casa.

Una vez en la calle observó el papel con la dirección de la tienda, solo estaba a dos calles residenciales de su casa por lo que iría andando. No merecía la pena coger un tren para ese trayecto.

El Sector Humano o H estaba dividido en cinco zonas, el laboratorio y el refugio donde se había criado estaban en la Zona 1, situado en la parte más cercana a la frontera de La Burbuja con la Nueva Tierra y, actualmente, vivían en la Zona 4, una de las que hacía frontera con Tierra Vacía.

Cada zona estaba dividida a su vez en calles residenciales o comerciales. Su calle era bastante tranquila y las casas estaban muy separadas unas de otras, como en la mayoría de calles residenciales. Además, todos los edificios eran bajos, como mucho de dos plantas, lo que permitía que la luz llegara a todas partes.

Los trenes de superficie servían para unir calles y, si quería ir a otra zona del sector tenía que coger un tren subterráneo o subtrenes, como los llamaban.

También existía la opción de ir al otro sector, el M, al que solo se podía acceder en un tren que salía una vez cada tres días y que tardaba lo mismo en volver.

Vera nunca había estado en el sector M y nunca había pensado en ir allí. Al ser humana no tenía permitido viajar al M, al igual que los mutados tampoco podían viajar al H, solo los mestizos podían viajar entre sectores.

Tampoco tenía demasiado interés en compartir espacio con los mutados, hacia los que sentía cierta repulsión. A pesar de que el Proyecto tenía un Representante Mutado y sus respectivos reclutas e inversores que aportaban de diferentes maneras al Proyecto y la Misión, no llegaba a entender las razones que les llevaban a querer llevar a cabo la Misión. El éxito de esta supondría el fin del mundo en el que tenían todos los privilegios, por lo que no llegaba a fiarse de ellos.

Con la cabeza en estos pensamientos el camino a la tienda se le hizo corto y llegó en un momento. Entró y fue recibida por una mujer mayor y humana.

—¿En qué te puedo atender, preciosa? —preguntó con un tono de voz muy agudo.

Vera, por toda respuesta, la entregó el papel que le había dado su madre. La mujer lo cogió sonriendo y entró en la trastienda.

Para entretenerse se puso a ojear los vestidos que se vendían en las perchas. Eran todos muy parecidos, largos hasta la rodilla y que taparan los hombros y el pecho, ya que no estaba bien visto enseñar más de eso.

Sabía que en el Sector M las mujeres llevaban ropa muy ajustada y provocativa pero esa ropa solo se podía comprar en ese sector y si una mestiza la traía al H tampoco la podría usar. Sería un escándalo.

La mujer salió ruidosamente de la trastienda con una bolsa grande en la mano que entregó a Vera.

—Tu madre ya lo dejó pagado, preciosa. Toma, todo tuyo.

Vera asintió y se despidió de la mujer con una sonrisa, luego salió de la tienda.

Esa mujer podía ser una miembro del Proyecto o no tener ni idea de lo que el Proyecto Sol era siquiera. Por seguridad los miembros rasos del Proyecto, es decir, los que simpatizaban con la causa pero no eran soldados activos, no se conocían entre sí, solo conocían a Duncan, Representante Humano, que les indicaba lo que el Proyecto requería de ellos.

Lo hacían de esa forma por si eran capturados y torturados no poder dar ningún nombre, ya que no estaban entrenados para soportar un interrogatorio, solo los soldados lo estaban. También ellos eran los que conocían a otros miembros del Proyecto fuera del Refugio debido a que, una vez al año, todos los soldados de alto rango se reunían para discutir los objetivos y novedades.

Esa tarde dicha reunión se celebraba en su casa por primera vez. Solo les estaba permitido asistir a la reunión a los soldados, no a sus familias, únicamente la del anfitrión, por lo que esa tarde por fin conocería a más miembros del Proyecto, ya que desde que dejara el Refugio no había vuelto a tener contacto con otros miembros a excepción de su madre y Duncan.

Al salir de casa apenas había gente en la calle, pero a esas horas la Zona estaba cobrando vida y grupos de gente empezaban a salir. Muchas veces, Vera se sorprendía mirándolos, tratando de adivinar si eran soldados, simpatizantes, o humanos acomodados a la rutina impuesta y cuya única preocupación era buscarles un marido a sus hijas y conservar su buen nombre.

Saludó a varias personas en la calle comercial y, al entrar en la primera residencial, oyó que alguien la llamaba, se giró y casi habría preferido no haberlo hecho. Sonriéndola y saludándola con la mano estaba Kev Soren.

Habían ido juntos al colegio y luego a la obligatoria y, desde que tuvieran una pequeña historia hacía cuatro años, cuando ambos tenían diecisiete, no dejaba de rondarla. Había perdido el contacto con él deliberadamente desde que sus caminos se habían separado al entrar ella en la universidad, pero él seguía insistiendo en provocar encuentros "fortuitos" para pedirle que volviera con él, algo a lo que ella se había negado rotundamente.

Vera se paró y esperó a que la alcanzara. Kev era moreno y de la misma altura que ella, cosa que no era mucho ya que no era especialmente alta, aunque si más alta que la mayoría de humanas. Podía decirse que era un chico guapo, pero Vera lo conocía desde hacía tanto tiempo que era incapaz de verlo con esos ojos y menos después de lo que había pasado entre ellos.

Cuando llegó a su lado sonrió y se dieron un abrazo, demasiado largo para Vera pero sin duda demasiado corto para él.

—¿Qué tal? Hacía mucho que no te veía.

Vera sabía que era mentira, lo había pillado varias veces siguiéndola aunque sin atreverse a hablarla, pero decidió no ponerle en evidencia y se hizo la loca.

—Sí, es que he estado ocupada con la universidad y las clases…

Continúo andando y él se colocó a su lado. Propuso llevar la bolsa del vestido pero ella se negó forzando una sonrisa amable.

—¿Alguna cena familiar? —preguntó el chico.

Vera sabía que trataba de averiguar por qué se había comprado el vestido, pero no era asunto suyo, por lo que decidió no decirle nada pero que él se pensara lo que quisiera, y así, ya de paso, divertirse un rato.

—Es una cena, pero no con la familia.

Kev esperó a que ella añadiera algo más pero como permaneció callada decidió tratar de sonsacar algo más, no obstante ella se le adelantó y cambió de tema.

—¿Y tú qué tal? Me dijo mi madre que tus padres estaban teniendo conversaciones con los Teran para casarte con Annet.

En el Sector H los matrimonios solían ser concertados y, además, muy tempranos. Vera sabía que su madre jamás aprobaría ningún matrimonio, concertado o no, a menos que fuera necesario para mantener su tapadera. Siempre habían mantenido que para ellas la educación era lo más importante y que Carli no aceptaría ninguna proposición de ningún pretendiente hasta que Vera terminara la carrera, para lo que solo quedaba un año. Esta decisión había desconcertado a la mayoría de vecinos, cuyos herederos ya estaban si no casados, por lo menos prometidos o en búsqueda de pretendiente.

El deber de una buena chica humana era encontrar un buen marido y ser buena esposa, trabajar si era lo que la economía de su hogar necesitaba, o quedarse en casa. Vera no era una chica humana común, ya no solo por formar parte del Proyecto, sabía que aunque no hubiera pertenecido a él y su vida no tuviera un fin mayor, esas ideas humanas no estaban hechas para ella.

Kev se sonrojó ante lo que Vera acababa de decir, sorprendido de que supiera de las conversaciones casamenteras de sus padres, y casi se cae al suelo al tropezar con una piedra que había en la calle, lo que hizo que Vera tuviera que contener una carcajada.

—Emmmm… si, pero yo no quiero. He hablado con ellos y saben que no me quiero casar con Annet, que con quien quiero casarme es contigo.

Vera se paró en seco. Kev nunca había sido tan directo en sus proposiciones y se asombró de su atrevimiento. Al mirarlo vio que sonreía satisfecho por haberla sorprendido y, adelantándose a lo que pudiera decir, agarró las manos de Vera, girándola para que quedara frente a él.

—Sabes que me gustas desde siempre Vera, no he conseguido superar nuestra ruptura porque aún te quiero. Sé que tu madre no te deja casarte hasta que termines la carrera, pero ya te queda poco, podemos prometernos y casarnos después.

La bolsa con el vestido que Vera seguía sosteniendo cayó al suelo al fallarle las manos. Se agachó rápidamente para cogerla y dejar de tener contacto visual con Kev. ¿Cómo iba a decir que no? Hasta ese momento nunca había tenido una petición oficial pero estaba muy mal visto que una mujer se negara cuando un hombre pedía su mano directamente, aun más si ya habían tenido una relación de pareja, y más todavía si ya habían tenido relaciones sexuales, como en el caso de Vera y Kev.

Kev se agachó con ella, sonriendo con dulzura, esperando su respuesta. Ella se levantó y continuó andando seguida por él.

—¿Y bien? —inquirió. Ver su cara de necesidad la rompía el corazón pero se obligó a cortar el tema de raíz.

—Kev, lo nuestro no funcionó en su momento y dudo mucho que lo haga ahora. —Como iba a responder, ella siguió hablando para que no ser interrumpida—: Además, sabes que no te podría dar una respuesta aunque quisiera, tengo que hablarlo con mi madre y es ella a quién tienes que pedir permiso.

Finalmente llegaron a la puerta que daba al jardín de la casa de Vera.

—De acuerdo, hablaré con mis padres para que se pongan en contacto con ella —repuso el chico con una voz tan esperanzada que parecía estar totalmente convencido de que lograría su objetivo y Vera sabía muy bien por qué, pero no quería aceptarlo.

Si los padres de Kev hablaban con su madre ella estaría prácticamente obligada a aceptar el matrimonio para mantener su tapadera y arreglar la reputación de la familia. Reputación que se encargó de destrozar Vera cuando se acostó con Kev sin estar prometidos cuatro años atrás, durante la fiesta de graduación.

Aquello provocó que todo el mundo la tachara de indecente y viciosa, y que los padres de Kev le obligaran a cortar con ella si no aceptaba prometerse con él, lo cual Carli no aceptó, cayendo así en desgracia el apellido de la familia de Vera y provocando la mala reputación que aun tenían. Ella sabía que todo eso se solucionaría finalmente si se casaba con Kev, a pesar de que esta decisión no supusiera más que problemas, por lo que no estaba segura de lo que su madre iba a decidir.

Vera asintió con una sonrisa educada y se giró para abrir la puerta pero Kev agarró sus manos, girándola para tratar de besarla. Vera fue más rápida y lo apartó de un empujón.

—¿Qué haces? ¿Estás loco? ¡Estamos en plena calle!

El chico se sonrojó y, por toda respuesta, se fue corriendo. Ella entró rápidamente a su jardín, pasó corriendo por el camino de entrada y entró en la casa.

Estaba muy mal visto que dos jóvenes sin casarse y sin estar prometidos se besaran en plena calle o tuvieran cualquier contacto físico más que el del saludo. Ya tenía suficiente mala reputación como para añadirle más leña al fuego.

No tenía ni idea de lo que se le había pasado por la cabeza a Kev para intentar besarla, pero sabía que esa acción no había pasado desapercibida. Aunque pareciera que no había nadie, siempre había alguien observando y todo se acababa sabiendo, lo hiciera quien lo hiciera. Todo. Siempre.

Tratando de distraerse entró al salón, abrió la bolsa donde estaba guardado el vestido y lo sacó, quedando sorprendida al instante. Era muy corto y entallado, tenía cubiertos los hombros pero no los brazos y tenía pinta de tener un gran escote, ¿en qué estaba pensando su madre al comprar un vestido así para la reunión de esa tarde?

Su conciencia le decía que debía desaprobar ese vestido tan provocativo pero en el fondo la encantaba y estaba deseando probárselo.

Era una pena que nunca pudiera ponérselo para salir a la calle.

***

—¿Qué talla tendrá? ¿Y qué crees que preferirá los vestidos o las faldas?

Kleiff observaba como Enna, con su escasa altura, paseaba entre las hileras de perchas de la tienda, parloteando sin parar, cogiendo cosas de un lado y de otro. Estaba más animada con la llegada de la nueva recluta de lo que estaba él.

Traer a una desconocida a su casa ya era raro de por sí, pero si, además, era una mestiza del Sector H a la que tenía que enseñar a manejarse en un sector en el que nunca había estado, era una situación nueva para la que no sabía si estaba preparado.

Sin embargo, su llegada era de gran importancia, hacía medio año que había elegido a su equipo pero estaban cojos en lo que a medicina se refería y necesitaban un médico para llevar a cabo la Misión de la forma más segura posible. Llevaba meses pidiéndole a Nolan, el Jefe del Proyecto, que le trajeran un médico y nunca se hubiera imaginado que elegiría a alguien del otro sector y mucho menos a…

—¡¡Kleiff!!

El grito de Enna en su oído izquierdo lo dejó sordo momentáneamente y con un pitido que seguramente le duraría un par de días. Eso es lo que pasaba cuando no hacías caso a Enna si te estaba hablando. Se giró hacia ella para encontrarse con sus ojos azules brillantes por la emoción. Intentó devolverle la sonrisa pero no se le daba bien mentir y su compañera lo sabía, por lo que le acarició la mejilla con la mano, mirándolo con entendimiento.

—Será genial, ya lo verás. Y yo estoy aquí para lo que necesites, ya lo sabes.

La mano de Enna bajó hasta el cuello de Kleiff, acercándose suavemente hasta que sus labios se juntaron en un beso.

—Los vestidos. No sé por qué pero creo que le gustarán más los vestidos —contestó a Enna una vez se hubieron separado. Ella volvió a sonreír y se giró hacia la sección de vestidos, con su pelo rubio claro moviéndose con cada uno de sus movimientos.

Al mirarla veía a una gran amiga, una muy guapa, realmente guapa, pero una amiga al fin y al cabo. Y lo mismo le sucedía a ella, a pesar de lo que sus actos daban a entender. Su alegría era contagiosa y era por eso por lo que le gustaba estar con ella. Viéndola tan contenta eligiendo vestidos solo pudo pensar que ojalá estuviera en lo cierto y la llegada de la nueva recluta no fuera una fuente de problemas.

—¿Que intentó besarte? —preguntó la madre de Vera cuando su hija le contó lo que había ocurrido con Kev en la puerta de su jardín.

Por supuesto ella ya se había enterado de camino a casa y por boca de sus vecinas, pero prefirió esperar a escuchar la versión de su hija antes de decir nada, aunque no estaba preocupada realmente. Por suerte Vera había sido lo suficientemente inteligente para apartarlo bruscamente y ahora era el pobre muchacho el que estaba siendo acribillado por las críticas de las vecinas.

Su hija asintió con preocupación sabiendo que estaba fingiendo haberse enterado en ese momento por lo que decidió terminar con la farsa y calmar sus preocupaciones.

—Tranquila, las vecinas me han dicho lo mismo que tú, por una vez no han inventado nada.

Carli vio cómo los hombros de su hija se relajaban notoriamente pero la preocupación seguía en su rostro. Esperó a que hablara, pues sabía perfectamente que su hija no se dejaba presionar y, por mucho que preguntara, si no quería responder no iba a hacerlo. Estaba muy orgullosa de su determinación.

—Él… me ha pedido matrimonio y me ha dicho que sus padres se pondrán en contacto contigo.

Vera no se atrevió a mirar a su madre después de soltar la bomba, no porque la temiera sino porque no quería mirarla a la cara cuando la dijera que aceptar esa propuesta era la forma más sencilla de continuar con su tapadera. Sin embargo, su madre se quedó callada. Siguió callada tanto tiempo que Vera tuvo que mirarla, aunque solo fuera por la curiosidad de saber qué producía ese silencio.

Al levantar los ojos y mirar a su madre se cruzó con su mirada marrón oscuro y, sin saber por qué, supo que su futuro no estaba junto a Kev. La mirada preocupada de su madre fue la manera de darle a entender que no iba a aceptar la propuesta aunque sabía que eso era lo que debía hacer.

Si no aceptaba tendrían que ser trasladadas de Zona, con nuevo nombre e identidad, o volver al Refugio. Siempre se hacía así cuando la infiltración suponía un riesgo para el Proyecto.

Abrió la boca para preguntar pero el timbre de la puerta sonó casi como un estruendo rompiendo el silencio que se había producido. Su madre se giró hacia la puerta y, al volverse de nuevo, su mirada era la de siempre, lo que desconcertó aun más a Vera.

—Ve a vestirte, nuestros invitados ya están aquí —ordenó.

Sin replicar, Vera fue a su habitación. Estaba entrenada para obedecer órdenes, no siempre se le había dado bien, pero sabía cuándo dejar de preguntar a su madre y esperar el momento adecuado para retomar el tema.

Sacó el vestido de su bolsa. Verlo sobre la cama hizo que sonriera y se olvidara por un momento de las preocupaciones que tenía, aumentando esa sensación al ponérselo. Se miró al espejo y quedó totalmente sorprendida.

Una vez puesto, el vestido era aun más provocativo de lo que parecía en la percha. Tenía la forma de uno de los típicos vestidos de fiesta de su sector pero se ajustaba a las curvas de su cuerpo y apenas llegaba por encima de las rodillas. Sin poderlo evitar imaginó la cara de sus vecinas cotillas al verla salir con eso a la calle, seguro que se desmayarían, lo cual no estaría nada mal.

Al oír las voces de sus invitados en el salón se recogió rápidamente el pelo y retocó ligeramente el maquillaje que su madre le había hecho ponerse hacía un rato. Al ver el resultado general asintió con aprobación y salió de su habitación.

Cuando entró en el salón todos la miraron y se hizo el silencio. Vera devolvió la mirada a todos los rostros que la miraban sorprendidos. Los conocía a todos de vista, eran el panadero, carnicero, conductores de tren, personas a las que veía constantemente sin saber que formaban parte del Proyecto Sol, y no pudo evitar sonreír al ver a la dependienta de la tienda de vestidos de esa mañana, la cual le devolvió una sonrisa de satisfacción al verla con el vestido puesto.

Vera se giró hacia su madre, que para su sorpresa la observaba emocionada mientras sonreía. Luego dirigió su mirada a Duncan Norson, el Representante Humano y la única persona de la sala a la que Vera conocía desde pequeña.

Además de ser el Representante Humano, el cargo más alto por debajo del Jefe del Proyecto, siempre había intentado ejercer de figura paterna sobre Vera. En el fondo sabía que Duncan y su madre sentían algo el uno por el otro pero nunca se habían atrevido a reconocerlo ni a hablar de ello. No era el momento y nunca lo sería.

Ambos estaban anteponiendo el Proyecto a cualquier relación amorosa, dando ejemplo a los soldados jóvenes de lo que todos debían hacer. Era fundamental tener las prioridades adecuadas, una frase que su madre le había repetido desde que era muy pequeña.

Los ojos de Duncan recorrieron a Vera con aprobación y la sonrisa de lo-estás-haciendo-muy-bien acudió a sus labios. Siempre ponía esa sonrisa cuando Vera hacía caso a lo que le decían o realizaba bien sus entrenamientos, por lo que se sintió satisfecha y le devolvió la sonrisa.

Duncan rompió el silencio carraspeando suavemente, lo que hizo que la atención pasara de Vera a él, algo que agradeció.

—Compañeros. Bienvenidos a la casa de la compañera Carli Ebben y de su hija Vera, las anfitrionas de la cena anual de Soldados de Rango I del Proyecto.

Todos los miembros aplaudieron y, con un gesto, la madre de Vera guió a todos a la enorme mesa del salón que esa noche tenía veinte cubiertos, uno para cada uno de los diecisiete soldados, otro para Duncan y finalmente los de Vera y su madre.

Una vez todos se hubieron sentado, Vera comenzó a servir la cena. Cuando todos estuvieron servidos ella se sentó a cenar entre su madre y Duncan.

Los miembros charlaban entre ellos pero Vera no estaba escuchando. Cuando se quiso dar cuenta se había hecho el silencio, Duncan había echado hacia atrás su silla y se estaba levantando.

Vera dejó el tenedor en el plato del que apenas había comido y, cuando estaba llevando la mano hacia su regazo, Duncan se la agarró para que se levantara.

—Compañeros, hoy tenemos el orgullo de enviar a uno de nuestros soldados al campo de batalla. Los mutados se sienten superiores, pero no lo son. Por fin, los miembros del M han admitido que necesitan nuestra ayuda y nos han solicitado que enviemos un soldado para ayudar en nuestra última oportunidad de completar La Misión y acabar con la tiranía mutada.

Miró a su madre buscando respuestas pero ella la miraba con orgullo y admiración, tratando de contener unas lágrimas de emoción a las que Vera no estaba acostumbrada.

Dirigió su mirada a los otros rostros que la miraban, varios de ellos con cierto escepticismo pero en su mayoría con tanta esperanza que Vera sintió que un gran peso se iba posando en su espalda.

Por último, se giró hacia Duncan, el cual la miró y agarró de las manos.

—Vera, tu momento de participar activamente en la Misión ha llegado. Desde el sector M han pedido un médico para formar parte del equipo que se está preparando para llevar a cabo La Misión e infiltraros en la Sede para conseguir los planos que nos faltan de la máquina del tiempo y, el Jefe del Proyecto, te ha elegido a ti.

Aquella afirmación fue tan inesperada como contundente y las piernas le temblaron a punto de fallarle. Se aferró al respaldo de su silla y permaneció de pie.

Si la iban a mandar al M era porque era mestiza. M-e-s-t-i-z-a, con sus siete letras y sus tres sílabas. A eso se debía su pelo claro y su excesiva altura para una jovencita de veintiún años del Sector H, lo que confirmaba además que su padre solo podía ser mestizo.

La conversación a su alrededor se había reanudado pero ella seguía dando vueltas a lo que acababa de pasar. Todo y nada tenía sentido.

Por eso su madre no había mostrado preocupación esa tarde al contarle lo del matrimonio con Kev, ya que lo único que tenía que pensar era en la excusa que iba a poner para negar la propuesta y explicar la repentina desaparición de Vera, y, posiblemente, la de ella misma, ya que seguramente fuera trasladada también.

Miró a su madre, que no había podido contener las lágrimas de orgullo y abrazaba a Duncan sonriente. Nadie se había acercado a ella para preguntar si estaba bien o cómo se sentía al descubrir que toda su vida había pensado ser algo que no era, y que el futuro que habían elegido para ella era con unos desconocidos en el sector enemigo. Rodeada y trabajando con los mutados que habían despojado a los humanos de sus derechos.

La confusión estaba dando paso al enfado. Eran los humanos los que habían llegado a un punto muerto y necesitaban los planos originales de la máquina del tiempo, que se encontraban en la Sede, situada en la Zona 1 del Sector M, en el mismísimo centro de la Burbuja. Lo más lejos posible de los Humanos. Sin embargo, todos estaban celebrando que los mutados finalmente nos necesitaban y que, por mucho que no quisieran, requieran de su ayuda para completar La Misión.

 Vera no era lo importante, era lo que representaba para ellos. Era eso que los mutados tanto querían y que ellos tenían.

Ni siquiera su propia madre se había acercado a ella, al menos a darla la enhorabuena. La vida de su hija estaba dando un giro completo, se iba a marchar sola a otro sector, con gente desconocida, a jugarse la vida y ella lo único que parecía sentir era el orgullo que le producía que su hija fuera una pieza tan importante para La Misión.

Un conjunto de sentimientos comenzaron a acumularse en su pecho. Se sentía tonta por no haberse dado cuenta antes de su verdadera naturaleza, decepcionada porque jamás se habría imaginado que su madre podría haber mentido sobre algo tan importante y por que significara tan poco para ella realmente, y, sobretodo enfadada y abrumada por lo que estaba por vivir mandándola al M. No se fiaba de los mutados y no entendía cómo ellos lo hacían, ¿es que no se daban cuenta de que era imposible que un mutado estuviera ayudando a destruir su propio sistema?

Vera se acercó a su madre y a Duncan, que charlaban animadamente con otros soldados. Buscó a su madre con la mirada, que se la devolvió con una sonrisa que borró al instante cuando trató de tocarla y Vera se apartó.

—Me dais vergüenza. Todos —dijo mirando a los demás—. Lo único que hacéis es celebrar que los Mutados nos necesitan, celebrando lo inútiles que seguís siendo a sus ojos. No sé cómo habéis podido poner en sus manos, en las manos de las que nos lo han quitado todo, La Misión de recuperar lo único que puede destruirles, ¿no os dais cuenta de que cuando recuperen los planos los van a destruir?

Duncan se adelantó.

—Conozco perfectamente al Jefe del Proyecto, es un mestizo comprometido con la causa, al igual que el Representante Mutado y el Jefe de la Misión, al que conocerás a tu llegada al M. Reconozco que el secretismo que guardamos es el culpable de tu reacción y de que no entiendas que también hay soldados en el M dispuestos a dar sus vidas por la Misión y el Proyecto, tanto mutados como mestizos.

Vera bufó incrédula. Podía comprender a los soldados mestizos, al fin y al cabo seguían teniendo sangre humana y, por lo que ella sabía, no estaban bien vistos en las altas esferas del M pero, ¿mutados comprometidos a dar su vida por lo que puede causar su destrucción? Tendría que verlo para creerlo.

—Confía en mí, Vera, no te mandamos a una misión suicida. Te mandamos a la Misión más importante a la que hemos enviado a un soldado del H, por eso estamos celebrándolo. Ojalá todo dependiera de nosotros, pero todo lo que se podía hacer en el H ya está hecho y no es suficiente, por eso ha sido necesario recurrir y confiar en los soldados del M. Para nosotros es un orgullo que, buscando un médico para su equipo, te hayan elegido a ti.

El enfado que había hecho que hablara así se iba desinflando poco a poco. Había sido entrenada para ello, y, en el fondo también empezaba a sentirse orgullosa de lo que podía aportar como soldado entrenada en el H. Mostrar a los del M la verdadera motivación de cumplir la Misión, ya que, por muy mestiza que fuera de sangre, se había criado como una humana.

Sin embargo, todavía tenía cierto resentimiento, que supo que era hacia su madre cuando se acercó a ella y la miró. Su mirada ya no era de orgullo y se había secado las lágrimas. Estaba decepcionada y el enfado de Vera volvió más fuerte que antes, ¿cómo podía ser ella la que se sintiera decepcionada por su actitud?

Ella era la que había la mentido sobre su identidad veintiún años, y a la que lo único que parecía importarle era la imagen que estaba dando como su reclutadora por su actitud.

—¿Tan poco significo para ti que no has sido capaz de decirme la verdad en todos estos años? —Su madre la miró sorprendida pero no la dejó responder, tenía mucho que decir—: Lo único que te importa es que has sido tú la que me has entrenado y eso hace que en cierto modo hayas sido responsable de que sea lo suficientemente buena para que me hayan llamado, ¿me quieres acaso? Porque hemos pasado veintiún años juntas… algo de cariño me habrás cogido…

La bofetada que le dio su madre le giró la cabeza y la mejilla comenzó a arder por el dolor. Se obligó a retener las lágrimas que se amontonaban en sus ojos y miró a Carli.

—La Misión y el Proyecto Sol, son el fin más importante, más que tu vida o la de cualquiera de nosotros. Más que los sentimientos. Eres mi hija, estaba orgullosa de que te hubieras convertido en una soldado necesaria, a pesar de todos los errores que has ido cometiendo a la largo de tu vida. De que, a pesar de todo, fueras útil como lo fui yo en su momento. Pero no eres capaz de dejar de decepcionarme ni siquiera en una noche como hoy, mostrando a los compañeros que no he sabido enseñarte a ordenar tus prioridades.

Aquellas palabras dolieron más que la bofetada que acababa de recibir. Sentía que no miraba a su madre sino a una desconocida. Le había repetido que La misión era más importante que cualquier cosa, pero Vera había excluido a su madre de esa afirmación dando por hecho que ella había hecho lo mismo. Ahora ya sabía que esa exclusión no era mutua.

Por primera vez en su vida se sentía sola y vacía. Con más preguntas que respuestas. Quería correr, salir de allí, huir, pero no había sido entrenada para ser débil y eso era lo que hacían los débiles, ¿no?

No, claro que no, ella no era débil. Tenía en ese momento más poder que cualquiera de esa sala. Se dio cuenta de que todos esos humanos dependían de ella y que podía hacer lo que quisiera. Y eso hizo.

Les dirigió una mirada breve a su madre y a Duncan y se encaminó hacia la puerta. Oyó como la llamaban pero no se detuvo.

Todos observaron con sorpresa y miedo a Vera dirigirse hacia la puerta.

—¡Vera! ¿A dónde vas? —gritó Duncan—. ¡VERA!

Cuando la puerta se cerró con un suave chasquido todos miraron a Carli, que aun tenía la vista fija en el lugar por el que acababa de salir su hija.

—¿Qué hacemos ahora? —preguntó uno de los soldados.

—Volverá —respondió Carli.

Estaba convencida de que lo único que Vera necesitaba era un momento a solas para asimilar todo lo que acababan de revelarle. Le había inculcado muy bien cuál era la Misión del Proyecto y sabía que se daría cuenta de que nada era más importante que eso.

Fue hasta la habitación de su hija y comenzó a coger las cosas que iba a necesitar en el sector M. La ropa estaba claro que no, por eso le habían pedido a su contacto en el M que les mandara algo que pudiera ponerse hasta llegar allí para no llamar demasiado la atención, pero las cosas de aseo sí que le seguirían sirviendo.

Entró en el baño para guardar el cepillo de dientes y no pudo evitar mirarse en el espejo. Ella y Vera apenas se parecían, lo único que había sacado de ella eran los ojos, esos ojos oscuros que al igual que su pelo castaño la delatarían como mestiza en el sector M.

Nunca admitiría el terror que le suponía dejar marchar a su hija a ese sector, lleno de gente desconocida, con todas las dudas que estarían pasándole por la cabeza. Ni lo realmente orgullosa que estaba de ella como madre ni lo mucho que la quería. Eso sería demostrar que no había tenido las prioridades adecuadas por segunda vez en su vida y no se lo podía permitir.

Lo único que se permitió fue derramar una lágrima por su hija. Una sola.

Aun tenía muchas cosas que guardar.

Cuando Vera salió de su casa aun había luz pero pronto sonó la sirena que indicaba la llegada de la noche y el cielo se volvió negro cuando ya estaba saliendo de las calles residenciales de su zona.

Se había cruzado con muchas personas mientras corría hacia la frontera, su lugar favorito, pero no había prestado atención a lo que le habían dicho. No la importaba lo más mínimo. Nada de esa Zona ni de ese Sector la importaba ya. Según pasaba por las diferentes calles residenciales y llegaba al campo, había decidido que se marcharía esa misma noche, aunque el tren saliera por la mañana. Esperaría en la estación. No quería estar ni un momento más con su madre.

No, con su madre no, con Carli, en adelante ya no se veía capaz de llamarla madre. Ese apelativo conllevaba un sentimiento implícito que estaba claro que no había por su parte y Vera se iba a obligar a dejar de sentir a su vez.

Cuando llegó al campo de flores altas dejó de correr. Se paró un momento para oler las fragancias entremezcladas de todas las flores que habían plantado para marcar la llegada a la frontera del Sector H. Nadie iba más allá de esas flores pero a Vera la encantaba llegar hasta la frontera y sentir que era la única que había llegado hasta allí.

Llegó a la valla holográfica y se sentó frente a ella, mirando el paisaje que había tras ella. Sabía que lo que había en realidad frente a ella era un enorme muro camuflado con esas imágenes de un paisaje campestre, pero no la importó. Nunca le había importado.

La primera vez que llegó hasta allí fue la noche que se acostó con Kev y los demás chicos de la fiesta los pillaron. Al salir de la fiesta todos la habían insultado y Kev la había ignorado, por lo que había salido corriendo para que no la vieran llorar y, cuando se quiso dar cuenta, había llegado a las flores.

Recordaba haberse parado frente a ellas pensando que no podía ir más allá pero no supo encontrar una razón por la que no hacerlo, después de todo ya había roto varias reglas esa noche, daba igual romper otra. Se había abierto paso entre las hierbas altas y llegó hasta donde se encontraba en ese momento.

Se sentía igual de mal que la primera vez que había ido allí. No, en realidad no, esta vez se sentía… sola. Esa primera vez se había sentido mal pero sabía que aunque su madre la echara la bronca estaría con ella, pero esta vez era distinta.

No tenía a su madre, tenía a Carli, la soldado que no había sabido enseñarle las prioridades adecuadas, ya que de otro modo, no estaría sintiéndose así.

Solo en ese momento, sola, sentada frente a la valla con su precioso vestido lleno de espigas se permitió llorar y por cada lágrima vio su futuro más claro. Ya nada la impedía cumplir su misión, no había nada por encima del Proyecto Sol. Ya no. Iría al Sector M y cumpliría la misión que le habían encomendado, para eso había sido entrenada. Para eso había nacido.

Con ese pensamiento se alejó de la valla, sintiendo que era lo único que iba a echar de menos, y se encaminó hacia su casa. Tampoco les devolvió la mirada a las personas que la miraban por la calle, seguramente no volvería a verlas jamás.

Cuando llegó a su casa las luces estaban apagadas y su maleta estaba en la puerta. Sobre ella había dos sobres y un billete de ida del tren Intersectorial. Nada de despedidas. Perfecto. Realmente habría sido muy incomodo tener que despedirse de Carli y los demás por lo que se alegraba de que se hubieran marchado. Aun así, la fastidiaba bastante que estuvieran tan seguros de que iba a volver como para dejar su maleta en la puerta.

Salió del jardín arrastrando la maleta y se despidió en silencio de su casa. Se preguntó dónde viviría Carli de ahora en adelante, pero no la importó la respuesta.

Recorrió la calle residencial hasta llegar a la estación del subtren que la llevaría a la estación central para coger el Intersectorial. Durante el viaje sintió las miradas de todos los pasajeros sobre ella pero no le importó.

Ojeó los dos sobres que habían dejado, en uno se leía la palabra Instrucciones y en otro simplemente ponía su nombre, aunque por la caligrafía supo que era una carta de Carli. No abrió ninguno de los dos, decidió que lo haría en el Intersectorial cuando estuviera sola en su compartimento, por lo que guardó los sobres en la maleta junto al billete del tren.

Cuando llegó a la Estación Central enseñó su billete a un humano que la acompañó hasta la puerta del enorme tren Intersectorial. El andén estaba totalmente cerrado y solo tenía los huecos para acceder a las puertas del tren.

Una vez dentro del Intersectorial un mestizo la condujo hasta el que sería su compartimento durante el viaje, la ayudó a guardar la maleta bajo el asiento y se marchó, dejándola sola.

Vera se sentó en el asiento y esperó mirando la ventana, por la que no se veía nada más que el negro del túnel en el que se encontraban. Mostrándole su reflejo.

No sabía qué la esperaba realmente en el sector M pero sabía que era allí a donde quería ir y se vio a sí misma sonriendo en el reflejo de la ventana, pensando que solo por estar en ese tren y salir de su sector, ya iba a ser la mayor aventura que había vivido en su vida.

III

No se podía decir si el viaje duraba realmente dos días o apenas unas horas y el resto de tiempo hubieran estado parados. El tren no traqueteaba como hacían los subtrenes ni parecía moverse en absoluto.

El viaje entre los dos sectores transcurría en un túnel y eran las propias ventanas las que iban pasando las imágenes de paisaje a toda velocidad, cambiando a medida que pasaban las horas, creando la sensación de que estaban fuera y que avanzaba el día, siendo ese el único signo de que el tren se estaba desplazando.

Se pasó la mañana y gran parte de la tarde del primer día de viaje observando el paisaje pasar por la ventana. A pesar de saber que no era de verdad le ocurría igual que cuando miraba a través de la valla de su sector.

Los árboles, montañas y valles se iban sucediendo y ella los miraba totalmente hipnotizada, sin haber visto nada tan hermoso en toda su vida, tratando de imaginarse cómo la gente de su sector podía vivir tan tranquila sin anhelar ver semejante paisaje. La respuesta era clara, no lo sabían, no sabían que existía. Y, en el fondo, era mejor que no lo supieran porque la inmensa mayoría nunca podría subir a ese tren para poder verlo. Eran humanos. Estaban condenados a vivir tras ese enorme muro.

Ese pensamiento hizo que recordara de forma súbita la razón por la que estaba allí. Para conseguir cambiar esa situación.

Apartándose de la ventana sacó los dos sobres que le habían dejado sobre la maleta los miembros del Proyecto y Carli. Miró la puerta de su compartimento para asegurarse que tuviera el pestillo puesto y observó ambos sobres. Solo con ver su nombre escrito con la letra de Carli hacía que le temblaran las manos y que un dolor inmenso se instalara en su pecho, por lo que respiró hondo y decidió que abriría primero el de los miembros.

Estimada compañera,
Agradecemos en gran medida lo que estás haciendo por nosotros y te deseamos la mayor suerte posible en el desarrollo y cumplimiento de la misión que te ha sido encomendada.
En la maleta encontrarás todo lo necesario para el trayecto en tren y tu primer día en el Sector M. Deberás cambiarte de ropa antes de bajar del tren y enseñar de nuevo el billete para que te indiquen por donde debes salir. Una vez fuera habrá alguien esperándote, no te preocupes, te reconocerá. Esa persona se ocupará de ti, te dirá los pasos a seguir y te explicará todo lo que necesites saber.
De nuevo, mucha suerte.

Ahí estaba. Concisa, sencilla y sin dar detalles específicos por si la carta fuera interceptada. Abrió la maleta con curiosidad y revolvió las prendas que estaban guardadas. No reconocía ninguna por lo que suponía que se las habrían enviado desde el sector M.

La mayoría eran tan escotadas y ajustadas que le daba vergüenza solo mirarlas, pero en el fondo sintió ganas de que llegara el momento de ponérselas para ver cómo quedaban puestas.

Se dio cuenta entonces de que continuaba llevando el mismo vestido del día anterior, ya arrugado y manchado, por lo que cogió unos pantalones cortos y una camiseta de la maleta y se los puso. Los pantalones apenas le llegaban por la mitad de la pierna y la camiseta era bastante ajustada, pero tendría que irse acostumbrando. En el M no estaba de moda llevar ropa holgada y cómoda, al parecer.

Volvió hacia la maleta para guardar el vestido sucio y continuó rebuscando un poco más. Al fondo de la maleta palpó su neceser, que sacó de tirón para abrirlo. Su cepillo de dientes, el peine y más cosas de aseo estaban perfectamente colocados en su interior y Vera supo que esa minuciosidad solo se debía a una persona.

Se llevó la mano al pecho de forma instintiva al sentir que el nudo que tenía en la garganta descendía y se quedaba ahí. Asfixiándola e impidiéndola respirar con normalidad.

Con dedos temblorosos cogió la otra carta que quedaba. La que más y menos ganas tenía de leer a la vez. Pasó la mano por el sobre, era el mismo que el de la otra y, sin poderlo evitar, un mal presentimiento se instaló en su corazón: no le iba a gustar lo que Carli había escrito. Lo sabía. Aun así abrió el sobre y sacó la carta.

Querida Vera,
Si estás leyendo esto es porque has aceptado tu tarea y estás camino del Sector M, tal y como esperamos de ti.
Espero que me hagas sentir orgullosa y apliques todo lo que has aprendido hasta ahora.
Mucha suerte

Una gota calló sobre la última frase y fue entonces cuando Vera se dio cuenta de que estaba llorando. Su cabeza le gritaba lo que había pensado en la frontera de su sector pero, a pesar de que se hubiera dicho a si misma que Carli ya no era su madre, los sentimientos seguían ahí y Vera sabía perfectamente que serían muy difíciles de superar. Tal vez nunca lo hiciera.

Se dijo que había sido una estúpida intentando negar a Carli, era su madre. Independientemente de lo buena o mala madre que hubiera sido, siempre lo iba a ser. Sin embargo, a la vez que se daba cuenta de eso, también sabía y debía empezar a aceptar que su madre no sentía lo mismo que ella.

Carli no sabía querer, no había sabido ser una madre con Vera. Siempre había sido consciente de lo peculiar de su relación pero lo había achacado a que había tenido que criarla sola y, para superar la dificultad, había necesitado crearse esa coraza.

Sin embargo, esa carta era el vivo ejemplo de que no. Su madre había intentado entrenarla con los mismos valores en los que ella creía. Había sido ella misma la que no había hecho caso.

En el fondo con quien estaba decepcionada era consigo misma por esperar una verdadera carta de despedida de su madre, una carta en la que dijera que la quería. Pero esas palabras jamás habían salido de la boca de su madre y en ese momento no tenía por qué ser diferente.

Vera arrugó la carta sintiendo que un torrente de furia recorría su cuerpo.

Había sido enviada a una misión en la que no solo se jugaba la vida, sino el futuro del Proyecto Sol. Y en esa maldita carta, su madre, no solo no le mostraba el menor signo de amor o cariño, sino que daba por hecho que Vera iba a acceder a cumplirla. Lo único que le pedía era que no la decepcionara como llevaba haciendo toda su vida. Ante esto, en ese cubículo del tren, Vera se permitió llorar por última vez. Por su madre, por las verdades que le habían ocultado toda su vida y, sobre todo, por el inmenso miedo que sentía a lo que estaba por venir. La alegría inicial por la aventura que iba a vivir se fue evaporando dejando paso a la realidad. Estaba sola. Pero para eso había sido entrenada.

De pronto, el compartimento se fue quedando a oscuras poco a poco, lo que hizo que Vera mirara por la ventana. El valle por el que estaban pasando se estaba oscureciendo por momentos y sintió una punzada de miedo, ¿qué estaba pasando? Se limpió las lágrimas y se acercó a la ventana, apoyando la mano en el cristal. La luz del exterior se apagó por completo dando paso a la noche y Vera se quedó a oscuras dentro de su compartimento. Fuera, el paisaje continuaba pasando a toda velocidad pero solo veía sombras borrosas, ¿qué había sido eso?

En su sector amanecía, y, durante el día, había siempre la misma intensidad de luz hasta que sonaba la sirena y caía la noche, a partir de entonces la gente tenía dos horas para volver a casa hasta el toque de queda. Lo que acababa de ver había sido como el amanecer de la noche, y le había encantado.

Su estómago rugió y recordó que no había comido en todo el día. Con la mano, buscó a tientas la llave de la luz de su compartimento para encenderla. Tuvo que parpadear varias veces para que sus ojos se adaptaran a la intensidad y cogió el billete. Según ponía en la parte trasera, si lo enseñaba en la cafetería podía comer todo lo que quisiera por lo que se encaminó hacia la puerta.

Vio la carta de su madre echa una pelota en el asiento. Movida por un impulso, se acercó de nuevo a cogerla, la alisó y volvió a guardarla en el sobre. Sabía que la decepción que sentía hacia su madre se disiparía, dando paso a una terrible aceptación y que terminaría arrepintiéndose si no conservaba la carta.

Su madre había sido la mejor madre que había podido ser teniendo en cuenta en qué mundo estaba criándola. Para su madre el Proyecto estaba por encima de todo y, dentro de esa idea, había incluido a Vera de la forma que había podido. No tenía la culpa de que Vera no hubiera entendido cuales debían ser las prioridades.

Había necesitado llorar y descargar la tensión, y eso había hecho, pero ya no era una niña, era una mujer adulta y tendría que lidiar como pudiera con ese dolor e ir aceptándolo poco a poco. Su madre seguiría siendo su madre para ella, pero ahora que entendía su postura se le haría más sencillo de asumir. O eso esperaba.

Cogió los dos sobres, los guardó en la maleta y esta vez sí que se dirigió a la puerta.

***

Kleiff sintió el alcohol bajar ardiendo por su garganta y suspiró. Miró hacia arriba, a los espejos que cubrían todo el techo del pub en el que se encontraban para observar su propio reflejo. Su pelo castaño claro estaba revuelto por lo que acababa de hacer en uno de los reservados y sus ojos color miel se tornaban cada vez más vidriosos a cada copa que tomaba.

Vio, desde el espejo, como una camarera se acercaba a su mesa y bajó la mirada hacia ella. Iba vestida con el uniforme del pub, que apenas dejaba nada a la imaginación, aunque tampoco se diferenciaba en exceso de los atuendos del resto de las mujeres del local. Todas enseñando la mayor parte de piel de su cuerpo y, cuanto más blancas eran, mas enseñaban, demostrando la pureza de su sangre. Aunque últimamente las mestizas estaban empezando a sentirse orgullosas de su tono de piel también y estaban adoptando los mismos atuendos que las mutadas. Eso le gustaba, él era mestizo y se sentía orgulloso de ello.

La camarera le hizo un gesto con la mano, sacándole de sus ensoñaciones, preguntando si quería que le rellenara la copa. Él asintió y ella echó un par de hielos en su vaso, lo rellenó y se marchó. No solía tener sexo con las camareras y ellas lo sabían, por eso la muchacha ni se había molestado en decirle nada.

Tomó un trago largo y resopló. Estaba hecho una mierda, el ron le sentaba fatal, quizá era el momento de pasarse a algo más suave. ¡Ja! No se lo creía ni él mismo.

En ese momento la puerta de un reservado se abrió y Enna salió colocándose el minúsculo vestido que llevaba. Se sentó a su lado, le quitó el vaso de la mano y dio un trago largo. Kleiff la miró con una punzada de envidia, esa chica bebía el alcohol como si de agua se tratase.

—¿Por qué te has marchado? —preguntó mientras le devolvía el vaso medio vacío a Kleiff—. Me has dejado sola ante el peligro.

El chico se encogió de hombros y volvió su mirada a la puerta del reservado del que acababa de salir Enna para ver salir a una pareja. Ella mestiza y él mutado. No se molestaron en mirar a Kleiff ni a Enna. Lo que sucedía en los reservados se quedaba allí.

—No estoy de humor, Enna. Estoy nervioso por lo de mañana.

Enna se acercó más a él y comenzó a besarle el cuello. Él se dejó hacer, le encantaban los besos de su compañera y en ese momento eran lo que necesitaba. Besos con cariño, no sexo con desconocidos. Que se le iba a hacer, había momentos para todo.

Giró la cara hacia la de ella y sus bocas se encontraron. Kleiff sintió el calor y la suavidad de esos labios que tan bien conocía y los mordió y acarició con la lengua. El golpe de un vaso al ser dejado en la mesa les hizo dejar de besarse pero no se separaron. Miraron al chico que acababa de dejar su copa y que se estaba abrochando la bragueta mientras se acomodaba en el asiento. Respiraba agitadamente y tenía el cuello lleno de marcas de carmín. Sus labios estaban hinchados por los besos que seguramente acababa de dar y su pelo rubio estaba revuelto, más que el de Kleiff. Era la imagen del sexo, un mutado enorme, musculoso y rubio con los ojos de un azul tan claro que casi parecían blancos. Así era Calem.

Enna le dio un último beso a Kleiff y se reacomodó en su asiento. Luego miró al mutado y sonrió pícaramente.

—¿Qué Calem? Parece que lo has pasado bien.

Calem sonrió de vuelta y se llevó su copa a la boca. No contestó a Enna sino que miró a Kleiff.

—Tú sí que pareces pasarlo bien, K. Serías el rey de un funeral con tu estado de ánimo.

Kleiff lo miró, dispuesto a soltarle cualquier burrada, pero no pudo evitar sonreír. La verdad era que tenía razón, estaba de un humor pésimo para salir de fiesta. De hecho no tenía intención de salir, se iba a quedar en casa con Enol y Owen viendo una película para luego encerrarse en su cuarto para que esos dos pudieran follar tranquilos cuando les entrara el calentón, pero Calem y Enna habían insistido para que fuera con ellos al BlackSpirit. Y allí estaban los tres.

Nada más llegar, Calem había desaparecido, como hacía siempre, en busca de alguna presa, hombre o mujer, le daba igual —más o menos un poco como a Kleiff, aunque él prefería el sexo con las chicas—, mientras que él y Enna se habían sentado en su mesa de siempre. Luego había aparecido aquella pareja y Enna lo había arrastrado hasta aquel reservado para jugar un poco, pero Kleiff no había podido concentrarse en lo que estaba haciendo y se había ido. La llegada de la nueva recluta lo estaba poniendo más nervioso de la cuenta pero no lo podía evitar.

—¿Hola? —La mano de Enna le pasó por delante de la cara varias veces, haciéndole volver al presente—: ¿Ves? Así está todo el día… —decía esta vez a Calem.

El mutado de primera generación se movió en el asiento, acercándose más a Kleiff, y le puso una mano en el hombro.

—¿Qué es lo que tanto te preocupa, K? Todos hemos sido nuevos en este equipo en algún momento, y si es por lo de que ella sea… —Kleiff lo mandó callar con la mirada—. Bueno, eso, es normal que estés nervioso, pero no puedes dejar que te afecte tanto.

Eso era verdad pero no estaba nervioso solo por el hecho de que no fuera una recluta cualquiera, sino que su llegada conllevaba empezar la primera fase de la Misión y prepararlo todo estaba siendo agotador. Además, tenía un presentimiento con esa chica, no era ni bueno ni malo, pero sabía que iba a ser importante. Estaba deseoso de que llegara y a la vez preocupado, y eso no era normal en él. No era la clase de tío que le da vueltas a las cosas, si tenía una preocupación buscaba una solución. Punto. Pero esa situación era diferente, hasta que ella no llegara no se iba a encontrar tranquilo.

Reconocerse eso a sí mismo hizo que sus hombros se relajaran y levantó la vista del vaso. Primero miró a Enna, que sonreía como si hubiera podido ver todo el debate que se había llevado a cabo en su mente.

Él le devolvió la sonrisa y buscó su mano bajo la mesa. Cuando la encontró apretó sus dedos con suavidad y ella se los apretó de vuelta. Luego se giró hacia Calem, que tenía el vaso sobre los labios y repasaba a un mutado rubio que estaba apoyado en la barra. Kleiff tuvo que contener una carcajada y le dio un codazo a su amigo. Él lo miró molesto pero divertido.

—¿Es que ni teniendo a tu amigo y jefe deprimido eres capaz de dejar de pensar en sexo?

Enna se echó a reír y Calem apuró su vaso a la vez que se levantaba de la mesa.

—Yo hago las preguntas que te llevan a las reflexiones, ya lo sabes, no tengo demasiada paciencia con el tema de los sentimientos. Y no, el único momento en el que no pienso en sexo es mientras estamos trabajando y… yo ahora no veo trabajo por ninguna parte.

Kleiff puso los ojos en blanco y se echó a reír a la vez que Calem les guiñaba un ojo a él y a Enna para dirigirse hacia el chico de la barra. Al muchacho se le iluminaron los ojos cuando se giró hacia él, pero era de esperar, Calem era uno de los tíos más guapos que Kleiff había visto y que un mutado como ese te entrara era todo un acontecimiento.

No podía oír lo que estaban hablando pero Calem señaló hacia ellos y el chico los miró, se puso rojo y sonrió. Calem les hizo una señal para que se acercaran. Enna se giró hacia Kleiff con mirada de súplica, no tenía ganas de nada pero se levantó de la mesa, aun agarrando la mano de Enna, y se dirigió hacia la barra. Al parecer sería una de esas noches en las que los tres compartirían más que casa y misión.

***

Vera salió de su compartimento y se sintió perdida. El tren era enorme. Su compartimento estaba al principio del pasillo, a dos puertas de un hall en el que había unas escaleras que ascendían, por lo que tendría por lo menos una segunda planta y, si miraba hacia el final del pasillo lleno de puertas, le parecía interminable.

En ese momento se abrió la puerta de un compartimento a mitad del pasillo y un hombre salió de él. Sus ojos se fijaron en ella y los de ella le devolvieron la mirada. Debía ser mestizo, ya que su cabello oscuro contrastaba con unos ojos azul celeste que miraban con curiosidad. Era la primera vez en su vida que veía unos ojos de ese color. Debía sacarle por lo menos quince años, tenía una barba cuidada que le daba un aspecto más duro pero que enmarcaba su sonrisa. Sin duda era un hombre muy atractivo pero aun así había algo más que hacía que Vera no pudiera apartar la vista de él.

—¿Necesitas ayuda?

Vera vio los labios del hombre moverse pero tardó unos segundos en entender lo que decían. Algo no estaba bien.

—Estaba buscando la cafetería pero…

El calor le subió hasta las mejillas y se sintió completamente estúpida. ¿Qué estaba pasando? Había visto mestizos en el H, pero era la primera vez en su vida que estaba tan cerca de uno. Había algo en él, una especie de magnetismo que hacía que no fuera capaz de concentrarse.

El mestizo sonrió con amabilidad y señaló a su derecha.

—Está al final del pasillo. Yo también iba para allá, ¿te gustaría acompañarme?

Vera lo miró fijamente pero esta vez no por su físico sino tratando de saber si podía fiarse de él o no. Al mestizo pareció complacerle que ella se lo pensara y eso le hizo decidirse a darle una oportunidad a ese desconocido, a pesar de continuar sintiéndose aturdida.

—Sí, gracias.

Él asintió y empezó a andar. Al final del pasillo había un pequeño hall y, a la derecha, dos puertas dobles sobre las que estaba colgado el letrero de la cafetería. El mestizo abrió una de las puertas, pasó y la sostuvo abierta para que pudiera pasar ella.

Vera le dio las gracias y miró a su alrededor. La cafetería era inmensa, tendría por lo menos cincuenta mesas y la gran mayoría estaban ocupadas. Se dejó guiar por el mestizo misterioso y llegaron a una barra enorme donde unos diez camareros despachaban a todos los clientes.

Miró todos los menús pero se le había quitado el apetito de repente y, aunque sabía que tenía que comer, no tenía ganas de tomar algo fuerte por lo que, cuando le llegó su turno, pidió a un camarero una ensalada y una botella de agua. A los pocos segundos ya tenía ambas cosas sobre una bandeja. Esperó fuera de la fila a que él pidiera su comida y, casi al momento, se dirigía hacia ella con un filete y una lata de cerveza. Cuando estuvo junto a ella miró con escepticismo su ensalada, como si no estuviera de acuerdo con el poco alimento que pensaba ingerir, pero no dijo nada y señaló una mesa libre que había junto a la ventana.

Vera se sentó en la silla que miraba al sentido del viaje y él se puso frente a ella. Con dedos hábiles abrió la lata de cerveza y le dio un largo trago. Entrecerró los ojos y el gesto de su cara parecía decir que no había probado una cerveza igual en su vida, lo que hizo reír a Vera.

—Es lo mejor de viajar en este tren... ¡la cerveza! No la he probado igual en ninguno de los dos sectores.

La chica volvió a reírse, la verdad era que ella solo había probado la cerveza del Sector H y no le gustaba en absoluto. Como si la hubiera leído el pensamiento, el mestizo la tendió la lata.

—¿Quieres probarla?

—No, no gracias, no me gusta la cerveza —respondió Vera negando con la cabeza.

—Esta si te gustará, prueba.

Ante la insistencia la chica cogió la lata y dio un sorbo. La expresión de asco que debió formársele en la cara hizo que el hombre soltara una carcajada.

—O no…

Vera negó con la cabeza mientras le devolvía la lata. Él la cogió y la dejó en la mesa.

—Me llamo Nolan, por cierto —se presentó mientras cogía sus cubiertos y comenzaba a trabajar en su filete.

—Vera —contestó ella antes de meterse un tenedor de ensalada en la boca para quitarse el mal sabor que le había dejado la cerveza.

Él la observaba comer divertido y, aunque en otro momento tanta atención hacia ella le habría resultado incómoda, con Nolan se sentía tranquila aunque se estaba dando cuenta de lo surrealista que era toda aquella situación.

¿Qué estaba haciendo sentada a la mesa con un desconocido, mayor y atractivo? En el H esta situación sería todo un escándalo, sin contar con que ese hombre podría interpretar su aceptación a cenar juntos como una provocación por su parte que implicara segundas intenciones.

Sin embargo, todo había sucedido tan deprisa que apenas se había parado a pensar en ello y estaba empezando a ponerse nerviosa. Observó en silencio mientras comía, su mirada parecía tranquila y buena. Cuando la miraba solo parecía hacerlo con curiosidad.

Era posible que alguien que viajaba mucho como él se encontrara a personas en la misma situación que Vera constantemente y solo intentara ayudarla al verla desorientada. O también era posible que precisamente por viajar tanto se sintiera un poco solo y por eso buscara conversación.

—Es tu primer viaje intersectorial, ¿verdad?

Su pregunta sacó a Vera de su monólogo interno y asintió a modo de respuesta.

—¿Y tú?

—Viajo constantemente de un sector a otro. Es por mi trabajo, soy profesor de universidad.

Aquello sorprendió a Vera, no estaba segura de a qué se había imaginado que se dedicaba ese mestizo pero le costaba imaginarlo dando clases. Parecía muy joven para ocupar un cargo como ese, los profesores de universidad solían ser mucho más mayores, al menos los del H.

Vera se preguntó dónde viviría, ya que en el H solo había una universidad y las facultades estaban dispersas en las diferentes Zonas. En la 4, donde vivía ella, se encontraba la Facultad de Medicina y todas las relacionadas con la rama de Biología y Medioambiente.

No sabía cómo funciona el sistema universitario en el M y, aunque le causaba una gran curiosidad, no preguntó. De nuevo Nolan pareció entenderla solo con mirarla.

—Si tienes dudas puedes preguntarme. Sé que el primer viaje al M puede ser un poco abrumador.

Había dicho eso como si estuviera hablando de una lección de clase, sin dobles intenciones y con sencillez. Aun así, Vera seguía recelosa con respecto a ese magnetismo que parecía desprender y que hubiera transmitido tanta confianza desde el principio. Estaba empezando a sospechar que algo de su condición de mestizo era lo que estaba causando ese aturdimiento y atracción, pero decidió aprovechar la ocasión y preguntarle ciertas dudas.

Comenzaron a hablar mientras cenaban. Al principio él hablaba y ella escuchaba, no supo en qué momento comenzó a coger confianza pero se sorprendió a sí misma charlando con él y disfrutando de ello. Le contó que estaba estudiando medicina y él que enseñaba Historia en ambos sectores, por eso vivía a caballo entre ambos. Según él, había pasado más tiempo en ese tren que en ningún otro lugar.

Poder hablar de casi cualquier cosa era algo sumamente extraño para ella, nunca había podido preguntar nada en el Sector H, más allá de las lecciones que daban en clase.

Casi todos eran temas controvertidos que podían generarte mala reputación y estaba encantada de que alguien contestara a sus dudas, por muy estúpidas que fueran. Como cuando le preguntó por el amanecer de la noche que había visto en su compartimento.

—¿Amanecer de la noche? —repitió Nolan frunciendo el ceño—; aaaahhhh, ¡te refieres al atardecer!

Esta vez fue Vera la que frunció el ceño. Atardecer, era así como se llamaba. Aunque ahora que lo pensaba tenía sentido.

—En el Sector M —comenzó a explicar Nolan—, no hay toque de queda, por eso no se hace de noche de forma automática sino que la luz se va degradando.

No había toque de queda. Esa afirmación quedó resonando en la mente de Vera. Ya lo sabía, pero era la primera vez que se paraba a pensar que iba a experimentar estar en la calle hasta la hora que quisiera.

Se había saltado el toque de queda numerosas veces. Solo al principio había temido que ocurriera algo por hacerlo, ya que pronto se había dado cuenta de que realmente no pasaba nada. Nadie la había llevado a rastras a casa o al calabozo.

El toque de queda se mantenía porque los rumores de lo que le había sucedido a tal o cual vecino por saltárselo se extendían y aumentaban rápidamente. Si preguntabas a alguien nadie había visto nunca a esos supuestos guardias que se llevaban a los infractores y tampoco habían visto ninguna detención. Habían llegado a un punto de obediencia y miedo que no hacía falta que estuvieran presentes para temerles.

Nadie se preguntaba por qué existía el toque de queda, ni para qué servía, simplemente lo cumplían. En lo único que se notaba en el día a día era a la hora de condicionar la forma de divertirse de los humanos, ya que todos los Centros de Ocio cerraban al hacerse de noche por lo que el ocio de los jóvenes del Sector H era muy reducido.

Automáticamente se preguntó cómo se divertirían entonces los chicos y chicas del Sector M pero rechazó esos pensamientos y se regañó a si misma por pensar en esas tonterías. Estaba yendo para cumplir una misión no para salir de fiesta y, seguramente, quien quiera que la estuviera esperando una vez llegara allí, no estaría dispuesto a perder el tiempo de la Misión de esa forma.

Miró a Nolan, que estaba terminándose su filete sin hacerla caso, como si supiera que estaba reflexionando. Sentía que él la entendía con solo mirarla, como si pudiera leer el pensamiento, aunque eso era imposible.

Subió la mirada al sentirse observado y levantó la ceja a modo de interrogante.

Después de un rato hablando con él, Vera sabía que ponía esa expresión cuando quería que le dijera lo que estaba pensando y ella, para sacar un tema, preguntó lo primero que se le pasó por la cabeza.

—¿Cuánto dura el viaje? Sé que los trenes salen cada tres días, pero no creo que el viaje dure eso.

—Suelen ser dos noches pero has tenido suerte y lo han adelantado, por lo que mañana por la tarde, después de comer, ya estarás saliendo de este tren.

Eso significaba que no quedaba ni un día de viaje. Sin poderlo evitar un bostezo se escapó de su boca, lo que provocó que Nolan sonriera.

—Será mejor que nos vayamos a descansar.

Vera asintió y, tras levantarse de la mesa, siguió a Nolan a través del pasillo. Él se paró en la puerta de su compartimento y ella continuó hasta el suyo pero en lugar de abrir se giró hacia Nolan.

—¿Te importa si continuamos mañana con la charla?

Nolan sonrió y asintió.

—Nos vemos a la hora del desayuno.

La chica asintió a su vez y, tras despedirse de él, entró en su compartimento. Con cuidado, bajó la cama vertical que había dentro de un armario para ocupar menos espacio. Se quitó la ropa y se metió en la cama.

Pensó que le costaría dormirse por todo lo que había pasado y los nervios de lo que estaba por suceder, pero apenas pasados cinco minutos ya estaba soñando con el primer atardecer que había visto en su vida.

***

Los labios de Enna le recorrían el pecho mientras avanzaba por el reservado hasta sentarlo en el sofá. A la vez,

Kleiff la acariciaba los pezones y la besaba suavemente por el cuello. El chico de la barra estaba de pie y acariciaba el sexo de la chica desde atrás mientras Calem le penetraba duro, como le gustaba hacer.

Enna soltó un gemido y Kleiff sintió como sus labios bajaban hasta su miembro y se lo metía en la boca. Reprimió un jadeo a la vez que subía las manos hasta la cabeza de la chica, moviéndosela arriba y abajo, marcando el ritmo a seguir. Al principio lento pero cada vez más rápido hasta que, de un movimiento, la hizo sentarse a horcajadas sobre él, penetrándola de una vez y llegando hasta el fondo. Enna gimió de placer y Kleiff la besó para ahogar el siguiente grito, que pareció ser el detonante de la explosión de Calem, que se corrió dentro del chico de la barra con una fuerte embestida.

Por suerte, Calem no era un amante egoísta y, aunque él ya había conseguido su placer no pensaba parar hasta que el chico también obtuviera el suyo, por lo que le hizo girarse hacia él y comenzó a masturbarlo con la mano mientras le besaba el cuello y el pecho.

El movimiento de caderas de Enna lo estaba volviendo loco y con cada subida y bajada sentía que estaba cada vez más cerca de correrse. Fue ver cómo el chico de la barra se corría en las manos de Calem lo que hizo a Kleiff excitarse aun más. Agarró a Enna del trasero y la hizo moverse cada vez más rápido hasta que ella gimió con fuerza mientras su sexo se contraría con un orgasmo que apretó el miembro de Kleiff, haciendo que terminara él también.

Durante unos minutos solo se escucharon cuatro respiraciones agitadas y la música que sonaba en la pista de baile, amortiguada por las paredes del reservado. Kleiff abrazó a Enna aun dentro de ella y la mutada comenzó a acariciarle los hombros. Se escuchó el ruido de una bragueta al subirse y luego la puerta del reservado al abrirse y cerrarse. Solo en ese momento Kleiff levantó la vista del hombro de Enna y abrió los ojos.

El chico de la barra se había ido y Calem se sentó en el sofá junto a Kleiff, aun con la bragueta bajada, y sacó un cigarro y un mechero del bolsillo de su pantalón de cuero. Con un suave chasquido lo encendió y el humo comenzó a llenar el reservado.

Enna se separó de Kleiff y acercó su boca a la de Calem, el cual inhaló profundamente de su cigarro y le pasó el humo a la chica lentamente, rozando sus labios con los suyos. Ella se giró hacia Kleiff pero este negó con la cabeza y ella soltó el humo hacia arriba para que no le diera en la cara. A Kleiff no le gustaba el tabaco, el humo no le molestaba pero no quería fumar, ni siquiera después de echar un polvo. Se dio cuenta de que la tensión había desaparecido de sus hombros y, aunque seguía nervioso por la llegada de la chica, ya no estaba preocupado.

—¿Ves? —dijo Calem dándole un golpe en el brazo—, un buen polvo hace maravillas.

Enna sonrió satisfecha y le acarició la mejilla. Le costaba admitir que algo tan primario como el sexo pudiera hacerle liberar la tensión de esa manera, y aunque Calem tenía razón, solo la tenía en parte. Kleiff no era un mutado, no segregaba las mismas feromonas que ellos. Aunque ellos quedaran totalmente relajados y libres de preocupaciones, el sexo no tenía el mismo efecto en él. Le ayudaba a relajarse, pero prefería dejar su conciencia tranquila buscando la solución a sus problemas de manera racional, y eso era lo que iba a hacer.

Le dio un apretón a Enna en el muslo como señal para que se levantara y ella lo hizo, sentándose entre él y Calem, que de nuevo volvió a compartir con ella el humo de su cigarro.

Decidió que ya era momento de marcharse. Aun tenía que preparar muchas cosas para la llegada de la chica y apenas quedaban doce horas para que eso sucediera.

Se abrochó el pantalón de cuero y se levantó. Miró a sus amigos para despedirse pero estaban ocupados besándose por lo que se dirigió a la puerta del reservado con una sonrisa. Los mutados eran insaciables y si estaban estresados, aun más.

**

—¿Qué más diferencias hay entre el M y el H?

Vera se había levantado nada más amanecer y al salir de su habitación se encontró con Nolan que también salía de la suya. Habían ido a la cafetería juntos y estaban tomándose su desayuno mientras Vera le acribillaba a preguntas.

—No se parecen en nada.

Sentía que los ojos le brillaban con curiosidad. Quería detalles, ejemplos de lo diferentes que podían ser ambos sectores. Tenía tantas preguntas que se le agolpaban todas en la cabeza y no sabía por cual empezar. Nolan parecía entender sus pensamientos, otra vez, pero la miraba sonriente continuando con su desayuno.

—Tengo ganas de llegar pero también tengo miedo de lo que me voy a encontrar. Nunca he visto un mutado.

Durante sus estudios Vera había estudiado a los humanos sobretodo, ya que siendo humana era la raza a la que iba a tratar. Se estudiaban características básicas mutadas por si se diera el caso de tratar mestizos, pero poco más. Los mutados habían prohibido que los humanos los estudiaran en profundidad, no querían que conocieran sus debilidades para que no las usaran en su contra.

Nolan asintió con entendimiento, se limpió la boca con una servilleta y contestó.

—Sobre los mutados ya sabrás que se dividen en categorías, en función de la pureza de su sangre, lo mismo sucede con los mestizos y los humanos. Los más comunes son los mutados de segunda generación, es decir, mutados cuya sangre no es pura y que en algún momento se ha mezclado con sangre de humano o de mestizo. Los mutados de primera generación son más difíciles de ver pero no porque haya pocos sino porque son muy elitistas, suelen tener mucho cuidado en los apareamientos para que su sangre siga permaneciendo pura.

—¿Y hay alguna manera de distinguir a unos de otros? —preguntó Vera emocionada, ya que por fin se encontraba recabando información útil.

Él asintió y se señaló a sí mismo.

—¿Qué mezcla ves en mí?

Vera frunció el ceño, estudió sus rasgos y contestó.

—Tienes los ojos azules, de herencia mutada, pero tienes el pelo castaño oscuro y la piel bronceada, de herencia humana.

Él asintió y la señaló a ella.

—Tengo los ojos oscuros, de herencia humana, pero el pelo castaño claro y la piel clara, de herencia mutada, aunque seguramente muy diluida.

Nolan volvió a asentir y continuó hablando.

—Nada más vernos sabemos que somos un cruce y podemos distinguir perfectamente qué rasgos tenemos de una raza y cuáles de la otra. Un humano tipo sería uno de baja estatura, fornido, moreno de ojos, pelo y piel. Cuando hablábamos de un mutado tipo, nos referimos a uno alto, delgado, con ojos, pelo y piel claros. Cuanto más claros, más pureza tiene su sangre. Esa es la manera de saber la generación.

Vera asintió, todo eso lo había supuesto durante sus estudios en la universidad y lo que se sabía tradicionalmente de ambas razas, sin embargo, lo que generaba una duda real no eran las diferencias físicas, que eran evidentes, sino las diferencias a nivel orgánico. Hasta qué punto la sangre mutada que corría por sus venas afectaba a su carácter y a su forma de pensar.

—¿Qué otro tipo de diferencias hay entre los mutados y los humanos?

—¿A nivel orgánico te refieres? —preguntó Nolan, Vera asintió—. Las diferencias son genéticas, durante la evolución los mutados ganaron un gen que se encarga de producir "estarmina" la hormona que hace que sean mucho más instintivos y menos racionales, por supuesto que razonan pero no al nivel de los humanos, por eso controlan todo lo que pueden estudiar y hacer, ya que temen que si les dieran todos los conocimientos los superarían.

Vera había dejado su desayuno a un lado y escuchaba a Nolan boquiabierta, conocía la estarmina, pero solo como hormona resultante de la evolución que les había permitido tener la habilidad de respirar ambas atmósferas. Suponía, después de estudiarlo, que una hormona afectaba en muchos otros aspectos, pero no que fuera tan determinante.

—La capacidad de generar esa hormona es lo que realmente los diferencia de los humanos —continuaba Nolan—: La estarmina afecta a todos los aspectos de la vida de un mutado, a su forma de reaccionar a los estímulos y problemas, y hace que sigan los instintos primarios más que los humanos.

Sin saber por qué, Vera tuvo la sensación de que cuando Nolan se refería a "instintos primarios", lo que realmente quería decir era sexo. Desconocía en qué grado, pero al ser mestiza ella misma también producía la estarmina y, aunque le costaba reconocerlo, eso de guiarse por los instintos explicaba muchas facetas de su carácter y de sus acciones del pasado.

—Además, los mutados no se mueven tanto por sentimientos sino por conexiones. –Al ver la cara de desconcierto de Vera, Nolan sonrió—. Un ejemplo, un humano siente que está enamorado de otro. Un mutado se vincula, no se sabe muy bien cómo, se cree que las feromonas mutadas no solo generan atracción como las humanas —de hecho generan más— sino que si encuentran a sus complementarias se produce esa conexión, "El Vínculo" como se le suele llamar, que es definitivo, es orgánico, no son sentimientos.

Aquello dejó totalmente perpleja a Vera. Explicaba por qué Nolan le resultaba tan atrayente pero seguía preguntándose en qué medida le afectaba eso a ella. Tal vez había conectado con Kev y no lo había sabido. Aunque lo dudaba, ya que si se tratara de una conexión tan profunda ella habría querido estar con él y le hubiera dolido tener que dejarlo, y nada de eso había sucedido. Lo que si era posible era que él se sintiera atraído por sus feromonas mestizas, lo que explicaría por qué era tan insistente con ella.

Casi como solventando esas dudas internas Nolan concluyó.

—Toda esta teoría solo es aplicable a niveles absolutos en mutados puros, al cruzar el instinto de ellos con la racionalidad de los humanos se puede crear cualquier tipo de mestizo, por eso, hasta que no convivas con ellos, no podrás saber en qué medida te afectan la estarmina y las feromonas de los demás mutados y comiences a experimentar sus efectos.

Ella asintió, aun pensativa, pero todavía tenía una gran duda.

—Los mestizos… ¿conviven bien con los mutados?

Al escuchar la pregunta el rostro de Nolan se puso serio.

—Debes tener cuidado. Aquí en el tren intersectorial somos todos mestizos. Cada uno podemos tener nuestras ideas pero conocemos nuestra posición en La Burbuja, sabemos dónde somos privilegiados y donde no. Te encontrarás con mutados que te acepten aunque, sobre todo si son mayores, te tratarán con cierta indiferencia, pero no te sientas ofendida porque esa indiferencia siempre es como un cumplido. La alternativa es peor. Por desgracia te encontrarás con algunos que no te considerarán digna de dirigirles la palabra solo por ser mestiza. Se sienten superiores.

"Pero no lo son", terminó Vera en su cabeza. Esa frase la repetía Duncan continuamente, de hecho, recordaba haberle escuchado decirla la noche anterior en su casa, mientras daba la noticia de que Vera había sido elegida para viajar al M. Una especie de alarma en su cuerpo la indicó que Nolan no era un simple mestizo profesor de universidad.

Se sentía tentada de preguntarle si tenía alguna relación con el Proyecto pero no podía, sería una imprudencia. Miró sus ojos azules que le devolvían una mirada brillante y de reconocimiento. Sería demasiada coincidencia encontrarse con un miembro del Proyecto en ese tren. Cuando se estaba convenciendo a sí misma de que a lo mejor no era tanta coincidencia, Nolan se levantó de la silla.

—He de irme, Vera. Tengo muchas cosas que preparar. —Ella asintió y se levantó también—. Por si no nos vemos a la hora de comer, me ha gustado mucho conocerte y espero que nuestros caminos se crucen de nuevo.

Dicho esto se dio la vuelta y se marchó. Vera se quedó de pie totalmente pasmada, a pesar de lo que sus palabras decían, el tono indicaba que, en primer lugar, no la iba a ver a la hora de comer y, en segundo lugar, que sus caminos se iban a encontrar de nuevo.

Volvió a sentarse y tardó un tiempo en levantarse de la silla. En lugar de ir a su habitación, pasó de largo por ella y subió las escaleras hasta la segunda planta. En el hall vio que otro tramo de escaleras subía a una tercera pero decidió no subir más.

El pasillo que se abría ante ella era igual que el de su planta, con compartimentos a ambos lados del pasillo y un pequeño hall al final, cuando llegó a este, en el lugar en el que en la planta de abajo se encontraba la cafetería, en esa se abría una enorme sala llena de sofás y sillones con una amplia barra de bar.

Se sentó en un sillón individual que estaba junto a la ventana y observó el paisaje. Una valla de madera blanca provocó una sensación de *deja vu* y se dio cuenta de que ya la había visto el día anterior a la misma hora. Era el mismo paisaje repitiéndose una y otra vez.

Miró el reloj que había colgado en la pared y los nervios comenzaron a sacudirle el estómago. Solo quedaban tres horas para llegar. La mañana había pasado volando mientras hablaba con Nolan y tenía la sensación de que le pasaría lo mismo con esas tres escasas horas que quedaban.

Había estado a punto de cometer una grave imprudencia y no se podía volver a repetir. Daba igual si Nolan perteneciera al Proyecto o no, la misión que estaba llevando a cabo no era conocida por todos los miembros, solo por un grupo selecto y debía ser muy cuidadosa, por muchas sospechas que tuviera como en el caso de Nolan.

Dejó vagar sus pensamientos mientras observaba el repetido paisaje de la ventana hasta que se preguntó a si misma quién era la persona que iría a buscarla a la estación. En la carta no especificaban nada, si sería chico o chica, mutado o mestizo. Quería causar buena impresión y deseaba que la persona que la fuera a buscar entendiera su situación. Vamos, que si fuera posible no mandaran a alguien como su madre a recogerla, sino más bien a alguien como Nolan, que fuera explicando las cosas que no entendiera.

Un pitido agudo interrumpió sus pensamientos y una voz de mujer resonó por todo el tren.

—Señores pasajeros. Les informamos que llegaremos a destino en sesenta minutos. Por favor, regresen a sus compartimentos.

¿Sesenta minutos? Había perdido dos horas en divagaciones y pensamientos absurdos y se le había olvidado bajar a comer. Un viaje productivo, sin duda alguna.

Se levantó del sofá y se dirigió a paso rápido hasta su compartimento. Una vez dentro, recogió la cama y la volvió a meter en su lugar, luego se giró hacia su maleta y sacó una de las prendas de dentro que parecía una camiseta larga o un vestido muy corto.

Se desvistió, guardó los pantalones y la camiseta del día anterior, que se había vuelto a poner esa mañana, y se puso el vestido que había elegido y los zapatos que había traído el primer día. El vestido le quedaba incómodamente ceñido y corto, aunque ya se iba acostumbrando a la sensación de apenas tener aire en los pulmones. Se peinó el pelo en una larga trenza que le llegaba hasta el ombligo, ya que era imposible dejarlo suelto de lo despeinado que estaba. Cuando estaba sujetando el extremo de la trenza con la goma, el paisaje de la ventana desapareció y el pestillo de la puerta del compartimento se cerró automáticamente.

El pitido de antes volvió a sonar seguido de la voz de mujer.

—Señores pasajeros, ya hemos llegado a destino, Estación Norte del Sector M. En unos instantes se abrirán las puertas de sus compartimentos tras sonar la señal. Gracias por utilizar el Tren Intersectorial.

Esa última frase hizo que Vera soltara una carcajada, como si hubiera otra forma de viajar entre sectores y te agradecieran que usaras ese tren en lugar de todas las demás alternativas.

Tal y como había avisado la señora, una bocina fuerte produjo un sonido largo, sobresaltando a Vera. Al instante, se abrieron las puertas de los compartimentos y la gente empezó a salir al pasillo. Vera salió también, sin buscar a Nolan ya que supuso que no lo iba a encontrar, y se unió a la marabunta de gente que se apelotonaba para salir del tren.

Cuando consiguió salir, siguió las indicaciones de los guardias apostados en el andén. Al parecer según el billete que tuvieras tenías asignada una salida u otra, tal y como le avisaron en la carta.

Vera enseñó su billete a un guardia mestizo que señaló una salida a la izquierda. Ella asintió y siguió a la gente que se dirigía a dicha salida por el andén, que era igual que el del Sector H en cuanto a decoración pero tres veces más grande. Salió por una puerta enorme y pudo ver cómo a los viajeros que salían con ella los estaban esperando y se abrazaban unos a otros con emoción al encontrarse. Miró la salida, ya desde fuera, y vio un cartel en el que se leía "llegada de familiares".

Aquello la sorprendió. Sea quien fuera el que iba a recogerla era un familiar suyo o habían fingido que lo era. La única familia que ella podía tener allí era su padre y esa posibilidad hizo que sintiera un estremecimiento de pies a cabeza. No estaba preparada para conocerle y no entendía por qué no lo había pensado antes.

Se apartó de la salida para dejar pasar a los demás y echó una mirada a la gente que había esperando, por si alguna cara se pareciera a la suya.

De pronto, una voz a su espalda la sobresaltó.

—¿Vera? ¿Eres Vera Ebben?

Ella se giró y ante si apareció un chico mestizo, con el pelo castaño claro y ojos color miel. Era alto y fuerte, iba vestido con unos pantalones de cuero negro y una camiseta de manga corta, también negra, que sin duda le realzaba la musculatura y, para que negarlo, le quedaba estupendamente bien.

Comenzó a sentir el mismo atontamiento que había vivido al conocer a Nolan, que ya suponía era por las feromonas mutadas, aunque sin duda aquel chico era realmente atractivo.

Se obligó a centrarse en sus ojos, pero se sorprendió al ver que los ojos de él la recorrían de arriba abajo de la misma manera que los de ella habían hecho. Cuando sus miradas se encontraron ambos se sonrojaron. Menuda imagen tenían que estar dando.

—Sí, soy yo —contestó ella a la pregunta que él había hecho. La voz le salió entrecortada, pero carraspeó para recobrar la compostura y se obligó a si misma a concentrarse en lo que estaba haciendo.

La mirada del chico cambió al instante, sus hombros parecieron tensarse pero sonrió con amabilidad.

—Perfecto, me llamo Kleiff Yeren. Bienvenida al sector M, hermana.

Vera se quedó sorprendida y sintió un ligero vértigo, ¿hermana?

Kleiff se agachó para coger la maleta pero ella lo paró agarrándolo del brazo, mirándolo fijamente.

—Espera, espera ¿cómo que "hermana"? ¿Es una manera de saludarse aquí o qué?

Aquella reacción pareció sorprender a Kleiff, que se quedó parado, devolviéndola una mirada igual de seria a la vez que fruncía el ceño con incredulidad.

—¿No te lo han dicho? —La cara de boba que se le quedó a Vera pareció responderle, por lo que continuó—. Somos hermanastros, pero vamos, este no es lugar para hablar de ello.

IV

Kleiff había esperado un poco antes de acercarse a Vera. Llevaba el pelo castaño en una larga trenza y uno de los vestidos que él y Enna habían comprado. Se notaba que no se sentía cómoda con él, ya que de vez en cuando intentaba separarlo de su cuerpo, como si no estuviera acostumbrada a llevar ropa tan ajustada.

Era muy atractiva, sin duda, pero se notaba que su cuerpo había sido entrenado para el combate. Cuando se acercó le sorprendieron sus intensos ojos oscuros, tan parecidos a los de su padre. Pero lo que más le impactó fue la forma en que lo había mirado.

Sintió perfectamente sus feromonas y el olor de su esencia, que le recordó a la vainilla. Debía estar sufriendo el proceso de adaptación a las feromonas mutadas, de ahí que su instinto sexual estuviera a flor de piel y el repaso en toda regla que le acababa de dar. Notaba el aturdimiento en sus ojos y en su forma de moverse, por lo que decidió no darle importancia, si bien él no se había quedado corto. De cerca era aun más hermosa que en la distancia y no había podido evitar dejarse llevar por su esencia un instante.

Luego se habían mirado a los ojos y ambos se habían dado cuenta del minucioso estudio que le habían hecho a sus respectivos cuerpos y, como si fueran colegiales, se habían sonrojado. Había sido un momento muy patético, pero el gran momento incómodo llegó cuando él la había llamado "hermana", creyendo que ella lo sabía, pero la expresión de su rostro dejaba claro que no.

Tendría que contárselo todo, pero hasta que no llegaran a casa no era seguro hablar de ese tema ni de otro que fuera vinculante, por lo que cogió su maleta y guió a Vera por los pasillos de la estación hasta llegar al subtren.

El subtren del Sector M era mucho más lujoso y grande que el del H y Vera sentía la mirada curiosa de Kleiff cada vez que se quedaba mirando algo que extrañaba o que nunca había visto. Como las mamparas que había en los andenes que, según Kleiff servían para que la gente no se tirara a las vías, algo que le sorprendió notoriamente. No entendía por qué alguien con esos privilegios querría suicidarse.

El viaje se le pasó volando. Kleiff era bastante serio y reservado pero respondía a todas sus preguntas y explicaba todo lo que no entendía. Aunque no pudo preguntarle nada sobre su parentesco ni nada que requiriera una respuesta comprometida.

Resultaba gracioso que apenas parecía darse cuenta de las miradas de deseo que le echaban las chicas que se cruzaban con ellos, aunque Vera sí lo había hecho y las entendía a la perfección. A cada momento que pasaba la resultaba más atractivo y tenía que reprimir constantemente el impulso de acercarse a él.

Cuando quiso darse cuenta ya estaban saliendo del subtren y, en lo primero que se fijó Vera, fue en unos edificios altísimos que no había visto nunca y se preguntó si era allí donde vivía la gente.

No pudo fijarse en nada más ya que se dio cuenta de que le faltaba el aire y se le estaba nublando la vista. Al sentir un vértigo se agarró a lo primero que tuvo a mano, que fue el brazo de Kleiff. Él se giró hacia ella sorprendido por el contacto aunque enseguida se dio cuenta de lo que pasaba. La sujetó con firmeza y la llevó hasta un banco que había junto a la salida del subtren.

Vera cogió aire para preguntar pero Kleiff le tapó la boca con un dedo para que no hablara.

—Es por la variación de ambiente. En el M tanto la intensidad de luz como los gases atmosféricos están adaptados a los mutados. Tienen sensibilidad lumínica por lo que aquí hay menos luz y menos brillo que en tu sector. Te falta el aire porque tus pulmones están cambiando los gases a los que estás acostumbrada por los que hay aquí, que son similares a los que hay fuera de La Burbuja. Al ser mestizos nuestros pulmones son capaces de respirar en ambos ambientes, normalmente tardas unos segundos en adaptarte de un ambiente a otro, pero al ser tu primera vez tendrás que superar el proceso de adaptación.

¿Proceso de adaptación? ¿Y cuanto duraría eso? Le ardían los pulmones cada vez que cogía aire y veía borroso. Poco a poco su respiración se hizo más regular por lo que se atrevió a hablar. Grave error.

—¿Cuánto… tiempo? —dijo únicamente, ya que el aire volvió a escaparse de los pulmones y se quedó sin respiración otra vez.

Tenía que empezar a ser un poco más paciente.

Kleiff sonrió y le tapó la boca como antes.

—Te he dicho que no hables. Tienes que hacer respiraciones profundas para depurar mejor el oxígeno del H que te va quedando dentro. En unas horas te encontrarás mejor.

Vera comenzó a hacer lo que Kleiff había dicho y comprobó que se iba encontrando mejor conforme lo hacía. Después de un rato él se levantó del banco y le tendió la mano.

—Vamos, nuestra casa está cerca y cuanto antes lleguemos antes te podrás relajar.

Ella asintió y se agarró a su mano mientras se levantaba. La vista que había recuperado con tanto esfuerzo volvió a quedar borrosa y le temblaron las piernas como si fueran gelatina. Aun así, toda orgullo, trató de soltarse de la mano de Kleiff. Él, sin embargo, la hizo agarrarse de su brazo obligándola a estar muy cerca de él, comenzando a sentirse incómoda.

En su sector nunca había estado tan cerca de un chico en plena calle, donde cualquiera pudiera verlos, no obstante, la gente que pasaba cerca para entrar al subtren apenas se fijaban en ellos y, desde luego, no pensaban que lo que estaban haciendo estaba mal. Kleiff se dio cuenta de su incomodidad y la miró interrogante mientras seguían caminando.

—En mi sector… no está bien visto… estar tan cerca de… un chico —musitó de forma entrecortada por la falta de aire.

Él la miró con seriedad y entendimiento y se separó un poco de ella aun manteniéndola agarrada para que se apoyara en él al caminar.

—O sea que ahora mismo caminar así sería todo un escándalo.

Vera asintió, agradecida por su comprensión y respiró hondo de nuevo para recobrar el aliento pero la esencia de las feromonas de Kleiff le llenó los pulmones. No solo era agradable sino que la atraía como si fuera el polo negativo de un imán y él un polo positivo, haciendo que aumentaran los impulsos de acercarse a él aun más de lo que ya estaban.

—Es por las feromonas. Si no has estado en contacto con mestizos o mutados es un poco abrumador al principio, pero luego te acostumbras a sentir las esencias de todos. Tranquila.

Ella asintió de nuevo y sintió su cuerpo relajarse. Lo sospechaba pero agradecía que se lo dejara claro, ya que estaba empezando a preocuparse por sentirse atraída sexualmente por su hermanastro.

—Muchas cosas a las que adaptarse —susurró ella de nuevo y, por primera vez desde que se vieran, él soltó una carcajada.

Mientras caminaban Kleiff iba explicando la distribución de las calles en ese sector. No se dividía en calles residenciales y calles comerciales como el suyo sino en calles y avenidas. Las avenidas, que era donde estaban ahora, eran las zonas más caras y lujosas, mientras que las calles, que era donde estaba la casa donde iba a vivir eran zonas menos ricas.

Vera tardó un momento en comprender esa división, era tremendamente elitista. Sospechaba que en las avenidas solo vivían y tenían comercios los mutados y que era en las calles donde vivían los mestizos o mutados menos puros. No compartió esa sospecha con Kleiff. No solo porque no se sentía con fuerzas para hablar sino porque no sabía si sería adecuado hablar de eso allí.

A mitad de la avenida giraron por una calle estrecha a la derecha para salir a una calle casi de la misma anchura que la avenida que, en lugar de tener edificios altos o rascacielos, como los había llamado Kleiff, tenía edificios de como mucho cinco pisos.

Cruzaron la calle y caminaron unos pasos más pero Vera se tropezó con un adoquín roto que no había visto. Habría caído al suelo de no ser por Kleiff, que apretó el brazo en el que ella se estaba apoyando y la agarró de la cintura con la otra mano, soltando la maleta para poder sujetarla pero mostrando unos reflejos envidiables.

Vera se encontró pegada a su cuello, ya que era hasta donde le llegaba, oliendo ese aroma de Kleiff, que le recordaba a algo que hubiera olido antes pero que no sabía identificar y que la hacía sentir… completa. Un cosquilleo bajó desde su estómago hasta su sexo cuando él bajó la cabeza hasta el cuello y aspiró su olor lentamente. El brazo que la mantenía agarrada por la espalda se tensó, al igual que el resto del cuerpo de Kleiff, que se separó de ella y se apartó, quedando como único contacto entre ellos el brazo que la había mantenido de pie el resto del camino.

—¿Estás bien? —preguntó con voz ronca.

Vera asintió sin atreverse a mirarlo y, cuando Kleiff se agachó para recoger la maleta, continuaron caminando. Sentía las mejillas ardiendo y estaba húmeda. Por el Sol… ¿Qué acababa de ocurrir? Tenía que adaptarse a esas malditas feromonas lo antes posible o no iba a poder concentrarse.

Tras pasar por unos cinco bloques de pisos con un silencio incómodo como única compañía, Kleiff se paró frente a un edificio de dos pisos. Excepto por la altura, que era más baja que el resto, era como todos los demás. Unas escaleras de tres peldaños daban acceso a la puerta del bloque, lo que indicaba que tendría sótano además de las dos plantas que se veían.

Era todo lo que se podía pedir a un cuartel del Proyecto. Discreto y perfectamente acorde con el exterior, pero Vera tenía el presentimiento de que el interior no iba a ser como el del resto de bloques que lo rodeaban.

Sin decir una palabra Kleiff subió los escalones, lo que obligó a Vera a seguirlo. Introdujo una tarjeta en una ranura que había en la puerta y, tras un suave pitido, la puerta se abrió con un chasquido.

Desde fuera el hall parecía estar en ruinas, con la pared desconchada y una planta seca como única decoración para dar la bienvenida a las visitas. Sin embargo, en cuanto Vera atravesó el arco de la puerta pareció traspasar una especie de pared invisible. El hall en el que acababa de entrar no se parecía en absoluto al que había visto desde fuera.

Paseó su mirada por toda la estancia y se quedó boquiabierta. Estaba en una mansión. En el centro del hall había una escalera inmensa que subía a la segunda planta y, tanto a la izquierda como a la derecha, había puertas dobles que llevarían, seguramente, a la cocina y al salón respectivamente. Del techo colgaba una enorme lámpara de araña que Vera solo había visto en fotografías de los libros de historia.

Por último, miró a Kleiff y se sorprendió al ver que él la miraba interrogante, esperando su aprobación.

—Esto es… increíble.

Él sonrió y asintió mientras le tendía el brazo para que volviera a usarlo de apoyo.

—Vamos, te voy a enseñar tu habitación y el baño. Puedes darte una ducha si quieres. Luego te enseñaré el resto de la casa y podremos hablar.

La chica asintió con una sonrisa, realmente necesitaba una ducha.

Subieron las escaleras y, cuando llegaron al segundo piso, Vera se vio en medio de un hall atravesado por un pasillo de lado a lado.

Kleiff avanzó hasta quedar en medio del pasillo y señaló hacia el lado izquierdo.

—En ese lado está mi habitación y la de Calem.

Vera asintió, suponiendo que ese tal Calem era otro miembro del Proyecto. Kleiff señaló dos puertas juntas frente a ellos y que quedaban frente a la escalera.

—Estas eran las habitaciones de Enol y Owen, pero como se han vinculado ahora comparten esta —dijo señalando la de la izquierda—, que es la de Owen.

Esta vez Vera asintió de forma más insegura, no sabía si por el hecho de que una pareja compartiera habitación antes de casarse, o de que esa pareja fuera de dos chicos.

Se había acordado de las palabras que Nolan había dicho en el tren sobre la vinculación o conexión de los mutados. Ella había dado por hecho que la vinculación se producía entre mutados o mestizos de diferente sexo, pero al parecer esas tradiciones no afectaban a las feromonas.

Se obligó a recordar que en ese sector no eran tan tradicionales como en el suyo y que la heterosexualidad era una norma impuesta. Lo más probable era que las relaciones homosexuales en el M fueran lo más común.

Sin poder evitarlo miró a Kleiff preguntándose si él también sería homosexual y él pareció saber lo que estaba pensando.

—Supongo que aquí es diferente. Puedes hacer lo que quieras, con y cuando te apetezca. Lo comprobarás cuando conozcas a todos, te chocará al principio, pero te adaptarás bien.

Ella asintió no sin cierta cautela. Una cosa era que lo aceptara y aprobara y otra muy distinta cambiar todas las ideas que le habían sido inculcadas desde pequeña por la sociedad del sector H. No dudaba de que lo pudiera hacer pero sabía que sería un proceso largo.

—Esta es la habitación de Enna —añadió Kleiff continuando con la visita, señalando la puerta de la izquierda—, y esta es la tuya.

Vera se giró hacia la derecha y contempló la puerta del que iba a ser su cuarto. Al ver que ella no se movía fue Kleiff el que abrió la puerta y cruzó el umbral. Sin embargo, Vera se vio incapaz de moverse y, su mano, que seguía apoyada en el antebrazo de Kleiff, se soltó de este. Ese era su nuevo cuarto. De su nueva casa. En su nueva vida.

Kleiff la miró frunciendo el ceño pero no la presionó. Se quedó quieto y esperó hasta que, por fin, Vera se armó de valor para asimilar su nueva realidad. Traspasó el umbral de la puerta y se situó junto a Kleiff, observando ese enorme cuarto que era de ella.

Apoyada en la pared izquierda, una enorme cama con postes de madera y dosel azul claro ocupaba la mayor parte de la habitación. A la derecha, se encontró con un enorme armario y otra puerta que supuso que era el baño.

—¿Te gusta? —preguntó Kleiff.

Ella asintió sin podérselo creer todavía. Esa casa y ese cuarto no tenían nada que ver con la que había sido su casa del

Sector H y, a pesar de sentirse mal por pensar así, le gustaba esta mucho más.

Él se dirigió hasta la puerta del baño y la abrió. Se asomó a mirar y una enorme ducha con un montón de chorros le dio la bienvenida a su nuevo baño de lujo. Pero fue un altavoz empotrado en el centro del techo lo que llamó la atención de Vera.

Al darse cuenta de lo que estaba mirando, Kleiff cogió un pequeño mando de una estantería del baño y se lo tendió a la chica.

—Lleva radio incorporada. Hice que las instalaran en todos los baños y habitaciones cuando nos vinimos aquí… me gusta escuchar música.

Tal vez fuera aquello lo que más ilusión le hizo a Vera. A ella le encantaba la música, pero tenía que escucharla en una vieja radio que apenas captaba emisoras. Cogió el mando que Kleiff le había dado, sin entenderlo en absoluto.

—Se enciende en el botón verde y con las flechas o con los números pones la emisora que quieras.

Vale, eso ya tenía sentido. Vera asintió y miró de nuevo la ducha, deseando dar por terminada esa conversación y poder ducharse. Kleiff sonrió al ver su mirada anhelante y se dio por aludido al instante.

—Te dejo sola para que te duches. Ahí tienes toallas y, en el armario, ropa limpia. Luego hablaremos.

Y dicho esto salió de la habitación, dejando su esencia por todas partes.

Kleiff salió de la habitación de Vera y, casi al instante, comenzó a sonar música que salía del baño. Era música antigua del siglo XXI, como la que le gustaba a él, lo que le hizo sonreír para sí mismo.

Todavía estaba tenso por lo que había sentido al oler la esencia de Vera en la calle y se alegraba de separarse de ella aunque solo fueran unos minutos. Él también tenía que adaptarse a sus nuevas feromonas.

Se sentía un poco confuso porque Vera se hubiera planteado si él era homosexual o por lo menos que se acostara con otros hombres.

Hasta ese momento nunca se había parado a darle un nombre a su sexualidad, no podía ser gay porque prefería practicar sexo con mujeres pero tampoco era completamente heterosexual. Se acostaba asiduamente con hombres, y uno de ellos vivía bajo el mismo techo que él.

Casi como dándose por aludido, la puerta principal se abrió y la voz de Calem resonó fuerte y grave por toda la casa.

—¡Cariño, ya estoy en casa!

Kleiff puso los ojos en blanco y contuvo una carcajada mientras se acercaba a las escaleras y se apoyaba en la barandilla con los brazos.

Calem acababa de tirar su chaqueta de cuero sobre una de las sillas que había en el hall, quedándose en una camiseta sin mangas gris y sus pantalones negros ajustados. Estaba realmente bien, para qué negarlo. Miró hacia arriba y sus ojos azules se dieron cuenta de que Kleiff lo estaba mirando, por lo que sonrió de forma pícara y se acarició de forma sensual la entrepierna.

—Mi amor, sabes que me pone mucho que me observes en la distancia...

Kleiff cogió la vela de uno de los candelabros que había sobre la mesa que había junto a él y se la lanzó a Calem, que la esquivó con facilidad y puso una expresión de fingido desconsuelo en el rostro.

Abrió la boca para decir algo pero una voz comenzó a cantar desde la habitación de Vera. Calem frunció el ceño un segundo y luego abrió mucho los ojos.

—¡Tu hermana!

—Hermanastra...

—¡Lo que sea! Es verdad... me había olvidado de que habían adelantado la llegada del tren.

Calem subió rápidamente las escaleras y miró la puerta cerrada de la que continuaba saliendo la voz suave que cantaba a coro con el vocalista.

—¿Cómo es? —preguntó Calem, con excesivo interés, pensó Kleiff.

Tuvo que reprimir, en primer lugar, las ganas de abofetear a su amigo por mostrarse tan interesado en la apariencia de Vera y, en segundo lugar, las primeras palabras que se le pasaron por la cabeza para describirla. No eran en absoluto apropiadas para definir a cualquier mujer, menos aun a su hermanastra. Por lo que decidió decirle a su amigo la otra idea que se le había pasado por la cabeza desde que la había mirado a los ojos.

—Se parece a mi padre —Calem frunció el ceño y él continuó—, no es rubia pero tiene sus ojos. Y en los rasgos y la forma de moverse... joder, son idénticos.

Calem miró a su amigo y le dio un golpecito en el hombro.

—Ahora ya tienes a alguien con quien hablar de él.

Kleiff asintió y se dio cuenta de que la música había dejado de sonar. Se escucharon pasos dentro de la habitación, el ruido de un armario al cerrarse y, a los pocos segundos, la puerta se abrió.

No debía esperarse que estuvieran allí o tal vez fue por la mirada de obseso que tenía Calem cuando la vio salir. El caso es que la muchacha se sobresaltó.

Llevaba el pelo húmedo suelto, cayendo en suaves hondas castañas hasta la cintura. Se había puesto uno de los vestidos que Enna y él habían elegido para ella. Sonrió al darse cuenta de que llevaba el menos ajustado que habían comprado, curiosamente el que Enna había insistido en no llevarse y él en que sí. Había elegido bien, sin duda.

Vera sintió la mirada de los dos chicos sobre ella y no pudo evitar sonrojarse por la incomodidad. En lugar de Kleiff, que se mantenía serio y reservado, fue el otro chico el que recuperó la compostura primero.

Era un mutado, un mutado enorme. A pesar de que Vera ya había visto a varios por la calle desde que había llegado a ese sector, era la primera vez que podía detenerse a mirar uno.

No era como ninguno que hubiera visto antes, tenía el pelo rubio largo, tan claro que parecía blanco y sus ojos eran de un azul claro, muy claro, que la miraban con curiosidad y... ¿atracción?

Vestido con unos pantalones negros, muy ajustados y con una camiseta gris sin mangas, ese mutado totalmente musculado tenía una sonrisa torcida en el rostro. Parecía la viva imagen del sexo puro y duro.

Pero, ¿qué hacía un mutado allí? Cuando Kleiff había nombrado a sus compañeros había supuesto que todos eran mestizos. Se sorprendió de que un mutado participara de forma tan activa y directa en la Misión.

Quería sospechar de él y sentirse recelosa, pero si el magnetismo que había sentido al estar cerca de Nolan y Kleiff había sido abrumador, ahora estaba totalmente obnubilada por aquellos ojos que la miraban y por todas las feromonas que parecían estar llegando por oleadas.

—Encantado de conocerte al fin, Vera —dijo acercándose a ella con esa sonrisa seductora mientras le tendía la mano—, soy Calem.

Como hipnotizada, Vera se acercó a él y le dio su mano que, en lugar de estrecharla, él tomó por los dedos y posó un suave beso en el dorso.

Un escalofrío le recorrió la espalda. Sin saber muy bien la razón, desvió la mirada rápidamente del mutado hacia Kleiff, que miraba a Calem desde detrás. Si las miradas mataran, Calem estaría muerto y enterrado.

Esa mirada hizo que Vera consiguiera enfocar su atención de nuevo en lo que estaba haciendo y que tirara ligeramente de su mano para separarse de Calem. No entendía ni la reacción de Kleiff ni la suya propia.

Tal y como le había dicho primero Nolan y luego Kleiff, se había hecho a la idea de que tendría que experimentar como su estarmina y sus feromonas se adaptaran a los primeros contactos con las de los demás mutados y mestizos, pero no esperaba que fuera tan complicado.

Consiguió desviar la mirada de Calem y Kleiff durante un segundo para recomponerse y respirar hondo, lo que hizo que los olores de ambos la envolvieran aun más, clavándosele en el cerebro.

Era la primera vez en su vida que sentía algo así. Podía sentir las esencias de ambos, mezcladas pero a la vez completamente diferentes. La de Kleiff era densa y fuerte, consiguiendo identificarla finalmente desde que la había olido antes, recordándole a la sensación de un café cargado por la mañana. Reconfortante y revitalizante.

La de Calem, al contrario, era dulzona pero a la vez ácida. Como esos caramelos que al principio son picantes pero, conforme los deshaces en la boca, el picante se transforma en dulce.

Sentía como la de Kleiff calaba en lo más profundo del pecho, mientras la de Calem la envolvía haciendo que le diera vueltas la cabeza.

—Parece que alguien acaba de tener un choque de feromonas.

La voz de Calem seguida de su carcajada hizo que abriera los ojos, aunque no recordaba haberlos cerrado. Ambos la miraban de forma totalmente diferente.

Calem sonreía de forma chulesca y pícara, consciente del efecto que estaba causando en ella. Kleiff, por su parte, no sonreía sino que los miraba a ambos, alternamente, no sabría decir si enfadado o preocupado.

—Esto ha sido muy raro… —alcanzó a decir ella.

El mutado sonrió aun más y Kleiff frunció el ceño mientras avanzaba hasta situarse junto a ellos.

—¿Te encuentras mejor?

Vera lo miró a los ojos mientras asentía. Podía sentir como la esencia de Calem se desvanecía ligeramente, algo que no estaba sucediendo con la de Kleiff, que continuaba en el centro del pecho.

Hacía un momento, en la ducha, se había puesto a cantar sin darse cuenta mientras escuchaba una canción que le gustaba y, cuando ya llevaba la mitad de la canción se había dado cuenta de que ya no se quedaba sin aire. Sentía la respiración agitada, pero ya no era esa sensación de asfixia que había tenido mientras iban por la calle. Se había sentido bien y tranquila, dispuesta a adaptarse a las feromonas de los demás, acribillar a Kleiff a preguntas y conocer a sus compañeros.

Después de aquel choque de feromonas lo único que deseaba era volver a su habitación. Se sentía confusa. Pero no de la forma en la que había sentido confusión alguna vez en su vida, sino como algo más, como si no fuera capaz ni de comprender el origen de su confusión.

—Si te sirve de consuelo, soy uno de los mutados más puros con los que te vas a cruzar. Si tu primer choque de feromonas ha sido conmigo y sigues ahí de pie en lugar de estar besándome… ya tienes el trabajo hecho —respondió el mutado con una sonrisa de suficiencia y un tono arrogante.

Si ese comentario hubiera venido de cualquier otra persona, se hubiera ganado un "vete a la mierda", pero, en este caso, lo que consiguió fue hacerla reír.

La tensión que no se había dado cuenta que estaba acumulando en los hombros desapareció y volvió a mirar detenidamente a aquel mutado.

Era el vivo ejemplo de lo que le habían descrito en las clases de medicina. Muy diferente a lo que estaba acostumbrada a ver. Incluso la costaba tener que levantar la vista para mirarlo. Pero ese sentido del humor era el que siempre le había gustado a Vera, el que siempre buscaba en los chicos del H pero que nunca había encontrado.

Era como el de ella, ácido y picante, lo que explicaba parte del aroma de su esencia, lo que además le hacía preguntarse qué otra característica de su personalidad explicaría el aroma dulce.

—¿Eso significa que tu única forma de ligar es usando tus feromonas? Un poco lamentable, ¿no?

Los ojos de Calem se abrieron de sorpresa y su sonrisa se transformó en una mueca seductora y divertida.

—¿Has oído Kleiff? Tu hermana lleva aquí cinco minutos y ya ha dudado de mi hombría. Creo que voy a tener que hacer algo para que cambie esa terrible opinión que tiene sobre mí.

Justo cuando Vera estaba a punto de abrir la boca para responder, Kleiff se interpuso entre ambos, fulminando a Calem con la mirada. Tras unos segundos, él respondió levantando las manos a modo de rendición.

—Perdón, perdón… Me voy a dar una ducha y os dejo solitos…

Le dio una palmada en el hombro a Kleiff y le guiñó un ojo a Vera antes de darse la vuelta y encaminarse al otro lado del pasillo. Giró hacia la puerta de la izquierda y entró. Lo que significaba que la del lado derecho era la de Kleiff.

—Bueno, imagino que tendrás muchas preguntas, ¿bajamos?

Antes incluso de que Vera lo mirara percibió su incomodidad ante aquella situación. Ella se acababa de enterar de que Kleiff era su hermanastro pero Kleiff parecía saber su parentesco desde hacía mucho más tiempo. Ver a la que veía como su hermana ligando con el que parecía su amigo no debía resultarle cómodo.

Sintió un pequeño pinchazo en el pecho que, supuso, se debía a la culpabilidad por haberlo excluido y decidió volver a centrarse en su objetivo. Podía permitirse un par de distracciones durante el proceso de adaptación pero no debía olvidar por qué estaba allí.

—Genial, tengo ganas de ver el lugar donde voy a vivir… y como bien dices, tenemos una charla pendiente, hermano.

***

Kev vio salir a Vera corriendo de su casa e intentó seguirla, pero en seguida la perdió entre la multitud de la calle comercial.

La gente le lanzaba improperios sobre el vestido que llevaba y el hecho de que fuera corriendo por la calle, pero ella no parecía escucharlos, solo corría.

Cuando la perdió de vista, decidió volver al lugar desde donde había estado observando la entrada de la casa desde que cometiera el estúpido intento de besarla esa mañana. Detrás de uno de los muros de la casa de enfrente, en la que no vivía nadie.

Había visto entrar a su madre por la mañana y luego a un grupo de gente. No entendía lo que habían dicho las voces que escuchaba y tampoco podía ver lo que ocurría en el interior, ya que estaban las cortinas echadas. Sin embargo, fuera lo que fuese, había provocado la salida repentina de Vera.

No supo el tiempo que pasó, pero una media hora antes del anochecer la gente que seguía en la casa salió. La madre de Vera y otro hombre que no conocía les despidieron desde la entrada y volvieron a entrar a la casa.

Unos minutos más tarde apagaron todas las luces y salieron con dos maletas enormes, una de ellas la dejaron en la entrada de la casa, con lo que parecían dos sobres sobre ella. Tras mirar la casa durante un momento, la madre de Vera y el hombre salieron del jardín y se encaminaron hacia la calle comercial.

Aquello no tenía ningún sentido. ¿Dónde estaba Vera? ¿Y por qué su madre acababa de dejar esa maleta en la puerta? La sirena que anunciaba la caída de la noche resonó por toda la calle y, a los segundos, todo se quedó oscuro.

Kev miró su reloj, tenía aproximadamente dos horas para llegar a su casa, tal vez un poco más. Pero esperaba que Vera no tardara mucho en llegar.

Pasada una hora, Kev estaba pensando seriamente la opción de marcharse cuando vio a Vera al final de la calle, caminando tranquilamente hacia su casa. Una vez estuvo lo suficientemente cerca como para verle la cara, se dio cuenta de que había estado llorando y en la parte inferior del vestido había manchas de hierba.

Cuando entró en el jardín, se quedó parada frente a la casa, y se acercó lentamente hasta la maleta. Cogió los sobres y, pasados unos segundos, los guardó en la maleta y arrastró esta hasta la calle. Al llegar a la acera echó una última mirada a la casa y se encaminó hacia el lado contrario por el que había venido. Por ese camino al único lugar al que podía ir era al subtren, supuso Kev.

Dejó un poco de distancia y salió de donde estaba escondido dispuesto a seguirla. Sin embargo, cuando solo había dado un par de pasos sintió una presencia tras él, se volvió y vio una figura enorme.

Una punzada de miedo se asentó en su pecho y se giró rápidamente, pero frente a él se encontró otras dos figuras igual de inmensas que la otra cerrándole el paso. Estaba rodeado. Miró saltadamente a ambos lados, buscando una posible salida. Al no encontrarla empezó a retroceder hasta que su espalda chocó con el muro tras el que había estado escondido.

Las tres figuras eran tres hombres encapuchados, que se acercaron a él hasta rodearlo. El que estaba más a su derecha sacó una pistola, pero fue el que estaba a su izquierda el que habló.

—¿Kev Soren?

Lo primero que se le ocurrió a Kev fue mentir, sin embargo, su cuerpo actuó por su cuenta y asintió. Lo siguiente que sintió fue un dolor agudo en el lado derecho de la cabeza y poco a poco todo se volvió negro.

***

—Y, por último, esta es la sala de entrenamientos y el gimnasio.

Vera observó maravillada la enorme estancia abierta que era el sótano. Había todo tipo de máquinas para entrenar, sacos de boxeo, colchonetas apiladas, armas de fuego, armas blancas, arcos… era sencillamente perfecto.

Después de que Calem se marchara para ducharse, Kleiff y ella habían bajado a la planta principal. Primero le había enseñado el comedor y la cocina, luego el salón y la biblioteca y, por último, cómo poner la contraseña para que la puerta secreta que había tras un tabique del hall se abriera y pudiera bajar al sótano.

Durante su tour por la casa la incomodidad de Kleiff había desaparecido al encontrarse a solas. Poco a poco iba conociéndolo pero, así como había sentido muy rápido aquella conexión con Calem, con Kleiff la estaba costando más.

Ya se había dado cuenta de que era muy reservado y serio y, tras observarlo durante todo el recorrido se había dado cuenta de que además era meticuloso. Todo lo que tocaba lo volvía a colocar en el mismo sitio, parecía pensar varias veces lo que iba a decir antes de hablar y, si bien con el resto de estancias había mostrado cierta indiferencia, fue al entrar en el sótano cuando sintió su emoción. Mostró cada sección con orgullo y Vera supo al instante que aquella sala de entrenamientos había sido diseñada por él.

No solo lo había sentido en sus palabras, sino también en aquel lugar del pecho donde seguía su esencia y donde había sentido la punzada de culpabilidad antes. Su emoción se había extendido en ella desde ahí, como si viera aquel lugar con sus ojos y, también, se había sentido orgullosa de lo que Kleiff había hecho en aquel espacio.

Tal y como sentía aquello, pudo percibir perfectamente cuando aquel orgullo se transformó y cómo el peso de la responsabilidad caía sobre sus hombros como una losa. No los suyos, los de Kleiff.

Estaba sintiendo lo mismo que él. No entendía cómo aquello era posible pero estaba sucediendo. Definitivamente en cuanto tuviera un momento libre tenía que investigar más a fondo hasta donde llegaban los efectos de la estarmina y las feromonas mutadas.

La presencia de Kleiff a su espalda le hizo volver al presente.

—¿Qué te parece la casa? —preguntó.

Sin poderlo evitar Vera comparó esa enorme mansión con su modesta casa del sector H. Con un nudo en la garganta, sintió que habían pasado siglos desde que había salido por su puerta, cuando solo habían pasado dos noches.

Echaba de menos a su madre y se sorprendió al darse cuenta de que no sentía dolor al pensar en ella y eso la animó. Ojalá pudiera escribirla para contarle todas las cosas que estaba aprendiendo y que no eran iguales que en su sector, pero sabía que era imposible.

Como si él también pudiera sentir cómo se entristecía, se acercó más a ella.

—Todo va a ir bien, Vera. Es normal que te sientas abrumada por todo esto, pero no te preocupes, estoy aquí para ayudarte en lo que necesites para que te adaptes, y poder empezar con la Misión lo antes posible.

Una punzada de decepción se instaló en su pecho sin estar muy segura de por qué. Kleiff era el Jefe del Equipo, lo que significaba que si había sido ascendido era porque practicaba y creía fervientemente en los ideales del Proyecto Sol. Por lo tanto, no debía sorprenderla que también supiera mantener sus prioridades adecuadas, aunque acabara de conocer a su hermanastra.

Estaba empezando a sentir lo mismo que había sentido hacia su madre. Se había decepcionado al saber que, a pesar de ser familia, ella no era su prioridad, lo cual volvió a hacerla sentir frustrada por su propia actitud.

Los demás no eran el problema. Tenía que centrarse en por qué estaba allí y no en crear relaciones con los demás ni anteponer nada a la Misión.

—Te lo agradezco, Kleiff —dijo recomponiéndose mientras alzaba los ojos para mirarlo.

Se sorprendió de la intensidad que le devolvieron sus ojos color miel, que la miraron con el ceño fruncido durante un segundo, antes de volver a cambiar a su semblante de siempre, como si le hubiera pillado en medio de una profunda reflexión.

—Bueno, vamos arriba. Se acabaron los paseos, tenemos mucho de lo que hablar.

Le hizo un gesto para que ella subiera primero y Vera le hizo caso, pasando por su lado y subiendo las escaleras. Una vez en el hall Kleiff fue hacia el salón y, al abrir las puertas, Vera se quedó estupefacta.

Junto al mueble bar, Calem, de espaldas a ellos se estaba sirviendo una copa con una toalla blanca ridículamente pequeña atada a la cintura como única prenda, si es que se podía llamar así, ya que apenas le tapaba los cachetes del culo.

Pillándola completamente desprevenida y sin estar acostumbrada a aquello, Vera se dio la vuelta y Kleiff gritó el nombre de su amigo.

—¿Qué pasa? —escuchó Vera decir a Calem.

—Joder tío, ¡eres un exhibicionista! ¿Tienes que bajar así a servirte la copa?

—Sabes que lo hago siempre y no voy a cambiar mis costumbres porque ella esté aquí. Que se vaya acostumbrando.

Aquellas palabras hicieron que Vera se sonrojara. Una cosa era tontear un poco y otra verlo prácticamente desnudo.

Ni siquiera había llegado a desnudar completamente a Kev cuando tuvieron sexo, por lo que su conocimiento de la anatomía masculina era gracias a la clase de Anatomía de la universidad, valga la redundancia.

El Sol sabía que nunca se había visto en la situación de tener frente a ella a un mutado enorme, con el pelo aun húmedo de la ducha. Pero era consciente de que a lo que le estaba dando la espalda era solo eso, un cuerpo semidesnudo, y que, por lo que estaba escuchando, iba a verlo a menudo.

Al ver que Kleiff iba a replicar, Vera lo agarró del brazo mientras se giraba de nuevo hacia Calem, el cual ahora estaba apoyado en la barra con sus abdominales perfectamente marcados y los pies cruzados, dando un trago de su copa.

—Tiene razón, voy a vivir aquí y no quiero que cambiéis vuestras rutinas por mí.

—¿Ves, K? Una chica razonable, no como tú.

Dicho esto los sonrió a ambos y se sentó en uno de los sillones individuales con las piernas estiradas. Vera estuvo a punto de ver lo que la toalla escondía mientras se inclinaba para sentarse, pero el mutado se acomodó justo a tiempo y le lanzó una mirada pícara de la que se entendía casi-pero-no-preciosa, a la que Vera contestó con una sonrisa de ni-que-tuviera-ganas-chulito.

Kleiff carraspeó y, cuando Vera dejó de mirar a Calem, entraron en el salón, sentándose en un sofá doble que estaba junto al sillón de Calem.

Durante un par de segundos, ambos chicos intercambiaron miradas, como si Kleiff no estuviera seguro de por dónde empezar y le estuviera pidiendo consejo a Calem. Luego, Vera sintió la mirada de ambos sobre ella pero esta vez la miraban serios.

—Imagino que tu mayor duda es sobre nuestro… parentesco. Tu padre es mi padre… pero no es mi padre biológico, así que técnicamente somos hermanastros.

Esa nueva información sorprendió a Vera. ¿Su padre había estado con su madre y luego había adoptado a Kleiff? ¿O había sucedido al revés?

—Esa información solo la conocen actualmente el Jefe del Proyecto y los que vivimos aquí, es decir, los que vamos a realizar la Misión. Para todo el mundo y el resto de miembros del Proyecto, eres mi hermana. A partir de ahora, en este Sector ya no eres Vera Ebben, sino Ycren.

Eso significaba que su propia madre sabía de la existencia de Kleiff y nunca se lo había dicho. Desvió la mirada de ambos y suspiró. De nuevo la decepción por el engaño de su madre y de nuevo la decepción consigo misma por seguir decepcionándose por eso. Estaba empezando a cansarse de esa actitud que estaba adoptando ante toda las nuevas informaciones que recibía, aunque todas parecieran decirle que había vivido una mentira.

—¿Estás bien? —preguntó Kleiff.

—Si… es solo que estoy cansada de no… de no tener las prioridades adecuadas como todos —contestó entrecortadamente.

Calem soltó una carcajada y Kleiff le lanzó una mirada de advertencia.

—Creo que tienes el Proyecto Sol y a sus miembros muy idealizados, preciosa —afirmó Calem dando un trago a su copa, haciendo caso omiso a la advertencia de Kleiff y mirando a Vera fijamente.

Vera le devolvió la mirada frunciendo el ceño sin comprender sus palabras. ¿Acaso él no estaba de acuerdo con eso? Le observó terminar de beber de su copa y pasar la lengua por los labios al bajar el vaso.

No supo si fue ese gesto o que sintiera que era capaz de poner a una persona por delante del Proyecto si fuera necesario, como ella hacía, lo que hizo que su cuerpo se encendiera y sintiera el olor de sus feromonas invadirla poco a poco. Quizá no se había ido en ningún momento.

Un pinchazo en el centro del pecho le hizo desviar la mirada de Calem para mirar a Kleiff, que mantenía la mirada fija en el suelo, también con el ceño fruncido. De nuevo volvió a sentir esa incomodidad que había sentido anteriormente, la que sentía Kleiff.

Carraspeó sintiéndose fatal porque aquel mutado llamara tanto su atención y generar aquella sensación a su hermanastro, pero cuanto más tiempo pasaba más quería conocer a Calem. Sentía curiosidad, aunque era cierto que ese no era el mejor momento de excitarse por encontrar a una persona que estuviera de acuerdo con ella.

Volvió a mirar a Calem, que los miraba con el ceño fruncido mientras jugaba con el borde de la copa con uno de sus dedos.

—¿Cuándo te adoptó tu… nuestro padre? –se corrigió al preguntar.

Sus palabras hicieron que Kleiff levantara la vista y, aunque no la miró, sintió como su incomodidad se convertía en nostalgia y tristeza.

—Mi padre era médico, trabajaba en el hospital y atendió mi parto. Mi madre murió al darme a luz, era mutada pura y tenía un matrimonio de conveniencia con otro mutado puro. Pero, como ves, soy mestizo —dijo señalándose a sí mismo y Vera abrió los ojos con sorpresa al comprender a qué se refería. Era un hijo bastardo—; mi padre biológico pagó a mi padre para que se deshiciera de mí y dejara escrito que tanto mi madre como yo habíamos muerto en el parto.

Vera colocó su mano sobre la pierna de Kleiff y la apretó para darle su apoyo. Él pareció tensarse con aquel gesto pero no la apartó. Podía sentir su dolor, un dolor más intenso de lo que contaba aquella historia, y sintió su pérdida. Su padre, el de ambos, estaba muerto.

—Enfermó y murió hace un año —susurró—, por eso acepté este puesto.

Sintió las lágrimas corriendo por sus mejillas pero no era su dolor el que las lloraba, sino el de Kleiff. El pecho le ardía con su tristeza y supo que, para Kleiff, su padre también había sido su prioridad, lo que le hacía tan fácil seguir las normas ahora era que ya no estaba. Ya no parecía quedarle nada más importante que la Misión y el Proyecto.

—Siento su pérdida, Kleiff —alcanzó a decir con voz ronca.

Él la miró y ella pareció verlo por primera vez. Sus ojos miel estaban brillantes aunque no lloraban. Era fuerte, no solo de fachada, también en su interior. No debía haber tenido una vida fácil, lo que explicaba su carácter reservado y el hecho de que, aunque le hubiera dicho desde el primer momento que eran hermanos, la hubiera costado tanto llegar a él.

—Gracias. Yo siento que no pudieras conocerlo. Me recuerdas mucho a él. Era mestizo y viajaba mucho al H, tanto por el trabajo como por el Proyecto. Un mes antes de morir me habló de ti y me contó cómo había conocido a tu madre, un poco antes de nacer yo en uno de sus viajes. No sabía que eras médico hasta que le pedí uno a Nolan para el equipo y decidió traerte a ti. Si te pareces también a él en eso serás una doctora excelente —explicó con una sonrisa triste.

No tenía una belleza tan impactante como la de Calem. Sus rasgos eran más marcados, su mandíbula más recta y el hecho de que hubiera tenido aquella expresión tan seria y controlada todo el tiempo le había impedido ver lo dulce que podía ser su sonrisa.

—Seguro que lo eres —intervino Calem, desviando la atención de Vera de los labios de Kleiff.

—Eso espero, no llegué a terminar la carrera —contestó con una carcajada nerviosa mientras se limpiaba las lágrimas y se apartaba de su hermano.

Dejar de sentir su contacto hizo que el dolor que sentía en el pecho menguara y se diera cuenta del nombre que Kleiff había pronunciado. Tenía que tratarse del mismo Nolan que había conocido en el tren intersectorial. Si algo estaba aprendiendo en aquellos días era que, en lo que se refería al Proyecto Sol, no existían las coincidencias.

—En el tren conocí a un mestizo. Era moreno con ojos azules y dijo que se llamaba Nolan. Me puso un poco al día de cómo eran las cosas en el sector M y me dijo que era profesor de Historia en la universidad

Calem soltó una carcajada mientras se levantaba para servirse otra copa, con exhibición de trasero incluida, que hizo a Vera preguntarse si realmente no existían toallas más grandes en ese sector o simplemente Calem era un provocador. Se estaba decantando por lo segundo.

—Pues sería él, como es el Jefe del Proyecto hace lo que le da la gana.

—¿Cómo?

Los ojos de Vera se abrieron de par en par por la sorpresa ante las palabras de Calem. No podía haber conocido al descendiente directo del humano Kilian, creador del Proyecto Sol, en persona en el tren intersectorial y de una forma tan ridícula. Resultaba absurdo que el mismísimo Nolan, la hubiese tenido que explicar qué era un atardecer.

—Pues tiene toda la pinta de que fue a espiarte para que no la cagaras en el viaje y hablaras con quien no debías, novata.

Kleiff negó con la cabeza y la miró.

—Se querría asegurar de prepararte un poco para la transición entre sectores, y más si apenas tenéis información de cómo son los mutados y el sector M.

—¿Qué pasa? ¿Te has escandalizado mucho al ver lo diferente que es la ropa de las mutadas?

Preguntó Calem con sorna mientras volvía a sentarse y la miraba con una expresión de burla. Ella frunció el ceño, intentaba no tomárselo a mal pero le daba la sensación de que aquel sentido del humor que le había gustado de Calem al principio era algo recurrente en su personalidad, como si no se tomara nada en serio.

Estaba bien tener sentido del humor, y más con la vida que llevaban, pero si algo había aprendido toda su vida, a parte de las normas del Proyecto, era la opresión a la que se veían sometidos los humanos. Sin más objetivos en su vida que tener un matrimonio conveniente y formar una familia. Con toque de queda, restricciones en lo que podían estudiar o la forma de vestir. Desprovistos de cualquier libertad en comparación con lo que había visto en el M. Incluso los que formaban parte del Proyecto tenían que medir sus palabras a la hora de opinar del propio Proyecto y sus ideales.

A Vera jamás se le habría ocurrido dudar de la implicación en el Proyecto de su madre o Duncan, todo lo contrario, si dudaba era de su propia implicación, lo que le hacía tratar de esforzarse más, no de tomárselo a la ligera como Calem.

Por eso le habían enseñado que era necesario que los humanos o los mestizos que conocían esa realidad llevaran a cabo la misión y habían esperado hasta el último momento para contar con los mutados. Un mutado nunca estaría tan comprometido.

—A ti todo te parece una broma —repuso Vera sin poder contenerse.

Él arqueó una ceja y sonrió, creyéndose que bromeaba.

—Casi todo.

—Es muy gracioso que solo por tener sexo antes de casarte cuchicheen sobre ti y que tu apellido ya no sea deseable a la hora de buscar un marido, que por cierto, es a lo que las mujeres pueden aspirar —La sonrisa de Calem se borró de su rostro al darse cuenta de que Vera hablaba en serio—. O que solo te den a elegir entre cinco especialidades para estudiar, y que te traigan los libros con páginas arrancadas porque, como residente en el Sector H, no tienes derecho a estudiar a la raza superior.

—Yo no me considero superior, no estaría participando en la Misión si pensara así —interrumpió Calem, sin rastro de la chulería que había estado mostrando hasta ese momento.

—Pues no hagas que tus palabras suenen como si te lo consideraras. Claro que me ha escandalizado esta ropa, no tienes ni idea de lo que pensarían de mí solo por llevar este vestido y ya no te digo nada de ti, por ir así, incluso en tu propia casa.

Había soltado todo aquello con rabia contenida, no pensaba tolerar que un mutado bromeara sobre la situación de los humanos y lo que sufrían. Aunque fue al hacerse el silencio cuando empezó a pensar que se había pasado con Calem.

Sabía que si estaba allí, no solo como miembro del Proyecto, sino como soldado activo de la Misión, que, básicamente consistía en crear una máquina del tiempo para volver al pasado y evitar que todo su mundo existiera, tenía que estar comprometido con ello.

Miró a Kleiff que había permanecido en silencio, observando sin intervenir, y que ahora miraba a Calem, que tenía la mirada baja mientras movía la copa.

—Creo que es la primera vez que alguien lo deja sin nada que responder —intervino Kleiff mirándola con asombro y una sonrisa en los labios.

Vera volvió a mirar a Calem y se encontró con sus ojos azules clavados en los suyos. Supo al instante que su compromiso con la Misión era verdadero, aunque ella no llegara a entender el por qué. Le daba la sensación de que había más en él, una sensibilidad que no solía o no le gustaba mostrar.

Vio que no estaba acostumbrado a pedir disculpas, y a Vera no le hizo falta escucharlas de sus labios para saber lo arrepentido y avergonzado que estaba.

—¿Has visto? Y sin necesidad de un choque de feromonas —respondió ella para suavizar el ambiente y darle a entender a Calem que lo iba a dejar pasar.

Kleiff soltó una carcajada, la segunda que le escuchaba Vera desde que estaba allí, y Calem sonrió.

—Soy un poco gilipollas, tendrás que acostumbrarte a eso también, además de a mi toalla.

Descruzó y cruzó las piernas, arriesgándose a que se le viera todo, y volvió a darle un trago a su copa antes de recuperar la postura chulesca. Vera no pudo evitar reírse también, estaba claro que había pagado su enfado y frustración con él.

—Bueno, que no me importa que sigamos hablando de mí, pero en algún momento tendrás que explicarle lo que va a tener que hacer aquí.

Kleiff dejó de reírse mientras asentía con la cabeza y se ponía serio. Vera desvió, con dificultad, todo hay que decirlo, la mirada de los ojos de Calem, que la observaba divertidos.

—Es verdad, a ver, la infiltración está estimada en tres meses. Ese es el plazo que tenemos para encontrar la ubicación de los planos, trazar el plan y llevarlo a cabo. Para infiltrarnos en los archivos de La Sede hemos tenido que fingir ser estudiantes de Historia y Archivos. Mañana tenemos la reunión con Nolan para que nos explique el procedimiento a seguir, pero así a grandes rasgos ese es el plan. Ya te he dicho el nombre de los demás al enseñarte los cuartos, pero bueno, te explico. Enna es arquitecta, Owen es el genio de la informática y Enol tiene una memoria eidética impresionante.

—Yo soy EL experto en armas —continuó Calem interrumpiendo a Kleiff—, él es el súper Jefe, y tú nuestra querida doctora, que se va a encargar de calmar todos nuestros dolores.

Kleiff le dio un codazo y Vera sonrió mientras intentaba asimilar toda esa nueva información. El plan no parecía demasiado difícil, eran pocos, lo que hacía fueran más discretos y no llamaran tanto la atención, pero Kleiff no había terminado de hablar.

—Esta —dijo Kleiff mientras se llevaba la mano al bolsillo y sacaba una tarjeta negra para entregársela—, es tu tarjeta de identificación. Tienes que llevarla siempre contigo. Siempre, Vera, y esto es muy importante porque en cada lugar que entres van a escanearla para saber dónde estás en cada momento.

Vera cogió la tarjeta y la observó un momento. Tenía el símbolo de los mutados grabado en color plata y una especie de chip en la parte de atrás.

Ya entendía por qué Kleiff no había querido hablar de nada importante en el subtren. Si había tanto control para saber donde estaba cada uno de los habitantes del sector, seguramente hubiera micrófonos y cámaras en todos los transportes e incluso en las calles. Se acordó de la sensación de libertad que había sentido al saber que no había toque de queda, sin embargo, era una sensación irreal, estaban totalmente controlados. Podían ir a donde quisieran cuando quisieran, pero no eran libres.

—Y, ¿qué pasa si se me olvida?

—No puedes entrar a ninguna parte sin ella. Si te pillan los Guardias sin la tarjeta te acompañan a casa hasta que se la enseñas, te ponen una multa y listo.

Mientras hablaba, Calem se había vuelto a levantar y se estaba sirviendo la que Vera creía era la tercera copa de la tarde. Sin embargo, no sabría decir si por los efectos del alcohol o por un descuido, se había levantado sin el cuidado que debía, y, dado la minúscula toallita que llevaba, Vera vio parte de su escultural trasero. Apartó la mirada al instante, fingiendo no haber visto nada, subiéndola por sus abdominales y el pecho hasta llegar a su cara. Cuando Calem terminó de hablar miró a Kleiff esperando que añadiera algo más. Él la miraba con el ceño fruncido, como si no entendiera por qué le estaba mirando el culo a Calem o por qué le sentaba mal que lo hiciera.

El olor intenso de Kleiff le llegó de nuevo a la nariz y respiró hondo para captar el de Calem también. De nuevo los olores de ambos se entremezclaban y separaban, casi peleándose para ser el que más tiempo permaneciera y el que más sensaciones causara en su cuerpo.

El sonido de un teléfono interrumpió lo que quiera que estuviera ocurriendo y Vera desvió la mirada hacia otro lado. Primero el suelo, luego la barra de bar y luego Calem. Que miraba a ambos con una sonrisilla en los labios, como si él supiera algo que ellos no.

—K, te suena el móvil.

Vera continuó sin mirarlo mientras sentía como Kleiff se levantaba del sofá, sacaba el teléfono del bolsillo y contestaba.

V

—La mía es más grande que la de Kleiff, Vera —dijo la voz de Calem tras su espalda y ella se giró sin poder evitar reírse por el doble sentido de la frase. Frente a ella, Kleiff y Calem la miraban con una zanahoria enorme en la mano cada uno y soltó una carcajada por la imagen que daban.

Cuando el teléfono de Kleiff había sonado hacía un rato se trataba de Enna, la otra chica del grupo, que, al parecer, estaba de compras con Enol y Owen, los chicos vinculados. Llamaba para avisarlos de que no iban a ir a cenar, se verían luego en el BlackSpirit, sitio que Vera no sabía qué era hasta que le habían explicado que era un pub al que iban a menudo.

No le hacía mucha gracia salir teniendo que ir a ver a Nolan al día siguiente. Sentía que no estaba siendo demasiado profesional, se había desplazado de sector porque tenían trabajo que hacer no para irse de fiesta, pero en el fondo le daba curiosidad ver como se divertían en ese sector. Si su propio Jefe de Equipo le estaba pidiendo que fuera con ellos, quien era ella para negarse a la orden de un superior.

Tras esto ambos chicos se habían puesto a discutir para ver quién hacía la cena. Por lo visto Owen era el que siempre cocinaba y, ante las propuestas de cenas precocinadas que estaban dando, Vera se presentó voluntaria para cocinar.

Solo la aceptación inmediata de su ofrecimiento hizo que Vera se diera cuenta de lo desesperados que estaban por no ser ellos los que cocinaran. La habían guiado rápidamente hasta la cocina y ella los había mandado a la despensa a por los ingredientes para hacer la ensalada de pasta especial que solía hacer su madre. Ellos, bueno, más bien Calem, decidió tomarse la búsqueda de los ingredientes como una competición, terminando por arrastrar a Kleiff.

Kleiff había sido el que había encontrado los mejores ingredientes hasta ahora pero Vera observó ambas zanahorias con ojo crítico. Calem tenía razón, la suya era más grande.

—Es cierto... lo siento Kleiff.

Kleiff gruñó y se marchó para guardar su zanahoria en la despensa.

Desde que colgara el teléfono su estado de ánimo había mejorado bastante, le seguía las bromas a Calem y se le veía más relajado, lo que le había hecho preguntarse si tenía que ver con Enna.

Ante aquella idea se encontró con los sentimientos divididos, por un lado la alegraría que su hermano estuviera con ella para que así le resultara menos incómodo que ella siguiera conociendo a Calem, algo que a cada momento que pasaba le apetecía más. Por otro, tenía un ligero sentimiento de negación que le hacía desear que no estuvieran juntos.

—¡Qué mal perder tienes, K! —gritó Calem, sacando a Vera de sus pensamientos. Agitó la zanahoria mientras hacía un bailecito que aflojó la toalla que llevaba en la cintura, haciéndola caer al suelo justo frente a Vera, que abrió mucho los ojos y se quedó boquiabierta.

No entendía como esa toallita había podido ocultar aquello.

Nerviosa, se giró dándole la espalda. Por el Sol, tenía un tatuaje adornándole la ingle. Un enorme dragón que se enredaba desde la parte superior izquierda de la entrepierna y que se perdía por la ingle derecha.

Sintió como un calor sofocante subía desde su entrepierna hasta la cabeza mientras la esencia de Calem parecía inundarlo todo.

A su espalda, escuchó sus pasos acercándose. Tras unos segundos, apoyó su mano izquierda en la encimera, muy cerca de ella, mientras por el lado derecho vio aparecer su otra mano agarrando la zanahoria.

—Aquí tienes, la zanahoria ganadora –susurró de forma seductora cerca de su oreja derecha, a la vez que movía la zanahoria de un lado a otro.

No la estaba tocando, ni el más mínimo roce, pero estaba tan cerca que podía sentir el calor de su cuerpo. La sensación de su respiración en la nuca hizo que sintiera un escalofrío.

Con un ligero temblor en las manos, Vera cogió la zanahoria lo más lejos que pudo de la mano de Calem y tiró de ella pero Calem no la soltó. En lugar de eso, acercó su mano hasta la de Vera y acarició sus nudillos suavemente.

—¿Interrumpo algo?

La voz de Kleiff le provocó un respingo y soltó todo el aire que había contenido sin darse cuenta, mientras Calem soltaba la zanahoria tranquilamente y se apartaba de ella sin prisa.

—¿Parece que estuvieras interrumpiendo algo? —respondió Calem mientras se apoyaba en la encimera cruzándose de brazos con voz seria.

Era la primera vez que Vera escuchaba ese tono y se dio la vuelta rápidamente solo para ver la enorme espalda de Calem que ocupaba todo su campo de visión. Tuvo que moverse hacia un lado para poder ver a Kleiff, que se había cruzado de brazos también y se miraban como si se estuvieran retando.

Kleiff parecía enfadado y ella sentía su incomodidad, pero el hecho de que Calem estuviera desnudo quitaba toda la seriedad a la situación y Vera no pudo contener la risa.

—No te recomiendo meterte en una pelea estando desnudo, Calem, dejas al aire todos tus puntos débiles —contestó Vera entre risas.

Observó como la postura de ambos se relajaba y fue la risa de Calem la que escuchó primero, seguida de la de Kleiff.

—Si quieres verla como un punto fuerte solo tienes que pedirlo —repuso Calem mientras se giraba para guiñarla un ojo y agacharse para coger la toalla.

Vera volvió a reírse mientras él se levantaba y se encaminaba a la puerta con la toalla al hombro, permitiendo la visión de aquel glorioso trasero que, para su sorpresa, tenía tatuado en su nalga izquierda un solecito que parecía ¿el símbolo del Proyecto Sol?

Intentó hacer como si no lo hubiera visto y miró a Kleiff, que ahora contenía una sonrisa y ella lo miró interrogante.

—Se lo hizo un día en el que estábamos hasta arriba de trabajo. Yo dije que estaba hasta el culo del Proyecto Sol y él estuvo tan de acuerdo que lo hizo literal.

Solo conocía a Calem de unas horas, pero definitivamente eso le pegaba bastante. Sabía que era una broma y quería reírse de ella pero no podía evitar sentirse ligeramente ofendida porque se lo tomara todo tan a ligera.

—¿Te ayudo a terminar la cena? —preguntó Kleiff mientras bordeaba la encimera de la cocina y se acercaba a ella. Por respuesta Vera le dio la enorme zanahoria de Calem sonriendo.

—Córtala a tiras. Finas.

Kleiff sonrió, cogió un cuchillo y empezó a cortar.

***

Cuando Kev despertó, solo vio oscuridad y sintió frio. Estaba desnudo y tenía la espalda apoyada en una pared pero sus pies no llegaban a tocar el suelo. Eran las manos, amarradas sobre su cabeza, las que sujetaban todo el peso de su cuerpo, por lo que un tenue dolor se iba extendiendo desde las muñecas hasta los hombros. Eso sin contar con el fuerte dolor que sentía en la nuca, que se hizo más agudo cuando intentó moverse para mirar a su alrededor. No, cuanto más quieto mejor.

Al principio era incapaz de ver pero, poco a poco, sus ojos se fueron acostumbrando a la oscuridad. Sin mover la cabeza, pudo distinguir la pared de ladrillo de la pequeña sala en la que se encontraba y, a la derecha, una puerta.

Recordó lo que había sucedido y un escalofrío le recorrió la espalda. Lo habían secuestrado. Iba a seguir a Vera y tres tíos enormes lo habían rodeado, dado un golpe en la cabeza y ahora estaba secuestrado.

Se le formó un nudo en la garganta y las lágrimas le rodaron por las mejillas. Nadie iba a verlo llorar… no podrían acusarlo de cobarde.

Sin darle tiempo a pensar en nada más, una suave luz se filtró bajo la puerta y captó toda su atención.

A los pocos segundos se escucharon pasos y varias siluetas se pararon frente a la puerta, tapando la luz que entraba. El miedo comenzó a asentarse en su estómago y se extendió por todo su ser cuando escuchó el ruido de un cerrojo al moverse; después, la puerta se abrió.

La luz les daba desde la espalda por lo que Kev solo pudo distinguir tres figuras enormes, reconociendo a los tres hombres que lo habían acorralado y llevado hasta allí.

El que estaba a la derecha pulsó un botón de la pared y la sala quedó iluminada al instante, cegando a Kev, obligándolo a cerrar los ojos. Cuando los volvió a abrir dos de los hombres se habían acercado a él. Por encima de sus hombros, vio que el otro se había quedado junto a la puerta.

Centró la mirada en los que tenía delante. Eran tan rubios que su pelo parecía blanco y tenían los ojos muy claros. Mutados, los primeros mutados que veía en su vida. Iban vestidos de negro y lo miraban de arriba abajo con repugnancia y desprecio.

—Sigo sin comprender cómo este estúpido humano va a sernos útil, jefe —habló el que estaba a la derecha, mientras se metía la mano en el bolsillo. Al sacarla un puño americano relucía en sus nudillos.

—No tienes que comprenderlo. Son órdenes — contestó el otro sin mirarlo.

Tenía sus ojos fijos en Kev. Tras darle un nuevo repaso a su cuerpo, se centró en su cara y se dirigió a él.

—Voy a hacerte unas preguntas y tú las vas a contestar, ¿lo has entendido?

Kev le había escuchado pero era incapaz de articular palabra. Cuando por fin consiguió hacer brotar algún sonido de su garganta se dio cuenta de que no era la respuesta que el mutado pedía.

—¿Quiénes sois?

Por respuesta un puñetazo en el estómago le sacó todo el aire de los pulmones. Un crujido procedente de su espalda al chocar brutalmente contra la pared por el golpe le hizo soltar un alarido de dolor.

El del puño americano se apartó de él al momento con cara de asco, mientras se escuchaba el sonido de algo líquido al caer al suelo.

—¡Se ha meado, joder!

Con los ojos entrecerrados por el dolor, Kev bajó la mirada y vio el charco que se había formado bajo su cuerpo, sin embargo no lo había sentido. Trato de mover las piernas pero solo sintió un latigazo de dolor en la parte baja de la espalda. Se mordió el labio para no gritar, sin embargo no pudo contener las lágrimas que rodaron por sus mejillas.

Se escuchó una carcajada y Kev se obligó a abrir los ojos, había sido el del puño americano, que lo miraba como quien veía una rata herida. El otro lo miraba muy serio y se acercó un paso hacia él, haciendo callar con este gesto al del puño americano.

—Doy por hecho que has entendido la dinámica, Kev Soren.

Kev se obligó a asentir y el mutado sonrió levemente.

—Bien, ahora ¿qué sabes del Proyecto Sol?

***

—Vamos Vera, sube a vestirte. Ya nos encargamos de recoger Calem y yo.

Vera apiló los tres platos que habían usado y se dirigió a la encimera de la cocina. La cena había sido genial. Kleiff había ayudado a terminar la ensalada mientras comentaban cómo había sido su viaje en tren y sus impresiones de la casa y su dormitorio. Ambos habían decidido no mencionar la incomodidad que sentía cuando Calem se acercaba a ella y por qué él reaccionaba cada vez con mayor agresividad, aunque sabía que en algún momento tendrían que hablar de ello.

Calem, por su parte había bajado justo cuando estaban terminando de poner la mesa, por lo que se libró de eso y de cocinar.

Estaba claro que lo suyo era lucir cuerpo pero no hacer tareas domésticas. Por suerte había bajado a cenar bien tapadito con unos pantalones de cuero y una camiseta negra de manga corta, que, para qué negarlo, le quedaban estupendamente bien pero que resultaba menos incomodo para todos que aquella minúscula toalla.

Mientras cenaban, Vera se había enterado de algunas cosas más de sus otros tres compañeros de piso ausentes a los que iba a conocer en unas horas.

Enna y Owen eran mutados y Enol era mestizo como Kleiff y ella. También le había confirmado, aunque ya lo había insinuado, que Calem era mutado de primera generación, lo que significaba que su linaje no se había mezclado apenas con mestizos o humanos, y que, además, tenía todos los privilegios raciales que le permitían hacer prácticamente lo que quisiera.

Cada vez la producía más curiosidad las razones que lo llevaban a participar en la misión pero no se había atrevido a preguntarle.

Al final, después de tomar los postres habían mirado el reloj y se habían dado cuenta de que apenas faltaba una hora para tener que ir al sitio donde habían quedado con los otros, por lo que Vera y Kleiff se habían puesto a recoger y Calem se paseaba a su alrededor fingiendo hacer algo.

Vera dejó los platos apilados en la encimera de la cocina y se giró hacia los dos chicos.

—¿Seguro? No me importa terminar de recoger.

Kleiff levantó la cabeza mientras continuaba recogiendo la mesa.

—Bastante que nos has hecho la cena. Esto lo recogemos nosotros, ¿verdad Calem?

La chica miró a Calem que miraba a su amigo como diciendo lo-llevas-claro-si-recojo-yo-algo, pero, cuando Kleiff le dio un codazo, cogió las servilletas con dos dedos y cara de asco y se dirigió hacia donde estaba ella.

—Increíble… yo, Calem Delan obligado a recoger la mesa… que lástima.

Vera no pudo contener una carcajada y le dio una palmadita en el hombro.

—Es verdad, pobre mutado puro, obligado a hacer tareas de mestizos…

—¡O de humanos! —añadió Kleiff acercándose con el resto de platos.

Calem los miró a ambos tratando de parecer enfadado y ofendido.

—Qué vergüenza… con lo que hemos hecho los mutados por vosotros y nos lo agradecéis así…

—¿Vergüenza? ¿Sabes acaso lo que es eso? —repuso Kleiff haciendo reír a Vera y terminando de romper la pose ofendida de Calem, que también se echó a reír.

—*Touche*, K. Me inclino ante tus preciosos pies mestizos —contestó Calem mientras hacia una profunda reverencia y se abrazaba a las piernas de Kleiff.

Por su parte, Kleiff forcejeaba tratando de liberarse aunque de forma inútil.

Vera observaba toda la escena sin parar de reír, nunca había vivido nada así, bromeaba con su madre pero eso definitivamente no era lo mismo. Se veía la plena confianza y complicidad que había entre ellos dos y que, con su madre, no había llegado a tener. Claro que no era la misma relación. Justo cuando su mente comenzó a preguntarse si Kleiff y Calem habían tenido algo miró el reloj de la cocina.

—Chicos, os dejo con vuestras reverencias, que se hace tarde.

Calem se giró hacia Vera sin dejar de agarrar a Kleiff y le lanzó un besito, que fue contestado por una colleja de Kleiff. Vera soltó una carcajada y salió de la cocina.

La verdad era que la mano de Kleiff se había movido como si tuviera voluntad propia. Ese simple beso que le había lanzado Calem a Vera había accionado algo en su cerebro que había movido su mano para darle el golpe. Exactamente lo mismo que le había pasado cuando había entrado en la cocina después de dejar la zanahoria en la despensa y había visto a Calem desnudo detrás de Vera, solo que en ese momento pudo contenerse y no saltar sobre él para partirle las piernas y caparlo.

Cuando se quiso dar cuenta seguía mirando el lugar por el que había salido Vera y ya no tenía a Calem agarrado de sus pantorrillas. Estaba apoyado en la encimera mirándolo. Carraspeó y se pasó una mano por el pelo castaño.

—Siento la colleja.

Calem ladeó la cabeza como hacía siempre que estaba analizando algo, ya fuera una persona o una situación. El silencio se prolongó mientras los ojos azules de Calem lo escrutaban y Kleiff empezaba a sentirse muy incómodo. Se dio la vuelta y empezó a poner los platos sucios en el lavavajillas.

Sabía perfectamente lo que Calem estaba pensando, llevaban juntos demasiado tiempo, pero él ni siquiera se lo podía plantear.

—Me gusta Vera —afirmó Calem a su espalda.

El plato que estaba sujetando se le resbaló y cayó sobre los demás dentro del lavavajillas. No se rompió, pero el estruendo delató la sorpresa que había sentido al escuchar a su amigo.

Después de unos segundos, la sorpresa se convirtió en enfado, que vino acompañado de la confusión que llevaba sintiendo toda la tarde.

Calem estaba tratando que diera rienda suelta a sus instintos. Normalmente siempre se dejaba llevar porque sus instintos no le pedían nada del otro mundo: folla, bebe, come y poco más. Pero esta vez le estaban pidiendo algo diferente, algo que nunca le habían pedido aunque sabía lo que era perfectamente, y no podía dejarse llevar. No con ese instinto.

Terminó de colocar los platos y puso en marcha el lavavajillas que comenzó a trabajar con un ligero zumbido. Se giró hacia la pila y, mientras se lavaba las manos, miró a Calem, que lo miraba igual que antes.

—Solo hace unas horas que la conoces —contestó tratando de sonar indiferente, pero por la sonrisita que apareció en los labios de Calem supo que no lo había conseguido.

—Sabes que no necesito mucho tiempo para que empiece a gustarme alguien.

Mientras hablaba, había sentido como Calem se iba acercando a él hasta colocarse en la misma postura en la que se lo había encontrado con Vera, solo que ahora era él el que ocupaba su lugar.

Los recuerdos de la primera vez que se habían acostado, apenas unas horas después de conocerse, le vinieron a la mente y soltó un suspiro mientras su erección cobraba vida dentro de sus pantalones. Se giró y tuvo que alzar ligeramente la barbilla para mirarlo a los ojos.

Calem pasó la lengua por su labio inferior y Kleiff bajó su mirada hacia ella rápidamente, provocando como acto reflejo que él hiciera lo mismo. Las manos de Calem lo empujaron suavemente hacia la encimera y redujo el espacio que había entre ellos, apoyando su cuerpo contra el de él.

Kleiff se dejó hacer, con el resto de personas siempre tomaba la iniciativa pero con Calem no. Era mucho más excitante así, por eso, cuando Calem subió sus manos hasta su cuello y acercó sus labios a los suyos, Kleiff no pudo más que responder a su beso.

Conocía la boca de Calem como si fuera la suya, incluso más que la de Enna, y sabía que pronto no se conformaría con sus labios y que comenzaría a bajar por la mandíbula hasta el cuello. Un gemido se escapó de sus labios cuando sus predicciones se hicieron realidad y su erección se movió con impaciencia dentro de los pantalones.

—¿Qué sentirías si le hiciera esto a Vera?

La voz ronca de Calem resonó en su cabeza pero le costó varios segundos asimilar sus palabras. Le estaba besando la mandíbula, chupándole el lóbulo de la oreja y mordiéndole el cuello, pensara en el sentido que pensara todos ellos estaban colapsados por él, veía, oía, olía, sabía y tocaba a Calem.

Solo el mero hecho de pensar en Calem haciéndole eso a Vera le hizo apartarlo de un empujón y cuando lo miró no pudo contener las palabras.

—¡No te acerques a ella!

—A lo mejor es ella la que se acerca a mí…

—¡Ni se te ocurra Calem! ¡He sentido el…!

Consiguió callarse justo a tiempo. Una palabra más y habría metido la pata hasta el fondo. Sin embargo, Calem ya había conseguido su objetivo, y lo miraba con una expresión de triunfo y a la vez de comprensión.

—Si no la reclamas lo vas a pasar mal… ya sabes cómo funciona.

Kleiff se apoyó en la encimera y se pasó la mano por el pelo a la vez que cerraba los ojos. Ya tenía demasiadas preocupaciones como para añadir otro lastre más a la carga que descansaba en sus hombros. No pensaba reclamar nada y se mintió a si mismo pensando que no había nada que reclamar.

Abrió los ojos y con lo primero que se encontró fue con los de Calem, que lo miraba fijamente, de nuevo, con la cabeza inclinada ligeramente hacia un lado, esperando una respuesta.

—No lo voy a hacer, Calem. Tienes vía libre.

Los ojos de Calem se abrieron ligeramente por la sorpresa, definitivamente no se esperaba esa respuesta.

A pesar de ello conocía a Kleiff perfectamente y solo con mirarlo un par de segundos supo que había dicho eso porque era lo correcto y debía mantener sus prioridades, aunque en el fondo estuviera pensando "es mía y como te acerques te capo". A Calem no le gustaba que su amigo se guardara cosas dentro, asique no pensaba desistir tan pronto de la idea de hacerle seguir sus instintos.

Una sonrisita asomó a sus labios y vio como el rostro de Kleiff palidecía al darse cuenta del plan que tenía en mente para que recapacitara sobre lo que acababa de decir.

—Qué mal lo vas a pasar entonces, K…

***

Después de trastear con su pelo durante casi quince minutos Vera se dejó un par de mechones sueltos en la parte de delante y se hizo una coleta alta. Se alejó un par de pasos del espejo y escrutó su reflejo que ahora le ofrecía una imagen de cuerpo entero.

Se había decidido por una falda alta, negra y ajustada que le llegaba desde debajo del pecho hasta por encima de las rodillas, aun así, demasiado ceñida y corta para su gusto pero era lo más largo que había encontrado en todo el armario.

En lo poco que se veía de parte superior se había puesto una camiseta blanca de tirantes y bordeada de encaje, y, para los pies, había encontrado unos taconazos negros que, sin duda alguna, era lo que más la gustaba de lo que llevaba puesto.

Pensó en la ropa tan holgada y larga que había llevado apenas un día antes y la comparó con la que llevaba ahora puesta. Giró sobre sí misma un par de veces y se sorprendió sintiéndose bien en ella. Estaba incómoda con tanta licra pero no podía negar que era mucho más favorecedora.

Un par de toques en la puerta la sobresaltaron y, con el mando que le había dado Kleiff, bajó el volumen de la música.

—¿Sí?

—¡Vera, tenemos que irnos!

La voz de Calem le llegó amortiguada por la madera. Vera se apresuró a recoger todas las prendas que se había probado y las echó al armario. Cogió el bolso que hacía juego con los zapatos, guardó la tarjeta que Kleiff le había dado y abrió la puerta.

Calem estaba apoyado en el cerco con el brazo izquierdo mientras con el derecho toqueteaba un móvil. En cuanto la puerta se abrió la mandíbula pareció desencajársele al verla. Vera se sonrojó al instante y carraspeó para recuperar la atención de Calem hacia su cara, aunque su reacción hizo que la moral se le subiera por las nubes.

Cuando por fin los ojos de Calem llegaron de nuevo a los suyos estaban brillantes y una sonrisa seductora iluminó su rostro, haciéndolo parecer aun más guapo, si es que eso fuera posible.

—Lo va a pasar fatal... —Creyó escucharle decir Vera en un susurro aunque rápidamente carraspeó y le tendió el teléfono móvil que estaba toqueteando antes —. Toma, para ti. Ya tienes todos los números guardados.

Vera lo cogió y sin pararse a mirarlo abrió el bolso y lo echó dentro. Luego volvió a mirar a Calem, que continuaba con esa sonrisa en los labios mientras la daba otro repaso. Esta vez Vera no se sonrojó sino que hizo lo mismo que él.

Calem llevaba los mismos pantalones de cuero que se había puesto para cenar pero se había cambiado la camiseta por una azul que resaltaba el color de sus ojos. Sobre ella, llevaba una cazadora de cuero como la de Kleiff. Estaba tremendamente guapo, en resumen, y la sonrisita de suficiencia con la que se encontró al mirarlo a la cara le indicaba que sabía lo que se le estaba pasando por la cabeza.

—¿Bajamos, preciosa? Kleiff estará empezando a preguntarse por qué tardamos tanto.

Ella asintió y empezó a andar hacia las escaleras junto a Calem. Cuando llegó al hall del segundo piso vio a Kleiff en el recibidor con el teléfono en la oreja y andando de un lado a otro. Mientras bajaba las escaleras se fijó en que iba vestido igual que Calem, solo que con una camiseta negra en lugar de una azul, pero que le quedaba igual de bien que a Calem la suya. Otro que estaba tremendamente guapo esa noche.

Cuando llevaba bajada la mitad de la escalera, Kleiff se dio cuenta de que estaba bajando y se giró hacia ella. Los ojos se le abrieron de par en par y la boca se le cerró formando una O durante el segundo que tardo en recuperar la compostura y desviar la mirada.

Calem soltó una carcajada junto a Vera y ella no supo cómo reaccionar. El corazón comenzó a palpitarle con fuerza y frunció el ceño. No estaba segura de que aquella fuera una mirada moralmente aceptable de un hermano hacia una hermana.

Ella también había hecho mención de que estaba guapo y había tenido ciertos problemas de atracción con él mientras se adaptaba a sus feromonas, pero no estaba segura de haberlo mirado con el deseo con el que él acababa de mirarla por voluntad propia, y, ni siquiera se había fijado en Kleiff de esa manera, o eso creía ella.

Con una despedida rápida, Kleiff colgó el teléfono y los habló, obligando a Vera a mirarlo para no parecer una maleducada.

—Era Enna, que ya están allí y nos esperan en la mesa de siempre.

Había mirado más a Calem que a ella mientras hablaba pero eso solo había servido para aumentar la incomodidad de la situación y que Vera continuara cuestionándose a sí misma.

No podía evitar preguntarse hasta qué punto la atracción que había sentido por Kleiff era por las feromonas o por él mismo. Estaba claro que era sumamente atractivo, una belleza más dura que la de Calem. Tanto sus movimientos como su cuerpo eran los de un soldado, no tanto como los de Calem que eran los de un modelo.

Justamente mientras miraba sus fornidos hombros se dio cuenta de que se había hecho el silencio y que ambos chicos la estaban mirando.

—Eeehhh… ¿qué? —preguntó.

Calem soltó una carcajada y se dirigió hacia la puerta.

—Que si llevas la tarjeta, Vera —dijo Kleiff mirándola con curiosidad.

—Sí, si la llevo. Y un móvil.

Kleiff asintió y con un gesto de su brazo la dejó pasar primero para salir por la puerta. Vera salió y, ya en la calle, se encontró a Calem encendiéndose un cigarro. Ella no fumaba, no porque no le gustara sino porque su madre no la dejaba ya que para su entrenamiento no era recomendable el humo del tabaco.

Claro que ahora su madre ya no estaba y ella no era una simple humana… sus pulmones de mestiza podrían resistirlo, ¿no?

Sacudió la cabeza para quitarse esas ideas de la cabeza. Que estuviera a punto de ir a un local de ocio no significaba que tuviera que beber o fumar si nunca lo había hecho, y menos aun teniendo mañana una reunión con el Jefe del Proyecto. Podía divertirse, disfrutar de su primera noche como mestiza, pero debía mantenerse centrada, seguir siendo ella misma.

Detrás de ella la puerta se cerró y Kleiff se quedó parado junto a ella en el primer escalón de la escalera.

—Sé cómo te sientes. Solo sé tú misma, aunque tengas que llevar su ropa no tienes que comportarte como ellas.

Vera se giró y lo miró sorprendida. En el momento en que sus ojos se cruzaron volvió a sentir su esencia en el centro del pecho y, cuando los dedos de Kleiff le acariciaron el brazo en un gesto amable, el estómago le dio un vuelco. Como si él también lo hubiera sentido y no le hubiera gustado en absoluto, apartó su mano de ella, sonriéndola de forma cortés.

—¿Vamos? —preguntó señalando la calle con un movimiento de cabeza.

Sin saber por qué, aquel gesto de rechazo le había sentado muy mal. No entendía nada. Aquella mirada que Kleiff le había echado mientras bajaba las escaleras le había afectado y su esencia parecía haberse asentado en el centro del pecho desde aquel momento.

Sintió el impulso de preguntarle por qué se había apartado de ella pero lo reprimió. Quiso pensar que todo ese baile de emociones y sensación se debía a la estarmina y no quería darle más importancia de la que tenía.

Aun así, no era agradable que alguien apartara la mano tras tocarte como si le dieras asco, asique aquel gesto de rechazo le hizo devolverle la sonrisa cortés y bajar las escaleras para dirigirse a Calem, que miraba a Kleiff muy serio y negaba con la cabeza.

En cuanto vio que Vera se acercaba, cambió enseguida el gesto y la dedicó esa sonrisa suya mientras abría el brazo para que se agarrara de él.

—Venga preciosa, vamos a enseñarte como nos lo pasamos bien aquí.

Ella miró su brazo con inseguridad. Tenía el pálpito de que aquel gesto iba a ser el inicio de algo, si bien no sabía de qué se trataba. Cruzó una mirada con Kleiff mientras llegaba hasta ellos y se sorprendió al encontrarse el rostro serio y reservado que le había visto al conocerse. Sin rastro de la simpatía que habían compartido durante la cena.

—Se va a quedar así hasta que te agarres. Aun no sabes lo insistente que puede llegar a ser —afirmó fríamente y, sin pararse junto a ellos, echó a andar calle abajo, hacia el lado contrario por el que habían llegado a la casa unas horas antes.

No entendía por qué había pasado de mirarla indebidamente a ser tan desagradable pero no pensaba dejar que nadie la hablara así, por mucho que fuera su jefe ni su hermano.

Se obligó a centrarse en Calem y miró de un lado a otro. La gente pasaba pero no les hacía el menor caso. Vera sonrió al ver que seguía en la misma postura y se agarró del brazo que Calem la tendía. No iba a dejar que Kleiff le amargara la noche, ya hablaría con él en otro momento.

***

Enna removía la pajita dentro de su ron con cola mientras miraba la entrada de la zona VIP, deseando que llegaran los chicos y poder conocer a Vera.

A su lado Enol jugaba a pasarse un hielo con Owen de boca en boca mientras reían tontamente y exudaban ese olor típico de vinculados y enamorados, mezcla de sus dos esencias.

Enna los miró de reojo e intentó ponerse en su lugar, no querría vincularse con nadie por nada del mundo. Verlos así de acaramelados no le daba ninguna envidia, pero sí que envidiaba su felicidad absoluta. Daba igual cual fuera la situación, nunca les había visto desanimados o tristes, el simple hecho de tener a tu vinculado a tu lado era motivo suficiente para mantenerte animado y eso era de envidiar. Aunque el hecho de que su felicidad dependiera de otra persona era precisamente lo que hacía que Enna no quisiera vincularse.

Volvió a dirigir su mirada hacia la puerta, a la vez que cruzaba su umbral un mutado que la sonrío de forma pícara mientras se dirigía a la barra. Ella le devolvió la sonrisa pero permaneció en su asiento. ¿Para qué necesitaba un vinculado? Tenía todo el sexo que quería con quien quería y no necesitaba relaciones complejas como los mestizos y los humanos. Al ser mutada solo tenía que mantener sus necesidades satisfechas para estar bien y ella las tenía más que cubiertas.

No tenía la felicidad absoluta que se consigue al tener satisfechas las necesidades y además tener el amor de tu vinculación, pero se conformaría con ser feliz a secas. Más que suficiente.

Justo cuando se estaba planteando levantarse y llevarse al mutado de la barra a un reservado, la puerta de la zona VIP volvió a abrirse y entró Kleiff con una cara imposible de definir, seguido de Calem, que sonreía mientras hablaba al oído de la chica que iba agarrada de su brazo. Era mestiza, claramente, con un pelo castaño claro larguísimo recogido en una coleta, y unos profundos ojos oscuros que recorrían el local con curiosidad, escrutándolo todo. No podía ser nadie más que Vera.

Enna levantó la mano para que Kleiff la viera a la vez que le daba un codazo a Enol para que él y Owen volvieran a la realidad. Kleiff hizo un gesto con la cabeza al verla y se encaminó hacia ellos sin mirar si quiera si Calem y Vera lo seguían, aunque sí lo hicieron.

—¡Por el Sol! ¡Es guapísima! —exclamó Owen y Enna no pudo más que darle la razón.

—El que no está nada guapo es Kleiff… mira que cara trae —continuó Enol y Enna tuvo que darle la razón al otro chico también.

Cuando Kleiff llegó a la mesa se sentó junto a Enna sin decir una palabra e hizo caso omiso a su saludo y al de los chicos. Pensó que tendría que preguntarle por la razón de traer ese careto, pero luego, porque Calem ya estaba junto a ellos y parloteaba sin parar con la chica.

—Y aquí, finalmente, en la peor mesa de la zona VIP, están el resto de compañeros, que te aseguro que son más majos de lo que Kleiff ha sido durante el camino.

Ante ese comentario Enna vio como la boca de Vera formaba una sonrisa pero sus ojos se ensombrecían, y eso no la gustó nada. Para esquivar la atención de las palabras de Calem se levantó rápidamente, pasó por entre la mesa y las piernas de Kleiff, haciendo que él se cambiara al asiento que ella había ocupado, y se acercó a Calem y Vera.

—¡Enna! ¡Amiga mía! ¿Qué coño hacéis en esta mesa? ¿Y qué le ha ocurrido a la nuestra? Parece que alguien haya tenido sexo muy salvaje sobre ella, y no estoy insinuando nada con esto…

Enna se echó a reír, al igual que Enol y Owen.

—Habríamos sido nosotros, en cualquier caso, pero no… —comenzó Enol.

—Hubo una pelea y se nos cayó un borracho en la mesa… Y ahora déjame presentarme en condiciones, pelmazo —terminó Enna mientras separaba a Calem de Vera y se dirigía a ella—; encantada de conocerte Vera, soy Enna.

Vera le tendió la mano a Enna, que había resultado ser una rubia espectacular con unos ojos azules preciosos, aunque inusualmente bajita para ser una mutada, pero en lugar de estrechársela, de repente, se vio rodeada por sus brazos en un abrazo.

—¡Por el Sol! ¡Cuánto he deseado que viniera una chica! ¡No los soporto más… tanta testosterona va a terminar conmigo!

—exclamó junto a su oído lo suficientemente alto para que los demás la oyeran, por lo que Vera se echó a reír a la vez que los demás soltaban bufidos y la abucheaban.

Con un último apretón Enna la liberó pero se puso a su lado, pasándole un brazo por los hombros.

—Esos son Enol y Owen. La pareja feliz.

Los dos chicos la sonrieron y saludaron con la mano. Ambos eran rubios pero uno tenía los ojos grises y otro marrones, por lo que supuso que el de los ojos marrones, Enol, sería mestizo y Owen mutado.

Cuando se quiso dar cuenta, Calem la estaba empujando para que se sentara en el sillón circular que rodeaba la mesa en uno de los sitios que quedaban junto a Enol. Al mirar a Calem vio como se interponía entre Enna y el asiento que quedaba a su lado, obligándola a sentarse junto a Kleiff para sentarse él.

El aroma del perfume que llevaba, mezclado con el de su esencia la envolvieron cuando el mutado pasó el brazo por detrás de sus hombros y Vera no pudo más que sonrojarse cuando los demás los miraron, el resto de asombro y, Kleiff, con aquella mirada malhumorada que Vera estaba empezando a odiar.

Lo miró a los ojos, que no la miraban a ella sino a Calem. Parecía enfadado pero triste a la vez y esa tristeza se hizo más palpable cuando la miró a ella.

Vera trató de sostenerle la mirada pero le fue imposible. Pensar que hacía unas horas habían estado bromeando y hablando tranquilamente, a tener que aguantar su silencio cortante durante todo el trayecto y estar así ahora resultaba más doloroso de lo que había imaginado. Desvió la mirada hacia Calem, que estaba llamando a la camarera con una señal. En cuanto sintió que sus ojos la miraban, bajó su mirada hacia ella.

—¿Qué quieres beber?

Vera se encogió de hombros, nunca había probado el alcohol por lo que no estaba segura de qué pedir. Como si todos la hubieran leído el pensamiento soltaron una carcajada.

—¿Nunca has bebido? —preguntó Enna, incrédula.

La chica volvió a sonrojarse y negó con la cabeza. Estaba abriendo la boca para contestar peor fue Kleiff el que habló por ella.

—Las cosas son diferentes en el H, Enna. Allí no se lo pasan tan bien como aquí.

Vera se lo habría tomado como una broma si no fuera por el tono desagradable con el que habló. El hecho de que acompañara a sus palabras pasando el brazo por los hombros de Enna, imitando la postura que Calem y ella tenían, pero en un gesto aun más posesivo, le hirvió la sangre. ¿Qué pretendía? ¿Darle celos a su hermana? No pareció ser la única en darse cuenta de lo raro de su comportamiento y Enna también lo miró extrañada, aunque no se apartó de él.

—Tranquila, Vera. Te enseñaremos a pasártelo bien.

Justo en ese momento apareció la camarera con una ronda de bebidas que no recordaba que nadie hubiera pedido, al menos en voz alta.

—¡Por fin! —exclamó Calem y, rápidamente, guió a la camarera con el reparto—: Los Martini para la pareja, un whisky para la rubia, el ron para el amargado y los dos vodkas aquí.

La camarera hizo el reparto y se marchó guiñándole un ojo a Calem, que, por respuesta, apretó el hombro de Vera y se encogió de hombros.

Vera frunció el ceño y lo miró con incredulidad, esperaba que con ese gesto no estuviera insinuando que entre ellos había algo.

Calem la miró y soltó una carcajada.

—Tranqui, preciosa, es que esa chica me trae por el camino de la amargura… no me deja vivir. Tú coge el vodka y no te preocupes por nada.

Vera miró su vaso con recelo y luego miró al resto. Todos tenían su bebida o bien en la mano o en los labios. Enol y Owen estaban aparte de los demás, cuchicheando y riendo. Vera pensó al principio que lo que estaban haciendo era de mala educación pero, al ver que a los demás les daba igual, pensó que tal vez eso era lo normal allí y era ella la que lo veía mal.

Luego miró a Kleiff que ya había apurado más de la mitad de su copa y hacía caso omiso de Enna, que le hablaba al oído con evidente preocupación. Eso hizo que Vera se sintiera mejor, no se había imaginado que Kleiff estuviera raro, sino que de verdad algo había cambiado en él. Esperaba que la chica consiguiera que volviera a tener el humor de hacía unas horas.

El sonido de un vaso al deslizarse por la mesa la hizo mirar hacia abajo y vio la mano de Calem acercando el vaso de vodka. Lo miró y su sonrisa torcida hizo que se ruborizara, haciendo que él sonriera abiertamente.

—A la próxima te pido vodka rojo para que haga juego con tus mejillas.

Vera se echó a reír y agarró el vaso de vodka. Con inseguridad lo levantó y se lo acercó a la nariz. Olía bien, a limón, cítrico y algo más que supuso sería el vodka.

—Se toma por la boca.

La voz de Kleiff llegó desde el otro lado de la mesa. Tenía la mirada desenfocada y, ahora que lo pensaba, tampoco es que hubiera hablado de forma fluida. Beberse el ron a tal velocidad estaba causando efecto.

—Aplícate el cuento, K, que parece que quieras pinchártelo en vena —intervino Calem, tratando de sonar a broma pero con un enfado evidente.

Sin decir una palabra Vera se llevó el vaso a los labios y dio un trago largo mirando directamente a Kleiff, que frunció el ceño. La copa estaba realmente buena y solo dejó de beber porque Calem le agarró la mano, obligándola a bajar la copa con una sonrisa.

—Tómatelo con calma, nena, aun queda noche.

Vera dejó la copa en la mesa y miró a Kleiff, que en ese momento apuraba lo que le quedaba de copa, dejaba el vaso en la mesa, y hacía un gesto a la camarera.

A su lado Enna había dejado de intentar hablar con él y ahora la miraba a ella fijamente; casi de forma imperceptible inhaló aire y frunció el ceño.

A Vera la entraron ganas de preguntar por esa reacción pero en lugar de eso dio otro trago a su vaso, no terminándoselo apenas por un par de dedos. Quería pasárselo bien y, aunque de momento no lo estaba haciendo, sabía que preguntarle a Enna no iba a mejorar las cosas.

Otra camarera diferente de la que les había traído las primeras bebidas apareció con la copa de Kleiff. Sin apenas mirarlo, dejó la copa junto a él y se marchó.

Kleiff la cogió al momento y le dio un trago largo mientras apretaba a Enna junto a él. Vera sintió un ardor agudo en el pecho que achacó al alcohol que estaba bebiendo.

—Nosotros nos vamos un rato, chicos. Nos vemos luego —dijo Enol mientras se levantaba de la mesa a la vez que Owen e interrumpía los pensamientos de Vera, que encogió las piernas para que pudieran pasar y dejarlos salir.

—Si no estamos aquí cuando volváis llamadnos por si nos hemos ido a casa —contestó Kleiff con una voz sorprendentemente lúcida para el ritmo con el que estaba ingiriendo el alcohol.

A su lado Calem lo abucheó.

—¡Joder! ¿A qué hora nos vamos a ir? ¿O es que ellos van a echar un polvo de cinco horas?

Enol y Owen se marcharon entre risas pero Kleiff no se estaba riendo, todo lo contrario.

—Mañana tenemos trabajo —repuso con voz firme, en un tono que Vera escuchaba por primera vez. Vio, con sorpresa, a Calem asentir con la cabeza y aceptar sus palabras sin rechistar.

No debía olvidarse de que Kleiff era el jefe y, en cuestión de trabajo, él tenía la última palabra, sin importar lo que estuviera ocurriendo.

Para aliviar un poco la tensión Enna comenzó a hablar contando lo que había hecho durante el día con Enol y Owen.

Por lo visto se habían ido de compras y luego habían ido a ver a sus padres, donde se habían quedado a cenar. Luego prometió a Vera que la enseñaría toda la ropa que se había comprado, todo esto mientras los vasos se iban vaciando y la camarera los iba rellenando. Una vez que Enna se quedó sin nada que decir y empezó a interrogar a Vera, esta estaba ligeramente mareada, la música parecía que sonaba atronadora y tenía problemas para hablar de forma fluida.

—¿Y qué te parece el sector M, Vera?

Como si su cerebro y su boca estuvieran desconectados se escuchó decir.

—La verdad es que tenéis chicos muy guapos aquí. Nada que ver con los que hay en mi sector…

Enna y Calem se rieron a carcajadas. Hasta Kleiff no pudo contener la sonrisa que apareció en su rostro mustio.

—Aquí todo es tan… diferente. En mi sector no podría estar sentada así, —dijo señalando el brazo de Calem que la rodeaba—, y bebiendo… pufff ya me imagino lo que dirían de mí al día siguiente…

Esas palabras provocaron la risa de Enna de nuevo, pero Kleiff la miró fijamente como si realmente entendiera que comportarse así tuviera graves consecuencias. Por un momento, su mirada volvió a ser como la de hacia unas horas. Aunque solo fue un momento. En cuanto aquella especie de conexión entre ellos volvió, enseguida desvió la mirada de la suya y se llevó el vaso a la boca.

—Bueno, tú tranquila cariño, que aquí a nadie le importa lo que haces o dejas de hacer —dijo Enna mientras alargaba la mano a través de la mesa y apretaba la de Vera—; y ahora… ¡Vamos a la pista!

Vera se escuchó gritar una afirmación a la vez que se levantaba como un resorte. Su equilibrio, sin embargo, se fue a la pista antes que ella y tuvo que agarrarse a Calem para no caerse, que la sujetó con fuerza por la cintura. Vera cerró los ojos y apoyó la cabeza en su pecho mientras respiraba hondo para recuperar el equilibrio y que el vodka permaneciera en su estómago; sin embargo, lo único que consiguió, fue impregnarse de la deliciosa esencia de Calem y empezar a sentir un cosquilleo en la parte baja del estómago. Se apretó más a él, que la agarró con ambas manos cuando sintió que Vera se excitaba.

A lo lejos escuchó un golpe fuerte que hizo que un escalofrío recorriera su espalda y la obligara a separarse de Calem. Abrió los ojos y lo primero que vio fueron los de Kleiff, con las pupilas dilatadas al máximo, mirando tanto a ella como a Calem, encolerizado.

Se había levantado de la mesa, que ahora tenía las marcas de un puñetazo, y sostenía el vaso con tanta fuerza que los nudillos estaban blancos. Enna lo sujetaba de la muñeca e intentaba quitarle el vaso antes de que se rompiera en su mano. Kleiff lo dejó en la mesa de un golpe y se marchó hacia la puerta de la zona VIP.

Sin decir una palabra y sin oír lo que Calem o Enna decían, Vera se soltó de Calem y salió corriendo tras Kleiff. Sin embargo, entre que su cuerpo no respondía correctamente por culpa del alcohol y que la gente no la dejaba pasar, estaba costándole alcanzarlo.

Al traspasar la puerta de la zona VIP el ambiente se volvió oscuro y la música sonaba atronadora. Creyó perder de vista a Kleiff pero luego lo encontró bajando las escaleras que llevaban a la barra que había junto a la pista.

Vera las bajó lo más deprisa que pudo y, en cuanto estuvo a pocos metros de él, vio como se metía tras la barra, empujaba a la camarera contra ella y comenzaba a besarla.

El vaso que hasta entonces no se había dado cuenta que llevaba en la mano se le escapó de los dedos y cayó al suelo. Nadie pareció escucharlo. La música seguía sonando y Kleiff continuaba metiéndole la mano a la camarera bajo la falda.

El ardor en el pecho que había sentido al verlo abrazar a Enna volvió convertido en un dolor agudo, cortándole la respiración y las lágrimas se le amontonaron en los ojos mientras se daba la vuelta y trataba de alejarse de ellos.

Confusa, se dejó llevar por la marea de gente mientras todo daba vueltas y la imagen de Kleiff besando a esa camarera seguía grabada en su retina. De pronto se encontró firmemente sujeta por unos brazos. Al enfocar la mirada, se encontró con los ojos de Enna que la miraban preocupada.

Con un gesto la indicó que la siguiera, ya que hablar con la música tan alta era algo inútil y Vera se agarró a su mano para seguirla por la pista hasta llegar a un rincón donde estaban los baños. Se metió en el de las chicas y cerró la puerta una vez entró Vera.

Los baños de esa discoteca eran los más raros y lujosos que Vera había visto nunca, eran una fila de habitaciones las cuales tenían dentro un WC y un lavabo con su espejo.

Pasaron por el pasillo mientras escuchaban cuchicheos, risas y gemidos hasta llegar a la última puerta. Enna entró dentro, tirando de Vera y cerró tras ella la puerta con el pestillo.

Sin poder mantener el equilibrio ni un segundo más Vera se sentó en la tapa del WC y enterró la cabeza entre sus manos.

—Tranquila… no pasa nada… —Sintió los brazos de Enna alrededor de ella y fue cuando se dio cuenta de que estaba llorando—. ¿Quieres que nos vayamos a casa?

Vera quiso asentir con la cabeza pero tenía tantas esencias de mutados a su alrededor y tantos impulsos nuevos provocados por la estarmina que era incapaz de centrarse. Un millón de pensamientos pasaban por su cabeza, todos a la vez y el dolor del pecho la hacía respirar con dificultad.

Quería pegar a Kleiff, darle de bofetadas. Quería atarlo y liarse con un tío delante de él. No, quería liarse con Calem mientras Kleiff miraba. Quería a Calem. Quería a Kleiff. Pero no por igual, o si, no. Diferente. Pero no como a un hermano. Como algo más.

Aquellas palabras se quedaron resonando en su cerebro mientras la esencia de Kleiff se hacía densa dentro de ella, llenándola por completo.

Negó con la cabeza, intentando despejar su mente de aquel bucle de pensamientos y se concentró en respirar.

Cuando consiguió calmarse levantó la cabeza para mirar a Enna, buscando en sus ojos una explicación a lo que acababa de pasar, a lo que ella respondió limpiándole las lágrimas de las mejillas con una sonrisa de comprensión y ayudándola a levantarse.

—Cuando estemos en casa hablamos, ¿qué te parece?

Vera asintió, todavía mareada. Se levantó con ayuda de Enna y comenzó a recolocarse la ropa que, sin saber por qué estaba fuera de su sitio, obligándose a no pensar en nada.

Enna comenzó a ayudarla pero, cuando estaba colocándole la falda empezó a reírse.

—¡Esto que llevas por falda es un vestido!

La muchacha bajó la mirada incrédula. ¿Un vestido? Pero si eso no debía tapar más de los cachetes del culo. Vale… podía ser, después de las pintas que había visto que llevaban todas, la verdad era que la rara era ella con esa falda tan "larga".

Sin poder evitar pensar en el ridículo que había hecho se echó a reír como una tonta.

—El próximo día no te vayas a cenar con tus padres, ¡por favor!

Enna se echó a reír y asintió con la cabeza mientras le tendía la mano, cerrada en un puño con el meñique levantado.

Vera miró su mano confundida sin saber qué hacer. Enna sonrió, cogió su mano, la colocó de la misma forma, y entrelazó ambos meñiques.

—Es una promesa de meñique. La mayor promesa que se le puede hacer a alguien —explicó en tono divertido.

Vera no pudo evitar soltar una carcajada y salió del baño agarrada del brazo de Enna.

***

Carli dio un último derechazo al saco de boxeo y se dejó caer al suelo agotada. Llevaba horas en la sala de entrenamiento y su cuerpo ya no podía más. Miró por la ventana, que mostraba un paisaje de montaña falso, ya que estaban tres pisos por debajo de la tierra, en el Refugio.

Llevaba allí apenas un día pero ya se había acostumbrado a los horarios de entrenamiento y a vivir bajo tierra, recordando la temporada en la que había vivido allí con anterioridad. Sin embargo, esta vez tenía una ligera presión en el pecho.

No echaba de menos la casa donde había vivido con Vera, era del Proyecto Sol y sabía desde el primer momento que sería un hogar temporal.

La presión en el pecho era por Vera y se preguntó si la estaría echando de menos, si bien se obligó a retirar esos pensamientos de su cabeza.

Había cumplido con su objetivo que era criar a Vera y adiestrarla en su objetivo. Lógicamente la quería, era su hija y siempre lo sería, pero su amor hacia ella no podía superar jamás la lealtad que tenía al Proyecto y eso era lo que había tratado de inculcar a Vera.

No obstante, justo en el momento en que se marchó corriendo de casa tras saber su verdadera naturaleza, así como tuvo la certeza de que iba a volver, también se dio cuenta de que había fracasado y había permitido que para su hija fuera una prioridad mayor que el Proyecto.

Se sentía culpable porque su hija había sufrido, hecho que no habría sucedido si hubiera sabido inculcarle las prioridades adecuadamente.

El ruido de la puerta de la sala de entrenamiento y una voz conocida la hicieron girar la cabeza. Duncan acababa de entrar mientras hablaba por teléfono y acortó la distancia que los separaba en apenas dos zancadas. Carli se levantó y esperó a que Duncan se despidiera y guardara el teléfono.

—Tu hija ya está en el M. El contacto la ha recogido hace unas horas.

Carli asintió y abrió la boca para responder pero Duncan le hizo un gesto para que aguardara un momento.

—Hay una mala noticia. Kev Soren ha desaparecido.

Eso sí que sorprendió a Carli que abrió mucho los ojos y se tensó de pies a cabeza. No había delincuencia en el sector H y mucho menos secuestros, por lo que si alguien se había llevado a Kev no había sido un humano.

Un escalofrío recorrió la espina dorsal de Carli y miró a Duncan directamente a los ojos por si estaba equivocada. La mirada de preocupación de su jefe, sin embargo, le dio la razón.

—Nos han descubierto —musitó y Duncan asintió.

—Saben que existimos aunque no creo que sepan nada sobre La Misión. Aún.

—Aún.

Carli sabía lo que esa palabra significaba. Ahora que La Guardia sabía que el Proyecto Sol existía no iba a parar hasta saber dónde estaban escondidos y sus objetivos y, para ello, harían lo que fuera necesario. Fuese lo que fuese.

VI

Un ruido estridente comenzó a sonar. Bueno, no era estridente, ni si quiera era un ruido, sino música, pero para los oídos resacosos de Vera era un ruido estridente. Sintió como las sábanas se movían a su lado y escuchó a Enna mientras se levantaba y se dirigía al baño. No se atrevía a abrir los ojos todavía. Se limitó a escuchar la música del siglo XXI que estaba sonando y, de fondo, el ruido del agua al caer en la ducha.

Habían llegado a casa aun borrachas y se habían encerrado en el cuarto de Enna a comer helado mientras charlaban para conocerse más y, la verdad era que a Vera le había caído genial Enna.

No se parecían mucho en su forma de ser pero su carácter le había resultado encantador al instante. Había hablado de sus padres, que no estaban implicados directamente en el Proyecto Sol, sino que eran inversores, como la mayoría de los mutados, a lo que Vera le había expresado sus dudas sobre su implicación y lo que los motivaba para continuar la Misión.

Enna le había explicado que descendía de una de las familias de mutados que había participado en la creación de la máquina del tiempo y que llevaba participando en el Proyecto desde pequeña. Escuchó sus palabras y creyó en ellas, pero siguió sin ver la misma motivación que tenía ella.

A pesar de eso decidió que no todos tenían que tener la misma motivación para participar y que lo importante era que

112

estuviera allí, por lo que decidió preguntarla por sus padres. Ella dijo que se veían siempre que podían y tenían una relación muy estrecha lo que produjo envidia a Vera. Era en esos momentos, cuando escuchaba hablar sobre los padres de otras personas, cuando se daba cuenta de todas las carencias que había tenido con su madre.

Darse cuenta de eso la produjo una llorera que Enna rápidamente atajó trayendo más helado y contando anécdotas de los chicos de la casa. Así fue como pasaron a hablar de sexo, un tema que Enna trataba con total familiaridad y que, poco a poco, Vera iba considerándolo como algo común en la vida de los mutados.

Vera le contó la única experiencia sexual que había tenido y lo desastrosa que había sido, no la experiencia en si sino las consecuencias que había tenido para ella. Eso pareció sorprender a Enna, que, por fin, se dio cuenta de las grandes diferencias que había entre un sector y otro.

Sin embargo, el momento más duro para Vera, fue cuando Enna explicó la relación que tenia con los chicos de la casa, especialmente con Calem y Kleiff y, en particular, con Kleiff.

Vera sabía que Enna no tenia culpa de nada y, a pesar de haber asegurado que solo eran amigos, en el momento que dijo que mantenía sexo con él de forma regular había vuelto a sentir esa presión en el pecho que poco a poco se le iba haciendo familiar. Aunque fue cuando se enteró de que también mantenía una relación sexual regular con Calem desde que eran adolescentes cuando sintió celos.

Enna se había dado cuenta pero solo la miró con curiosidad y no comentó nada. Siguieron hablando y Vera se obligó a dejarlo pasar. Se veía incapaz de asimilar ninguna de las emociones y sentimientos que estaba experimentando, y menos aun analizarlos.

Escuchó la historia de cómo Kleiff los había reclutado tanto a ella como a Enol y Owen hacía unos meses y cómo Enol y Owen se habían vinculado. Fue en ese momento, según hablaba y explicaba cómo se producía la vinculación, cuando se sintió identificada con todo lo que estaba sintiendo por Kleiff.

Cómo eran capaces de sentir lo que el otro, el lógico dolor de ver a tu alma gemela con otra persona. Cómo su esencia empezaba a formar parte de ti hasta que ambas esencias se mezclaban formando una única.

Recordó el momento en que Enna había inhalado sus esencias en el pub, dándose cuenta de su vínculo desde ese momento.

No fue capaz de decirlo en voz alta, no podía admitirlo.

Fue en ese instante cuando escucharon voces masculinas en el pasillo y ruidos de puertas al cerrarse, y Vera no pudo evitar acordarse de lo que había pasado en el pub.

Enna aseguró que hablaría con él y que no se preocupara por nada pero Vera se veía incapaz de asimilar nada más. Estaba totalmente agotada, por lo que dieron por terminada la noche y se fueron a dormir.

El ruido de una puerta al cerrarse hizo volver a Vera al presente y abrió los ojos de golpe. La luz la cegó durante un momento por lo que soltó una exclamación, y se tapó los ojos, provocando la risa de Enna.

—Tu primera resaca, ¿eh? Qué recuerdos…

Vera se quitó las manos de los ojos y fue acostumbrándose a la claridad. Miró a Enna, que la miraba desde la puerta del baño, desnuda y secándose su pelo rubio con una toalla.

—¿Qué problema tenéis los mutados con la ropa que tenéis que ir siempre desnudos?

Enna se echó a reír y se anudó al cuerpo la toalla con la que se había estado secando el pelo.

—Calem se dio una ducha ayer, ¿no?

—Solo te diré dos palabras: sol y dragón

Una nueva carcajada salió de la boca de Enna mientras se dirigía al armario, lo abría y ojeaba su ropa.

—No debió hacerle mucha gracia a Kleiff.

Al escuchar su nombre Vera se incorporó apoyándose en los codos y recordó la escena de la cocina y la cara de mosqueo de Kleiff al ver a Calem desnudo cerca de ella, para luego volvió a recordar la reacción que había tenido Kleiff en el pub al darse cuenta de que Vera se había excitado en brazos de Calem.

Desde el primer momento había pensado que eran enfados de un hermano demasiado protector, pero a luz de lo que había descubierto la noche anterior y que todavía se veía incapaz de asimilar, se dio cuenta de que no era así.

Kleiff también lo sabía, por lo menos desde después de la cena, que fue cuando comenzó a ser tan desagradable con ella, lo que quería decir que no estaba contento con la situación, lo que la hizo preguntarse si ella lo estaba.

Había aceptado la seriedad de Kleiff y su carácter reservado y seco porque se había presentado como su hermano, pero no estaba segura de si la gustaba. Era guapo, pero no había visto nada en su personalidad que la atrajera, no como lo había hecho Calem, por quien había empezado a sentir atracción desde el primer momento.

Su silencio pareció ser la respuesta que Enna esperaba por lo que se sentó en la cama junto a Vera.

—Siento cosas dentro pero no sé… Creo que ni siquiera me cae bien. El que me gusta es Calem.

Enna soltó una risita mientras se levantaba de la cama para volver a su armario

—Nunca he conocido a nadie que sintiera algo por otra persona que no fuera su vinculado. Será algo de mestizos, hacéis cosas raras con nuestros genes.

Vera pensó en lo que Enna acababa de decir. Si algo había aprendido era lo complejos que eran los mestizos, cada uno tenía una mezcla de genes única que le afectaba de manera concreta. La forma más visible era los rasgos físicos, pero también estaba la cantidad de estarmina que producía su sistema y sus feromonas.

Tendría que investigar hasta qué punto afectaba a los mestizos la vinculación y hasta qué punto decidía sobre sus sentimientos. ¿Era posible que su parte mutada estuviera vinculada con Kleiff pero que su parte humana se sintiera atraída por Calem?

***

Un golpe al final del pasillo le hizo despertar, aunque tampoco es que estuviera realmente dormido, era como si se dejara llevar por el dolor que sentía por todo el cuerpo hasta el momento de quedarse inconsciente. Luego se despertaba y así una y otra vez. Si le dijeran que llevaba encerrado en esa sala toda su vida, Kev se lo habría creído ya que había perdido la noción del tiempo.

Aunque estaba despierto mantuvo los ojos cerrados.

Desde la segunda vez que fueron a verlo le habían dejado una tenue luz encendida para que pudiera verse después de cada sesión de interrogatorios. Al principio, había sido capaz de mirar su cuerpo mutilado pero, llegado un momento, decidió que era mejor no verlo.

En la primera sesión le habían roto la espalda dejándole inmóvil e insensible la parte inferior de su cuerpo. Realmente se lo agradecía porque así solo sentía el dolor en la parte superior.

En las siguientes sesiones vinieron las palizas, luego los latigazos, las electrocuciones y la asfixia, pero todo eso era un paseo en comparación a cuando decidieron empezar a mutilarle los miembros. Primero los dedos de los pies, y, al darse cuenta de que no le dolía, habían empezado a cortar los dedos de las manos. Le quedaban siete. Las sesiones que le quedaban de vida seguramente. No sabía que iban a cortarle después, ¿las orejas, el pene? Seguramente le sacaran los ojos, cosa que agradecería para no poder verse en ese estado.

Con un gran esfuerzo trató de recolocarse en el suelo pero estaba tan débil y sentía tanto dolor que apenas pudo moverse unos milímetros.

Lo peor era que no entendía por qué le estaban haciendo eso. Siempre que venían preguntaban lo mismo: Qué es el Proyecto Sol.

Al principio les decía que no lo sabía y rogaba para que dejaran de torturarlo pero se había dado cuenta de que era inútil, por lo que se limitaba a escuchar la mima pregunta y esperar en silencio a que la tortura finalizara.

No sabía lo que era el Proyecto Sol pero, por lo que le estaban haciendo, suponía que debía ser algo relacionado con traidores a La Sede y los Mutados. Deseaba haber sabido qué era, no para decírselo a los mutados y que lo soltaran porque seguramente no lo harían, sino para tener la esperanza de que alguien fuera a buscarlo. De que alguien podría sospechar que hubiera sido secuestrado y estuvieran planificando un rescate. Pero eso no iba a ocurrir.

El ruido del cerrojo al abrirse le hizo abrir poco a poco los ojos. La luz, aunque era muy tenue lo cegó por un momento y cuando los pudo abrir otra vez, sus tres torturadores estaban frente a él. Ni siquiera se molestó en subir la mirada sino que la mantuvo al frente, a la altura de las rodillas de los mutados.

—Kev, Kev, Kev... me parece que va a ser la última oportunidad que te vamos a dar para que nos seas útil.

Esas palabras hicieron que las lágrimas de Kev regresaran a sus ojos y lloró de alegría. Por fin iban a matarlo y terminaría su tortura.

El mutado al ver que estaba llorando le dio una patada en el costado que hizo que cayera de lado al suelo. Kev se quedó ahí, abrazado a sí mismo con sus brazos mutilados y cerró los ojos esperando más golpes o la muerte. Sin embargo, ninguno de ellos llegó. En su lugar sintió que unos brazos volvían a sentarlo en el suelo bruscamente y el aliento de alguien frente a él.

Abrió los ojos y el mutado jefe estaba de cuclillas mirándolo fijamente, aunque sin ningún tipo de expresión en su rostro.

—Supongo que si supieras lo que es el Proyecto Sol ya habrías contestado —comenzó—, por lo que voy a cambiar de pregunta. ¿Qué estabas haciendo cuando fuiste secuestrado?

Kev se quedó sin habla. Ya apenas recordaba el momento de su secuestro pero hizo memoria y recordó que estaba frente a la casa de Vera, espiándola. Eso no pensaba decirlo, era demasiado bochornoso. Aunque viéndose a sí mismo en ese momento ya no estaba seguro de que le quedara una pizca de dignidad.

Intentó contestar pero la voz no salía de su garganta y tuvo que carraspear para conseguir que un sonido, que no se parecía nada a su voz de antes, saliera de su boca.

—Estaba dando un paseo —mintió. Y supo que su captor se había dado cuenta.

—Sabes que no me gusta que me mientas Kev. Pero si mientes es porque ocultas algo, asique te lo volveré a preguntar una última vez. —Mientras hablaba había sacado un afilado cuchillo y lo colocó bajó el cuello de Kev—: ¿Qué hacías en el momento de tu secuestro?

Había pensado que cuando llegara el momento de morir lo agradecería pero ahora que sentía la punta afilada del cuchillo clavándose en su garganta sintió miedo y sus labios se movieron sin que él pudiera hacer nada.

—Estaba espiando a una chica —susurró y el mutado soltó una carcajada.

—No sé por qué me esperaba que dijeras algo ilegal… estar espiando a una chica encaja más con las ratas como tú. Ahora Kev viene la pregunta importante, ¿quién era esa chica?

Los ojos de Kev se abrieron al máximo. No, no pensaba contestar a eso. No diría el nombre de Vera, jamás la pondría en peligro. Pero el mutado ya se había dado cuenta de su reacción y se acercó a él. Sus ojos grises en primer plano mirándolo con una nueva curiosidad.

—No me hagas perder el tiempo, Kev. Contesta.

Kev bajó la mirada y acto seguido los dedos del mutado chasquearon y los otros dos comenzaron a darle patadas. Kev cerró los ojos y se abrazó a sí mismo como había hecho antes, soportando el dolor. Pero esta vez era diferente, esta vez sí que sabía algo y era más difícil de soportar.

—Traed la sierra —escuchó decir y el corazón se le encogió en el pecho.

Los otros dedos se los habían cortado de una vez con la cizalla, pero esta vez no iba a ser tan rápido. Las patadas pararon y tiraron de su mano deshaciendo su abrazo.

Kev abrió los ojos e intentó tirar de su mano pero el mutado era fuerte y apenas pudo moverla. El otro mutado apareció con una sierra y se agachó junto al primero mientras estiraba los tres dedos que le quedaban en su mano izquierda y acercaba la sierra. El primer corte fue lento y Kev contuvo un grito mordiéndose el brazo en el que tenía apoyada la cabeza, pero el dolor no hizo más que aumentar y, cuando la sierra llegó al hueso, chilló con fuerza y se le nubló la visión.

Mientras perdía la conciencia volvió a escuchar la voz del mutado preguntando el nombre. Los labios de Kev se movieron pero pudo corregir sus palabras en el último momento.

—Ebben… Carli Ebben.

***

Tras ducharse y que Enna eligiera su ropa, ya que Vera no era capaz de decidirse, salieron del cuarto y se encaminaron a la cocina para desayunar.

Desde fuera solo escucharon dos voces masculinas que Vera reconoció como las de Enol y Owen, sin embargo, al entrar estaban los cuatro chicos sentados alrededor de la mesa. Enol y Owen uno al lado del otro y, sentados de espaldas a la puerta, Calem y Kleiff.

La pareja las saludó con una sonrisa pero los otros dos chicos no hicieron amago de girarse. Vera miró a Enna, que se encogió de hombros y se dirigió a la mesa para sentarse en uno de los extremos pero, en cuanto se acercó lo suficiente para ver las caras de Kleiff y Calem, la sonrisa que llevaba se le borró del rostro.

—¿Qué coño os ha pasado?

Ante las palabras de Enna, Vera no pudo más que acercarse hasta donde estaba ella y mirar el desastre que los dos chicos tenían por cara. Kleiff tenía un ojo morado y una brecha en la mejilla mientras que Calem lucía un labio partido y un corte en la ceja.

Vera miró primero a Kleiff, que mantenía los ojos fijos en su bol con cereales y luego pasó su mirada a Calem que se encogió de hombros ligeramente.

—Diferencias de opinión.

Enna soltó un suspiro y puso los brazos en jarras.

—Tú —dijo dirigiéndose a Kleiff— tenemos que hablar, ahora.

Sorprendentemente Kleiff soltó la cuchara con la que estaba removiendo los cereales, se levantó de la mesa y salió de la cocina sin mirar a nadie, con Enna pisándole los talones.

Calem observó la escena sin decir nada, luego apartó los cereales de Kleiff y le hizo un gesto a Vera para que se sentara a su lado. El silencio se había hecho en la cocina desde el momento que Enna había hablado y Enol y Owen observaban la escena.

Vera se quedó parada sin saber qué hacer. Estaba segura de que se habían pegado por ella y sabia que sentarse al lado de Calem iba a empeorar las cosas. Aunque no quisiera, cuando Kleiff volviera a la cocina y la viera sentada a su lado se iba a enfadar, igual que si ella lo viera sentado al lado de la camarera de anoche.

Suspiró y decidió sentarse en la cabecera de la mesa, en el sitio en el que se pensaba sentar Enna. Quería hablar con Kleiff y aclarar las cosas antes de decidir qué hacer con Calem.

Él la observó en silencio durante unos segundos y luego sus labios se curvaron en una sonrisa torcida a la vez que le pasaba la bandeja con el desayuno. Vera no se vio capaz de devolverle la sonrisa. En su lugar, como acto reflejo miró a Enol y Owen, que la miraban con comprensión y cierta sorpresa.

—Esto sí que no me lo esperaba… —susurró Enol aunque todos pudieron escucharlo, por lo que su novio le dio un leve codazo.

Estaba claro que todos sabían que Vera y Kleiff se habían vinculado y que todos lo habían comentado entre ellos. Todos menos los interesados.

Vera bajó la mirada, cogió un croissant de la bandeja y le dio un bocado. Estaba buenísimo pero los nervios le provocaban un nudo en el estomago que se hizo más grande al escuchar voces fuera de la cocina, y no voces de alegría precisamente.

—¡Haz lo que te salga de los cojones, gilipollas!

La voz de Enna se elevó tanto que pudieron escuchar la última frase que dijo antes de abrir la puerta de la cocina y encontrarse a todos mirando.

—Lo siento —musitó mientras bordeaba la mesa y se sentaba en el extremo opuesto al de Vera.

Kleiff entró en la sala, captando la atención de todos. Miró durante unos segundos la silla vacía que había entre Vera y Calem antes de sentarse, como si se sorprendiera de que Vera no se hubiera sentado allí.

Todos se dieron cuenta de esa ligera vacilación pero decidieron no hacer comentarios al respecto, de hecho nadie hizo ningún comentario durante el resto del desayuno, únicamente Enol y Owen compartieron algunas palabras pero no se sentían cómodos interrumpiendo el silencio que se había formado.

Una vez todos hubieron terminado, Kleiff se levantó de la mesa y miró su reloj.

—Salimos ya o no llegamos, recogeremos esto luego.

Todos se levantaron a la vez y fueron saliendo de la cocina.

—Voy a por nuestras cosas, ¿vale? –le dijo Enna a Vera, que asintió por respuesta.

Aunque no sabía muy bien a qué cosas se refería, supuso que sería la tarjeta y el móvil.

Enna subió rápidamente las escaleras y Enol y Owen salieron de la casa dejando en el recibidor a Kleiff, Calem y Vera. Muy cómodo todo.

Miró a los dos chicos saltadamente. Primero a Calem que le devolvió la mirada y sonrió ligeramente mientras pasaba por su lado para salir de la casa, no sin antes apretarle suavemente el brazo a su paso. Sonrió como respuesta y miró a Kleiff, sabiendo cual iba a ser su reacción. Al principio una mueca de enfado cruzó su rostro pero cambió rápidamente a una de cansancio, el mismo que parecía sentir ella.

Dio un paso hacia Kleiff y el golpe de su esencia la abrumó durante un segundo. El nudo que tenía en el estómago subió a la garganta y tuvo que carraspear ligeramente para poder hablar. Cuando abrió la boca se dio cuenta de que no sabía poner palabras a lo que sentía.

Realmente no lo conocía, era posible que hasta la noche anterior no se hubiera fijado en él porque solo le había visto como su hermano pero era posible que pudiera llegar a gustarle.

Se preguntó si ella le gustaba. Sus actos habían sido contradictorios, primero la había rechazado, luego se había puesto celoso, para terminar yéndose con otra.

Puede que no lo conociera lo suficiente y que esa actitud estuviera influenciada por el vínculo, no lo sabía, pero no estaba de acuerdo. Su primer instinto no había sido hablar con ella, como estaba haciendo Vera después de reflexionar sobre la situación, sino que había sido dejarse llevar por sus emociones, aunque le hicieran daño a ella.

Estaba claro quién de los dos tenía más de mutado y más de humano en los genes.

Kleiff la miraba fijamente, como si él mismo estuviera reflexionando. Se le notaba tan cansado como a ella y arrepentido, lo cual hizo que cambiara ligeramente su opinión hacia él, pero no sabía si lo suficiente.

Abrió la boca para hablar pero los pasos rápidos de Enna la interrumpieron, a la vez que la maldición que soltó la chica mientras pasaba rápidamente junto a ellos dirigiéndose a la puerta.

—¡Mierda! Perdón, perdón… ¡no quería interrumpir! Ya me voy…

Sin dejarles decir nada cerró la puerta tras ella y Kleiff miró su reloj.

Vera miró el suyo a su vez, iban a llegar tarde, sería mejor dejar la charla para otro momento. Y así de paso poder reflexionar un poco más. Se giró y comenzó a andar hacia la puerta, sin embargo, cuando estaba a punto de abrirla, Kleiff la agarró de la muñeca para que se diera la vuelta.

—Sé que tenemos una charla pendiente pero… solo quiero que sepas que siento mi comportamiento de anoche…y… —Desvió la mirada de los ojos de ella y maldijo en un susurro mientras miraba el reloj—. Hablaremos luego.

Vera se dio cuenta de que había empleado el mismo tono firme de anoche en el bar, al darle la orden a Calem de marcharse pronto. Las prioridades adecuadas, se recordó, y se dio cuenta de que todos esos sentimientos y el vínculo no eran más que nuevas distracciones que le habían hecho olvidar por qué estaba allí.

Era una tontería preguntarse si quería o no aceptar el vínculo, no podía. Si lo hacía se vería en la situación de anoche de forma constante, sin poder centrarse ni pensar en otra cosa que no fueran sus sentimientos.

—Sí, señor —contestó Vera imitando el tono que empleaba cuando hablaba con Duncan. Se dio la vuelta y salió por la puerta.

No sabía si era la decisión que quería pero sabía que era la que tenía que tomar.

***

—Pero Kev Soren no tenía constancia de que existiera el Proyecto Sol. ¿Por qué se lo han llevado? —preguntó otro miembro del Comité Humano.

Esa misma pregunta se la había hecho Carli desde que Duncan le había contado todo el día anterior.

—No lo sabemos —contestó Duncan y los cuchicheos entre los miembros del Comité llenaron el silencio de la sala.

Pero en realidad Carli creía saber por qué. Llevaba tiempo sospechando que alguien observaba su casa, por eso habían planificado mudarse tanto si Vera decidía irse como si no, aunque solo fuera por prevenir. Recordaba que Vera le había dicho ese mismo día que Kev había intentado besarla y, conociendo a ese chico, seguramente estuviera rondando la casa cuando sus "observadores" decidieron entrar en acción.

Esa preocupación se la había comentado a Duncan, que había decidido no decir nada al Comité hasta que estuvieran seguros, aunque era necesario comentarles la desaparición.

Carli esperó a que Duncan terminara de poner al día al Comité con las novedades y se despidió de ellos mientras salían de la Sala de Reuniones. Se quedó sentada en su silla y Duncan se acercó a ella tras cerrar la puerta.

—¿Qué crees que le estarán haciendo? —preguntó a pesar de sospechar la respuesta.

—Torturas. Solo el Sol sabe cuáles. Tratarán de sacarle toda la información que puedan y, cuando ya no les sea útil, le matarán.

La respuesta tan franca de Duncan hizo que se le encogiera el estómago. Se le pasó por la cabeza sugerirle intentar ir a buscarlo pero sabía que no era posible y además una auténtica locura. El plan estaba marcado y no había tiempo de cambiarlo.

—Le preguntarán qué hacía rondando vuestra casa y él habrá dado el nombre de Vera. Pero no te preocupes, porque ahora ya no aparece en los registros como Vera Ebben, asique no hay nada que temer.

Carli también lo había pensado y llegado a la misma conclusión que Duncan, pero que otra persona lo dijera en voz alta la dejaba mucho más tranquila. Aunque no le gustara reconocerlo, se centraba mejor en la Misión sabiendo que su hija estaba bien y eso estaba empezando a preocuparla.

***

Para llegar a la universidad fueron andando hasta el subtren, donde hicieron un trayecto de media hora que Vera procuró memorizar por si algún día tenía que ir sola.

En el subtren, Enna había apartado a Vera del grupo un momento para preguntarla qué había hablado con Kleiff y Vera le contó lo poco que había ocurrido entre ellos, lo que decepcionó a Enna. La instó a que hablara con él seriamente en cuanto tuvieran un momento en lo que Vera coincidió. Cuanto antes dejaran el tema zanjado mejor para todos.

Dicho esto volvieron con los chicos, que estaban riéndose por un chiste que había contado Calem sobre algo llamado XIted y una mutada con pechos grandes. Enna le pidió que volviera a contarlo y volvieron a reírse todos, excepto Vera, que no lo había pillado. Supuso que debía ser bueno ya que había conseguido sacarle una sonrisa a Kleiff.

—¿No te hace gracia ,Vera? — preguntó Enol a la chica, aun riéndose. Vera se encogió de hombros mientras negaba con la cabeza.

—No sé que es el XIted…

Todos la miraron sorprendidos, como si acabara de decir que no sabía qué era La Burbuja. Entonces Kleiff fue el que sacó una lanza a su favor.

—Dudo mucho que en el H tengan XIted chicos… teniendo en cuenta que apenas pueden salir y cuando lo hacen tienen toque de queda.

Los demás asintieron con aprobación y Calem se llevó la mano al bolsillo, sacando unos segundos después una bolsita de plástico con algo rosa dentro.

—¿¡Llevas XIted a la universidad, Calem!? —exclamó Enna con sorna y los demás rieron.

—Nunca se sabe cuándo se puede necesitar esta maravilla, cariño —contestó mientras sacaba una pastilla rosa con forma de corazón y la ponía sobre su palma para que Vera la viera—: Esto es un XIted.

Vera acercó la mano pero antes de agarrarlo miró a Calem pidiéndole permiso para poderlo coger. Calem asintió y Vera cogió la pastillita con dos dedos.

Parecía uno de esos típicos caramelos con palabras en el centro del corazón, solo que en este ponía "XIted".

Miró a los demás que le devolvían una sonrisa pícara, incluso a Kleiff le estaba costando contener la risa.

—¿Y para qué sirve?

—Es un estimulante, te pone como una moto… en todos los sentidos… —contestó Calem a la vez que la guiñaba un ojo.

Al darse cuenta de lo que eso significaba Vera se puso roja como un tomate y le devolvió a Calem la pastilla. Los demás se echaron a reír pero la miraban con comprensión.

—Tranquila Vera, es ilegal dársela a alguien sin su consentimiento —la tranquilizó Enna, pero Vera no estaba tan segura de eso.

—Ya estamos —intervino Enol interrumpiendo sus pensamientos y Vera comprobó los paneles que, efectivamente, señalaban que estaban llegando a la estación de la universidad.

Todos se acercaron a las puertas y, cuando llegaron a la parada, estas se abrieron. Vera salió, sorprendiéndose de la cantidad de gente que salía a su vez del resto de vagones. Tanta que se vio empujada lejos del grupo y Enna tuvo que agarrarla del brazo y tirar de ella para que no se perdiera entre la multitud.

—¡Tía, que te pierdes! —dijo riéndose.

Se sentía muy torpe en esa estación inmensa, llena de pantallas que mostraban las últimas noticias de la Burbuja y campañas publicitarias. Jamás había visto nada igual y recordó la parada que conectaba con la estación del intersectorial, la cual le había parecido inmensa cuando llegó el día anterior. Comparada con esta, no era ni la mitad de grande.

Agarrada del brazo de Enna, siguieron a los chicos hasta llegar a la superficie. La inmensidad que había sentido en la parada parecía continuar en los edificios de la Zona Universitaria.

No podía más que mirar boquiabierta los enormes edificios que rodeaban la salida de la parada del subtren. De ellos no paraban de entrar y salir estudiantes y profesores y Vera los observó con cierta envidia. No tenía nada que ver con la universidad a la que ella había asistido en su Zona en el H, compuesta por un edificio grande con unas cuantas aulas a la que apenas asistían alumnos, ya que tener una carrera universitaria no era algo a lo que los humanos aspiraban.

—¿Te gusta? —preguntó la voz de Kleiff junto a su oído y Vera se sorprendió, no solo porque estaba distraída sino porque no esperaba que él fuera a hablar con ella.

Se dio cuenta de que ya no tenía a Enna agarrada del brazo y que se había dado la vuelta para ver los edificios, por lo que se giró para mirar a Kleiff y trató de sonreír.

—Sí, mucho. Es muy diferente a la de mi sector. Como si solo ellos tuvieran derecho a tener algo así —contestó, tratando que no se notara la rabia y la tristeza en su tono de voz.

—Para eso estamos aquí —respondió únicamente.

Vera lo miró y vio su determinación. Se había dado cuenta de que sus compañeros, a pesar de formar parte de la Misión, no mostraban el mismo compromiso al que estaba acostumbrada en su sector. Tal vez por eso se había dejado llevar tanto por la situación hasta ese momento, pero al mirar a Kleiff, pudo ver claramente cuál era su prioridad.

Conocía la situación injusta de los humanos, y se notaba que compartía sus ideales. Pero, a la vez, era capaz de salir, tener amigos y compartir momentos con ellos sin descentrarse. Tenía que aprender a hacer eso también.

—¡Vamos pareja que llegamos tarde!

Ambos sonrieron y se dirigieron a donde estaban los demás hasta llegar frente a un edificio con un cartel en el que se leía "Sección Histórica", que consiguió captar toda la atención de Vera.

Entraron a un enorme hall decorado a la moda del siglo XX, como si quisieran demostrar lo históricos que eran, y se dirigieron a la fila de ocho ascensores que ocupaba el centro de la entrada.

Calem pulsó el botón de llamada y, con suave ronroneo, uno de los ascensores bajó y las puertas se abrieron. Los seis entraron y las puertas se cerraron tras ellos.

—¿Dieciocho? —preguntó Calem a Kleiff.

Cuando este asintió pulsó el botón con el número marcado y el ascensor se elevó rápidamente a una velocidad a la que Vera no estaba acostumbrada. Entre eso y que aun estaba en el proceso de adaptación a la variación de ambiente, se le taponaron los oídos y comenzó a marearse. Se agarró a lo primero que tocó su mano, que resultó ser la mano de Kleiff.

Al sentir la mano de Vera agarrándose a la suya lo primero que sintió fue sorpresa, sin embargo, al mirarla, vio que estaba pálida y con la mirada perdida, por lo que rápidamente soltó su mano y la agarró por la cintura para mantenerla de pie.

—¿Estás bien? –preguntó en un tono demasiado alto por la preocupación y los demás se giraron para ver qué pasaba, si bien cuando fueron a acercarse, los paró con un gesto—: No, necesita espacio para respirar.

Kleiff los escuchaba hablar de fondo pero solo podía centrarse en Vera. Cada vez se sostenía con más dificultad y era incapaz de centrar la mirada en él. La giró totalmente hasta que quedaron frente a frente y la agarró más fuerte para poder sostener todo su peso.

—Vera, escúchame. Cierra los ojos y respira muy despacio

Al ver que la chica no reaccionaba Kleiff la apoyó sobre su pecho asegurándose de que tuviera espacio de respirar y comenzó a relajar su propia respiración.

—Vamos Vera, respira a la vez que yo.

Poco a poco la velocidad de las respiraciones descendió. Kleiff apoyó su cabeza sobre la de ella y fue dejando que sus piernas sostuvieran su peso. Aspiró el olor a vainilla de su esencia que llevaba acompañándolo desde el día anterior y el cosquilleo que sentía cada vez que estaba cerca de ella volvió a su estómago. Acarició con suavidad su espalda y la apretó contra él.

—¿Mejor? —preguntó con un susurro y Vera asintió suavemente.

Al ver que ella ya estaba bien miró a los demás, que los observaban preocupados y con curiosidad.

El ascensor ya había llegado a la planta dieciocho pero Calem había bloqueado las puertas para que no se abrieran y evitar así las miradas de los curiosos. Con un asentimiento aprobó la acción de su amigo y él se lo devolvió, esperando la orden de que pudiera abrir las puertas.

En sus brazos sintió que Vera se removía y la soltó poco a poco. La chica se agarró a sus antebrazos pero se mantenía en pie. Ya había recuperado el color en el rostro y su respiración era lenta y constante. Trató de mirarla a los ojos pero ella evitó el contacto visual y se soltó de sus brazos.

—Ya estoy bien, gracias —dijo mientras se giraba y se agarraba a Enna, que la reñía por no haberles recordado lo de la adaptación para poner el ascensor a menor velocidad.

Con un gesto, Kleiff ordenó a Calem que desbloqueara las puertas y, al instante, estas se abrieron dejando ver otro hall y un par de curiosos que cuchicheaban entre ellos. Salieron del ascensor y Kleiff se puso frente al grupo. Giró a la izquierda en el hall, apareciendo ante ellos un largo pasillo.

Mientras caminaba no pudo evitar pensar en Vera, como llevaba haciendo desde que se había dado cuenta de que estaban vinculados.

No se veía capaz de aceptar el vínculo. No solo porque había oído hablar de ella desde hacia tanto tiempo como su hermana, que solo el hecho de pensar en ella de otra forma le producía rechazo, sino porque su padre le había enseñado la importancia de lo que estaban haciendo y lo esencial que era que se mantuviera centrado. Podía dar rienda suelta a sus instintos hasta el punto que no afectara en sus labores y todo esto del vínculo sin duda iba a afectarle, ya lo estaba haciendo, de hecho, y no lo podía consentir.

Si esto les hubiera pasado en otro momento quizá no tuviera nada que pensar, pero se había dado cuenta aquella mañana de que ella también tenía sus dudas y tampoco había sabido qué decirle. Tenían que hablar y dejar las cosas claras.

Vera había seguido a Kleiff agarrada del brazo de Enna, ya que aun se sentía un poco mareada.

No quería pensar en lo que había pasado en el ascensor y en la actitud de Kleiff hacia ella. Cómo la había agarrado y luego acariciado la espalda con una ternura inusual viniendo de él, seguramente producida por el vínculo.

Se había obligado a evitar el contacto visual, ya que no se sentía cómoda con la situación y, la verdad sea dicha, se avergonzaba un poco de haberse mareado subiendo en un ascensor.

Después de pasar por unas cuantas puertas Kleiff se paró en seco frente a una y Vera tuvo que hacer uso de sus reflejos para frenar a tiempo y no darse de bruces con su enorme espalda. Se separó un poco de él y miró el letrero de la puerta en el que se leía "Nolan Kell".

La emoción se asentó en su estómago y consiguió hacerle olvidar a Kleiff por un momento. Por fin iba a saber si el famoso Nolan era el desconocido que la había hablado en el intersectorial o no.

Kleiff llamó tres veces y un "Adelante" amortiguado por la madera se escuchó detrás de la puerta. Acto seguido Kleiff abrió la puerta y entró en el despacho y, tras él, pasaron los demás.

Cuando Vera entró, se encontró a Nolan, el mestizo de ojos azul celeste y pelo moreno del intersectorial, saliendo de detrás de su escritorio para saludarlos.

Iba vestido con un traje azul marino que realzaba el color de sus ojos y los miraba sonrientes.

—¡Chicos! ¡Me alegra veros! Aunque... ¿Qué os ha pasado? —preguntó mirando saltadamente a Kleiff y Calem.

—Nada jefe, aquí Kleiff, que no le gusta que le lleven la contraria —respondió Calem mientras saludaba a Nolan y luego se sentaba en uno de los sillones del despacho.

Nolan se echó a reír y le dio una palmada en la espalda.

—No le tiene que gustar, por eso es mi primero al mando —repuso mientras saludaba a Kleiff con una sonrisa y lo invitaba a sentarse.

Después de saludar a Enna, Enol y Owen por fin se dirigió a Vera.

—Vaya Vera, veo que llegaste bien. ¿Se están portando adecuadamente contigo?

Sin poderlo evitar Vera miró primero a Kleiff y luego a Calem y asintió con la cabeza.

—Sí, me están ayudando mucho a adaptarme —se obligó a contestar.

—Me alegro de no tener que tomar represalias entonces —dijo Nolan sonriendo mientras le señalaba un asiento y luego volvía a su lugar tras la mesa del despacho.

Todos esperaron mientras sacaba un mando de un cajón y comprobaba que una serie de botones estuviera encendida.

—Está comprobando que esté insonorizada —explicó Enna a Vera en un susurro y ella asintió.

—Bueno, ponme al corriente de las novedades, Kleiff —dijo Nolan dirigiéndose a su primero al mando, y Kleiff comenzó a explicar con tono profesional lo que habían avanzado en su ausencia.

A Vera le gustó ver a Kleiff tan centrado y mostrando ese tono de autoridad y compromiso con lo que estaban haciendo. No había dudado de que su carácter era el más adecuado para ser el Jefe del equipo, pero mientras lo escuchaba hablar, le había quedado claro por qué le habían elegido a él y no a otro.

—… y por último ayer llevamos a la recluta Vera Ebben, ahora Vera Yeren a salvo a casa y la pusimos al día con la información que teníamos.

Nolan asintió con seriedad ante las palabras de Kleiff y los miró a todos uno por uno.

—Bien. Ahora que ya ha llegado Vera estáis todos y la Misión puede comenzar. Todos sois importantes, sino no estaríais aquí. No os voy a engañar, ahora comienza realmente todo, nada de lo que habéis hecho hasta ahora habrá servido si no cumplís esta Misión. Todo el peso del Proyecto Sol está sobre vuestros hombros.

Todos miraban a Nolan seriamente, incluso Calem había quitado la mueca de burla y estaba atento al cien por cien a sus palabras. Vera pensó en las dudas que había tenido con el compromiso de los mutados de la casa, pero al verlos allí sentados, escuchando a Nolan, sintió el mismo compromiso que había sentido con Kleiff y los miembros del H.

Se dio cuenta de que por mucho que hicieran al salir por la noche o las bromas que tuvieran en casa, esa era su realidad, para eso habían sido entrenados y, además, perfectamente.

—Vais a ser trabajadores en prácticas del Archivo de la Sede, es por eso que solo tenemos tres meses ya que es lo que duran los trabajos universitarios. No he conseguido averiguar lo que os mandarán hacer, solo sé que tenéis que estar allí mañana a primera hora y os lo explicarán todo. A partir de mañana empezará la cuenta atrás de tres meses, que es el plazo que tenemos para infiltrarnos, conseguir la ubicación de los planos, trazar el plan y entrar a por ellos. ¿Alguna duda?

Todos negaron con la cabeza y esta vez Nolan se dirigió a Kleiff directamente.

—Mañana ven a verme cuando salgáis para ponerme al corriente de lo que os digan y el plan que piensas seguir durante la infiltración. Quiero que los entrenes duro Kleiff, sobre todo a Vera —añadió mirándola con una sonrisa—. No es nada personal, simplemente no sé cuál ha sido tu entrenamiento en el H y no me quiero arriesgar a que te ocurra algo.

Vera asintió. En realidad no se había sentido ofendida, era normal que quisieran probar su nivel. La verdad era que ella también quería saber cuál era el de los demás. No quería ser una carga para ellos, quería valerse por sí misma y, para eso, tenía que estar bien entrenada.

—¿Todo entendido entonces? —preguntó Nolan a Kleiff.

—Sí, señor —contestó con naturalidad, como si ya estuviera acostumbrado a mantener esa formalidad con él.

—Perfecto, podéis marcharos —habló dirigiéndose a todos.

Los chicos se despidieron de él con formalidad, menos Calem, al que eso de "Señor" no le iba demasiado. Y, cuando ya se hubieron marchado, decidió llamar a los Representantes de los comités del Proyecto para informarlos de la situación antes de quitar la insonorización de su despacho.

Primero llamó al Representante Mutado. Saludos formales, recordar que le tuviera presente por si necesitaba ayuda, despedida formal y colgar. No le gustaba ese Representante, de hecho no le gustaba nadie del Comité Mutado y tenía claro a quién debía recurrir si necesitaba ayuda, aunque realmente no creía que se fuera a dar esa situación conociendo a Kleiff.

Luego marcó el número del Representante Humano y, sin que terminara de sonar el segundo tono, la voz de Duncan Norson sonó al otro lado de la línea.

—Norson.

—Duncan, soy Nolan. –dijo como formalismo aunque ya sabía que Duncan lo había reconocido a pesar de llamar con un número oculto.

—Señor. ¿Ya se ha reunido con los reclutas?

Nolan sonrió por las palabras directas de Duncan. Nunca se imaginaría al Representante Mutado dirigiéndose así hacía él y, la verdad, prefería mil veces la franqueza de Duncan que la pomposidad del otro.

—Sí, se acaban de marchar. A partir de mañana comienza la cuenta atrás.

—Que el Sol les guarde y les guíe —dijo Duncan. Uno de los pocos formalismos que solía utilizar proveniente de los miembros originarios del Proyecto Sol.

—Que el Sol les guarde y les guíe —repitió Nolan, y realmente lo pensaba.

—¿Algo más, señor? —preguntó Duncan, como siempre directo al grano.

—Sí, dígale a la soldado Ebben que he visto a su hija. Estará bien acompañada y a salvo.

—Se lo diré —contestó Duncan dejando relucir un tono de alivio en su voz como si él también estuviera preocupado.

—Adiós, Duncan. Te llamaré con novedades en cuanto las tenga y te ruego hagas lo mismo con respecto al chico desaparecido y vuestras sospechas hacia los Guardias —se despidió Nolan. Tras una breve despedida formal de Duncan colgó el teléfono.

***

Kleiff, al igual que todos, pasó el viaje de vuelta distraído y en silencio. Nolan les había dado una información que era necesario procesar, sin embargo, sus pensamientos no dejaban de volver a Vera y de forma inevitable recordó la pelea que había tenido con Calem la noche pasada.

Se había vuelto totalmente loco de celos al ver a Vera abrazada a Calem y todo había empeorado al sentir su excitación, por lo que había salido disparado de la zona VIP, corriendo sin rumbo fijo hasta que llegó a la planta baja y vio a la camarera de la barra.

Se había acos… bueno se la había follado ahí mismo, de pie, apoyándola en la barra y delante de todos y, cuando terminó, se marchó de vuelta al reservado esperando ver a Vera sobre Calem o algo parecido. En su lugar se encontró a Calem solo, sentado en la mesa y, en cuanto lo vio, le soltó tal puñetazo que poco faltó para tirarlo al suelo.

A partir de ahí todo estaba un poco borroso, recordaba que los sacaron del BlackSpirit casi a rastras porque no podían separarlos y que se habían ido andando a casa en silencio, hasta que Calem empezó a echarle la bronca diciéndole que ya le había avisado, que lo iba a pasar mal y bla bla bla… Sabía que Calem tenía razón pero también sabía que no era capaz de afrontarlo.

Y así, pensando en lo que sentía y en lo que le iba a decir a Vera se le pasó el viaje y, cuando se quiso dar cuenta, estaba abriendo la puerta de la casa con la tarjeta.

Entró en el hall y todos se le quedaron mirando, esperando órdenes.

—Tarde y noche libre. No os acostéis tarde, mañana tenemos cosas importantes que hacer.

Todos se marcharon a diferentes zonas de la casa, todos menos Vera que se quedó donde estaba mirándolo fijamente.

—Tenemos una charla pendiente, ¿no? —dijo ella con un tono que no supo identificar.

Él asintió y la llevó al salón donde había hablado con ella el día anterior. Los dos se sentaron y él bajó la mirada a sus manos. No sabía qué decir. Miró a Vera a punto de decirle cualquier cosa para romper el hielo pero ella habló primero.

—Lo que os habéis hecho Calem y tú, es por mi ¿verdad? Discutisteis anoche por mí.

Kleiff desvió la mirada durante un momento y luego la fijó en la de ella, todavía sin saber bien qué decir pero dispuesto a terminar cuanto antes.

—Esto no entraba en mis planes, Vera, supongo que tampoco en los tuyos. No creo que sea buena idea… seguir adelante con ello —comentó mientras ella asentía con comprensión.

Al principio se sintió aliviado al ver que estaban de acuerdo, pero un leve pinchazo en el pecho le hizo pensar en cuáles eran sus razones para no quererlo. Para él estaba claro, tenían que seguir adelante con la Misión y nada podía ser más importante que eso.

—Tienes razón. Acabamos de conocernos, ni siquiera sé si me gustas, como para pensar en unirnos para toda la vida. Es una locura.

El pinchazo que había sentido se transformó en un dolor agudo de decepción. Saber que Vera no quería aceptar el vínculo, no porque quisiera permanecer centrada o porque no era un buen momento, sino porque simplemente no le gustaba, le resultó extremadamente doloroso.

Si él se dejara llevar por el vínculo, lo que veía ante él era una mujer valiente, curiosa, con ganas de aprender y con ideales, divertida y sarcástica. Preciosa. Acababa de conocerla pero ya había podido ver en ella todas esas cosas, y le gustaba.

Pero aparentemente el sentimiento no era compartido, y ese dolor intenso se estaba transformando en enfado. Sabía que no era culpa suya pero se veía incapaz de controlarse y era consciente de que ella podía sentir todos aquellos sentimientos a través del vínculo.

—Que con esto no quiero decir que no pudieras llegar a gustarme, si te conociera más…

Odiaba que lo trataran con lástima y las palabras que estaba usando para justificarse, como si intentara consolarlo, hicieron que Kleiff no pudiera contener más el enfado y atacara a donde sabía que más le dolía a Vera. Su compromiso con el Proyecto.

—Si te digo que no me parece adecuado es porque tenemos que mantenernos centrados en La Misión. Nada debería estar por delante del Proyecto, pensaba que ya traías esa lección aprendida, pero ya veo que no.

Kleiff sintió el cambio de actitud de Vera y cuanto le habían dolido sus palabras. La chica, que hasta ese momento le había mantenido la mirada, agachó la cabeza, y pudo sentir su decepción a través del vínculo.

Fue en ese momento cuando se dio cuenta de lo que había dicho y se arrepintió de no haber sabido controlar sus impulsos. Abrió la boca para pedir perdón pero ella levantó la cabeza antes y le miró seria antes de hablar.

—Tienes razón. Debemos mantener las… prioridades adecuadas —dijo en tono frío y pronunciando las dos últimas palabras con sarcasmo.

Él negó con la cabeza, sentía el enfado de Vera crecer. No era así como quería que esa conversación hubiera sucedido.

—No tendría que haberlo dicho así, lo siento. Es solo que creo que es importante que no tengamos distracciones, y menos ahora.

Vera lo miró, quería que sintiera su arrepentimiento y que en el fondo estaban de acuerdo en lo mismo, aunque por diferentes razones. Por mucho que a él le dolieran las suyas. Lo iban a pasar mal al negar el vínculo y era importante que se llevaran bien, que, aunque no quisieran estar juntos, pudieran contar el único con el otro.

La expresión de Vera se suavizó pero sus palabras le habían dolido demasiado y pudo sentir el cambio en su actitud hacia él.

—Tienes razón. No he venido hasta aquí para buscar el amor, sino unos planos. —Se removió en el asiento, incomoda y lo miró interrogante—. ¿Necesitas que hablemos de algo más?

Él negó con la cabeza y ella, tras unos segundos, se levantó y se marchó, dejándolo solo.

Golpeó con fuerza el asiento del sofá y enterró la cabeza entre sus manos sintiéndose un completo idiota. Por mucho que le hubiera dicho a Vera solo le hacía falta pensarlo para sentir el vínculo, igual que se sentía respirar o latir el corazón.

VII

—… ¿ves? Abres el programa, te pones en medio de la cámara y, cuando quieras empezar a grabar, le das al botón rojo.

Explicaba Enna mientras Vera se secaba el pelo con la toalla y observaba con atención todo lo que hacía para que no tuviera que repetírselo.

—¿Alguna duda? —preguntó la chica con amabilidad. Vera negó con la cabeza y tiró la toalla sobre la cama.

—Sigo sin entender para qué sirve esto —respondió mientras comenzaba a cepillarse el pelo con un peine.

Enna se levantó de la cama donde estaba el ordenador a la vez que se encogía de hombros.

—Es algo rutinario. Todos hacemos los video-diarios. Aunque se empeñen en decir que es para documentar nuestros pensamientos o acciones, en realidad son una forma de desahogarnos. Al menos es para lo que yo los uso.

Vera asintió pero seguía sintiéndose incómoda con el hecho de tener que ponerse frente a una pantalla y hablar.

Recordó el momento en que Kleiff dijo que tendría que hacer el video-diario y cómo ordenó enseguida a Enna que la explicara en qué consistía, para no tener que enseñárselo él mismo y no tener que pasar más tiempo del necesario a solas con ella. Le costaba, pero poco a poco se estaba acostumbrando a los sentimientos encontrados que tenía por Kleiff conforme pasaban los días.

—…solo hay que hacerlo una vez a la semana. —Estaba diciendo Enna y Vera se obligó a concentrarse en la conversación.

—Ya —contestó únicamente y Enna se acercó a ella.

—¿No habéis vuelto a hablar? —preguntó en un susurro y Vera negó con la cabeza—. No lo entiendo, en serio… No sé como sois capaces de no tiraros uno encima del otro, jamás había visto que unos vinculados no reclamaran el vínculo…

Sin hacerla demasiado caso, Vera dejó que Enna siguiera hablando. Habían tenido esa conversación por lo menos una vez cada día de la semana que había pasado desde que tuvo "La Conversación" con Kleiff. Siempre llegaban a la conclusión de que tendrían que volver a hablarlo pero Vera no tenía nada más que hablar con él.

Habían coincidido en que no querían aceptar el vínculo, ¿por diferentes motivos? Si. ¿Era posible que se hubiera sentido rechazada porque ni su propio vinculado la antepusiera a La Misión? Puede ser, pero sabía que tenía razón. Y, siendo honestos, ella le había rechazado primero.

Habían llegado a ese acuerdo silencioso de intentar pasar el menor tiempo posible el uno con el otro para sentir los efectos del vínculo lo menos posible. Estaba resultando más complicado y doloroso de lo que había pensado porque, como Nolan había pedido que la entrenara, tenían que pasar dos horas juntos en el gimnasio dándose patadas y puñetazos, juntos y sudando.

—No me estás haciendo caso, Vera —afirmó Enna a la vez que la abrazaba y Vera enterraba la cabeza en su hombro.

Había sido una semana agotadora. Estaba exhausta, no solo por los estrictos horarios que Kleiff había marcado, sino por el sobreesfuerzo que ambos tenían que hacer para estar cerca y comportarse como personas normales.

—Es agotador. Siente lo que siento y siento lo que siente, tengo que pensar todo el tiempo lo que hago y lo que digo. Es como si mi cuerpo dijera una cosa y mi cabeza otra —le dijo a su amiga aun con la cabeza apoyada en su hombro.

—Pero eso tiene solución Vera, pídele que te entrene otro. ¡Puedo hacerlo yo, o Calem, o cualquiera! No tiene por qué ser él…

Vera se separó de ella negando con la cabeza.

—No. Ya te lo he dicho, si le pido que me entrene otra persona pensará que no soy capaz de anteponer el vinculo a la Misión, y ya tuve bastante con la charla del otro día como para que dude aun más de mi compromiso en esto.

Enna soltó un suspiro de exasperación. Esta conversación también la habían tenido muchas veces.

—Haz lo que quieras, tía, pero luego no te quejes. —La dio un último abrazo y se separó de ella encaminándose a la puerta—. Me voy, si necesitas algo estaré por ahí.

Vera asintió, acompañó a su amiga hasta la puerta y la cerró, apoyando la espalda contra ella. Sabía que Enna tenía razón, tendría que pedirle que la entrenara otra persona para que la no-reclamación del vínculo se le hiciera más fácil, pero de verdad le preocupaba la imagen que había causado aquella tarde. Como si fuera una adolescente enamoradiza que solo tiene pájaros en la cabeza.

Quería demostrarle que estaba realmente comprometida. Aunque lo que realmente la preocupaba era su sentimiento de rechazo.

El hecho de sentir que no era lo suficientemente importante para él como para aceptar el vínculo sin pestañear. Se supone que sus feromonas y, por lo tanto sus genes, encajan, que era su compañero adecuado. Entonces por qué le resultaba tan fácil anteponer La Misión al amor de su vida. No. Por qué no le resultaba tan fácil a ella.

Esos sentimientos encontrados eran los que la traían por el camino de la amargura, ya que buscaba constantemente demostrarle lo bien que llevaba tener las prioridades adecuadas. Aunque lo cierto era que, precisamente ese compromiso con sus ideales, era lo que le parecía más atractivo de él y, poco a poco, iba conociendo aspectos de su personalidad que la gustaban. Como el hecho de que ayudara a todos en todo lo que necesitaran, ya fuera entrenar, o unas palabras de ánimo. Admiraba la seguridad que tenía al hablar, y que tuviera todo bajo control.

Lo cierto era que le gustaban los escasos momentos que compartían, no dejaban de estar vinculados aunque no lo hubieran reclamado, y el hecho de tener que reprimirse la parecía mejor opción que alejarse de él completamente.

Quitando esos pensamientos de la cabeza dejó el peine sobre la mesilla de noche y se sentó en la cama frente al ordenador. Movió la pantalla para encuadrarse y pulsó el botón rojo para comenzar a grabar.

Observó como pasaban los segundos y miró su imagen en la pantalla sin saber qué decir ni por dónde empezar. Nunca había hecho un video-diario y eso de contarle sus cosas a una cámara la ponía bastante nerviosa.

Cerró los ojos para ordenar sus pensamientos, inspiró profundamente y, nada más soltar el aire, dejó que su boca se encargara de todo y comenzó a hablarle a la cámara.

—Hoy hace una semana que llegué al Sector M. Hace una semana que conocí a Kleiff y a los demás. Ya he completado la adaptación al ambiente y, afortunadamente, no voy mareándome por los ascensores. El tema de las feromonas todavía me sigue afectando, sobre todo si se me acerca mucho algún mutado o mestizo con el que no tenga relación, pero ya lo llevo mucho mejor y no siento los choques de feromonas del primer día. Poco a poco mi estarmina se va adaptando a la de los demás.

"Llevamos trabajando en los Archivos de la Sede cinco días. El primer día nos enseñaron las instalaciones y nos dijeron que nuestra tarea iba a ser archivar por siglo y año documentos multimedia... música y videos, para ser exactos.

La verdad es que el trabajo es muy entretenido y no me importaría hacerlo en otras circunstancias... pero no estamos aquí para eso. —suspiró—. Por otro lado tenemos la Rotación de Búsqueda. Kleiff hizo un horario de rotación y mientras cuatro hacen lo que nos manda la Sede, dos se dedican a buscar la ubicación de los planos de la máquina del tiempo.

En estos cinco días he estado dos en Rotación de Búsqueda, los dos con Enna, y tres en Rotación de Tarea... Uno de los días de Tarea fue muy divertido porque Calem encontró una canción muy antigua que se llamaba *I'm too sexy*, cogió una escoba y empezó a hacer bailes eróticos con ella."

Se le escapó una sonrisa solo con recordarlo y tuvo que contenerse para no echarse a reír y tener que volver a empezar a grabar, pero entonces recordó la actitud que Calem había tenido con ella durante toda la semana y volvió a ponerse seria.

—Hablando de él… ha estado muy raro estos días, nada que ver con cómo se comportó el día que llegué. Es como si ese acercamiento que tuvimos esa noche no hubiera ocurrido, y estoy casi convencida de que Kleiff tiene algo que ver con eso.

Pensar en Kleiff de nuevo hizo que se le pusiera la piel de gallina y el vínculo, que ya había aprendido a distinguir, palpitase en su pecho. Tal vez Enna tuviera razón y ese fuera un buen momento para desahogarse.

—En una rotación que tuve con Enol y Owen hablé con ellos sobre el vínculo y me estuvieron explicando muchas cosas. Me dijeron que la aceptación del vínculo debe ser por ambas partes y que para que se consolide se tiene que reclamar al vinculado teniendo sexo con él. Les pregunté qué pasaba si no se aceptaba…

Tuvo que parar al sentir una fuerte presión en el pecho. Todavía recordaba cuando había hablado de eso con Enol y Owen. Al principio no habían querido contarla nada pero había insistido y, finalmente, había conseguido la información que quería y era ahora cuando se preguntaba si no hubiera sido más feliz desconociendo los detalles. Respiró hondo para calmarse y continuó hablando.

—El vínculo lo tienes que buscar en ti, cuanto más tiempo pasas con esa persona más la sientes dentro. No hay necesidad de hablar para entenderse, sientes lo que el otro siente. Es muy difícil estar cerca de Kleiff al no estar reclamados, tengo el constante impulso de acercarme a él, de tocarlo… pero son eso, impulsos, no son acciones que nazcan de mí, sino del vínculo. Al negarte se produce un dolor físico en el pecho, el lugar donde se siente el vínculo. Y, según dicen, el dolor va aumentando conforme pasa el tiempo y el vínculo no se reclama. No termina nunca, porque reclamado o no, es para siempre.

Para siempre. Al pensar en ello volvió a sentir palpitar el vínculo y un ligero pinchazo la dejó sin respiración. Respiró hondo, como había aprendido a hacer para relajarse, y miró su reflejo en la pantalla para encontrarse encogida y abrazada a sí misma.

Pensar que su cuerpo la estaba obligando a estar con una persona con la que ella no quería estar y que esta decisión no había forma de deshacerla, le producía una sensación de vértigo que le nublaba el pensamiento.

—No puedo seguir así… —susurró mientras intentaba recuperar el control de sí misma.

Tenía que haber una forma de que aquello no fuera tan doloroso y se recordó a si misma que ella no solo tenía parte mutada. También tenía una parte humana capaz de ordenar esos sentimientos y racionalizarlos.

—Dudo que nadie más lo sepa, pero Kleiff se ha marchado solo al BlackSpirit un par de veces y he tenido que sentir sus emociones y sensaciones a través del vínculo, y ese dolor irracional de saber que tu vinculado está con otra persona. No nos debemos nada y no se lo reprocho, pero no voy a dejar que esto me consuma —afirmó de nuevo frente a la cámara—. Puede que el vínculo afecte a mi parte mutada pero no lo hace a mi parte humana y tiene que haber alguna forma de controlarlo con racionalidad.

Vera miró la pantalla y se dio cuenta de que llevaba cerca de una hora grabando. No se le ocurría nada más que decir. Pulsó un botón para parar la grabación y apagó el ordenador. Lo dejó en la mesilla de noche y miró el reloj. Todavía le quedaban un par de horas para tener que irse a dormir, por lo que decidió ir a buscar a Enna por si quería ver una película y cenar juntas.

Salió de su cuarto, cruzó el pasillo y tocó la puerta del cuarto de Enna pero, al ver que no contestaba nadie y no escucharse música en su interior, decidió entrar. Abrió la puerta y asomó la cabeza. Vacío.

Le pareció extraño ya que ella había dicho que estaría por ahí, pero tampoco le dio demasiada importancia. Enna solía hacer esas cosas. Cerró la puerta del cuarto al salir y se quedó parada en el pasillo sin saber muy bien qué hacer.

Si volvía a su cuarto se volvería loca pensando, por mucho que pusiera la televisión o la música. La única cosa que la mantenía distraída era estar con otras personas pero, al no estar Enna, su lista de candidatos se reducía a Enol y Owen que, por lo que sabía, se habían ido a hacer cosas de vinculados a su cuarto y no pensaba interrumpirlos. Solo quedaba Calem, que no sabía dónde podía estar… o si… Volvió a mirar el reloj y sonrió. A esa hora Calem solo podía estar en un sitio.

Caminó por el pasillo hacia las escaleras y bajó rápidamente. El sonido de música en el salón la dio la razón. Cuando llegó al hall miró por el cerco de entrada al salón para ver a Calem sentado en su sofá con una copa —de lo que sería vodka seguramente— vestido con esa ridícula toalla y con los ojos cerrados.

Cuando dijo el día que llegó al M que eso era lo que hacía siempre y que no pensaba dejar de hacerlo no estaba mintiendo.

Entró en el salón pero se quedó apoyada en el cerco esperando a que Calem se diera cuenta de su presencia.

Sin poderlo evitar comenzó a observarlo, ya que nunca lo había visto así. Su rostro estaba relajado y sus facciones se veían más suaves en comparación con su eterna pose chulesca, pareciendo incluso tierno.

Sintió un ligero cosquilleo en el estómago y sonrió al sentir como su esencia dulce y ácida la invadía. Era la primera vez esa semana que se sentía así. Fue en ese momento cuando Calem abrió los ojos y la miró.

—¿Te gusta lo que ves, nena? —comentó sonriendo de forma seductora y con cierto tono de disgusto, lo que hizo que la sonrisa de Vera se hiciera más amplia.

Se notaba que no le gustaba que Vera lo hubiera visto así y estaba intentando mantener la pose de chulo que tenía siempre.

Vera, sin decir nada, se acercó al sofá y se sentó a su lado. Sintió como él se tensaba y, aunque no hizo ningún movimiento para retirarse aquella reacción incomodó a Vera. Sabía que Calem llevaba toda la semana esquivándola por Kleiff, y tampoco quería ponerlo en un compromiso.

—Si no quieres que esté aquí, me voy.

Al ver que Calem suspiraba y no decía nada se levantó para marcharse pero Calem la agarró por la muñeca. Tiró de ella para que volviera a sentarse y se giró para mirarla directamente.

—No digas tonterías. ¿Cómo no voy a querer que estés aquí? Es solo que…

—Kleiff, ¿no? —interrumpió Vera.

Calem volvió a suspirar y asintió con la cabeza. Entendía que le hubiera pedido que no tonteara con ella en su presencia, pues ella misma sabía lo doloroso que resultaba ver a tu vinculado con otra persona, pero de ahí a que ni siquiera pudieran pasar tiempo juntos era excesivo.

Al sentir su irritación Calem puso su mano bajo la barbilla, girándola suavemente para que lo mirara.

—Me dijo que no me acercara a ti, es cierto, pero también me dejó claro que si eras tú la que venías a mi él no podría decir nada al respecto. Creo que sobra decir por qué.

Ella desvió la mirada de los ojos de Calem y pensó en lo que acababa de decir. No era lo mismo el dolor que sentía en el vínculo cuando Kleiff se liaba con tías que conocía en el BlackSpirit al que sentiría si lo viera constantemente flirteando con Enna. Sin duda resultaría mucho más doloroso.

Calem retiró la mano de su barbilla y ella se giró hacia él. Estaba cómoda a su lado. Sus ojos azul hielo la miraban con entendimiento y tranquilidad y eso la gustó.

De momento no había intentado convencerla de que hablara con Kleiff, algo que Enna habría hecho desde el primer momento, y el dolor del vínculo apenas era un eco de lo que había sido unos minutos antes.

—Pues aquí me tienes, y por propia voluntad —repuso sonriendo.

Calem respondió con una carcajada y se acercó más a ella. Estaba a punto de pasarle el brazo por detrás de los hombros pero se detuvo en el último momento.

Vera entendió esa reacción. Si tenía que ser ella la que tomara la iniciativa hasta en esas pequeñas cosas para que Calem no se sintiera incómodo, lo haría. Sorprendiéndolo cogió su brazo, se lo pasó por detrás de los hombros y apoyó la cabeza en su pecho. Volvió a sentir esa conexión del primer día, con sus feromonas cítricas envolviéndolo todo.

El cuerpo de Calem volvió a tensarse y Vera hizo el amago de retirarse pero Calem la mantuvo donde estaba.

—No estoy para nada incómodo, Vera. Créeme —susurró, y esta vez fue Vera la que se tensó.

El pecho de Calem se movió arriba y abajo cuando se echó a reír y ella se relajó.

Al momento la música cambió por una canción antigua que la encantaba, y Calem empezó a jugar con su pelo distraídamente mientras la tarareaba. Sonrió al pensar que esa canción tan cursi podía gustarle a alguien como Calem, y notar sus dedos jugando con su pelo hizo que sintiera otro cosquilleo en el estómago.

—¿Sabes? Creía que no te había visto tan relajado como cuando he entrado aquí antes, pero ahora pareces estar muy cómodo –comentó Vera apoyada en su pecho.

—No siempre soy el Calem prepotente y chulo. A veces solo soy Calem.

Sus palabras hicieron que se incorporara para mirarlo. Se había esperado que dijera cualquiera de sus típicas lindezas sarcásticas, pero no algo así.

Miró sus ojos, sinceros y calmados, y sintió ganas de acercarse más a él. Sin embargo, su estómago tenía otros planes y rugió ligeramente pidiéndole la cena. Calem soltó una carcajada mientras ella enrojecía y subió su mano hasta su cara, acariciando una de sus mejillas sonrojadas.

—¿Te apetece cenar conmigo? —preguntó en un susurro.

El estómago de Vera dio un vuelco como si miles de mariposas se estuvieran montando una fiesta en él y sonrió.

—Solo si te vistes —contestó en un susurro a su vez.

Sus palabras hicieron reír a Calem, que dejó la copa vacía en la mesa que estaba junto al sofá y se estiró antes de levantarse, tensando todos los músculos del cuerpo en el proceso y dejando a Vera anonadada ante esa visión.

—Me han pedido muchas veces que me quite la ropa, pero nunca que me la ponga —afirmó, ya de pie, con esa sonrisa de medio lado que le caracterizaba.

Vera se echó a reír y se levantó también del sofá.

—Te espero en la cocina —dijo antes de darse la vuelta y salir del salón, sintiéndose bien por primera vez desde hacía cinco días.

Calem observó a Vera salir del salón, vestida con un pijama ancho que en nada se parecía a los que le había visto a Enna y, sin embargo, no pudo parecerle más atractiva. Sonrió para sus adentros y comenzó a subir las escaleras hacia su habitación.

Todavía se sorprendía de haber bajado tanto la guardia y que Vera lo hubiera visto en uno de los momentos de relax que tenía cuando estaba a solas.

Se sorprendió al darse cuenta de que ya no le importaba tanto como lo había hecho al abrir los ojos y encontrársela mirándole fijamente, con una sonrisa en los labios. La verdad era que se sentía bien pudiendo ser así con alguien más, ya que solo Kleiff conocía esa parte de él, y últimamente no estaban pasando por uno de sus mejores momentos.

De hecho, habían discutido más veces durante esa semana que en todos los años que hacía que se conocían. En una de las peleas, había sido cuando Kleiff le había dicho que no se acercara a Vera a menos que ella quisiera.

Calem, le había hecho caso sin pensarlo. Sabía lo mal que lo estaba pasando su amigo y él solo quería ayudarlo, si bien le había dejado claro que si Vera iba a él no pensaba negarse a ello. Lo había dicho sin la esperanza de que de verdad ocurriera, pero se alegraba de que la vida diera esas sorpresas y Vera hubiera decidido a bajar al salón a buscarlo.

Llegó hasta su puerta en un par de zancadas y entró en su cuarto. No tenía pensado ponerse nada esa noche pero decidió ponerse un pantalón de pijama —que nunca usaba, ya que dormía desnudo—, y una camiseta suelta para ir conjuntado con Vera.

Se miró al espejo sintiéndose totalmente extraño con ropa tan ancha, pero estaba casi seguro de que a Vera le gustaría. Una vez hubo terminado salió de nuevo al pasillo y bajó las escaleras.

Giró a la derecha al llegar al hall y entró en la cocina-comedor, donde Vera estaba cocinando algo que olía deliciosamente bien. Observó como su pelo largo caía en ondas desordenadas por su espalda y recordó que había olido a vainilla hacía unos minutos, igual que su esencia. Que coincidencia que la vainilla fuera su olor y su sabor preferido.

***

Rala cerró los ojos y se restregó los párpados con fuerza. No podía ser, pero había revisado el archivo a conciencia y no había ningún error.

Efectivamente la tal Carli Ebben a la que el sujeto H54 había hecho referencia había vivido en la dirección donde había sido detenido, y, aunque se registró un cambio de residencia ese mismo día, eso no era lo que no le encajaba a Rala.

Esa humana tenía cuarenta y dos años… ¿Por qué un chico de veintiuno estaría interesado en alguien tan mayor? Era imposible. Lo más lógico sería pensar que esa hembra tuviera una hija y que el sujeto H54 dijera el nombre de la madre para protegerla, conclusión a la que Rala llegó e investigó, y efectivamente encontró a esa hija: Vera Ebben. No obstante, eso era todo lo que sabía de ella.

No estaba empadronada en su anterior residencia ni con su madre en la nueva y aparecía en los registros como humana, por lo que el traslado de un sector a otro estaba descartado. Pero entonces… ¿Dónde estaba? Había algo raro en ese caso y lo iba a averiguar.

Decidió utilizar por primera vez en su vida su estatus para que la asignaran ese caso y salió de su despacho para encaminarse al de su padre.

Por el pasillo, varias personas la saludaron cortésmente y ella les devolvió el saludo, soltando un suspiro de alivio cuando llegó por fin al ascensor y las puertas se cerraron tras ella, quedando al fin sola.

Se giró y observó su reflejo en el enorme espejo que ocupaba la totalidad de la pared del ascensor. Era un vivo reflejo de su padre, sus ojos verdes, su pelo rubio tan claro que parecía blanco.

Estaba cansada de que todo el mundo la viera como "la hija de" pero sabía que era inevitable. Había obtenido el puesto que ahora ocupaba como Investigadora en el Centro de Interrogatorios de la Guardia de la Sede con muchísimo esfuerzo y no gracias a su padre, como todo el mundo parecía creer.

Sin embargo, esa iba a ser la primera vez que le iba a pedir un favor y, aunque no se sentía orgullosa, ese caso le llamaba mucho la atención. Sabía que el sujeto H54 era más valioso de lo que parecía y que el Investigador que llevaba el caso actualmente no opinaba igual que ella.

Con un ligero pitido el ascensor se paró. Rala se giró y salió por la puerta.

Un hermoso vestíbulo decorado a la moda mutada le dio la bienvenida y Rala se sintió como en casa. En esa planta solo se encontraba el despacho de su padre y el de su secretaria Mery, a la que conocía desde que tenía memoria. Subir allí era siempre un oasis de tranquilidad dentro de ese enorme edificio, su ajetreo continuo y la falsedad de sus trabajadores.

Caminó sobre la mullida alfombra que cubría el suelo y se paró frente a la mesa alta de Mery, que actuaba de frontera entre el despacho de su padre y el resto del edificio.

La mujer dejó de teclear sobre la pantalla de su ordenador y miró a Rala con una sonrisa. Su rostro mutado estaba envejecido pero sus profundos ojos azul océano la miraban con la misma inteligencia y amabilidad de siempre.

—Ya era hora de que vinieras de visita Lala.

Dijo con voz suave y Rala sonrió por el mote cariñoso que siempre usaba para dirigirse a ella.

—Lo sé Mery, te prometo que subiré más a menudo a verte. ¿Está mi padre?

La mujer soltó una carcajada y negó con la cabeza.

—Eres como tu padre, directa al grano. Pero te quiero igual —afirmó mientras le acariciaba la mejilla y ella sonreía ante su muestra de cariño.

Mery pulsó el botón del pinganillo que llevaba en la oreja y, tras unos segundos, habló.

—Tiene visita, señor. No, no son los Investigadores del G89, es… Que no, esos tampoco, se trata de… ¡se quiere callar y escucharme, es su hija Rala!

Rala contenía la risa ante la conversación de Mery con su padre. Siempre había sido así, Mery había sido la secretaria del abuelo de Rala y había seguido siéndolo cuando murió y su padre ocupó su puesto. Le sacaba cerca de veinte años, y, si bien de cara a los demás trabajadores siempre hablaba con el máximo respeto, era inevitable que en ambientes más distendidos lo riñera y perdiera la pose de secretaria.

Mery rodó los ojos y gesticuló imitando al padre de Rala mientras escuchaba la charla que le estaba dando a través del pinganillo.

—Que vale, pero le digo a Rala que pase ¿o no?... Vale es lo único que necesitaba saber —contestó mientras se quitaba el pinganillo del oído y lo dejaba en la mesa—. Pasa querida, y mucho ánimo, tu padre está insoportable últimamente.

Rala soltó una carcajada y rodeó la mesa de Mery para aparecer frente a la puerta del despacho de su padre. Abrió sin molestarse en llamar primero, y se encontró a su padre voceando el nombre de Mery frente al teléfono.

—Se ha quitado el pinganillo —dijo sobresaltando a su padre y teniendo que contener una carcajada.

Su padre colgó el teléfono y sonrió. Mientras se levantaba de la mesa se pasó una mano por su pelo rubio ceniza y clavó sus ojos verdes en Rala, la cual entró en el despacho cerrando la puerta tras de sí.

—Hija mía, a que se debe esta sorpresa.

Definitivamente Mery tenía razón, su padre no se andaba por las ramas.

—¿Qué pasa padre, no puedo venir a hacerte una visita?

Su padre soltó una carcajada y se apoyó en su escritorio con los brazos cruzados.

—Rala, sabes que estoy encantado con que vengas a verme, pero los dos sabemos que no estás aquí para ver a tu viejo aunque apuesto padre, con que dime… ¿Qué quieres?

Rala sonrió nerviosa y caminó por el despacho ordenando sus pensamientos y buscando la forma más adecuada de sacar el tema.

—Supongo que te habrán hablado del Expediente Interrogatorio H54… —Su padre torció el gesto y asintió con la cabeza—. Pues estoy haciendo la investigación y… he encontrado ciertas… irregularidades.

Los ojos de su padre brillaron con interés y su cuerpo se tensó. El resto de la conversación fue prácticamente un monólogo de Rala en el que puso al corriente a su padre del estado de la tal Carli Ebben y explicó lo que parecía sospechoso del caso. Para cuando le habló de la desaparecida Vera Ebben ya había captado su atención por completo.

—Entonces, ¿qué propones?

Había llegado el momento, su padre no era tonto en absoluto y sabía lo que Rala estaba pensando pero quería que ella misma lo dijera.

—Quiero encargarme de la investigación de este caso y de los interrogatorios.

Su padre suspiró lentamente. Se levantó del escritorio y lo rodeó para sentarse de nuevo en su sillón. Estaba dudando y Rala no pensaba salir de ese despacho sin conseguir lo que quería.

—Papá… es el Capitán Wellan el que lleva el caso. Todos sabemos su forma de interrogar y… creo que el H54 puede sernos más útil de lo que Wellan cree.

Tras otro suspiro el padre de Rala se frotó los ojos. Todos conocían las torturas a las que recurría el Capitán Wellan para sacar información o, simplemente, por el placer de torturar humanos. Rala sabía que con esas palabras había conseguido que su padre se replanteara su decisión. Si realmente ese chico era útil no duraría mucho si era Wellan el que continuaba con la investigación.

—Está bien, Rala —sentenció su padre finalmente, y ella tuvo que contenerse para no saltar de alegría—. Encárgate de las gestiones de cambio de investigador y díselo a Wellan. Pero quiero resultados, y pronto, ¿queda claro?

Rala asintió con la cabeza y salió rápidamente del despacho de su padre, se despidió de Mery y entró en el ascensor. Mientras bajaba los veinte pisos que separaban su despacho del de su padre no pudo contener una sonrisa. El caso era suyo. No pensaba decepcionar a su padre y le demostraría a todo el mundo que ella era una buena investigadora, no solo la hija del Presidente Mutado.

***

Un fuerte dolor en el estómago le hizo abrir los ojos y encogerse. Tardó unos segundos en darse cuenta de dónde estaba y qué ocurría pero en cuanto vio a sus tres torturadores de pie frente a él la realidad lo golpeó igual que ellos llevaban días haciendo.

Kev se abrazó a sí mismo, cerró los ojos y esperó un nuevo golpe, sin embargo, lo único que sintió fueron unas manos agarrándole de los brazos para levantarlo y sentarlo en un asiento con respaldo.

Rápidamente, otras manos deshicieron su abrazo y él abrió los ojos. Los dos mutados ataban las manos a los brazos de la silla en la que estaba sentado, mientras el mutado jefe lo observaba todo. Como hacía siempre.

Kev no se resistió, no tenía fuerzas. Ni siquiera hizo ningún movimiento cuando le inclinaron la cabeza hacia atrás y se la ataron al respaldo de la silla, impidiéndole moverse y con un ángulo limitado de visión.

Poco a poco comenzó a ponerse nervioso y su ansiedad se intensificó cuando los dos mutados entraron en su campo de visión y acercaron a sus ojos una especie de ganchos. Kev se removió inútilmente en la silla, gritó y cerró los ojos, sin embargo, los mutados se los abrieron fácilmente y le colocaron los ganchos bajo los párpados, impidiéndole así cerrarlos.

Los dos mutados desaparecieron de su campo de visión y apareció de nuevo el mutado jefe con una espantosa y perversa sonrisa.

—Ha llegado el momento, Kev. A pesar del inmenso placer que me produce ver como un inmundo humano como tú se retuerce de dolor, no puedo perder más tiempo contigo. Esta será la última sesión de interrogatorios y, como bien sabrás, vas a morir, de ti depende que esa muerte sea lenta y dolorosa o rápida.

Kev escuchó sus palabras y se sorprendió sintiendo… alivio. En la última sesión también se había alegrado ante la perspectiva de morir, sin embargo, a la hora de la verdad, había tenido miedo y casi había revelado el nombre de Vera.

Esta vez no sentía alegría sino un inmenso alivio porque todo estuviera a punto de terminar. Ni siquiera se preocupó por la amenaza, ya le habían hecho de todo y no le preocupaba que más pudieran hacerle para alargar su muerte. Esta vez no colaboraría con ellos, ya había hecho bastante delatando a la madre de Vera.

—Bien Kev, sabemos que en la última sesión nos mentiste y que intentabas ocultar a alguien… ¿a quién?

El mutado había salido de su campo de visión pero sintió su voz muy cerca a su derecha. Sabía perfectamente a quién estaba ocultando pero quería que él fuera el que lo dijera, como dándole una última oportunidad de colaborar.

Kev se mantuvo en silencio con la vista fija en el techo y escuchó la respiración agitada del mutado jefe. Siempre respiraba así cuando estaba a punto de perder la paciencia, algo que sucedía con extremada rapidez.

—¿Dónde está Vera Ebben? —susurró al oído el mutado jefe mientras le agarraba del pelo y tiraba de él.

Esa pregunta tan directa le mostró a Kev lo desesperado que estaba por encontrar información y a la vez se sorprendió. Los ojos se le estaban secando pero no le importó. Tragó saliva para armarse de valor y, con la voz rasposa que le quedaba, dijo.

—Si no me hubierais secuestrado lo sabría…

La carcajada del mutado jefe retumbo en su oído y escuchó cómo se alejaba.

—Qué os parece chicos… si todavía le queda algo de valor… bueno, habrá que hacer algo al respecto.

Al momento, los dos mutados aparecieron en el campo de visión de Kev portando algo redondo que parecía una bombilla. Con un clic una luz intensa se encendió, cegándolo y quemándole los ojos. Gritó mientras trataba con todas sus fuerzas de cerrarlos pero era imposible. Era un dolor diferente al que había sentido hasta ese momento y volvió a gritar.

—¡No sé donde está! ¡Iba a seguirla cuando me cogisteis!

La luz se apagó pero Kev ya no distinguió la cara que apareció frente a él. Sentía los ojos totalmente secos y no distinguía las zonas en las que había luz y las que estaban en sombra.

—¿Seguro que no sabes nada, Kev? —inquirió el mutado jefe esta vez en su oreja izquierda.

—No —masculló Kev mientras sollozaba sin lágrimas.

—Lástima… —susurró el mutado jefe antes de que los otros dos volvieran a aparecer y volvieran a encender la luz.

Sintió como si sus ojos estallaran en llamas y poco a poco esa luz cegadora iba convirtiéndolo todo en oscuridad mientras chillaba e intentaba moverse sin éxito.

De pronto, se escucharon unas voces por el pasillo. Al principio más lejos pero luego cada vez más cerca hasta que algo aporreó la puerta con fuerza.

La luz se apagó pero Kev apenas sintió diferencia. Apenas distinguía los contornos de las figuras que estaban frente a él y que ahora miraban la puerta con preocupación.

—Pero qué… —comenzó a decir el mutado jefe pero el estruendo de la puerta al abrirse interrumpió sus palabras.

Kev se esforzó por distinguir los rasgos de la figura esbelta que los miraba desde el umbral. Sin duda se trataba de una mujer a juzgar por sus curvas femeninas, si bien, llevaba su pelo rubio corto a la altura de la base del cuello.

—Wellan, ordene a sus hombres soltar al humano y márchense. —Su voz dulce y a la vez imponente resonó en los oídos de Kev y llegó a su estómago produciéndole un cosquilleo agradable.

Era la primera vez desde su secuestro que escuchaba otra voz que no fuera las de sus captores. Una voz que, además, le hacía sentir que todo eso había acabado y que ya no volverían a hacerle más daño.

Por su parte el mutado jefe parecía muy molesto. Se giró hacia la mutada con una mueca visible de desagrado y se encaró a ella.

—¿De qué coño estás hablando? ¡Este es mi caso y me iré cuando me dé la gana! —gritó encolerizado, más de lo que nunca había estado con Kev.

Sus palabras, en cambio, solo hicieron sonreír a la mutada, que avanzó un par de pasos hacia el interior de la habitación.

—Este caso ya no le pertenece, me pertenece a mí. Y como no acate las órdenes del Presidente y se marche de aquí, me veré obligada a emitir un expediente sobre usted y sus hombres.

Ambos mutados se sostuvieron las miradas durante un momento hasta que Wellan maldijo. Ordenó a sus hombres que salieran de la habitación para hacer lo mismo él después.

—Esto no quedará así Offen… —susurró Wellan al cruzarse con ella al salir. Ella sonrió por toda respuesta y cerró la puerta.

Se giró y observó con tristeza al humano que la miraba fijamente, atado de pies y manos a una silla, como si esas correas y la que le sujetaba la frente fueran lo único que lo sostuvieran.

Sus ojos marrones estaban inyectados en sangre. Su cuerpo estaba lleno de cardenales y bultos en lugares donde no tenía que haberlos, y sus manos no parecían tales.

Se acercó a él pero se paró en el último momento reprimiendo el instinto de soltarlo de sus ataduras.

Debía ser fuerte, al fin y al cabo no era más que un humano y uno sospechoso, además. La forma de torturar de Wellan no era la más adecuada pero tampoco podía permitirse sentir lástima por ese humano.

Kev observó la inseguridad de la mutada mientras amagaba con acercarse o no. No podía culparla, a saber la imagen que tendría en ese momento. Ni siquiera él mismo se acercaría, pero aun así le dolió que no lo hiciera.

Observó como sacaba un teléfono del bolsillo y se daba la vuelta dándole la espalda, a los pocos segundos volvió a escuchar su voz.

—Aquí Offen. Necesito una unidad de traslado a la H54 inmediatamente.

Rala se guardó de nuevo el teléfono y se volvió para mirar el estado de Kev, el cual cada vez parecía más débil y le costaba centrar su mirada en ella.

Se fijó entonces en los ganchos que le mantenían los ojos abiertos y no pudo evitar estremecerse. Esta vez siguió su instinto, a pesar de saber que no hacía lo correcto, y se acercó al humano.

Olía a sudor y heces pero no la importó. Procurando no hacerle más daño del que ya le habían hecho, le quitó los alambres y la correa que le sujetaba la frente. El humano emitió un gemido que no supo si fue de dolor o de alivio y dejó caer la cabeza hacia un lado a la vez que cerraba los ojos.

Rala se asustó, no se podía morir, era de vital importancia que aguantara hasta la llegada de los médicos. Se agachó hasta ponerse a la altura de su cabeza y le agitó el hombro con suavidad.

—¡Eh, Eh! ¡Despierta! ¿Me oyes? Tienes que mantenerte despierto.

Al momento Kev abrió los ojos lentamente y trató de fijar la mirada en ella. Rala le acarició la mejilla y sonrió.

—Eso es Kev… aguanta un poco más…

Observó como el pecho del humano subía y bajaba lentamente y se acercó aun más a él cuando vio que tenía intención de hablar.

—¿Cuál es… tu nombre? —susurró, pero cuando Rala estaba a punto de contestar escuchó unos pasos fuertes y rápidos en el pasillo. Se levantó y se dirigió a la puerta casi corriendo a la vez que cuatro médicos llegaban a ella.

—Aquí, rápido, llevadlo a la unidad de recuperación.

Rala los siguió mientras se acercaban a él y comenzaban a soltarle las correas. Miró al humano que miraba a su alrededor aterrorizado. Para tranquilizarlo se acercó y se puso a su altura de nuevo para que pudiera verla.

—Rala, me llamo Rala. Y a partir de ahora vas a estar bien Kev.

Kev cerró los ojos al escuchar las últimas palabras de su salvadora, incapaz de mantenerlos abiertos por un segundo más. Sin embargo, siguió viendo el rostro preocupado y dulce de Rala cuando todo lo demás se quedó oscuro.

***

Vera se echó a reír y volvió a coger otro tenedor de los espaguetis que había hecho para cenar con Calem.

No estaba segura de cómo le saldrían ya que desde el primer día de su llegada al M no había vuelto a cocinar. Se había alimentado de la comida precocinada que preparaban para ahorrar tiempo y de los manjares que preparaba Owen cuando podía. Menos mal que no había perdido habilidades y estaban deliciosos, tanto ella como Calem los estaban devorando como si llevaran meses sin comer.

—No me puedo creer que lo hicieras… —continuó Vera después de tragar, aun riéndose.

—El XIted es muy útil para muchas cosas pero si te pasas… tiene sus consecuencias —contestó también riéndose.

Observó como Calem cogía un tenedor de espaguetis y se los metía en la boca. Los músculos de su mandíbula se movían con cada bocado, que parecía disfrutar enormemente, y sus ojos azules estaban vidriosos por los chupitos que estaban tomándose para acompañar la comida.

Vera alargó la mano para coger la botella de vodka y, al agarrarla, la notó demasiado ligera en sus dedos, más que la última vez que la había cogido. Apenas quedaban dos dedos lo líquido.

—¿Nos hemos bebido una botella casi entera a chupitos? —preguntó Vera sin poder contener otra risa, empezando a sentir los efectos del alcohol en su cuerpo.

Calem negó con la cabeza, la quitó la botella y vació lo que quedaba en los dos vasitos. Se bebió el suyo de un trago y Vera hizo lo mismo, ya apenas sintiendo el calor del vodka al bajar por su garganta.

—Una entera, nena, una entera —respondió riéndose, también afectado por el alcohol—. Me alegro de que vayas pillando el ritmo... la última vez que bebiste apenas aguantaste un asalto.

La última vez que Vera bebió fue en su primera noche en el M, cuando se había excitado al estar cerca de Calem. Kleiff al darse cuenta se había enfadado, se había tirado a la camarera del bar y Vera había terminado la noche llorando y comiendo helado en casa con Enna.

No, definitivamente no la apetecía en absoluto acordarse de esa noche. Calem, al darse cuenta, dejó los cubiertos sobre el plato y acercó su silla a la de Vera.

—Lo siento, no quería que te pusieras triste... Entiendo por lo que estás pasando y...

—¿Que entiendes por lo que estoy pasando? —interrumpió Vera con un tono de voz más seco del que pretendía, mientras se levantaba para relajarse—. Nadie sabe por lo que estoy pasando.

Había llegado a su límite de aguante. Aunque sabía que Calem no tenía la culpa de nada, que insinuara que él entendía por lo que estaba pasando no le había sentado nada bien. Entre el alcohol y la tristeza, se había roto el dique que contenía las emociones que llevaba reprimiendo, no solo desde que había llegado al M, sino desde que se había marchado del H.

—Creía que mi madre me quería por encima de todo, por encima del Proyecto, pero me equivocaba. Vi en sus ojos lo decepcionada que estaba cuando se dio cuenta de que ella era mi prioridad principal, más que mi tarea aquí. Y, el caso es que me he dado cuenta de que ella siempre ha sido así, fui yo la que entendió todo mal, ¿sabes? Por eso ya no estoy enfadada con ella, sino conmigo misma por no aprender a tener las prioridades adecuadas…

Ahora que el dique se había roto las palabras salían sin control y las lágrimas corrían libres por sus mejillas. Aun así, todavía no había terminado y, cuando vio que Calem abría la boca para decir algo, le hizo un gesto con la mano y siguió hablando.

—Y luego llegué aquí y al primero que me encuentro es a Kleiff que resulta ser mi hermanastro, ¡MI HERMANASTRO! Alguien que por fin podría hablarme de mi padre, contarme cómo era, si me parezco a él o si habría estado orgulloso de mí, tal vez llevarme a su tumba para poder conocerlo. —Un sollozo salió de su garganta pero se obligó a contenerse y seguir hablando—. Pero no, tuvimos que vincularnos, algo que para cualquiera no supondría un problema excepto para nosotros, porque tenemos que tener las malditas prioridades adecuadas. Y me da rabia que él tuviera eso claro desde el principio y yo volviera a caer en lo mismo otra vez, en esa… necesidad de ser importante para alguien.

Sin poder contenerse más se tapó la cara con las manos y lloró todas las lágrimas que tenía dentro. Al instante sintió los brazos de Calem a su alrededor, arropándola, manteniéndola firme y sosteniéndola.

Cuando por fin se calmó, Calem la sentó de nuevo en la silla, se sentó junto a ella y la observó en silencio mientras ella se recomponía y se secaba las lágrimas. Cuando por fin se sintió con fuerzas, Vera levantó la vista hacia Calem para mirarlo.

Al darse cuenta de lo absurdo y repentino de su arrebato no pudo evitar sonreír mientras se sonrojaba levemente.

—Lo siento, Calem… Soy idiota… mientras hacía el video-diario me había propuesto racionalizar todo esto y dejar de pasarlo mal… y mira el espectáculo que te acabo de montar.

Él la devolvió la sonrisa y levantó sus dedos hasta tocar su mejilla para acariciarla con suavidad.

—No es bueno que te hayas guardado todo eso, ninguno sabíamos que estabas tan mal... no lo hagas más, somos una familia, si no nos ayudamos entre nosotros nadie lo hará.

Vera asintió mientras un cosquilleo revoloteaba en su estómago. Sus palabras le habían tocado de verdad. No se había dado cuenta de lo mucho que necesitaba que dijeran que ya era una más hasta que él se lo había dicho.

Parecía que entendiera mejor sus necesidades que ella misma. Sentirse así de unida a alguien, sobre todo después de todo el tema del vínculo, se sentía feliz por primera vez desde que había llegado al M. Tanto, que el dolor del vínculo no reclamado era insignificante.

Fue en ese momento cuando se dio cuenta de dónde, cómo y con quien estaba. La mano de Calem seguía acariciándole la mejilla, calentando su piel allí donde tocaba.

Estaba tan cerca de él que era lo único que veía, sus ojos azul hielo, sus labios, el movimiento de su nuez al tragar saliva. Su esencia ácida y dulce abarcando cada uno de sus sentidos. Al volver a mirarlo a los ojos, parecía que él estaba sintiendo lo mismo.

—Es la primera vez desde que llegué que me siento bien... haces que sentirse feliz sea tan fácil —afirmó, sorprendiéndose de lo grave que había sonado su voz, casi como un susurro ronco.

El dedo pulgar de Calem descendió hasta sus labios, acariciándolos con suavidad mientras se acercaba aún más a ella.

—Tú haces que quiera hacerte feliz... —repuso Calem en un susurro a su vez, cada vez más cerca de su boca.

Las mariposas que sentía Vera en el estómago se agitaron y su respiración se aceleró. Sin embargo, Calem no avanzó sino que se quedó donde estaba, recorriendo su rostro con la mirada esperando que fuera ella la que tomara la iniciativa.

Fue en ese momento cuando Vera se acordó de Kleiff. A pesar de todo, Calem no se había olvidado de las palabras de su amigo, todo lo contrario que ella, que se había dejado llevar totalmente sin acordarse de él. Se sintió mal pero a la vez se recordó que el vínculo no estaba reclamado y que no se debían nada el uno al otro.

—¿Para esto también tengo que darte permiso? –susurró Vera y Calem soltó una carcajada mientras asentía lentamente sin perder el contacto visual con ella.

Vera se acercó hasta que sus labios estuvieron a punto de rozar los de Calem. Cerró los ojos a la vez que susurró un "bésame" que ni siquiera llegó a terminar, ya que al instante su cerebro se desconectó y lo único que hizo fue sentir.

Los labios de Calem eran suaves pero decididos y sentía sus dedos entrelazados en el pelo. Pronto sus lenguas se encontraron y un agradable calor empezó a extenderse por el cuerpo de Vera, lo que provocó que un leve gemido se escapara de sus labios.

Un fuerte golpe seguido de cristales rotos hizo que Calem y ella se separaran rápidamente y abriera los ojos para encontrarse a Kleiff en el quicio de la puerta. Su mirada era tan sombría que daba miedo y estaba rodeado de cristales rotos, seguramente pertenecientes al jarrón de la entrada. Enna estaba detrás de él, con los ojos abiertos como platos.

El dolor de Kleiff le llegó a Vera a través del vínculo como una descarga y cuando sus miradas se encontraron no hizo falta que él dijera nada para que ella supiera lo que sentía.

Sin decir una palabra Kleiff se dio la vuelta y se encaminó a las escaleras. Vera se levantó rápidamente y gritó su nombre pero él no se paró. Cuando intentó salir tras él, sintió los brazos de Enna a su alrededor, parándola en seco, y fue Calem el que corrió tras Kleiff, perdiéndoles de vista a ambos al subir las escaleras.

El pecho le dolía tanto que se abrazó con fuerza intentando calmarlo mientras Enna la abrazaba. Eso era lo que estaba sintiendo Kleiff, y se lo había hecho ella.

***

Calem siguió a Kleiff hasta su habitación, paró con el pie el portazo que había intentado dar y entró tras él, cerrando la puerta a sus espaldas.

—Te prometí que me mantendría alejado de ella a menos que ella viniera a buscarme... y ella me ha buscado K.

Kleiff le daba la espalda y sus enormes hombros temblaban por la fuerza con la apretaba los puños.

—Eso no hace que duela menos... —masculló con la mandíbula visiblemente tensa y Calem soltó un suspiro largo mientras se acercaba a él.

—Llevas toda la semana intentando mantener las distancias con ella y a la vez empeñado en entrenarla. Sé que lo haces porque a pesar de todo no quieres alejarte de ella, pero eso os está haciendo daño a los dos.

Sus hombros se relajaron mientras pensaba en las palabras de Calem. Sabía que tenía razón pero no podía evitarlo, no quería alejarse de Vera, no podía. Podía fingir todo lo que quisiera que estaba llevando bien el hecho de no reclamar el vínculo, pero se le estaba haciendo insoportable.

En cada entrenamiento, a cada momento que estaba a solas con ella, deseaba poder tocarla, besarla… reclamarla. Pero no podía ser, no podía permitirse tener un punto débil y, sin duda, si aceptaba el vínculo Vera sería uno.

Sintió el cuerpo de su amigo cerca de él, pero el olor que le llegó fue el de ella. Vera y su inconfundible esencia a vainilla.

Automáticamente una creciente excitación se fue asentando en su entrepierna a la vez que crecía su enfado. Estaba enfadado porque sus instintos contradijeran a sus pensamientos y, sobretodo, celoso de Calem porque él pudiera estar con Vera sin presiones. De que fuera Calem el que trajera el olor de su vinculada en la ropa y no él.

—Hueles a ella... —musitó a la vez que se giraba para encontrarse con la cara excitada de Calem.

—Todavía tengo su sabor en los labios

Aquella afirmación hizo que instintos diferentes lo asaltaran. Quería partirle la cara a Calem, no solo por besar a Vera sino por encima restregárselo, pero el hecho de pensar que al besar sus labios probaría el sabor de ella lo estaba volviendo loco.

Se acercó a Calem sabiendo que lo que iba a hacer no tenía ningún sentido, pero pensando que era lo más cerca que iba a estar de besar a Vera.

Cuando estaba tan cerca de él que podía sentir su respiración, Calem se lamió el labio superior lentamente, provocándolo, y Kleiff no pudo ni quiso contenerse más.

Lo besó con fuerza, entrelazando las manos en su pelo, impidiéndole moverse, a la vez que Calem pasaba las manos por su cintura apretándolo contra él, profundizando el beso. Sabía que el que estaba entre sus brazos era su mejor amigo pero sus labios sabían a ella y el olor a vainilla lo inundaba todo, impidiéndole pensar.

Los labios de Calem bajaron por su mandíbula hasta llegar a su cuello, donde chupó y absorbió, haciendo que su erección temblara en el interior de los pantalones, a la vez que sentía la de Calem clavándose en su ingle a través del pantalón de pijama.

Cuando se quiso dar cuenta su espalda chocó contra la pared y las manos de Calem subieron por su abdomen mientras le quitaba la camiseta. Sus ojos se cruzaron un momento antes de que sus labios volvieran a besarse pero Kleiff se apartó, incapaz de distinguir entre la realidad y lo que le transmitían sus sentidos.

—Esto es una gilipollez Calem… me estoy engañando a mí mismo.

Calem soltó un suspiro y apoyó las manos en la pared, a ambos lados de la cabeza de Kleiff.

—Eres mestizo K… no pienses, siente, ya te arrepentirás mañana

Cuando se acercó de nuevo a sus labios, esperó a que Kleiff fuera a besarlo para retirarse rápidamente y bajar hasta su cuello, morderlo delicadamente y después bajar aún más, y más abajo.

Mientras Calem abría con destreza el cinturón y el pantalón de Kleiff, él cerró los ojos y decidió hacerle caso y dejarse llevar. No se sentiría mal por pensar en Vera mientras la lengua de Calem le calentaba y humedecía. Si esto era todo lo que podía tener no pensaba dejarlo escapar.

VIII

Rala despertó sobresaltada como llevaba pasándole toda la noche. Una capa de sudor le cubría la frente pero ella solo sentía frío.

El día anterior, tras dejar a H54 en la Unidad de Recuperación, había cometido el error de ver las grabaciones de sus interrogatorios.

Sabía la fama que tenía el Capitán Wellan pero nunca la había comprobado por sí misma, ahora ya sabía que todo lo que se decía de él estaba bien fundado.

Las imágenes de las torturas a las que H54 había sido sometido se le habían aparecido en sueños durante toda la noche: la asfixia, las palizas, la amputación de sus miembros... siempre como si ella fuera una espectadora más de ellas, hasta el último sueño en el que ella era la que las sufría.

Sabía que esos métodos eran legales, de otro modo Wellan no podría llevarlos a cabo o, si lo hiciera, no los dejaría grabados. Sin embargo, no podía evitar entristecerse por H54, no debía, pero así era, lo que a su vez la hacía sentir que estaba traicionando a su raza, a su padre y a los ideales por los que tanto habían luchado. Se obligó a si misma a no pensar en ello y mantener una distancia prudencial, tanto física como emocional, con H54. Por eso mismo no lo llamaba por su nombre humano sino por su Expediente de Interrogatorio.

Se justificaba a sí misma por su propia naturaleza mutada, que se mueve por instintos. Se obligaba a pensar que, el hecho de haberle llamado Kev y haberle revelado el suyo propio, había sido por el instinto de tener piedad por sus inferiores, aunque este fuera un humano sospechoso.

Cualquier mutado que sigue sus instintos habría hecho lo mismo, ¿no? No, claro que no. Era un humano, un ser inferior por el que no se puede sentir nada, ni siquiera lástima. Rala tenía clara la teoría, el problema lo tenía al llevarlo a la práctica.

Miró el reloj que tenía en la mesilla de noche. Solo quedaban dos minutos para que sonara el despertador. Se incorporó en la cama y un fuerte dolor de cabeza hizo que cerrara los ojos.

Sacó las piernas de las sábanas y las apoyó en el suelo mientras esperaba, aun con los ojos cerrados, a que sonara el despertador. Solo dejó sonar el primer pitido y enseguida alargó la mano para apagarlo. Abrió los ojos y se levantó tambaleante. Siempre había sufrido dolores de cabeza pero desde hacía unos meses habían empeorado hasta el punto que los médicos estaban empezando a preocuparse.

Se dirigió al cuarto de baño donde guardaba las medicinas que le habían recetado para el dolor.

Evitó mirarse al espejo al pasar por delante de él y sacó del armario que había junto al lavabo una caja de plástico blanca y rosa, la abrió y sacó uno de los pequeños parches circulares que contenía el analgésico.

Se giró hacia el espejo, esta vez para mirarse. Estaba horrible, unas ojeras moradas le adornaban los ojos y su piel, normalmente blanca como la porcelana, tenía un tono amarillo enfermizo.

Reprimió un sollozo y giró la cara hacia la izquierda para mirarse la sien de la que provenía el dolor de cabeza. Con cuidado despegó el adhesivo del parche y lo colocó en la piel haciendo una leve presión. Sintió un dolor punzante cuando la microaguja se clavó en la piel y, luego, cómo el analgésico entraba en su organismo, calmándole el dolor de cabeza poco a poco.

Volvió a mirarse al espejo y se alegró de ver como un color sano volvía a aparecer en sus mejillas, aunque las ojeras apenas se habían reducido. Pero eso tenía solución, el maquillaje hacía milagros.

Miró el reloj que colgaba de la pared del baño y se sorprendió del tiempo que había perdido en colocarse el parche y que este hiciera el suficiente efecto como para moverse sin marearse. Se dio cuenta de que cada vez tardaba más, pero se obligó a no pensar en ello y se apresuró a lavarse los dientes y maquillarse.

Se peinó el pelo rubio dejándolo suelto de forma que no se le viera el parche de la sien. Cogió un par más de la caja para guardarlos en el bolso, sabiendo que los necesitaría durante el día.

Volvió a su cuarto, eligió una falda de tubo marrón y una chaqueta color crema, cogió los zapatos y el bolso a juego y salió de casa. Recorrió rápidamente el rellano, entró en el ascensor y marcó el botón del vestíbulo.

Vivía en el ático del edificio más alto del Sector M, regalo de su padre por su puesto y, aunque normalmente no aceptaba sus regalos, a ese no podría haberse negado. No solo porque era la condición que le había puesto para dejarla vivir sola, sino porque le encantaba su precioso y amplio ático y las vistas que tenía de todo el Sector desde la terraza. Además, el hecho de que tuviera un ascensor privado que no la obligaba a cruzarse con el resto de mutados que vivían en el edificio era un plus.

Odiaba que la gente fuera simpática con ella solo por el hecho de que su padre fuera el Presidente Mutado y prefería tener el menor contacto posible con ellos.

Al llegar al vestíbulo no hizo caso de las miradas y saludos de sus vecinos, únicamente saludó con una sonrisa a Glen, el portero mestizo con el que de vez en cuando se lo pasaba bien en los reservados del BlackSpirit.

Mientras salía a la calle se recordó a si misma pedirle otra salida nocturna esa semana, ya iba necesitando desfogarse un poco.

El edificio en el que vivía estaba a dos calles del Centro de Interrogatorios de la Guardia de la Sede, por lo que, al ver en su reloj que todavía tenía tiempo, decidió ir andando para darle tiempo al analgésico a hacer efecto, esperando que las ojeras que apenas había conseguido disimular se deshincharan un poco.

Conforme se acercaba al Centro repasó mentalmente todo lo que tenía que hacer en el día. Debía tramitar el resto de papeles para encargarse del caso, firmar los informes de los médicos que habían tratado a H54 e ir preparando la estrategia a seguir para empezar con los interrogatorios en cuanto despertara de la recuperación.

Aun así, lo primero que iba a hacer, aun sabiendo que no debía hacerlo, era ir a verlo. Necesitaba ver cómo su cuerpo se recuperaba de las barbaridades que había visto en las grabaciones y sabía que no se quedaría tranquila hasta que no fuera y viera con sus propios ojos que estaba mejorando. Prefirió no pensar en por qué le preocupaba tanto y simplemente hacerlo.

Al entrar al edificio pasó directamente por los tornos, escuchó el pitido característico que indicaba que su Tarjeta de Identificación había sido escaneada y se dirigió a los ascensores.

Entró en el primero que llegó al vestíbulo, aprovechando que estaba vacío, marcó el número de su planta y puso el ascensor a velocidad máxima. Los oídos se le taponaron ligeramente mientras ascendía y a los pocos segundos las puertas se abrieron.

Saludó con una sonrisa cortés a las personas que la saludaban a ella y entró en su despacho el tiempo justo para dejar su bolso, comprobar que no tenía mensajes en el contestador del teléfono y solo un mensaje de Mery en el ordenador diciendo que su padre quería reunirse con ella. Perfecto, bajaría a ver a H54 y luego subiría a ver a su padre.

Salió de su despacho y volvió a los ascensores. Esta vez había un par de personas dentro, a las que saludó con un movimiento de cabeza y una sonrisa seca. Sintió los susurros cuando marcó el botón del -5, la planta donde se encontraba la Unidad de Recuperación, pero no la importó. Cuando llegó a su destino se había quedado sola en la cabina.

Las puertas se abrieron y salió a un largo y amplio pasillo con puertas a ambos lados. Todo era de un blanco tan brillante que casi hacía daño a la vista. Su sien palpitó durante un momento ante la repentina claridad y una nueva oleada de analgésico salió del parche para calmar el dolor.

Nunca había estado allí. Caminó despacio por el pasillo, siguiendo las indicaciones de los paneles que colgados en las paredes junto a cada puerta. Al fondo, distinguió el número que estaba buscando y recorrió lo que quedaba de pasillo más deprisa. Llegó a la puerta blanca de metal sobre la que descansaba un panel con un H54 marcado con luces azules. Sacó su tarjeta y la deslizó de arriba abajo en la ranura donde lo indicaba un pequeño letrero.

La puerta se abrió con un clic y Rala entró en una sala oscura, solo iluminada por una luz suave que se filtraba por una enorme cristalera. Se acercó a ella casi corriendo y sus ojos se centraron en la figura que yacía en la cama rodeada de tubos y cables.

Era H54 pero no se parecía en nada al que había visto apenas unas horas antes. Lo habían limpiado, dejando ver el bonito tono oscuro de su piel, y las heridas y cortes superficiales ya estaban casi curados por completo. Sus ojos estaban cubiertos con un par de parches colocados sobre los parpados, seguramente para curarle las quemaduras que habían sufrido sus retinas y, en sus manos, a pesar de estar vendadas, se distinguían los contornos de los cinco dedos en cada una de ellas, ya reconstruidos.

Se preguntó si ya le habrían arreglado la columna vertebral y la médula espinar, y se apuntó mentalmente mirarlo en los informes cuando los fuera a firmar más tarde.

Se dio cuenta de que había una puerta junto a la cristalera y dudó si entrar o no. Una mestiza rubia con ojos marrones se interpuso entre Rala y la puerta, sobresaltándola. No se había percatado de su presencia hasta ese momento.

—Todavía es pronto para que pueda recibir visitas —contestó escuetamente antes de girarse para mirar por la cristalera.

Rala asintió y siguió mirando los cables que conectaban a H54 con las máquinas. Las imágenes de las grabaciones seguían apareciendo en sus retinas pero se obligó a mirar cómo, poco a poco, sus heridas iban sanando.

—¿Cuánto tiempo tardará en despertar? —preguntó, tratando que su voz sonara lo más neutral posible, aunque dudaba haberlo conseguido.

—En despertar no mucho, puede que mañana. El problema será la rehabilitación. —Rala esperó a que la mestiza continuara hablando pero, cuando no lo hizo, preguntó.

—¿Podrá recuperarse?

La mestiza dudó un momento y se giró para mirarla.

—Por tu mirada deduzco que has visto las grabaciones de lo que le han hecho. Te puedo asegurar que es el peor caso que hemos tenido que reanimar y hemos hecho todo lo que estaba en nuestras manos…

Aquellas palabras dejaron descolocada a Rala, ¿el peor caso? No tenía sentido. Wellan era conocido por hacerles cosas peores de las que ella había visto en las grabaciones a los sospechosos, incluso se rumoreaba que utilizaba técnicas muy antiguas de tortura, procedentes de la Época Medieval de la Antigua Tierra.

Decidió preguntarle sobre ello a la mestiza y ella dibujó una sonrisa triste en sus labios.

—Es el peor caso que hemos tenido que reanimar porque es el único que ha llegado con vida a nosotros. —Dejó de mirar a Rala y volvió a clavar la vista en H54—: Es el primero de los interrogados por el Capitán Wellan que no ha muerto en el traslado, aunque creíamos que no lo iba a conseguir. Ha sido un chico muy fuerte y muy valiente, espero que lo siga siendo cuando despierte.

La forma en que esa mestiza estaba hablando de H54 debería haber escandalizado a Rala. "Fuerte" y "valiente" eran unas palabras inadmisibles para dedicárselas a un humano, y menos a un humano sospechoso de conspirar contra La Sede.

Solo por haberla escuchado decir eso Rala debería denunciarla por traición y ambas lo sabían, sin embargo, se veía incapaz de no darla la razón. Kev había sido muy valiente, había demostrado una gran fortaleza y, cuando despertara, Rala lo iba a ayudar en todo lo que necesitara porque, aunque fuera un humano, se lo merecía.

***

—¡Bueno cuéntame! ¿Qué tal ha ido el entrenamiento con Kleiff después de lo de anoche?

Enna había estado sospechosamente callada todo el viaje en subtren hasta los archivos de La Sede, mirando a Vera como si se muriera por preguntar algo pero esperando el momento en el que estuvieran solas y, por fin, lo había podido soltar. No estaban exactamente solas, esa mañana les tocaba Rotación de Trabajo con Enol y Calem, pero ellos se habían ido a la zona de archivos de audio, su favorita, y estaban entretenidos dedicándose canciones antiguas, asique se podía decir que tenían toda la intimidad posible.

Vera miró a Enna, que observaba expectante, y bajó la vista de nuevo a la caja con los DVDs de películas que estaba clasificando.

Recordó el dolor que había sentido en el vínculo cuando Kleiff les vio besándose y cuando se había ido corriendo, con Calem tras él, para luego irse disipando conforme pasaban los minutos hasta convertirse en el leve eco de siempre.

No sabía qué había pasado entre Calem y Kleiff, ya que Enna la había llevado enseguida a su habitación, pero fuera lo que fuera, había hecho remitir su dolor y por lo tanto el de su vinculado.

Enna había intentado interrogarla sobre lo que había pasado con Calem pero ella no había querido hablar por la noche. Por la mañana tampoco había preguntado y, la verdad era, que la sorprendía que no le hubiera sacado ese tema primero antes que el del entrenamiento con Kleiff.

—Pues… como siempre, supongo. Ha estado distante y serio como de costumbre.

Pero no era del todo verdad. Ella se había propuesto hablar con él para recordarle que el vínculo no estaba reclamado, no lo iba a estar y que no tenían nada. Que, al igual que él se marchaba de vez en cuando al BlackSpirit para "calmarse" con quien pillara por allí, ella tenía pensado continuar pasando tiempo con Calem.

Sin embargo, al empezar el entrenamiento, Vera había percibido resentimiento en los sentimientos de Kleiff, pero también vergüenza y arrepentimiento. Había supuesto que se debía a que seguía enfadado por ver a Vera con Calem y a la vez arrepentido por reaccionar así, habiendo dejado claro que no se debían nada. Por lo que había decidido hacer como si nada hubiera pasado y dejarlo pasar por esta vez. Aunque no estaba dispuesta a soportar otra situación como la de anoche.

—Vale, no convences a nadie con esa respuesta pero sé reconocer cuando alguien evita una conversación. Cambio de tema, ¿cómo te sientes después de liarte con el mejor amigo de tu vinculado?

Miró de nuevo a Enna y sostuvo su mirada. Daba la sensación de que esa pregunta llevaba cierto tono de reproche, no sabía si era porque no quería hablar del tema de Kleiff o porque no estaba de acuerdo con que tuviera algo con Calem.

Reflexionando sobre la pregunta, su primera respuesta era decirle que se sentía culpable por hacerle daño a Kleiff, pero no era verdad. Lo que Vera esperaba al llegar al M era un equipo con el que trabajar y, al llegar y que Kleiff se le presentara como su hermano, esperaba conocer más sobre sus orígenes y, por qué no, tener una familia en ese sector desconocido para ella.

No había pedido vincularse, no quería que su cuerpo decidiera por ella. Se había encontrado sintiendo sus sentimientos y los de Kleiff, además de todas las sensaciones que el vínculo producía, las cuales todavía estaba aprendiendo a gestionar y que le producían un agotamiento físico y mental.

Solo cuando estaba con Calem conseguía evadirse y sentirse bien, como la Vera que era antes de todo ¿Que si se sentía mal por besar a la única persona que la hacía sentirse bien? Pues no.

Enna la miraba esperando una respuesta que desde luego no iba a ser la que ella se esperaba.

—Me da igual.

Los ojos de Enna se abrieron hasta el punto que parecía que iban a estallar y Vera aprovechó su sorpresa para seguir hablando.

—Estoy muy cansada, Enna. Lo hablamos y ambos dejamos claro que no íbamos a reclamar el vínculo. Ya está. No le debo nada a él ni él a mí. No sé si lo sabías pero él se ha ido al BlackSpirit a hacer lo que sea que haga allí, y no me importa. Entiendo que sea más complicado para él verme con Calem, pero va a tener que irse acostumbrando porque me gusta, y no voy a dejar de pasar la oportunidad de estar con él solo porque Kleiff rompa jarrones y se vaya dando portazos cada vez que nos vea juntos. Es mestizo, no tiene que guiarse solo por los instintos.

Su respuesta había sido más brusca de lo que pretendía pero no le importaba. Estaba harta de sentirse cohibida y pensar todo dos veces para hacérselo a él más llevadero. Sabía que estaban allí para trabajar, pero Enol y Owen trabajaban igual que los demás y tenían una relación, no veía por qué no podía ella pasarlo bien con Calem mientras completaban la misión.

—Supongo que tienes razón. No sabía que había estado con otras personas.

Casi había olvidado que Enna seguía ahí pero, al verla, se arrepintió de haber pagado con ella su enfado. Dejó en la caja los DVDs que tenía en la mano y se acercó a ella cogiendo las suyas.

—Lo siento Enna, es que llevo toda la mañana con ese pensamiento en la cabeza y lo he pagado contigo. No quería que sonara tan brusco, pero es que es así. Ayer con Calem fue genial, me gusta muchísimo cómo es y cómo me hace sentir. Mi cuerpo puede estar vinculado con Kleiff, admiro lo que hace y me parece un gran compañero pero no es lo mismo, no me atrae de la misma forma que lo hace Calem.

Enna la miraba con los ojos como platos, como si no entendiera cómo era capaz de sentirse así. Por toda respuesta se levantó y abrazó a Vera tan fuerte que casi la hizo daño. Cuando la soltó se volvió a sentar pero agarró de nuevo sus manos antes de hablar.

—Ayer estuve toda la tarde hablando con Kleiff, intentando entender por qué no reclamáis el vínculo y sin conseguirlo. Ha sido hablando ahora contigo que me he parado a pensar que puedes no estar de acuerdo con ello y que no sería justo que lo aceptarais solo porque así es como se hace normalmente. Pero bueno… el caso es que quiero que te sientas bien. Sea como sea y con quien sea.

Vera no pudo evitar soltar una carcajada y sintió que se había liberado de un gran peso que la impedía respirar. Que Enna la entendiera era importante para ella y, una vez había puesto en orden sus pensamientos al hablarlo, finalmente podía pensar en el otro tema que le rondaba la cabeza, uno alto, rubio y con ojos azules.

Había estado tan colapsada con lo de Kleiff que no había podido pararse a pensar en que la noche anterior se había besado con Calem y no sabía qué hacer respecto a eso y cómo continuar con ello.

Él era mutado y ella se había criado sintiendo que era humana. Las relaciones que habían tenido y la forma de estas eran muy diferentes en ambos sectores y Vera no estaba segura de cómo iba a afectar ese choque cultural.

Sin pensarlo apenas decidió contárselo a Enna. Ella lo conocía mejor y era mutada, por lo que tendría más idea que ella y podría guiarla.

—Antes te he dicho que me daba igual el haberme besado con Calem pero te he mentido… lo cierto es que no me había parado a pensarlo y no sé qué hacer.

La mirada de Enna se volvió pícara y una sonrisilla apareció en sus labios.

—Calem querrá terminar lo que empezó anoche, eso te lo puedo asegurar. No le gusta dejar las cosas a medias.

Vera se sonrojó al instante al pensar en ello y desvió la mirada. Cuando había preguntado qué hacer con Calem no se refería a eso precisamente.

Al verla la cara Enna se echó a reír y su mirada se suavizó.

—Habla con él y se sincera. Lo que tenga que pasar pasará, tu solo déjate llevar.

—¿Que se deje llevar? Esto me suena a experimentos lésbicos, si es así me gustaría unirme, la verdad es que liarme con las dos chicas de la casa sería un sueño hecho realidad.

La voz de Calem sonó tan cerca de ellas que ambas dieron un bote y se separaron rápidamente. Enna fue más rápida y le pegó un puñetazo en el hombro.

—¡Nos has asustado, gilipollas!

Vera miró a Calem, que se sujetaba y restregaba el lugar donde Enna le había dado, con cara de dolor y ofensa.

—¡Y tú me has hecho daño, loca!¡Qué fuerza tienes! ¡Au!

Ni Vera ni Enna pudieron contener la risa y, una vez que los tres, junto con Enol, que también lo había visto todo, estallaron en carcajadas, Calem se sentó junto a ellas y las cajas de DVDs.

—¿Qué tal señoritas? ¿Una mañana fructífera?

Enna empezó a explicarle lo que habían estado haciendo y Vera, aunque intentó prestar atención a la conversación, no podía dejar de mirar a Calem, primero de reojo y luego fijamente. No habían hablado desde la noche anterior y él apenas la había dirigido un par de miradas en el subtren que no había sabido descifrar.

Seguía pensando en lo que había dicho Enna y en si realmente quería terminar lo empezado con él. Intentó recordar cómo había sido el beso que se habían dado, pero el alcohol había hecho más efecto de lo que pensaba y apenas recordaba el suave roce de los labios de Calem con los suyos.

Lo que sí recordaba con claridad era la cara de Kleiff contraída de dolor mirándolos como si le acabaran de clavar un puñal. Luego a Calem corriendo tras él escaleras arriba y, por último, a Enna llevándola hasta la habitación y haciéndola miles de preguntas.

Puede que sí quisiera terminar lo empezado, o al menos repetirlo para tener un mejor recuerdo.

—¡Vera! —gritó Enna y Vera volvió a la realidad sin siquiera darse cuenta de que se había ido.

Los tres la miraban expectantes, Enna sentada en su silla, Calem de pie frente a ella y Enol ocupando la silla que este había dejado libre. Sin saber qué pasaba Vera contestó la respuesta más ingeniosa que se le ocurrió.

—¿Qué?

Brillante. Enol soltó una carcajada, Enna se tapó la cara con la mano y Calem tiró de su brazo para que se levantara.

—Que te vienes conmigo al almacén, que Enol quiere estar sentado un rato. ¡Empanada!

Sin darla tiempo a responder, tiró de ella para que lo siguiera por el pasillo a la zona donde se encontraban almacenadas las cajas. Vera se giró brevemente hacia Enna que guiñó un ojo mientras sonreía pícaramente.

Calem dobló la esquina hacia la derecha y continuó por un pasillo color crema, como todas las salas de los archivos, hasta que llegó a la sala de música, todavía tirando de ella. Al llegar a la mesa central de la sala, llena de cajas y rodeada de estanterías, la soltó. Vera se quedó callada esperando que se diera la vuelta y, cuando lo hizo, la sorprendió la mirada de preocupación que había en los ojos de Calem.

—Quería hablar contigo —dijo en un tono de voz bajo pero firme que nunca le había escuchado.

Estaba apoyado con una mano en la mesa que había en medio de las estanterías y la recorría con la mirada nervioso. Vera no se atrevía a abrir la boca y decidió aguardar a que continuara.

—Quería decirte, por si te lo preguntabas, que no me arrepiento de haberte besado anoche.

Aquellas palabras aliviaron a Vera más de lo que esperaba. Sin ella misma saberlo estaba deseando que Calem las pronunciara y que no fuera la única que no se sentía culpable.

—Y respecto a Kleiff… es mi amigo, pero habéis tomado una decisión y tiene que dejar de montar escenitas, porque yo quiero aprovechar la oportunidad que tengo contigo. Siempre que tú quieras, claro.

Vera lo miró confusa. No estaba segura de lo que estaba proponiendo ni a lo que se estaba refiriendo exactamente. Los pensamientos se sucedían muy deprisa en su cabeza, llevándola más lejos de lo que sabía que podía llegar, y más aun con Calem.

—Qué quieres decir con "aprovechar la oportunidad que tienes".

Calem pareció leer el pensamiento de Vera y se apresuró a explicarse mientras se acercaba a ella.

—Vera, me gustas. Eres la mujer que más me ha llamado la atención en mi vida y quiero saber por qué. Quiero conocerte más y que lleguemos hasta donde podamos llegar. Pero no quiero que te confundas conmigo, no busques en mí un sustituto de Kleiff porque no lo voy a ser, nunca podré llenar el vacío del vínculo, ni yo ni nadie excepto él. Quiero que eso lo tengas claro.

Las palabras de Calem la dolieron demasiado al darse cuenta de lo que implicaban y Vera le dio la espalda.

No se había parado a pensarlo pero Calem tenía razón. Sabía que el vínculo era para siempre pero como no estaba sintiendo nada por Kleiff más allá de una conexión interna, no se había parado a pensar que nunca llegaría a estar con nadie de la forma que podría estar con él.

Su alma gemela, por así decirlo, era él y no estaba segura de hasta qué punto podría llegar a estar con otra persona, por muy atraída que se sintiera por ella, como la sucedía con Calem.

Los brazos de Calem intentaron girarla pero Vera se resistió. Al momento la rodearon y estrecharon con fuerza, sintiendo el pecho de Calem tras su espalda y su barbilla apoyada en su cabeza.

—Tú nunca podrás quererme como podrías quererlo a él pero yo tampoco a ti porque no eres mi vinculada. Si te das cuenta, esto nos deja en el mismo punto. Y no sé tú, pero me niego a estar amargado lo que nos queda de misión, eso no va conmigo.

Eso era cierto y Vera sabía que tenía razón, no era solo ella la incapaz de llegar a sentir algo más por él, sino que Calem tampoco podría hacerlo hasta que se vinculara, algo que por lo que veía tampoco estaba deseando hacer.

Si lo pensaba de ese modo, se encontraban en la misma situación, ciertamente, y ambos tenían claro hasta donde no podrían llegar pero no sabían hasta donde sí. Vera se dio cuenta de que, si quería descubrir hasta donde llegaba el límite de la vinculación, con quien quería hacerlo era con Calem.

La tensión que Vera había acumulado se fue disipando poco a poco y su cuerpo empezó a hacerle saber lo que sentía al estar rodeada de Calem por todas partes. Al sentir su esencia envolviéndolo todo.

Un cosquilleo comenzó a asentarse en su estómago mientras sentía que la temperatura del ambiente ascendía demasiado deprisa. Notó que el rostro de Calem se movía hasta su cuello y aspiraba suavemente junto a su oreja para luego soltar el aire acompañado de un suave gruñido que la hizo suspirar.

Cuando se quiso dar cuenta, Calem había avanzado con ella entre los brazos hasta la pared. La giró de un movimiento, apretando su espalda contra el muro, acorralándola con sus brazos uno a cada lado de su cabeza. Con su cuerpo tan pegado al de ella que sentía todos sus músculos. Todos y cada uno de ellos.

Levantó la vista hasta sus ojos, que la miraban con un deseo tan claro que la sorprendió. No estaba acostumbrada, y su cuerpo reaccionó con un escalofrío que terminó en una agradable sensación de calor entre los muslos.

—No me gusta dejar las cosas a medias, y ayer nos interrumpieron de mala manera —susurró Calem en un tono ronco y sensual que nubló su mente.

—Ya me habían advertido sobre eso —contestó Vera, sorprendida del tono firme de su voz.

Calem sonrió y, por toda respuesta, bajó una de sus manos para acariciarle la mejilla para luego inclinarse hasta que sus labios se rozaron suavemente. Vera intentó levantar las manos para agarrarlo pero Calem las sujetó sobre su cabeza, profundizando el beso. No sabía cómo podía sujetarla tan fuerte con una de sus manos y con la otra apretarla contra su cintura, pero lo hacía, encendiendo su cuerpo con cada roce de sus manos, sus labios y su lengua.

Tras lo que pudieron ser horas pero que a Vera le parecieron segundos, él se separó de ella. Tenía los labios gruesos y enrojecidos y los ojos vidriosos de la excitación.

Soltó sus manos, bajándoselas poco a poco al ver que sus hombros se resentían de estar en esa postura y la miró fijamente unos segundos, como si esperara que ocurriera algo. Cuando Vera estaba a punto de preguntar, una punzada de dolor en el lugar del vínculo la hizo encogerse.

Miró a su alrededor mientras Calem la sujetaba firmemente y la llevaba hasta la mesa para que se sentara sobre ella. Vera no entendía nada, Kleiff no estaba allí, no les había visto, entonces por qué dolía el vínculo.

Calem se colocó entre sus piernas, soltó un suspiro y la abrazó.

—Va a ser un poco más difícil de lo que esperábamos.

Vera se repuso más deprisa de lo normal, sobre todo por el enfado que iba creciendo dentro de ella. Ese dolor solo podía ser porque Kleiff había sentido lo que ella y, al suponer que estaba con Calem, se había enfadado, ya que no era el mismo dolor que había sentido la noche anterior. Suponía que era el mismo que sentía él cuando ella percibía su excitación las noches que se iba al BlackSpirit.

Una vez el dolor se calmó, se separó de él y levantó la cabeza para mirarlo. Sus ojos mostraban preocupación pero a la vez determinación. Sabía que Calem no estaba dispuesto a echarse atrás y que estaba esperando a que ella dijera lo mismo.

—Tendremos que aprender a vivir los dos con ello, no queda otra.

Calem asintió y le acarició el dorso de los brazos, descendiendo hasta entrelazar sus dedos con los de Vera.

—Quería que fuera especial y había pensado hacer esto a la manera humana, no sé, por probar algo nuevo y también para hacértelo a ti más fácil. He estado hablando con Enol, que era el único mestizo al que podía preguntarle dado que tú eres la interesada y K… bueno creo que es obvio que no iba a agradarle el tema. El caso es que Enol me ha explicado cómo se relacionan los humanos normalmente y, después de flipar con la lentitud en el proceso, he pensado que podría estar bien. Por lo que… Vera, ¿quieres salir conmigo?

Vera sonrió sin poderlo evitar. Sintió que se derretía por dentro al ver que Calem se había preocupado en que ella se sintiera cómoda y, sobre todo, en que no se sintiera una más de su lista de ligues.

—Claro que sí.

Calem le devolvió la sonrisa y le acarició la mejilla con suavidad.

—Genial. Ahora tendrás que seguir enseñándome tú, porque no tengo ni idea de lo que un buen humano haría en este momento.

Vera miró los dedos de su mano entrelazados antes de responder, conteniendo una sonrisa. Si quería hacerlo a la forma humana, ella era toda una experta.

—Un buen humano no estaría tan cerca de una humana, ni se agarrarían de la mano. Simplemente me diría, a una distancia adecuada, el lugar y la hora de la cita. Y luego se marcharía.

Calem estalló en carcajadas y Vera no pudo contener más la risa, sin embargo, la voz de Enna llamándolos hizo que ambos dejaran de reírse aunque no de sonreír. Antes de que se movieran se separó un poco de ella y se puso serio.

—Señorita Yeren, ¿le parece bien que quedemos esta noche antes de la cena en el vestíbulo?

La llamada de Enna se volvió a repetir esta vez con más insistencia, pero Calem no parecía tener intención de moverse hasta que no respondiera por lo que puso su mejor sonrisa y contestó.

—Por supuesto, Señor Delan, allí estaré.

Calem sonrió y volvió a acercarse a ella, esta vez para agarrarla de la mano.

—Será mejor que vayamos o Enna vendrá a buscarnos y nos llevará de los pelos, y ya te aseguro que no pienso dejar que toque mi preciosa cabellera rubia.

***

Owen y Kleiff habían terminado esa mañana la Primera Zona de búsqueda por la que habían empezado la semana anterior. Esa zona comprendía los documentos más recientes de la Nueva Tierra, desde el año 128, en el que el Presidente Mutado tomó el poder, en adelante y hasta nuestros días. Sabían que era muy poco probable que los planos de la máquina del tiempo se encontraran allí, pero Nolan había creído conveniente buscar de todas formas.

Al finalizar esa zona sin obtener resultados, tal y como esperaban, habían empezado la segunda zona de búsqueda. Esta Segunda Zona era la más amplia y la más desordenada, ya que en ella se encontraban los documentos desde los inicios de la Nueva Tierra hasta el 128. Además estaban incluidos todos los que se pudieron rescatar de antes de la Guerra, por lo que para hacer más fácil su búsqueda se habían clasificado por orden alfabético ya que muchos documentos no estaban fechados.

Empezando en los archivadores de la letra A encontraron el apartado de Armas, y fue entonces cuando Kleiff vio uno de los documentos que más problemas iban a traerles. Se trataban de unos bocetos mostrando unas propuestas de armas muy sofisticadas. Eran de antes del 128 por lo que podrían no haberse llevado a cabo, pero no perdían nada por preguntar.

Apenas le llevó cinco minutos fotografiar los bocetos y ordenarle a Owen que se lo dijera a los demás mientras él llamaba a Nolan y se marchaba rápidamente a su despacho.

Mientras Owen se apresuraba pasillo adelante y giraba a la zona de archivos multimedia, Kleiff pulsaba el botón de llamada del ascensor, que apenas tardó unos segundos en bajar y abrir sus puertas. No había nadie pero Kleiff no bajó la guardia, sabiendo con precisión el lugar en el que se encontraban las cámaras que estaban grabándolo. Pulsó el botón de la planta donde se encontraba el despacho de Nolan pero no aumentó la velocidad del ascensor, simulando no llevar prisa, aunque cada vez que el ascensor se paraba y él tenía que saludar a otro mutado le daban ganas de gritar.

Fue en el ascensor cuando sintió la excitación de Vera, producida seguramente por Calem, y el dolor del vínculo. Se obligó a desterrar esos pensamientos de su mente y su cuerpo, tenía cosas más importantes de las que preocuparse, por lo que respiró hondo para contener el dolor y este se disipó rápidamente.

Cuando finalmente llegó a su destino se bajó del ascensor para encaminarse con paso firme pero relajado al despacho de Nolan y, una vez estuvo frente a su puerta, tocó un par de veces. Casi al instante la madera se abrió y tras ella Kleiff se encontró con un Nolan preocupado.

—Qué me traes.

Sin decir una palabra Kleiff le enseñó las fotos de los bocetos. Tras suspirar y pasarse las manos por el pelo, Nolan cogió el teléfono de Kleiff y lo conectó con su ordenador para proyectar las imágenes en la pantalla blanca que había sobre la pared. Un instante después los bocetos de las dos armas aparecieron a un tamaño inmenso y Kleiff miró a Nolan con preocupación, el cual se había sentado en su silla y apoyado los codos sobre la mesa.

—Podrían no haber llegado a fabricarlas pero como las tengan… Es lo que nos faltaba para empeorar las cosas.

La mirada de Kleiff se intensificó y se removió inquieto antes de preguntar qué más iba mal. Nolan se quedó en silencio unos segundos antes de mirarlo y contestar.

—Hay problemas en el H. El mismo día que Vera salió de allí unos Guardias de la Sede cogieron a un chico y lo trajeron para interrogarle por traidor. —Kleiff abrió la boca para decirle que eso no era nada raro y que sucedía continuamente pero

Nolan levantó la mano para ordenarle que esperara antes de hablar—: Creemos que llevaban observando a Vera y a Carli desde hacía un tiempo y este humano estaba rondando la casa de Vera cuando fue capturado. Durante los interrogatorios dio el nombre de su madre y al investigarla han visto que Vera existe pero que no está empadronada con su madre en su nueva casa ni tampoco se ha mantenido en la otra. Fueron a la nueva casa de Carli, pero no vive allí, solo va de vez en cuando para mantener la tapadera y, al no aparecer, pusieron vigilancia. Los nuestros les vieron e impidieron que Carli regresara por lo que los Guardias han puesto a la madre de Vera en búsqueda y captura por sospechosa de traición.

Kleiff se apoyó en la mesa que lo separaba de Nolan por temor a perder el equilibrio, no podía imaginarse cómo esta noticia afectaría a Vera.

—Desde cuando lo sabes —exigió saber Kleiff y, al ver como Nolan levantaba la cabeza se dio cuenta de que se lo había estado ocultando más tiempo del que se sentía orgulloso admitir.

—La orden salió a los dos días de llegar Vera.

Casi una semana. Hacía casi una semana que la madre de Vera podría ser capturada por la Guardia de la Sede y no había sido informado. Estaba convencido de que a Vera le iba a molestar aquello casi tanto como a él que se le ocultara información.

—¿Qué medidas se han tomado?

—Está viviendo en el Refugio del H con el resto de familias refugiadas, pero al saber que tenía vigilancia temen que alguien pudiera haberla visto en una de las visitas rutinarias a la casa y que puedan dar con su paradero. Eso es un grave problema, casi tanto como esas nuevas armas que me traes. Presiento que esto va a hacer que tengamos que cambiar los planes.

Kleiff se irguió de nuevo recuperando la compostura. Odiaba los cambios de planes, tener que improvisar y no tenerlo todo bajo control, y eso era precisamente lo que esta nueva situación les iba a obligar a hacer.

Lo que iba a tener que contar a sus compañeros no iba a ser agradable pero tenía que quedarse con todo para mostrarse seguro ante ellos, aunque por dentro su corazón fuera a mil por hora.

***

Habían vuelto a casa sin apenas hablar durante todo el trayecto del subtren y solo habían roto el silencio tras cruzar la puerta. Sabían que no era seguro hablar sobre lo que Kleiff había encontrado hasta que llegaran y estaban tan nerviosos que no habían sido capaces de mantener una conversación de tapadera.

Una vez llegaron habían bajado a la sala de entrenamiento, donde les había dicho Kleiff que esperaran hasta que llegara de su reunión con Nolan.

Enol y Owen cuchicheaban sentados en unas colchonetas, Enna se trenzaba y destrenzaba su melena rubia sentada junto a ellos y, Calem, se paseaba inquieto por la habitación mientras Vera les observaba sentada en otra colchoneta un poco apartada de los demás.

Se centró en Calem, ya que era el experto en armas del grupo, viendo su cuerpo moverse de un lado a otro con los hombros en tensión. Si esas armas realmente existían podían suponer un gran problema. Al sentirse observado se giró hacia ella y la sonrió brevemente, pero su expresión cambió al instante de escuchar la puerta de la sala abrirse y los pasos rápidos de Kleiff bajando las escaleras.

Casi al momento su rostro preocupado apareció en la sala y un silencio tenso se adueñó del ambiente.

Kleiff los miró uno a uno y, cuando llegó a Vera, en su expresión y en el vínculo sintió que algo no iba bien y que tenía que decirle algo que no la iba a gustar. Lo interrogó con la mirada pero Kleiff apartó la vista y comenzó a hablar mientras conectaba su móvil con el ordenador de la sala y proyectaba las fotos de los bocetos en la pared.

—Como os habrá dicho Owen, hemos encontrado unos bocetos de dos armas de la Sede. No sabemos si están operativas, Nolan va a tratar de investigarlo, pero lo que sí sabemos es que

179

son letales. Las diferencias entre estas armas se encuentran en las propias balas, cada una de ellas tiene un tipo de efecto.

Pasó a la siguiente imagen en la que una redondeada y puntiaguda bala se abría en cuatro partes afiladas creando una especie de cruz.

—La primera suponemos que al impactar en la víctima se abrirá en cuatro partes, quedando así incrustada e impidiendo que se saque de la herida o que, al hacerlo, se dañe lo máximo posible.

En la siguiente imagen aparecía una bala fina y afilada en cuyo interior se escondía una pequeña bolita negra.

—La segunda creemos que contiene explosivos, es así de afilada para que se introduzca a la mayor profundidad en el cuerpo y que la explosión cause el mayor daño.

Vera miraba asombrada las dos armas del boceto que Kleiff acababa de describir sin poder pensar en nada. ¿Cómo iban a enfrentarse a eso? Ellos estaban bien armados pero comparadas con eso sus metralletas se quedaban en pistolas de juguete.

—No tenemos nada que hacer contra eso Kleiff, lo sabes – dijo la voz serena y neutral de Calem, recogiendo los pensamientos de todos.

Kleiff desconectó su móvil del proyector y se puso frente a ellos. Se le notaba preocupado pero sus palabras sonaron seguras y firmes.

—Lo sé, y no tenemos tiempo de desarrollar nada parecido. Pero hemos decidido aumentar las barreras defensivas, van a prepararnos mejores chalecos más duros y resistentes. No es lo ideal, pero es lo único que podemos hacer. Cuando estén listos nos los traerán para que podamos entrenar con ellos e irnos acostumbrando. De todas formas la peor consecuencia de esto es que nos obliguen a acortar el plazo de realización de la Misión, aunque de momento Nolan no me ha dicho nada al respecto.

Todos asintieron pero cuando se iban a levantar para irse Kleiff ordenó que permanecieran en su sitio y miró a Vera.

—Además de todo esto, por si fuera poco… hay problemas en el H. Vera… ¿tú conoces a un tal Kev Soren?

Los ojos de Vera se abrieron de par en par al recordar a Kev. Si Kleiff conocía ese nombre era por algo malo.

—Qué le ha pasado.

—Lo tienen en La Sede. Por lo visto el mismo día que tú te marchaste del H fue capturado por la Guardia para torturarlo y sacarle información.

La imagen de Kev siendo torturado apareció en la mente de Vera y el corazón le dio un vuelco. Si lo habían cogido era porque estaban observándolas a ella y a su madre y, si él se encontraba en el lugar equivocado y en el momento equivocado… no podía ni pensarlo.

—Pero… él no sabe nada del Proyecto ni de La Misión. Es un humano normal.

La mirada de Kleiff se desvió un instante antes de volver a mirarla a ella, esta vez con mayor preocupación.

—No sabe nada sobre eso, pero sí de ti y de tu madre.

—Dime que mi madre está bien, Kleiff —exigió la voz de Vera mientras se levantaba de la colchoneta como un resorte y se acercaba a él.

Lo de Kev podía soportarlo, pero que su madre estuviera en peligro era demasiado para todo lo que estaba conteniendo Vera en su interior.

—Al no encontrarla ni en tu antigua casa ni en la nueva les ha parecido sospechosa y ha sido puesta en búsqueda y captura.

Vera se acercó aún más a Kleiff conteniéndose con dificultad para no perder los nervios. Fijó su mirada en él pero sus ojos solo le devolvieron una expresión de disculpa.

—Pero la estarán protegiendo, la habrán trasladado a un lugar seguro. Aunque la estén buscando, ¿cómo van a encontrarla?

Kleiff suspiró y alargó sus manos hacia las de Vera pero pareció arrepentirse en el último momento y las retiró.

—Decidieron llevarla al Refugio, pero temen que alguien la haya podido ver desde que dieron su orden de búsqueda hasta que fue trasladada y puedan localizarla, tanto a ella como el Refugio.

Desviando la mirada, Vera contuvo un sollozo y le dio la espalda a Kleiff, encontrándose con Calem, que pasó un brazo por sus hombros mientras miraba a Kleiff y preguntaba.

—Pero el laboratorio está en otro complejo, ¿no? La Máquina no corre peligro entonces.

—En el Refugio del H viven familias refugiadas con niños y ancianos.

Sin poder contenerlas, las lágrimas de Vera rodaron por sus mejillas recordando el tiempo que había vivido con esas familias y la esperanza que mantenían en el Proyecto Sol a pesar de haber dejado huérfanos, viudas, o que unos padres hayan tenido que sobrevivir a sus hijos. Si los encontraban acabarían con todos ellos, incluida su madre.

—Tenemos que ir más deprisa, no podemos dejar que los encuentren, tenemos que…

—Cálmate Vera, nerviosa no nos sirves —interrumpió la voz serena de Kleiff—. Estas aquí y la única manera que tenemos de ayudarlos es completar la Misión lo antes posible y, para hacerlo, tienes que reordenar tus prioridades.

La tristeza y el agobio de Vera se transformaron en rabia en cuanto las palabras de Kleiff salieron de sus labios. Estaba muy harta de que la ordenaran reordenar sus malditas prioridades pero estaba tan cansada del tema que tampoco se veía con fuerzas para contestar, por lo que se limitó a soltar una risa seca.

—Ya… tienes razón, siento no tener las prioridades adecuadas y no anteponer esto a la gente que me importa.

Los labios de Kleiff se apretaron en una línea fina, aquello no iba a terminar bien y ambos lo sabían.

—La Misión es lo único que debería importarte, déjate de lágrimas y gilipolleces sentimentales y céntrate.

Todos contuvieron la respiración y Kleiff supo que se había pasado desde el mismo momento que había soltado aquello, pero ya no había vuelta atrás.

—Kleiff, te estás pasando. Cállate antes de que te arrepientas.

—Y lo mismo te digo a ti Calem, tú también deberías centrarte un poco más —contestó Kleiff, aun sabiendo que no tenía razón pero sin poder contenerse al ver como se había acercado a Vera y la abrazaba de forma protectora.

Él era el que tendría que protegerla no el que la hiciera daño. Pero una vez había dicho algo no era de los que se echaba atrás y debía mantenerse en su posición, aunque fuera errónea.

—No me toques los cojones Kleiff, no eres el más indicado para dar lecciones —repuso Calem acercándose tanto a él que podía oler la colonia que se había echado esa mañana.

Kleiff se irguió ante Calem. Sabía que estaba en lo cierto pero él era el jefe y no podía consentir que le hablara en ese tono delante de los demás.

—No tengo por qué daros explicaciones de lo que hago o dejo de hacer.

Calem soltó un suspiro y negó con la cabeza mientras daba un par de pasos atrás. Estaba dejándole ganar y ambos lo sabían.

—No te las estamos pidiendo, pero tampoco nos las pidas tú a nosotros.

Y, dicho esto, cogió la mano de Vera y ambos pasaron junto a él para dirigirse hacia las escaleras. Tras él, escuchó sus pasos ascendiendo y luego la puerta al abrirse y después al cerrarse.

Se escuchó a sí mismo decir que daba la tarde y la noche libres y apenas se dio cuenta cuando Enol y Owen se fueron. Cuando finalmente levantó la vista Enna seguía sentada en la colchoneta mirándolo impasible.

—Me he pasado.

Ella ladeó la cabeza y frunció los labios

—Creo que estas mezclando cosas que no tienes que mezclar. Sabes perfectamente que Vera se está esforzando cada día en todas las tareas... Por el Sol, si tú mismo me dijiste que estaba perfectamente entrenada y que no necesitaba entrenamientos extras, que solo lo hacías para estar cerca de ella.

Recordar las palabras que le había dicho a Enna el día anterior mientras paseaban, justo antes de encontrar a Calem y a Vera besándose, le produjeron un leve pinchazo en el vínculo.

—Es que no lo soporto Enna, no soporto estar alejado, pero a la vez cada entrenamiento es un sufrimiento... y... sabiendo lo que sabemos ahora... solo quiero protegerla, quiero que esté preparada para todo. La protegeré durante la Misión pero imagínate que la pierdo de vista o que me pasa algo... yo solo quiero que ella esté bien, que esté centrada.

Enna se levantó y se acercó a Kleiff, que entrelazó sus dedos con los de las manos de ella mientras se mordía nervioso el labio.

—Pero si es nuestra doctora Kleiff, sabe cuidarse mejor que nosotros. Lo que estás consiguiendo es que no solo no quiera estar vinculada contigo sino que te odie.

Como un resorte, Kleiff levantó la mirada a los ojos de Enna. ¿Cómo iba a odiarlo? Estaban vinculados. Por mucho que ella pudiera hacerle a él jamás podría odiarla, ni siquiera se podía plantear sentir eso sin que doliera el vínculo.

—¿Me odia?

—No sé, pero como sigas así lo hará —contestó Enna tras un suspiro.

—Pero qué hago Enna… Yo no puedo lidiar con esto… La veo con Calem y me dan ganas de matarlo… —Enna lo mandó callar con un gesto y Kleiff se relajó un poco.

—He hablado con ella hoy y no tiene intención de dejar lo de Calem. Tú no le gustas, no como él. No entiendo cómo no se vuelve loca con el vínculo y los sentimientos, pero es así. Decidisteis que no lo reclamaríais, no te debe nada y, por lo que me ha dicho, tu también has estado por ahí con otros, asique no eres el más indicado para reprochar nada.

Kleiff se separó de Enna y negó con la cabeza. El hecho de que Vera y Calem se tocaran, se besaran o vete a saber qué podrían llegar a hacer lo ponía enfermo. Entendía perfectamente la situación que Vera había tenido que soportar cada vez que él se había acostado con alguna camarera del BlackSpirit intentando olvidarse del vínculo, aunque sin éxito alguno.

Había sido precisamente el momento en que les había visto besarse cuando se había dado cuenta de lo fuerte que era ella, ya que llevaba toda la semana aguantando lo que él la hacía sentir y él se había derrumbado al primer momento.

—Sé que si tiene que estar con otra persona es mejor que esté con él, pero me supera todo esto.

Enna volvió a agarrarle las manos y las acarició con sus dedos suavemente.

—Pues tendrás que intentarlo más porque esto solo acaba de empezar y yo me niego a vivir estas escenitas el tiempo que nos quede de misión.

Sintió los engranajes de su raciocinio humano tomar el control de los instintos mutados que llevaban apoderándose de él durante toda la semana.

Les había echado en cara a Calem y Vera no estar centrados, cuando él había sido el primero en no estarlo.

Había decidido rechazar el vínculo y eso era lo que iba a hacer con todas las consecuencias que pudiera tener. Para hacerlo, lo único que podía hacer era dejar que Vera fuera feliz de la forma en que ella quisiera, y que él se centrara en La Misión, que era lo único que tenía que tener en mente.

—Está bien… mañana hablaré con ella, la pediré disculpas y le diré que tendremos el último entrenamiento juntos, pero quiero que siga entrenando aunque no sea conmigo.

Enna no pudo contener una sonrisa al mirarlo y lo abrazó con fuerza.

—Me parece una buena idea.

Kleiff le devolvió el abrazo y después de unos segundos Enna se separó.

—¿Subimos y hacemos algo juntos?

Tras pensarlo unos instantes Kleiff negó con la cabeza. Enna asintió mirándolo con comprensión y se marchó. En cuanto la puerta se cerró dejándolo solo en la habitación, se hizo el silencio y fue entonces cuando se permitió llorar.

IX

Carli observaba a las familias que desayunaban a su alrededor. Los niños bromeaban entre sí y sus risas llenaban el ambiente del enorme comedor del Refugio. Niños que eran fugitivos por las decisiones que habían tomado sus padres. Fugitivos como ella.

Había estado numerosas veces en ese comedor, antes de que nacicra Vera y después, ayudando a los demás miembros del Proyecto, pero nunca se había planteado la situación en la que estaban esas familias hasta que ella misma se encontraba en su lugar.

Se había pasado los días anteriores entrenando pero fue en el momento en que dijeron que estaba en búsqueda y captura cuando se dio cuenta de su situación real. Ya no era una soldado de primer rango, era una refugiada. No podría servir al Proyecto fuera de esas paredes nunca más, y eso, junto con la preocupación de que hubieran podido seguirla durante su traslado y la ubicación del Refugio estuviera en peligro, la estaba consumiendo poco a poco.

Los demás estaban investigándolo a la vez que aumentaban las medidas de seguridad del complejo y el laboratorio y, mientras tanto, ella se encontraba allí, recluida de todo.

Cuando una cabecita castaña pasó correteando a su lado seguida de una mujer morena no pudo evitar fijarse en ellas.

Jugaban al pilla pilla y la niña se reía a carcajadas mientras escapaba de la que parecía ser su madre.

Un pequeño aguijón se clavó en su corazón al recordar algunas escenas similares con Vera. Aquella madre e hija parecían felices y parecían quererse y se preguntó si esa era la imagen que transmitieron ella y Vera en aquel momento.

Jugando con su hija, en la cabeza de aquella madre no parecía existir ni el Proyecto ni la reclusión en la que se encontraban. Solo su pequeña y, sin duda, sería un recuerdo precioso que le quedaría a la niña para siempre.

Fue en ese momento cuando el pensamiento acudió a su mente. Tal vez no es que no le hubiera sabido inculcar a Vera las prioridades adecuadas sino que le había transmitido mensajes contradictorios comportándose como madre a veces, como superior otras, seguramente más de la primera, y eso había hecho que Vera la pusiera por delante del Proyecto.

Por primera vez en su vida se obligó a pensar en sí misma, ¿realmente su hija se encontraba por debajo del Proyecto en su escala de prioridades? Hasta ese momento habría asegurado que así era, pero estaba empezando a dudarlo…

En ese momento Duncan apareció a su lado y se sentó junto a ella haciéndola volver a la realidad.

—Hemos reforzado la seguridad en el laboratorio y en el M ya han sido informados de la situación para extremar las precauciones y acelerar la Misión. Hay patrullas por todas partes y están interrogando a la gente. De momento no se han llevado a nadie además del chico Soren, pero en cuanto deje de serles de utilidad no creo que tarden en empezar a capturar más humanos.

Carli asintió. Se sentía culpable por no haber sido más cuidadosa y pensaba constantemente en una forma mejor de haber hecho las cosas, pero nunca lo decía en voz alta, no servía de nada lamentarse por el pasado, si se cometía un error se asumía y se hacía lo que fuera necesario para solventarlo. No le gustaba su nuevo estatus pero no era lo que más importaba en ese momento, no estaba segura pero tenía un mal presentimiento.

—¿Cuánto crees que tardarán en descubrirlo todo? —preguntó a Duncan con una voz tan débil que no parecía la de ella misma.

Él la miro fijamente, solo mostrando sorpresa ante su tono y su pregunta al abrírsele los ojos más de lo normal por un instante.

—Lo importante es que para cuando lo descubran tengamos ya la máquina del tiempo o al menos los planos.

Carli volvió a asentir sin sentirse capaz de decir nada más. Lo único en lo que pensaba era en esas familias que la rodeaban y en lo que las sucedería si encontraran la ubicación del Refugio.

—No podemos dejar que les pase nada —susurró mas para ella misma que para que la oyera Duncan.

—Saben a lo que están expuestos Carli, si caen lo harán por el Proyecto y serán recordados por ello.

Carli desvió la mirada sabiendo que eso era lo que tenía que pensar pero sintiéndose incapaz de hacerlo.

—Aun así —continuó Duncan, para sorpresa de Carli— haremos todo lo posible para mantenerlos a salvo, igual que a ti.

El aliento que Carli estaba conteniendo sin darse cuenta se escapó entre sus labios.

—Gracias —contestó. Aunque no volvió a mirarlo, sino que buscó con la mirada a la niña con el cabello castaño y a su madre.

Al encontrarlas desayunando en una mesa, jugando con las tostadas, no pudo evitar sonreír. A cada instante entendía aun más la actitud de su hija, y se sintió bien al darse cuenta de que era posible querer a una persona por encima del Proyecto y seguir siendo leal a este a la vez. Lo único que lamentaba era haberse visto en esa situación para darse cuenta de ello y que Vera no estuviera allí con ella para poder decírselo.

***

Vera se giró rápidamente hacia su izquierda para esquivar la patada lateral de Kleiff, el cual apenas pareció sorprendido ante ese movimiento, sino todo lo contrario.

Como si supiera lo que iba a hacer en el siguiente movimiento, levantó el brazo para parar el puñetazo que Vera pretendía darle en la mandíbula pero que terminó con ella apresada de espaldas contra su pecho.

Sus brazos la mantenían apretada contra él. Fuertes. Seguros. Sentía su aliento agitado contra su oreja y su cuello y, para su sorpresa una sensación cálida empezó a descender desde donde sentía el vínculo hasta su estómago y después un poco más. Sin embargo, se obligó a si misma a respirar hondo y moverse, dándole a entender a Kleiff que quería que la soltara.

Al instante la fuerza de sus brazos se aflojó y ella se apartó de él sin querer mirarlo.

Seguía molesta con él, aunque apenas podía recordar un momento con Kleiff en el que no se hubiera sentido incómoda. El vínculo que tendría que haberles unido estaba haciendo todo lo contrario.

—¿Hemos acabado? —preguntó sin mirarlo mientras se dirigía a por su toalla.

La noche anterior se había pasado, la había herido y además había hecho que ella y Calem tuvieran que posponer sus planes ya que habían perdido las ganas de salir.

El día anterior se había propuesto no aguantarle ni una escenita más y estaba deseando que dijera algo, que se disculpara al menos, pero había decidido no esperar nada de él y mucho menos tratar ella misma de empezar una conversación sobre ese tema. Estaba demasiado cansada.

Al ver que él no contestaba se giró para mirarlo y lo encontró con la mirada gacha y los puños apretados. Cuando se dio cuenta de que ella lo estaba mirando levantó la cabeza, dejando ver en su rostro indecisión y tristeza.

Vera le devolvió la mirada, intentando leer en sus ojos y en el vínculo, pero no entendía por qué la miraba así ni por qué parecía querer decir algo pero no se atrevía.

Un sonoro suspiro de exasperación se escapó de sus labios cuando desvió la mirada de sus ojos y se encaminó a la puerta de la sala de entrenamientos pasando junto a él.

—Vera, espera –ordenó con tono firme. Vera no pudo evitar pararse, pero no se giró—. Este ha sido nuestro último entrenamiento. Ya no vamos a entrenar más a solas.

Aquellas palabras hicieron que se girara despacio hacia él y se sorprendió al ver el contraste entre el alivio que ella sentía y su tristeza. Ya no quería demostrarle su compromiso con el Proyecto, no necesitaba seguir sufriendo en cada entrenamiento, pero fue viendo su tristeza cuando se dio cuenta de que Kleiff se sentía atraído por ella. Seguramente, si no hubiera sido por la Misión, hubiera querido reclamar el vínculo.

Por eso le entristecía dejar de entrenar con ella y le dolía tanto verla con Calem, porque realmente Kleiff sí sentía y quería el vínculo, había visto algo en ella que ella no había visto en él. O al menos eso creía, ya que verlo frente a ella, sintiendo su dolor y su resignación, la produjo unos sentimientos que hasta ese momento no había experimentado por él.

Kleiff se extrañó al sentir el cambio en sus emociones. Sus ojos ya no lo miraban con enfado. Parecía sorprendida y curiosa. Aun así, se obligó a sí mismo a mantenerse firme en la decisión que había tomado la noche anterior.

—Yo... me sentí dolido cuando me dijiste que no te gustaba y por eso no fui del todo sincero contigo cuando te di mis razones para no reclamar el vínculo. Siento algo por ti, más allá del vínculo. Y entiendo que tú no lo sientas igual, pero necesitaba decirte que, si no nos hubiera tocado vivir esta situación, me hubiera encantado reclamar el vínculo. Pero como ni yo me veo capaz de lidiar con ello y las responsabilidades que tengo, ni tú estás interesada en reclamarlo, creo que lo mejor es que te entrene otra persona. De hecho puedes dejar los entrenamientos extra, no los necesitas, con los que vamos a empezar a hacer en grupo te servirán. En realidad, solo seguía entrenándote porque era la única forma de estar cerca de ti, pero nos está separando aun más. Y estoy tan cansado... lo único que quiero es que seas feliz y creo que no podrías haber elegido a nadie mejor que Calem y, aunque sé que me va a costar, lo llevaré lo mejor que pueda y no os molestaré más.

Había imaginado una conversación completamente diferente, con discusiones y sin llegar a un acuerdo. Para nada se esperaba encontrar a un Kleiff destrozado y sobrepasado por la situación cuando se despertó esa mañana, se vistió y bajó a entrenar.

Se había dado cuenta de todo lo que le había dicho gracias al vínculo pero, que consiguiera sacar el valor suficiente para decírselo a la cara, mostraba su valentía.

Se recordó pensando que prefería el dolor del vínculo no reclamado al dolor de la separación pero ya no estaba tan segura. Aun así, había algo más a parte del vínculo en sí que pedía a gritos que siguiera entrenando con él y es que se habían convertido no solo en entrenamientos físico, sino que, con cada roce, con cada suspiro ella luchaba contra el vínculo y lo mantenía bajo control.

Era la única manera de hacerse fuerte y soportar estar cerca de él. Tenían que seguir entrenando juntos.

—No creo que debamos dejar de entrenar juntos Kleiff. Con cada entrenamiento nos obligamos a estar cerca el uno del otro, a sentir el vínculo y reprimirlo. Cada día me siento mejor. Necesito esto, y tú también.

Kleiff la miró fijamente. Sabía a lo que se refería, sabía que cada vez que se tocaban era una tortura para el vínculo pero poco a poco el dolor era más llevadero, no menos doloroso pero si más soportable, como si de tanto sentirlo el cuerpo se acostumbrara. Si bien sabía que eso no duraría, ya que el vínculo se iba a volver cada vez más doloroso cuanto más tiempo pasara sin reclamarse y más tiempo pasaran juntos.

—¿Crees que lo soportaremos?

Aquella conversación estaba haciendo florecer en Vera sentimientos por Kleiff que hasta ese momento se había visto incapaz de sentir. Lo había visto ayudando a sus compañeros, estando ahí para ellos, escuchando sus problemas y buscando soluciones, pero no había sido capaz de hacer lo mismo con ella hasta ese momento. Sentir su comprensión y su necesidad de que se sintiera bien hacía que lo viera desde una perspectiva diferente. Si era capaz de comprometerse en llevarse bien en la misma medida que en cumplir la misión, podía confiar en él. Podía dudar de otros aspectos de su personalidad pero nunca de su compromiso con sus ideales.

—Tendremos que hacerlo. Sé que si lo intentas será de verdad, confío en ti. —Kleiff asintió pero Vera todavía no había terminado de hablar—: No estoy segura de poder alejarme de ti pero tampoco de poder ser tu amiga. Solo sé que no quiero seguir como hasta ahora, esquivándonos las miradas y solo hablándonos para decirnos algo malo. No quiero que sigamos haciéndonos daño, ninguno de los dos lo merecemos.

Él volvió a asentir. Tampoco podía imaginarse compartiendo la amistad que tenía con Enna, por ejemplo. Era impensable. Su cuerpo, su corazón, le pedía otra cosa al estar cerca de ella y ese tipo de amistad sería insostenible para ninguno de los dos. Pero Vera tenía razón. Se comportaban como si fueran enemigos, hiriéndose continuamente, sobre todo él mismo sentía que no había hecho otra cosa más que herirla y eso tenía que terminar. Como había dicho, ninguno lo merecía.

—Estoy de acuerdo —contestó con la voz más firme que fue capaz de poner.

Vera sonrió, la primera sonrisa sincera que había visto en días, y sintió un cosquilleo en el estómago. Siempre era hermosa, pero esa sonrisa iluminaba su rostro y no pudo evitar sentirse orgulloso de que hubiera sido él mismo el que la hubiera provocado.

—Bien... yo... de verdad que necesitaba tener esta conversación. Gracias Kleiff.

—Me alegra haber hecho algo bien por fin —contestó con un atisbo de sonrisa en los labios y Vera volvió a sonreír antes de girarse y dirigirse a la puerta.

La vio subir las escaleras y marcharse, sintiendo un alivio en el pecho como si se hubiera quitado un enorme peso de encima. Supuso que era lo que se sentía al hacer finalmente las cosas bien por alguien a quien se quiere y a quien se estaba haciendo sufrir.

***

El agua templada caía sobre Vera mientras la música resonaba por todo el baño haciendo eco. La sonrisa que le había salido al final de la conversación con Kleiff se había mantenido en su rostro y todavía seguía allí mientras se duchaba. No podía decir que estuviera radiante, ni tampoco que sintiera la felicidad que sí había sentido el día anterior al hablar con Calem, ante la perspectiva de lo que implicaría estar con él. Pero estaba contenta y, sobretodo, aliviada.

Se sentía ligera, y fue ese sentimiento el que la hizo darse cuenta del peso que había estado cargando, incluso después de hablar con Calem y creer que estaba bien. Hablar con Kleiff y poner las cosas sobre la mesa era lo que había estado necesitando todo ese tiempo. Especialmente que él lo hiciera, y estaba agradecida con él por haberlo hecho.

Recordaba su expresión antes de hablar con ella, cómo fue cambiando a medida que hablaban y el alivio que había sentido al final.

Hablando con él, sintiendo sus sentimientos, había empezado a dudar de si realmente no la gustaba o solo había empezado a odiarlo por toda la situación.

Uno no se enamora de una persona a primera vista, los cuentos de hadas no existían. Y, aunque la atracción inicial había sido hacia Calem, Vera sabía que la forma de ser de Kleiff también le hubiera resultado atractiva si no se hubieran visto envueltos en la locura del vínculo.

Sin embargo, no valía la pena pensar más en ello. Habían tomado una decisión y era la mejor para ambos. Ante eso, lo que quedaba era Calem.

Hasta el momento en que él lo había dicho no se había dado cuenta de lo importante que era para ella que Kleiff supiera y aceptara su relación con Calem. Se emocionaba solo con pensar en lo que podría llegar a sentir por él y en cómo el vínculo reaccionará a ello. Y el hecho de que Kleiff no fuera a interponerse lo hacía mucho más fácil. La hubiese dado igual si él no lo hubiera aprobado, cada uno tomaba sus decisiones, pero sin duda así era todo más sencillo.

Un par de golpes en la puerta la sacaron de sus pensamientos. Se dijo que sería Enna. Se colocó una toalla alrededor del cuerpo, bajó el volumen de la música y salió del baño rápidamente. En un par de pasos estuvo frente a la puerta y, al abrirla, su garganta se dejó a medias la frase que había empezado.

—Enn, no te imaginas lo que…

Calem la miró con su sonrisa torcida mientras sus ojos bajaban de su rostro a su cuerpo, recorriéndolo con una mirada que no le había visto antes.

—Vamos muy deprisa si te quito esa toalla y te recorro el cuerpo con la lengua ¿verdad?

El calor se instaló en el cuerpo de Vera. Primero en sus mejillas y luego más abajo de su cintura, pero la sorpresa ante las palabras de Calem hizo que se quedara bloqueada y sin saber qué contestar. Todavía le costaba hablar abiertamente de sexo y aun se sentía incómoda cuando Calem decía ese tipo de cosas de forma tan directa.

Al ver su reacción, la expresión de Calem cambió, suavizándose y mirándola directamente a los ojos.

—Lo siento. Demasiado ¿no? Te diría que estaba de broma pero no te quiero mentir, realmente te quitaría esa toalla y lamería cada centímetro de tu cuerpo y, después, te lo haría contra la pared de este pasillo si me dejaras… vale creo que no lo estoy arreglando, es solo que no esperaba verte con esa toalla minúscula y el pelo mojado, y tu cuerpo lleno de gotas de agua… ¡por el Sol qué cojones me pasa! Repitamos esto por favor…

Sin darla tiempo a reaccionar, solo sonrojándose aun más ante lo que Calem no dejaba de soltar por la boca, él agarró el pomo de la puerta y la cerró, dejando a Vera mirando la madera blanca sin entender absolutamente nada.

Se escuchó un fuerte suspiro al otro lado de la puerta y, tras unos segundos, Calem volvió a llamar. Vera no pudo evitar sonreír antes de abrir la puerta y encontrarse a Calem en la misma posición en la que se lo había encontrado al abrir por primera vez. De nuevo, volvió a mirarla de arriba abajo y al volver a sus ojos sonrió abiertamente.

—Estás preciosa nena, pero me harías un favor si taparas tu preciosa figura antes de que mi boca y otra parte de mi cuerpo tomen el control y diga cosas inadecuadas.

Vera se echó a reír y se sintió aliviada cuando la tensión fue desapareciendo de su cuerpo, al menos la tensión incómoda. Su estómago parecía bailar al ritmo de la música que todavía se escuchaba mientras recordaba las burradas que Calem acababa de decir. El hecho de que él vistiera su atuendo de cuero preferido, estaba haciendo que se las reconsiderara, pero lo que hizo fue apartarse de la puerta para que él pasara.

—Voy al baño a vestirme, puedes sentarte si quieres.

—Gracias, guapa, me haces un gran favor.

Calem contestó sin mirarla, en lugar de eso observaba todo a su alrededor como si fuera la primera vez que entraba en aquella habitación, y tal vez así fuera.

Ella miró a su vez y se arrepintió de no haber ordenado un poco sus cosas antes de dejarle entrar. La ropa del entrenamiento estaba esparcida por todo el suelo, el ordenador yacía sobre la cama sin hacer y estaba rodeado de envoltorios de helados y de pañuelos usados la noche anterior para secarse los mocos y las lágrimas mientras grababa el video diario poniendo a parir a Kleiff para desahogarse.

No, definitivamente no debería haberle dejado entrar. Tras echar un largo vistazo, Calem se giró hacia ella y la miró mientras apartaba unos cuantos pañuelos y se sentaba en la cama con cara de asco.

—Aunque el plan de llorarle a una pantalla y atiborrarse a helados suena genial, si hubiéramos salido anoche lo habrías pasado mucho mejor… te lo aseguro.

Vera sintió ganas de llorar y reír a la vez por la vergüenza pero en lugar de eso le devolvió la mirada a Calem y se dirigió al baño, aunque antes de cruzar la puerta se giró para contestarle.

—No pongas esa cara de asco, Calem, no creo que sea la primera vez que estas rodeado de pañuelos usados… al menos los míos son de lágrimas…

Los ojos de Calem se abrieron mucho y empezó a palparse el pecho con ambas manos y luego la espalda.

—Espera que ahora te devuelvo el puñal…

Vera se echó a reír y entró en el baño, aunque pudo ver la breve sonrisa que aparecía en el rostro de Calem antes de hacerlo.

Rápidamente se vistió, se secó y peinó el pelo y lo dejó suelto. Tras mirarse en el espejo y darse el visto bueno salió del baño. Se encontró a Calem recostado a lo ancho en su cama mientras toqueteaba el ordenador. La canción que estaba sonando en aquel momento cambió por una de las que había descubierto que eran sus favoritas. Al escucharla salir él la miró y sonrió.

—¿Ves? Así si, tapadita puedo pensar con más claridad. Al menos con toda la claridad con la que pienso cuando estoy contigo.

La sonrisa se hizo más intensa en los labios de Vera y se acercó a la cama a la vez que él se incorporaba y la atraía hacia sí, colocándola entre sus piernas. Incluso estando sentado en la cama era un poco más alto que ella, y tuvo que levantar los brazos para colocarlos alrededor de su cuello.

Sintió sus brazos alrededor de su cintura. Sus manos subían y bajaban por su espalda y caderas mientras ella enredaba los dedos en su pelo. Su mirada iba de sus ojos azules a sus labios entreabiertos, dudando. Hasta que decidió no dudar más.

Los labios de Calem parecían arder incluso antes de que ella los besara y ese calor que manaba de él fue extendiéndose por su cuerpo en cada parte que él tocaba. Cuando profundizó el beso y sus lenguas se tocaron, sus manos se tensaron en su espalda, apretándola contra él. Ella le agarraba con fuerza el pelo, no sintiéndole lo suficientemente cerca.

Con un sonoro suspiro, Calem separó lentamente sus labios de los de Vera, aunque no aflojó los brazos que la mantenían pegada totalmente a su cuerpo. Sus miradas se cruzaron y se sorprendió al ver dulzura en la de él. Sonrió de la forma que solo él sabía hacer y frotó suavemente su nariz contra la suya.

—No había venido a verte con esto en mente… pero no está nada mal.

Vera sonrió y se apartó un poco de él para acariciarle la cara y luego el cuello.

—No mientas… sí que lo tenías en mente.

Él soltó una carcajada y la guió para que se acomodara en su pierna derecha.

—Lo que te he dicho antes es solo una parte mínima de lo que pasa por mi cerebro. Si supieras lo que tengo en mente saldrías corriendo huyendo de mí.

Vera le devolvió una sonrisa que duró hasta que él volvió a hablar.

—¿Qué me ibas a decir al abrir la puerta creyendo que era Enna?

Sintió como su sonrisa se borraba y empezó a sentirse incómoda sentada sobre él. Sabía que tendría que decirle lo que había hablado con Kleiff pero no le apetecía hacerlo en ese momento. Al notar la repentina tensión de su cuerpo Calem supo por donde iban los tiros.

—Vale… es algo que ha pasado con Kleiff. Él me lo contará pero me gustaría tener también tu versión.

Vera sabía que tenía razón, pero no podía hablarle de la conversación profunda que había mantenido con su vinculado sentada sobre su pierna, por lo que se levantó y se separó de él.

—Hemos hablado esta mañana. Bueno, el ha hablado conmigo para ser exactos.

Calem le devolvió una mirada de interés e hizo un gesto para que siguiera hablando.

—Me dijo lo que sentía por mí y, que si toda esta situación hubiera sucedido en otro momento, hubiera querido reclamar el vínculo. Dijo que solo seguía entrenándome porque era la única forma de pasar tiempo juntos pero que no teníamos que hacerlo más. Y luego me pidió perdón por haberse portado conmigo como lo ha estado haciendo y me ha dicho que no va a entrometerse en que tú y yo salgamos juntos.

—¿Y tú que le has dicho?

—Que creo que entrenar juntos nos hace bien porque nos hacemos fuertes ante el vínculo y que le agradecía que me dijera todo eso al fin.

La expresión de Calem no había cambiado desde que ella había empezado a hablar y seguía mirándola con interés.

—Osea que… todo sigue igual que antes con la única diferencia de que él por fin ha conseguido ser sincero y te ha pedido disculpas por ser un imbécil.

Vera sonrió. No le había contado la conversación detalladamente pero le resultaba graciosa su capacidad de sintetización.

—Básicamente, si.

Calem asintió y se levantó de la cama para acercarse a ella. En un par de pasos le tenía allí, con sus ojos azules mirándola con esa mezcla de dulzura y picardía y sus manos entrelazándose con las suyas.

—Quiero dejar este tema y no volver a sacarlo hasta que tú quieras volver a hacerlo, pero tengo que preguntarte dos cosas antes de eso.

Un suspiro se escapó de los labios de Vera mientras unos ligeros nervios se asentaban en su estómago. No se podían predecir las acciones de Calem, era algo que estaba aprendiendo, y el hecho de no saber lo que podía salir por esa boca la ponía nerviosa. Sin embargo, asintió, indicándole que podía preguntar.

—La primera pregunta es: ¿entiendes realmente por qué Kleiff no puede aceptar el vínculo?

Vera frunció el ceño y tragó saliva. No estaba segura de a lo que se refería Calem con esa pregunta. Kleiff había ocultado sus sentimientos por ella pero había sido bastante claro al explicar los motivos por los que no aceptaba el vínculo, si bien la expresión de Calem daba a entender que había algo más detrás de aquella pregunta.

—Me da la sensación de que eres tú el que tienes la respuesta correcta a esa pregunta.

Una leve sonrisa apareció en los labios de Calem y bajó la vista a sus manos entrelazadas, lo que hizo que ella también lo hiciera. Su piel era muy clara en comparación con la de ella y sus manos eran suaves, más que las de Kleiff.

—El vínculo implica un compromiso irrompible. Significa que tu vinculado es lo más importante para ti, a quien amas, a quien proteges y por quien luchas. Es tu todo, por el que haces lo que sea. Para Kleiff todo eso es la Misión y el Proyecto Sol, como debería serlo para todos nosotros, pero aun más para él porque todo el peso recae en sus hombros. Nolan ha depositado toda su confianza en él, y con la de Nolan se encuentra la de todos los miembros del Proyecto de ambos sectores. Y, además, estamos nosotros. Somos su responsabilidad, todos nuestros actos son responsabilidad suya, para bien y para mal. Sabe que si acepta el vínculo tú te convertirías en su todo y lo que ha sido importante para él dejaría de serlo. Pero el mundo sigue su curso, la Misión tiene que tener éxito y eso depende de él. Ni al Proyecto ni a la Misión les importa que su líder se haya vinculado y esté adaptándose a esas nuevas prioridades que le dicta su vínculo. Para ti, para mí, sería sencillo aceptar el vínculo, solo hay que ver a Enol y Owen, pero no para Kleiff,

Vera. Él lleva muy a rajatabla las reglas y, rechazar sus convicciones, le impediría ser feliz y quererte como te mereces. No quiero que pienses que no es capaz de poner a nadie por delante de la Misión, nos tiene a todos nosotros, solo que no se da cuenta.

Había mirado el azul de los ojos de Calem mientras él hablaba y ahora se encontraba incapaz de contestar. Tenía un nudo en la garganta y sentía que había subestimado el peso que Kleiff cargaba sobre sus espaldas. Se dio cuenta de que no conocía lo suficiente a Kleiff como para darse cuenta de que todo eso era verdad, que sus actos demostraban constantemente que le importaban realmente todos sus compañeros, incluida ella. De nuevo sintió un cosquilleo en el estómago al conocer nuevas facetas de él que la gustaban.

—Si… ahora lo entiendo —susurró sin evitar sonreír.

Calem sonrió a su vez satisfecho y la atrajo hacia su pecho, abrazándola con fuerza. Sus manos le acariciaban el pelo y la espalda con dulzura. También entendía por qué Kleiff le había dicho que Calem era la mejor opción que había podido escoger. Sabía lo complicada que era su situación, que si Kleiff y ella quisieran, podían reclamar el vínculo y él no tendría nada, pero, aun así, seguía queriendo empezar algo con ella. Admiraba su valentía y determinación.

—¿Cuál era la otra pregunta? —preguntó Vera.

Calem sonrió y le acarició las mejillas con suavidad.

—Después de lo que has hablado con Kleiff y lo que te acabo de decir, ¿estás cien por cien segura de que esto es lo que quieres?

Con una sonrisa se puso de puntillas y rozó los labios de Calem, primero suavemente y después profundizando el beso. Entrelazó los dedos en su pelo y sintió sus manos en la parte baja de la espalda, apretándola contra su cuerpo. Sin embargo, él se apartó lo justo para poder hablar.

—Me lo tomare como un sí.

Ella soltó una carcajada y volvió a besarle aunque en ese momento recordó que él había llamado a su puerta para algo y todavía no sabía para qué. Esta vez fue ella la que se separó de él.

—A todo esto… ¿A qué venias a mi cuarto? —preguntó.

Él cerró los ojos y se echó a reír.

—¡Es cierto, con todo esto se me había olvidado! Venía a proponerte una nueva cita esta noche, si Kleiff nos la deja libre.

Vera sonrió y asintió, aunque apenas le dio tiempo porque los labios de Calem volvían a estar sobre los suyos. Su esencia dulce y ácida era embriagadora al igual que su sabor y, como si no fuera suficiente para él, en un segundo su lengua estaba en su boca buscando la suya, encontrándola con facilidad.

—Vera, Kleiff ha dicho que... ¡MADRE DE MI VIDA! Lo siento, lo siento... no quería interrumpir.

La voz chillona de Enna hizo que Calem y ella se separaran. Al girarse hacia ella la encontró en el umbral de la puerta ocultando una sonrisa y pudo sentir como se sonrojaba ligeramente, avergonzada por interrumpirles.

—¡Pero es que nadie me va a dejar darle un maldito beso en condiciones a esta mujer! Espero que lo que Kleiff haya dicho valga la pena, porque si no voy a inflarlo a XIted y atarlo a la cama, para que sepa lo que se siente.

Enna apenas pudo contener la carcajada pero lo hizo lo mejor que pudo.

—Ha dicho que tenemos que ir al despacho de Nolan ahora. Han recibido nuevas instrucciones y Nolan no cree seguro venir hasta aquí, ni comentarlo por teléfono.

Vera se separó de Calem y lo miró. Sus ojos le devolvieron una mirada seria, el tiempo de bromear se había terminado, aquello no sonaba a nada bueno.

***

Nolan todavía seguía procesando toda la información que le había llegado por parte de los dos Representantes de los Comités del Proyecto y cómo decírsela a los chicos.

En el H las noticias no eran del todo malas. La situación se había normalizado después de todo, la madre de Vera seguía a salvo en el Refugio y, aunque la Guardia seguía buscándola, de momento se encontraban sin pistas que seguir.

El problema eran las sospechas que Duncan le había transmitido acerca de que ahora el Refugio se encontrara en el punto de mira de la Guardia y de la necesidad de acelerar la búsqueda por temor a que secuestrasen a más humanos para torturarlos en busca de información.

Él entendía y compartía esa preocupación pero debían ser cautos, se aceleraría la búsqueda pero debían hacerlo con precaución.

Sin embargo, el verdadero problema le había llegado por parte del representante del Comité del M. La hija del Presidente se estaba haciendo cargo en persona del expediente de investigación del caso de la madre de Vera, lo que indicaba que lo consideraba lo suficientemente interesante como para pedirle el favor a su padre de encargarse ella misma, y, por consiguiente, la necesidad de acelerar la búsqueda se acrecentaba.

La única buena noticia que tenía para los chicos era que creían haber conseguido una fórmula para un nuevo material con el que fabricarles unos chalecos que pudieran resistir las nuevas armas que habían encontrado. Aunque tampoco sabía decirles cuando los tendrían.

Nolan se frotó los ojos y se reclinó en el respaldo de su silla de despacho. Esperaba que las cosas fueran mejorando poco a poco o sino terminaría volviéndose loco.

Tres golpes sonaron tras la puerta y pulsó el botón que insonorizaba su despacho antes de dejarlos pasar.

Al instante la puerta se abrió y Kleiff entró primero, su semblante era serio como de costumbre. Parecía más tranquilo de lo que lo había visto en los últimos días lo cual le sorprendió, teniendo en cuenta toda la responsabilidad que había cargado en él.

Tras él entraron Enol y Owen, que, aunque parecían preocupados, seguían irradiando esa calma que solo los vinculados podían transmitir. Les hacían bien a todos, tanto Enna como Calem eran inquietos, Kleiff y Vera le daban vueltas a todo, por lo que tener a Enol y Owen con ellos les hacía pararse un segundo y respirar antes de seguir.

Una vez entraron y se sentaron, cruzaron el umbral de la puerta Calem y Vera. Nolan no pudo evitar fijarse en sus manos entrelazadas y la sonrisa que compartieron antes de entrar y que sus rostros cambiaran a una expresión más centrada.

No entendía qué estaba ocurriendo, lo último que sabía era que Kleiff y ella estaban vinculados pero que habían decidido no reclamarlo. La razón por la que Kleiff pareciera más tranquilo teniendo a Calem y Vera a su lado de la mano y sonriéndose se le escapaba totalmente.

Fue Enna la que le hizo volver a la realidad al entrar y cerrar la puerta del despacho. Se dio cuenta de que estaban todos sentados frente a él, menos Kleiff, que permanecía de pie.

Sin pensarlo dos veces cogió aire y comenzó a explicar las noticias. Cuando hubo terminado todos se miraban preocupados. Que fueran a tener nuevos chalecos antibalas no había servido de mucho para compensar el resto.

—¿Vamos a tener nuevas instrucciones o seguiremos como hasta ahora? —preguntó Kleiff muy serio.

Él sabía que hacer tanto hincapié en acelerar la búsqueda solo significaba disminuir el plazo de la Misión, pero quería saber cuánto.

—De momento seguimos como hasta ahora, pero os pido que intentéis daros toda la prisa posible. Se están poniendo nerviosos y...

—Llevamos poco más de una semana y el plazo era de tres meses, lo que suceda en el H o con la hija del Presidente no es culpa nuestra —interrumpió Enna, lo que produjo que Kleiff la reprendiera con la mirada. Ella lo miró y le dijo a su vez—: Sabes que tengo razón, Kleiff, somos los que cargamos con todo el peso de esto y se quejan porque en una semana no hemos conseguido resultados, ¿qué coño esperaban? ¿Qué nos íbamos a infiltrar un día y que al día siguiente saldríamos con los planos o qué?

—Enna, basta. Esas no son formas de hablar a Nolan. Conoces las normas. —dijo Kleiff con una voz tan cargada de autoridad que Enna apartó la mirada de él y la bajó hasta sus manos.

La disciplina que todos habían recibido durante tanto tiempo seguía ahí, aunque a veces olvidaran y Enna sabía cuando debía acatar una orden.

—Está bien chicos, no pasa nada. Sé que tienes razón, Enna —afirmó mirándola antes de dirigirse a los demás—, pero estoy en la misma posición que vosotros. Yo no dicto las instrucciones sino que sigo las que me dan los representantes. Y lo que ellos me dicen es que debéis daros prisa. De momento no han acortado el plazo oficialmente pero estoy seguro de que terminarán haciéndolo.

Todos guardaron silencio y Nolan los miró. No había nadie en el mundo en quien confiara más que en esos veinteañeros que tenía delante. Tenían más ideales, fuerza, honor y disciplina que muchos otros miembros del Proyecto.

—Pues si no tenéis ninguna pregunta podéis marcharos. Hoy no tenéis que ir a los archivos, he dejado indicado que haríais una tutoría conmigo. Tomaros el día libre, a partir de mañana tendréis que trabajar duro.

Kleiff fue el primero en despedirse y en abrir la puerta para que los demás pasaran. Uno a uno se despidieron de Nolan y salieron, excepto Enna que le dijo a Kleiff que los alcanzaría después. Kleiff cerró la puerta tras de sí al marcharse, dejando a Enna sentada mirando a Nolan.

—No has debido hablarme así, Enna. –la reprendió. Ella agachó la cabeza un segundo pero luego la levantó sonriendo pícaramente.

—Perdóneme señor, no volverá a ocurrir…—contestó mientras se levantaba y rodeaba el escritorio—. Merezco un castigo…

Una sonrisa se escapó de los labios de Nolan mientras posaba las manos en los muslos de la chica y ascendía hasta su cintura para luego girarla, dejándola de espaldas a él.

Su cuerpo era perfecto y se levantó para colocarse detrás de ella. El olor a fresa de su esencia le inundó cuando se acercó a su oreja y aspiró. Sintió su cuerpo estremecerse entre sus manos pero no se movió, sino que fue él el que subió sus manos hasta sus pechos, acariciándolos a través de la blusa azul que llevaba.

—No llevas sujetador… chica mala… —susurró en su oído y, sus manos, que ahora acariciaban los pezones, se movieron cuando ella rió.

—Ya le he dicho que me merecía un castigo… —dijo con voz ronca de deseo.

Con cuidado fue desabrochando la blusa mientras besaba su cuello con avidez. Un suave gemido se escapó de su garganta cuando sus pechos estuvieron al aire y sus manos volvieron a ellos, acariciándolos con intensidad.

—Llevarás algo bajo esa falda al menos, ¿no?

Una risa traviesa se escapó de los labios de Enna mientras colocaba sus manos sobre las suyas y las bajaba hasta el borde de la falda, para luego subirla, dejando sus nalgas desnudas al descubierto.

Nolan soltó una carcajada y subió una de sus manos para girarle la cabeza y besarla. Fue un beso corto pero apasionado, ellos no eran de besarse, tenían otros gustos.

Se separó de ella lo justo para agarrarla con fuerza del pelo e inclinarla sobre el escritorio. De un tirón terminó de levantarle la falda, dejándola enrollada en su cintura. Con la mano que le quedaba libre acarició primero una nalga y luego la otra. Enna gemía con suavidad y él sentía como su sexo crecía dentro de los pantalones en respuesta, expectante de que llegara su turno de entrar en acción.

Tras una última caricia se inclinó sobre Enna, tirando de su pelo hacia arriba para levantarle la cabeza.

—Tienes que ser más cuidadosa con esas confianzas, cielo… nadie puede enterarse de esto —dijo con voz ronca junto a su oído—, tendré que hacer algo para que lo recuerdes…

El azote resonó en las paredes de la habitación, seguido del gemido de Enna, mezcla de dolor y placer. A este le siguió otro, y otro más. Su piel, antes blanca como la nieve se enrojecía con cada azote y, Nolan, la sentía caliente en sus manos cuando la acariciaba tras cada uno de ellos.

No estaba seguro de cuando habían empezado con aquella aventura, un mes, tal vez dos. Aun sabiendo que no estaba bien se veía incapaz de dejarlo y sabía que Enna sentía lo mismo.

Tras el último azote Enna gritó y Nolan se inclinó para callarla con sus labios. Ella hizo un intento de girarse pero él la mantuvo donde estaba negando con la cabeza. Le soltó el pelo y se desabrochó los pantalones liberando al fin su impaciente erección. Con una caricia en su sexo húmedo que la hizo suspirar supo que estaba lista para él y no deseaba hacerla esperar más.

La penetró lentamente y hasta el fondo, como a ella le gustaba. Sentía todo caliente a su alrededor y se dejó caer sobre ella para besarla mientras se movía.

Le encantaba aquella chica y su forma de jugar. Podría parecer que los roles estaban establecidos, sin embargo, en cualquier momento, ella se cansaba de ser sumisa y tomaba el control, algo que a él le volvía loco.

Casi como si le estuviera leyendo el pensamiento, Enna se irguió y se separó de él. Lo miró con su sonrisa traviesa y se dio la vuelta. Le acarició la erección de arriba abajo sin apartar sus ojos de los de él, estudiando las reacciones a lo que le hacía sentir. Nolan soltó un suspiro y entrecerró los ojos un segundo, pero esa era la señal que ella estaba esperando. Suavemente lo empujó hasta su silla y le hizo sentarse para colocarse después a horcajadas sobre él.

Soltando un gemido, bajó sobre la erección, llegando hasta donde ella quería. Nolan solo puedo colocar sus manos sobre sus nalgas y acompañar sus movimientos mientras ella subía y bajaba.

Cuando ambos terminaron, primero ella y luego él, Enna se levantó de la silla y se vistió. Él la imitó abrochándose los pantalones mientras la observaba moverse resueltamente por la habitación.

—Esto no puede volver a pasar, Nolan —dijo sonriendo mientras se acercaba a la puerta.

—Nunca más —contestó él, y ella salió por la puerta.

Siempre se decían esas mismas palabras al despedirse. Sabían que era lo que debían decirse pero ninguno iba a hacer nada por evitar que volviera a suceder. Todo lo contrario.

***

Kleiff estaba sentado en la cama rodeado de informes, planos y bocetos. Llevaba toda la tarde analizando todo lo que había sucedido en las búsquedas hasta ahora y estaban empezando a planificar las de los próximos días cuando sonaron dos toques en la madera de la puerta. Sin esperar a recibir respuesta, esta se abrió, apareciendo Calem en el umbral.

Llevaba unos vaqueros y un polo azul que resaltaba el color de sus ojos. Tenía que reconocer que estaba muy guapo pero al pensar en para quién se había arreglado tanto se le hizo un nudo en el estomago y sintió un dolor agudo en el lugar del vínculo.

—Si has venido a contarme que tal ha ido vuestra cena, ahórratelo y vete —dijo sin ganas de hablar.

Le había dicho a Vera que iba a aceptar que saliera con Calem y que lo llevaría lo mejor que pudiera, pero que él fuera a comentarle qué tal había ido su primera cita juntos no encajaba en lo que Kleiff tenía pensado hacer para sobrellevarlo. No tenía ganas de ver a Calem y menos cuando desprendía el olor de Vera por todas partes.

—No he venido a eso. Quería decirte que Vera me ha contado lo que habéis hablado esta mañana y… lo has hecho bien K, estoy orgulloso, ella… necesitaba oírlo.

Kleiff no pudo más que asentir. Sabía que había hecho lo correcto pidiéndole disculpas a Vera e intentando aclarar la maraña de sus pensamientos. Se sentía bien sabiendo que ahora ella era feliz, pero no podía evitar preocuparse por ella.

—Quería decirte que… te admiro Kleiff. Admiro tu lealtad con esto. Yo no podría no aceptar un vínculo, por mucho que lo intentara, lo haría sin pensarlo dos veces. Me alegro de que seas tú el que está al mando de esto. Quiero que sepas que voy a cuidar de ella, que realmente me gusta y lo único que quiero es hacerla feliz.

Aquello era demasiado para venir de Calem, él nunca era tan emocional y lo había pillado desprevenido. Incapaz de sostener su mirada agachó la cabeza.

—Y te lo he dicho porque lo pienso, no porque sea lo que necesitabas escuchar… aunque también.

Kleiff no pudo reprimir la sonrisa de sus labios y volvió a mirarlo. Sabía que quería algo más pero no estaba seguro de qué era. Al menos no quería reconocerlo.

—¿Has venido para algo más, Calem?

—Sabes a qué más he venido, K —susurró Calem con voz seductora.

Sus palabras le hicieron recordar el día que los vio besarse a él y Vera en la cocina y lo que había sucedido después con Calem en la habitación. Volvió a sentir las mismas emociones contradictorias de aquella vez, la rabia, los celos y la excitación, pero esta vez no quería hacerlo.

Aquello sucedió porque estaba fuera de sí, pero en ese momento estaba tranquilo con su lado mutado bajo control. Era perfectamente consciente de sus emociones y sus instintos y no pensaba dejarse llevar por ellos.

—Vamos, sabes que lo quieres.

Calem lo conocía demasiado bien. Sabía que estaba debatiéndose y sabía que esta vez iba a tener que insistir y jugar sucio para conseguirlo.

Se atrevió a levantar la mirada hacia él y se encontró sus ojos azules a un par de pasos de la cama. Tan cerca que podía ver sus labios hinchados y enrojecidos de los besos que había compartido con Vera.

Sintió que la rabia crecía pero se obligó a mantenerla a raya. Sería engañarse a sí mismo y sería patético usar a su amigo para sentir los labios de su vinculada.

Continuó repitiéndoselo a medida que Calem se acercaba a la cama y traía consigo a Vera en el sabor de sus labios y en el olor de su esencia. Cada vez que se lo repetía la frase carecía de sentido.

—Sí que lo quiero... —se escuchó decir sin saber cómo aquellas palabras habían salido de sus labios.

Calem sonrió y se acercó a la cama, apartó de un manotazo todos los papeles que le estorbaban y se colocó sobre él, colocando las manos a ambos lados de su cabeza, haciendo que el azul de sus ojos fuera todo lo que pudiera ver.

—Disfrútala a través de mi, Kleiff... —dijo mientras acercaba sus labios a los suyos, antes de besarlo.

X

Era entrada la noche cuando Enna se tumbó por fin en la cama. Estaba cansada pero no tenía sueño y se dio cuenta de que hacía más de un mes que no hacía un video-diario, por lo que, cogió el ordenador que siempre dejaba en la mesilla de noche, se lo colocó sobre las rodillas y preparó el programa para grabar.

A los pocos segundos se veía a sí misma en la pantalla. Tenía todavía el cabello húmedo de la ducha que acababa de darse y el cansancio se le notaba en el rostro, más pálido de lo habitual.

Se dijo a sí misma que tenía que dormir más y se prometió acabar pronto el video-diario y acostarse lo antes posible. Con ese objetivo en mente, pulso el botón de grabar y comenzó a hablar.

—Hace mucho que no grabo uno de estos. El último lo grabe la noche en que Calem y Vera tuvieron su primera cita... madre mía... ya ha pasado más de un mes desde entonces...

"En casa las cosas van bien. Enol y Owen siguen acaramelados y vinculados como siempre. Dan un poco de asco, siempre tan besucones y empalagosos, pero nada sería igual sin ellos. Son la constante en todo esto, sabes que pase lo que pase si te giras para mirarlos nada habrá cambiado y seguirán igual que siempre.

Luego están Calem y Vera... todo el día cuchicheando, dándose besos y escabulléndose para hacer manitas... esos sí que me dan asco. Y envidia, mucha envidia. Están tan bien juntos que me hace tener esperanzas en que no es necesario un vínculo para ser feliz con alguien, algo que antes nunca me había planteado. Aun así la falta de vínculo se nota y ahí es cuando dejo de tenerles tanta envidia. Todavía no han podido tener sexo, me lo comentó Vera un día que la emborraché para cotillear. Dice que se ve incapaz, que cada vez que la cosa se pone seria siente demasiado el vínculo y se le corta el rollo. Pobrecita... Calem es paciente pero no tanto, es mutado puro, el sexo es su naturaleza y, la verdad, no sé cómo lo está aguantando... no se ha acostado con nadie en este mes o al menos no ha salido en busca de un polvo.

Para mí está vetado desde que empezó a salir con Vera, a los vinculados mejor ni nombrarles, asique el único que queda es Kleiff. Y... ahora que lo pienso... pueda que esa sea la razón por la que Kleiff está llevando tan bien esta situación. Qué cabrones... ¡se están acostando! Calem sale con Vera y, después, con sus babas todavía en la boca besa a Kleiff... Qué degenerados.

En fin, yo no voy a ser quien los juzgue, y menos a Kleiff, lo está llevando lo mejor que puede. Veo como sufre cada vez que ve a Calem y Vera de la mano y veo el esfuerzo que hace por aparentar normalidad. No voy a ser yo la que le diga que acostarse con Calem está mal... y menos si hacerlo le hace sentirse mejor.

Luego están las miradas furtivas que Vera le dedica a Kleiff cuando cree que ninguno nos damos cuenta. No sé exactamente desde cuándo ni tampoco me lo ha dicho, pero se nota que se siente cada vez más atraída por él. A veces, me dan ganas de decirle que se deje de tonterías y reclame el vínculo pero se la ve tan bien con Calem que puedo entender el dilema que tiene en su cabeza. No me pondría en su lugar por nada del mundo.

Por lo demás la cosa va bien, apenas hay discusiones y, si las hay, no tienen nada que ver con vínculos sino que son por el trabajo. Por lo menos algo va bien en nuestras vidas, porque la Misión... La cosa pinta mal, la verdad sea dicha. Todavía no hemos encontrado nada y el hecho de que nos metan tanta prisa está haciendo que tengamos los nervios a flor de piel. Es cuestión de tiempo que los nervios nos hagan cometer errores.

Los representantes están muy pesados, meten presión a Nolan y él nos la mete a nosotros… bueno, a mi me mete alguna que otra cosa más… pero eso es otro tema, otro que tampoco va bien, por cierto.

Empezó hace ya cuanto… ¿dos, tres meses? No me acuerdo de la fecha pero si de cómo fue. Hace un tiempo me recomendaron un club de fetichismo y sadomasoquismo y, un día, decidí ir. Soy una persona abierta a todas las experiencias que se me propongan y el ambiente era muy bueno, me gustó y repetí.

Siempre iba sola, es mi pequeño secreto que no comparto con nadie, no por vergüenza, sino porque el hecho de que sea un secreto lo hace más excitante aun. El caso es que un día de entre tantos, fui y empecé a observar el panorama, como hacía siempre, y entonces lo vi.

Iba encuerado y de negro, no podía ser más sexy y atractivo. Obviamente desde el momento en que lo conocí me di cuenta de que Nolan estaba muy bueno pero hasta ese momento no me había dado cuenta del poder que emanaba de él. Era dominante y buscaba una sumisa. Recorría la sala con la mirada y me senté en la barra dejándome encontrar. Cuando nuestras miradas se reconocieron fue algo eléctrico. Primero sorpresa, luego curiosidad y luego… ufff.

Se acercó a mí con unos andares que no le había visto en la vida, era como si no lo conociera y aquello me encantó. Lo primero que hizo fue reñirme por estar allí y luego por el atuendo que llevaba. Terminamos la noche en una de las salas del club y fue genial. Después de aquello nos encontramos varias veces en el club y en su despacho, pero siempre de forma puntual y cuando surgía la ocasión. Fue cuando llegó Vera cuando ya empezamos a quedar para acostarnos con cada vez más frecuencia y, así seguimos…

Jamás me había planteado nada así, ni siquiera cuando empezamos, pero ahora creo que me gustaría que tuviéramos algo como lo que tienen Calem y Vera. A nuestro estilo, claro. No lo hemos hablado pero sé que se encuentra en la misma situación que Kleiff y sé que es imposible, por lo que no me paro mucho a pensarlo. No sirve de nada desear cosas que nunca podrás tener, eso te hace débil, y no puedo ser débil ahora.

A veces pienso que todo podría cambiar cuando consiguiéramos los planos. Que entonces tal vez, solo tal vez, Nolan se encontraría lo suficientemente libre como para que pudiéramos estar juntos, o al menos que pudiéramos intentarlo. Puede que algún día se lo diga… si, puede que sí."

Enna se quedó callada mirando la pantalla sin saber nada más que decir. Miró el reloj y decidió que era hora de acostarse, por lo que pulsó el botón para parar la grabación, apagó el ordenador y se tumbó en la cama.

Todo lo que acababa de decir se repetía en su cabeza y, por una vez, se dejó llevar por la imaginación y permitió que las imágenes de Nolan y ella estando juntos la acompañaran hasta quedarse dormida.

Al otro lado del pasillo, las paredes de la habitación de Calem estaban pintadas cada una de un tono de azul pero el que más le gustaba a Vera era el azul claro y frío de la pared frente a la cama. No solo le recordaba a sus ojos sino que, además, era la única pared que no estaba cubierta de posters de grupos de música.

A la mayoría no los conocía hasta que entró allí por primera vez y, desde que supo de su existencia, algunos se habían incorporado a su lista de reproducción, gracias a la insistencia de Calem en que los escuchara.

Aquella habitación era tan única como su dueño. La cama era redonda y enorme, nada que ver con las del resto de habitaciones y el techo sobre ella estaba repleto de fotos formando una especie de círculo. En las del centro, más antiguas, Calem y Enna, Enna y Kleiff, Calem y Kleiff, Enol y Owen, Owen y Calem, Enna y Enol… y todas las combinaciones y poses posibles.

La primera vez que las vio se sorprendió igual o más que la tarde que pilló a Calem escuchando canciones de amor, pero lo que más la sorprendió fue encontrarse fotos de ella. Apenas llevaba dos semanas viviendo con ellos cuando él la invitó a entrar a su cuarto y ya aparecía en las fotos de la parte exterior del círculo.

En cuanto se dio cuenta de que se había fijado en las fotos le explicó la historia de cada una de ellas y, al final, se habían hecho una foto juntos dándose un beso para ponerla junto a las demás.

Después de más de un mes juntos lo conocía mucho mejor. Sabía que la chulería formaba una parte importante de su personalidad pero no lo era todo. Sin embargo, en aquel momento, todavía se sorprendía cada vez que descubría otra pequeña pista de su verdadera identidad y aquel gesto fue una de las que le harían descubrir al Calem dulce, cariñoso y, sobretodo, protector. No solo con ella sino con el resto a los que él consideraba su verdadera familia; un concepto que Vera estaba empezando a aprender en aquel momento y que ya había asimilado con el paso del tiempo.

De vuelta al presente, los Arctic Monkeys sonaban a todo volumen mientras Calem se duchaba y Vera estaba tumbada en la cama observando las fotos por enésima vez cuando se percató de una nueva. No era como las demás, estaba modificada formando un mosaico de dos fotos, una de ella y otra de Kleiff, sin embargo, a pesar de que eso fue lo que le llamó la atención en un primer momento, fue otra cosa la que la hizo sorprenderse.

Se levantó sobre la cama y se estiró para despegar la foto y poder verla de cerca. En la foto de Kleiff él aparecía posando con su copa de ron en el BlackSpirit y ella aparecía detrás, en una de esas veces que no te das cuenta de que estas mirando a alguien pero lo haces, tratando de ocultar una sonrisa en los labios. La de ella estaba tomada en el archivo de la Sede en uno de esos momentos aburridos que tenía con Enna; posaba sacando la lengua y llevaba un moño horrible y deshecho, pero Kleiff estaba al fondo, riéndose de las tonterías que hacía.

—¿Qué haces? —preguntó la voz de Calem sorprendiéndola.

Había salido del baño con una toalla envuelta alrededor de la cintura y se estaba secando el pelo con otra. Ella le enseñó la foto.

—¿Por qué tienes esto?

Él se acercó a la cama y pasó un brazo alrededor de su cintura, ya que estando ella de pie en la cama le sacaba una cabeza.

—Porque me gusta. Me gusta la forma en que os miráis cuando el otro no mira. Me gusta ver cómo va a más sin que vosotros mismos os deis cuenta.

Vera lo miró desde su altura aun sin comprender. Era cierto que su relación con Kleiff había mejorado muchísimo desde que tuvieran aquella charla hacía un mes. Poco a poco había conseguido conocerle mejor, y, aunque intentaba negarlo, estaba empezando a sentir algo más por él.

Había descubierto que era muy observador y la fascinaba escucharle hablar de historia, todos los conocimientos que tenía en la cabeza la producían un cosquilleo en el estómago.

Sabía que le gustaba escuchar metal mientras hacía ejercicio pero pop cuando se duchaba y que, cada vez que Vera hacía ensalada para cenar, se le ponía una sonrisa tonta en los labios. Suponía que recordando su primera noche en el M.

Todas las noches veía como la luz de su habitación tardaba horas en apagarse mientras planificaba todo lo que tendrían que hacer al día siguiente. Cada día admiraba más su entrega y hacía que quisiera esforzarse más para que estuviera orgulloso de ella.

Ya no notaba dolor o rabia a través del vínculo cuando estaba cerca de Calem y ella. Se le veía tranquilo y feliz, y todas esas emociones que transmitía a través del vínculo habían hecho que comenzara a gustarle, por lo que, de vez en cuando, se la escapaba una mirada cuando levantaba pesas en el gimnasio o sonreía con sus bromas.

No se había dado cuenta de que fuera tan evidente, pero para Calem si lo había sido, aunque seguía sin entender por qué querría tener esas fotos.

—Aunque no esté vinculado a nadie… —empezó Calem al darse cuenta de que no lo entendía—, se lo que es querer a alguien. Quiero a Kleiff y te quiero a ti y… no es fácil explicarlo Vera, hay cosas que no te puedo contar porque no dependen solo de mí… quédate solo con que me gusta esa foto y lo que representa para mí.

Calem no estaba seguro de haber convencido a Vera con aquella explicación pero no podía decir lo que realmente significaba para él, ya que Kleiff no quería que le contara que el tiempo que llevaba saliendo con ella era el mismo que llevaba acostándose con él asiduamente, comportándose como una especie de nexo entre ellos. Siendo la única manera de que estuvieran juntos.

Esa foto significaba eso mismo para él. La tenía porque era el único que conocía los verdaderos deseos de los dos, el que conocía esas miradas a escondidas. De cara a los demás Vera estaba feliz con Calem en esa extraña relación que tenían y Kleiff lo sobrellevaba centrándose en los entrenamientos y en la planificación de la Misión. Solo Calem sabía que Vera estaba empezando a sentirse atraída por Kleiff, y no hacía falta explicar lo de Kleiff.

Sin embargo, Vera no lo podría entender a menos que la contara todo aquello y no pensaba hacerlo hasta que Kleiff estuviera de acuerdo en decírselo, algo que no creía que fuera a suceder en un futuro cercano.

Kleiff no se sentía mal cuando se acostaban, pero sí que se avergonzaba de ello porque veía ridículo recoger la saliva de Vera de sus labios.

Calem entendía su punto de vista pero él lo enfocaba de otra forma. Creía que hacía mal no contándoselo porque entonces no actuaba de intermediario totalmente sino solo por la parte de Kleiff. Pensaba que Vera tenía derecho a tener la oportunidad de estar con Kleiff, aunque solo fuera a través de él.

Sabía que poca gente haría lo que estaba haciendo él y ni siquiera lo entenderían, pero les quería tanto a ambos que estaba dispuesto a hacer cualquier cosa por ellos.

Vera seguía mirándolo con esos ojos curiosos e interrogantes, sabiendo que ocultaba algo, pero al ver que no iba a decir más volvió su mirada a la foto.

—Últimamente se le ve bien, ¿verdad? Parece más feliz —comentó mientras acariciaba el rostro de la foto de Kleiff.

Se la había hecho Enna, como casi todas las fotos que tenía, la última noche que fueron al BlackSpirit un par de días atrás. La verdad era que Vera tenía razón, Kleiff estaba llevándolo muy bien. Aunque en un par de ocasiones le había comentado a Calem que le gustaría poder hablar más con Vera y tener más cercanía, por lo que, aprovechando la situación decidió planteárselo a Vera.

—Lo sería más si intercambiarais alguna palabra que no fuera un monosílabo, y tú también.

Vera le dirigió una mirada escéptica con sus ojos oscuros.

—No sé si es buena idea.

Calem tiró la toalla con la que se había secado el pelo, puso ambas manos en su cintura y la giró para mirarla de frente. Luego jugueteó con uno de sus largos mechones de pelo mientras la miraba directamente a los ojos.

—Ni si quiera lo habéis intentado. Estabais siempre enfadados y no supisteis como enfocarlo porque se os vino todo encima. Ya no estáis en la misma situación. Ambos habéis asumido la negación del vínculo, tú ahora estás bien conmigo y él... bueno, no creo que vaya a reaccionar como antes. Podríais intentar un acercamiento, solo como compañeros, nada más, sin presiones.

Vera lo miraba fijamente. La preocupaba que la atracción que estaba empezando a sentir hiciera más doloroso el vínculo si pasaban más tiempo juntos, pero la verdad era que sí que le gustaría mantener la misma relación que tenía con Enna, Enol y Owen. Poder bromear con él o incluso darse un abrazo cuando lo necesitaran.

—Puede que intente hablar más con él...

Calem sonrió y levantó la cabeza para darle un suave beso en los labios

—Esa es mi chica.

Volvió a besar sus labios que ahora sonreían y la ayudó a colocar la foto de nuevo en su sitio.

—Es tarde, deberíamos acostarnos —dijo Calem una vez estuvo la foto colocada, mientras acariciaba las caderas de Vera, aun de pie en la cama.

Ella desvió la mirada de la de él, se separó y se sentó sobre las sábanas. Sabía lo que eso significaba y no estaba cómoda con el rumbo que estaba tomando aquella conversación.

Habían intentado tener sexo muchas veces desde que empezaron a salir juntos pero cuando la cosa se ponía seria el vínculo empezaba a palpitar y se le cortaba el rollo, lo que provocaba que ambos se quedaran con el calentón en el cuerpo y una frustración que, aunque todavía no había pasado factura, Vera estaba segura de que pronto lo haría.

Como siempre, Calem pareció leerle el pensamiento y se sentó junto a ella.

—No me refería a eso Vera, ya te dije la última vez que era mejor no forzar la situación. Y no sé tú, pero yo estoy agotado y lo que me apetece ahora es dormir abrazado a ti. Si te apeteciera, haría acopio de mis últimas fuerzas para satisfacerte, porque por ti haría cualquier cosa, y la idea de morir echando un polvo siempre me ha parecido estupenda, pero prefiero seguir disfrutando de ti y dando por saco a los demás un tiempito más.

Vera no pudo evitar reírse, aun sabiendo que lo que acababa de decir no era verdad. No había nada que le apeteciera más a Calem que acostarse con ella, ella lo sabía y compartía ese sentimiento, pero el solo hecho de pensarlo ya la ponía nerviosa y agradecía que Calem lo llevara tan bien.

Lo que la preocupaba era el tiempo que duraría ese buen humor, por eso le había estado dando vueltas a una idea que le había sugerido Enna.

—He estado pensando que… si la cosa sigue así… podríamos buscar un poco de… ayuda externa.

La cara de Calem fue un poema. Vera no tenía ni idea de lo que se le estaba pasando por la cabeza pero no quería saberlo.

—XIted, me estoy refiriendo a que tomemos XIted. No te imagines cosas raras —aclaró riéndose y la expresión de Calem se relajó.

—Que susto… no es que no esté abierto a todo, tengo un pasado muy intenso, pero no sé por qué la idea de que tú hagas todo lo que yo he hecho no me gusta.

Vera asintió, nunca le había preguntado por su vida sexual, sabía lo que él le había querido contar y, sin duda, eso ya era demasiado para ella.

Su idea de moral era diferente de la de los mutados, y eso tardaría bastante más de un mes en cambiarse si es que lo lograba, por lo que la idea de meterse en un cuarto con más gente y tener sexo con todos no la atraía en absoluto.

Tampoco le gustaba la idea de que Calem se acostara con otra persona estando con ella. Nunca se lo diría, ya que ella misma estaba empezando a tener sentimientos por Kleiff pero esperaba que Calem estuviera siendo monógamo. Creía que lo estaba siendo, ya que todas las propuestas de sexo que le hacían en el BlackSpirit las declinaba, aunque tampoco habían tenido una conversación abierta sobre aquello.

—Me parece bien —dijo Calem, sacándola de sus pensamientos—. Si crees que te puede ayudar a relajarte y dejarte llevar, lo haremos.

Ella sonrió con timidez y miró sus profundos ojos azules que siempre la miraban de la mejor forma posible. Sintió la caricia de su mano en la mejilla, suave pero firme.

—Pero no esta noche —sentenció y ella se echó a reír—. A dormir.

Y, sin más, se tumbaron entre las sábanas aun riéndose. Calem bocarriba y Vera apoyada en su hombro.

Cuando ya estuvieron acomodados, Calem apagó primero la música y luego las luces desde el panel que había junto a su cama, haciendo que el silencio y la oscuridad los envolvieran, con sus esencias entremezclándose en el ambiente.

***

Acababa de amanecer cuando Rala salió de su casa para dirigirse a la clínica en la que llevaban sus dolores de cabeza desde hacía años. Había acudido de nuevo la semana anterior obligada por su padre, ya que sufrió un desmayo durante una comida familiar por los dolores que padecía. Le habían hecho varias pruebas para averiguar qué tenía de una vez por todas.

Ese día volvía para recibir los resultados. Sentada frente al equipo de médicos que llevaba su caso, no podía dejar de temblar. La miraban con esa expresión de lástima de cuando tienes algo malo que decir y no puedes hacer nada para evitarlo. Rala se obligó a no sacar conclusiones precipitadas y mirarlos expectante, esperando a que se decidieran a comunicar los fatídicos resultados de sus pruebas y rompieran por fin ese incómodo silencio.

Por fin, después de unos minutos que se la hicieron eternos, el especialista que llevaba su caso, el Doctor Constant Moren, un mutado puro aunque con el pelo blanco por las canas, finalmente habló.

—Bueno Rala, ya tenemos tus resultados y, como te puedes imaginar, no tenemos buenas noticias. Estas en un

217

estadio avanzado de Hidroxigenación Tulorea. Aunque supongo que ya sabes lo que eso significa, tengo que explicártelo e informarte de tu caso en concreto.

Rala asintió con la cabeza, todo el mundo sabía lo que era la Hidroxigenación Tulorea y en lo que podría derivar después pero quería saber cuál era su situación exacta en la enfermedad y cuáles eran sus posibilidades.

—Bien, como sabrás los mutados nos caracterizamos porque nuestro cerebro acepta varios elementos químicos además del oxígeno para alimentar las células de nuestro cuerpo, el nitrógeno y el hidrógeno, de ahí que nos adaptáramos a la vida en la Nueva Tierra.

"La Tulorea es una enfermedad cerebral genética, y se produce cuando tu cerebro empieza a utilizar solo uno de los elementos químicos para alimentar las células. Existen tres tipos, que se clasifican en función del elemento químico que intenta convertirse en el dominante, la Nitroxigenación —el nitrógeno—, la Hidroxigenación —el hidrógeno— y la Dioxigenación —el dióxido de carbono—.

El conjunto de las Tuloreas lo padece un cuarenta por ciento de la población mutada, del cual un sesenta padece Nitroxigenación, un treinta y cinco Hidroxigenación y un cinco Dioxigenación. Tanto la Nitro como la Hidro son enfermedades comunes y con un sencillo tratamiento el paciente es capaz de curarse por completo o de llevar una vida casi normal. Únicamente un treinta por ciento de los pacientes desarrolla la enfermedad hasta al estadio avanzado, que es en el que te encuentras tú.

El desarrollo normal tanto de la Hidro como de la Nitro consiste en que el cerebro se adapta al cambio de elemento químico gracias al tratamiento. Se considera que el paciente está curado cuando el cambio se hace efectivo y el cerebro funciona con normalidad. Esto puede tardar meses, años o puede que toda la vida, pero el paciente no corre riesgo en ningún momento, únicamente padece dolores fuertes de cabeza y pequeños mareos.

El problema sucede cuando el cerebro rechaza el cambio o este se produce demasiado deprisa como para que lo pueda asimilar, llegando al estadio avanzado, cuyos síntomas son ligeras pérdidas de memoria y de conocimiento. El cuál es tu caso.

A partir de aquí te pueden suceder dos cosas, que tu cerebro se adapte al cambio y tolere el hidrógeno —que es el elemento dominante en tu caso— mediante la medicación que vamos a administrarte, o que pases al siguiente estadio de la enfermedad, la Dioxigenación. Como ya te he explicado, es uno de los tipos de Tulorea, pero es degenerativa y, por lo tanto, es mortal. Se llega a ella cuando el cerebro no se adapta al elemento y empieza a utilizar el dióxido de carbono, lo cual termina con la destrucción del organismo.

No te voy a mentir, Rala, casi un ochenta por ciento de los que llegan al estadio avanzado de la Hidroxigenación derivan en Dioxigenación. Es algo a tener en cuenta, desde luego, pero por ahora quiero que te centres en lo que depende de ti, que es combatir la enfermedad. Hasta aquí, ¿tienes alguna pregunta?"

Los porcentajes que el doctor acababa de dar bailaban en su cabeza con los elementos químicos que estaban matándola desde dentro, pero a pesar de todo lo que acababa de decir acerca de cifras, estadísticas y síntomas, había entendido la idea esencial y era que solo tenía un veinte por ciento de posibilidades de sobrevivir. ¿Qué si tenía alguna pregunta? Claro que sí, tenía cientos. ¿Cuánto tiempo la quedaba? ¿Qué pasaría cuando su cerebro comenzara a matarla? ¿Dolería? Pero sobre todo, la pregunta que más rondaba por su mente era cómo no se habían dado cuenta antes, después de estar en seguimiento durante tanto tiempo, por lo que se decantó por ella.

Su voz sonó sorprendentemente firme cuando le formuló la pregunta al Doctor Moren y produjo que este se revolviera en su asiento e intercambiara miradas con los miembros de su equipo. Esta vez fue una doctora, también mutada aunque no pura, la que habló.

—Tu caso ha sido bastante extraño Rala. Durante estos años que hemos estado tratándote, los niveles de los elementos de tu organismo han ido variando, en algunas ocasiones uno era el dominante y en otras otro. Por lo tanto, no podíamos diagnosticarte ningún tipo de Tulorea ni tratarte de forma específica, pero estamos casi seguros que esos desajustes eran los que te producían los dolores de cabeza. Ha sido en estos últimos análisis cuando hemos visto los altos niveles de Hidrógeno de tu organismo, demasiado altos para un desarrollo normal de la enfermedad, por eso te encuentras directamente en los parámetros del estadio avanzado. ¿Lo entiendes?

Rala asintió afirmativamente y bajó la vista a sus manos. No sabía qué pensar ni qué decir, lo único que ocupaba sus pensamientos era la cruda verdad de todo aquello y era que se iba a morir, no importara lo que hiciera ni las probabilidades que tuviera.

Apenas pudo escuchar las palabras del Doctor Moren mientras explicaba el tratamiento que iba a empezar. Cuando todo se quedó en silencio y los demás doctores la miraron, se dio cuenta de que la conversación había terminado, por lo que cogió su bolso y el informe que había sobre la mesa y se marchó de la consulta sin decir nada.

Fue en el ascensor cuando le sobrevino la ansiedad. Le faltaba el aire y tenía mucho calor pero a la vez sentía frío en el interior de sus huesos. Se giró para mirarse en el espejo y casi se asustó con lo que vio. Tenía las mejillas encharcadas en unas lágrimas que no recordaba haber derramado, se había desabotonado el cuello de la camisa y tenía la frente cubierta de sudor. Temblando se movió como pudo hasta el panel de botones y pulsó el de parada, que, con un leve movimiento detuvo el ascensor. Se dejó caer sobre el suelo y se abrazó a las rodillas hundiendo la cara entre ellas. Un sonoro sollozo escapó de su garganta y fue entonces cuando se dio cuenta de que estaba llorando, probablemente llevaba haciéndolo desde que había salido de la consulta. No podía pensar, su cerebro parecía haberse apagado y era incapaz de controlar el temblor de sus articulaciones.

Se iba a morir. Pero, ¿cuántas probabilidades tenía de no hacerlo en un futuro cercano? Un veinte por ciento de probabilidades. No eran muchas pero eran más de las que tenían muchos enfermos.

Un veinte por ciento.

Tenía que probar el tratamiento, puede que no se curara del todo pero podría sobrevivir.

Un veinte por ciento.

Trató de concentrarse en ello para recuperar el control sobre sí misma, repitiéndolo una y otra vez.

Un veinte, un veinte, un veinte…

Se obligó a controlar la respiración y, tras lo que pareció una eternidad, cuando su cuerpo dejó de temblar, se levantó. El ascensor dio vueltas durante un par de segundos pero consiguió estabilizarse.

Casi con miedo se dio la vuelta para mirarse en el espejo. Estaba horrible, el moño que se había hecho aquella mañana estaba totalmente despeinado, tenía el maquillaje corrido de llorar y las ojeras se le marcaban cada vez más del dolor de cabeza que estaba empezando a hacer su aparición.

No podía perder más el tiempo, tenía muchas cosas que hacer y era un día importante, por fin iban a dejarla entrar en la habitación de Kev y podría hablar con él. Tenía que centrarse en lo que dependía de ella, como le había dicho el doctor, y eso era arreglar el estropicio que acababa de hacerse y cumplir con sus obligaciones. Con mas resolución de la que esperaba se arregló el destrozado moño, cogió uno de los parches de analgésicos que llevaba en el bolso y se lo colocó en la sien, sintiendo como poco a poco su cabeza se despejaba. Como buenamente pudo limpió los restos de lágrimas, sudor y maquillaje corrido, y se agachó para recoger los papeles del informe que se habían desperdigado por todo el suelo del ascensor. Una vez sintió que estaba lista pulso el botón de arranque del panel y el ascensor volvió a moverse.

Tardó casi una hora en llegar desde la clínica a la Sede cuando el trayecto normal era la mitad. Por mucho que intentaba mantenerse concentrada, su cerebro seguía disperso. Había perdido varios buses y se había pasado varias veces de parada. Durante el trayecto había ojeado el informe que le había dado el doctor. Decidió no leer el diagnóstico y pasar directamente a la parte del tratamiento. Tendría que empezar a dormir con bombonas de hidrógeno, controlarse los niveles de este en sangre e inyectarse una disolución de hidrógeno líquido si fuera necesario, como si fuera diabética, para ayudar a su cerebro con la adaptación al elemento. No parecía demasiado engorroso ni doloroso por lo que se animó un poco.

Se había apuntado en la agenda que tenía que ir a la farmacia de la Sede después de ver a Kev para pedir las medicinas para empezar con ello ese mismo día, pero decidió hacerlo en cuanto llegó para no olvidarse y quitárselo de en medio.

Tras pasar los controles con su Tarjeta de Identificación y bajar una planta en el ascensor se acercó a la ventanilla donde dispensaban los medicamentos y le entregó a la farmacéutica su tarjeta. La mujer la pasó por un lector y, tras observarla brevemente con una mirada que Rala no supo identificar, desapareció del mostrador.

Unos minutos después apareció con una bolsa enorme y un maletín. Rala supuso que en la bolsa estaba la bombona de hidrógeno y en el maletín el resto de sus medicinas.

—Esto es todo. Lo puedes dejar aquí y venir a buscarlo luego si quieres, no hay problema.

Rala asintió con la cabeza a modo de agradecimiento, cogió su tarjeta de identificación y la guardó.

Se encaminó al ascensor pero antes de llegar notó la mirada de la mujer en su nuca y se giró hacia ella. De nuevo tenía esa mirada indescriptible de una persona que ve un caso como el suyo cada día y que, poco a poco, se acostumbra a sentir la pena y la lástima y no expresarlas. Fue justo al volverse de nuevo hacia el ascensor cuando vio de refilón como esa barrera se derrumbaba, o al menos eso quiso ver ella.

Las puertas del ascensor se abrieron y ella pulsó el botón de la planta -5 donde se encontraba la Unidad de Recuperación. El ascensor bajó y ella centró sus pensamientos en Kev y en cómo estaría después de una semana sin verlo.

Lo había visto despertarse al día siguiente de su primera visita lleno de dolores. Había estado despierto pero sedado casi diez días, hasta que el dolor pudo remitir lo suficiente para que lo soportara solo con analgésicos. Ese día hacía más de un mes desde aquello y todo ese tiempo había seguido su evolución desde fuera de la cristalera de seguridad. Cómo empezaba a alimentarse por sí mismo y, poco a poco, le desenchufaban de todos los tubos. Él la miraba desde dentro y siempre preguntaba a las enfermeras cuando podría hablar con ella y, por fin, ese día había llegado.

Las puertas del ascensor se abrieron de nuevo y el pasillo blanco recibió a Rala con la claridad a la que ya se había acostumbrado. Recorrió el pasillo hasta la puerta con el letrero H54.

Pasó su tarjeta por la ranura y la puerta se abrió con un chasquido. Entró y se encontró con una habitación completamente diferente a la que había visto la semana anterior. Si bien habían sustituido las luces ultravioletas por luces normales cuando Kev despertó, ahora tenía hologramas de paisajes en las ventanas. La enorme camilla había desaparecido y en su lugar había una cama baja que facilitaba la movilidad de Kev en la silla de ruedas, y ahí fue donde lo encontró, sentado de espaldas mirando por la ventana.

Antes de entrar ojeó el informe que había junto a la puerta. Leyó la evolución de Kev, sus dedos habían recuperado toda la movilidad y también habían conseguido recuperarle el cien por cien de la visión. Lo único que quedaba era la rehabilitación de la columna. Habían podido reconstruirla y Kev sentía las piernas, sin embargo estas estaban demasiado débiles, por lo que ella sería la encargada de decirle que ese mismo día empezaría con la rehabilitación, además del procedimiento que iban a seguir de cara a la investigación de su caso.

Dejó el informe donde estaba y se colocó frente a la puerta de entrada a la habitación. Se había leído el protocolo de acceso un millón de veces por lo que, cuando deslizó la tarjeta por la ranura y la voz de mujer que indicaba el protocolo empezó a hablar, Rala ya sabía todo lo que iba a decir y apenas hizo caso. Un minuto después la puerta se abrió y Rala entró.

El aire se le escapó de los pulmones y se obligó a mantener la calma y hacer respiraciones profundas para adaptarse a los gases de la atmósfera humana. Fue entonces cuando se dio cuenta de que solo podría hacer eso mientras su cerebro funcionara con todos los gases y no solo el hidrógeno, ya que no sería capaz de entrar en aquel ambiente compuesto en su mayor parte de oxígeno. Sin embargo, se obligó a no pensar en ello y se concentró en Kev, que estaba girándose en aquel momento. Sus ojos se abrieron de par en par y se acercó a ella moviendo la silla con los brazos.

—¿Te encuentras bien? —preguntó con preocupación.

Ella respiró hondo una vez más y asintió con la cabeza, aunque no se sentía para nada bien. Los pulmones le ardían y no paraba de pensar en la enorme capacidad pulmonar de las mestizas que se encargaban de Kev y que entraban y salían sin problemas de la sala.

Sintió que la mano de Kev agarraba la suya y tiraba de ella, luego, tras trastabillar al dar un par de pasos, se encontró sentada en una butaca junto a la falsa ventana.

Tras unos minutos que se le hicieron eternos e innumerables respiraciones profundas, por fin Rala consiguió que la sensación de asfixia desapareciera. Se dio cuenta de que había cerrado los ojos cuando los tuvo que abrir y frente a ella apareció Kev. Era la primera vez que lo veía tan cerca desde que fue rescatado de Wellan y no parecía él mismo. Su piel reflejaba la vida que había recuperado y relucía, morena y sana. Lo que recordaba de sus ojos eran venas rojas y pupilas dilatadas, sin embargo, ahora, de un brillante marrón oscuro, le devolvían una mirada de preocupación. Se dio cuenta de que todavía agarraba su mano al sentir el calor de su piel contra la suya y, sorprendentemente, no la disgustó.

—Gracias —susurró con voz ronca.

Él asintió y, al bajar la mirada, pareció sorprenderse de que sus manos estuvieran juntas, por lo que retiró la suya al instante. Aquello le produjo a Rala un sentimiento contradictorio, no estaba segura de si había retirado la mano por temor a que ella dijera algo por tocarla, o porque no deseaba seguir haciéndolo. Ninguna de las dos opciones la gustó.

Sin embargo, aquel pensamiento desapareció pronto de su mente. No podía apartar la mirada de Kev, comparando las imágenes que había visto de sus interrogatorios con su aspecto actual. Era atractivo, al menos todo lo atractivo que podía parecerle un humano y, aunque su debilidad física era palpable, no parecía que su mente estuviera dañada.

—Me alegro de que estés mejor. La recuperación ha sido increíble teniendo en cuenta lo que te hicieron. Las grabaciones de tus interrogatorios son muy duras de ver —dijo, agradecida de que su voz sonara casi normal.

Kev levantó la cabeza y fijó su mirada en ella. No había rastro de la preocupación que había mostrado. Su rostro estaba neutro y solo sus ojos reflejaban que no le habían gustado sus palabras.

—Es curioso que a lo que aquí llamáis interrogatorio en mi sector lo llamamos tortura. Y, ¿dices que las imágenes son duras? Más duro es vivirlo, créeme.

Rala sostuvo su mirada. Tenía razón. Hasta aquel momento no se había parado a pensarlo y se sintió avergonzada, no solo por lo que había dicho, sino porque a pesar de haber visto las grabaciones siguiera considerándolo un interrogatorio y, sobretodo, porque fuera legal.

Demasiados pensamientos comenzaron a aparecer en su mente, haciéndola dudar de lo que le habían enseñado desde que era pequeña. Tenía a ese humano delante y podría ser cualquiera de los chicos con los que pasaba un rato agradable en el BlackSpirit.

No había elevado la voz pero Rala pudo ver claramente su enfado. Creía que por haberlo salvado de Wellan ya se había ganado su confianza. Qué estúpida había sido.

Para él ella era solo una mutada más. No confiaba en ella y seguramente temía que en cualquier momento le hiciera lo mismo que Wellan. Tenía que convencerlo de que no iba a ser así.

—Tienes razón. No debí haber dicho eso, lo siento. Y siento también todo lo que te ha pasado.

—¿Tus disculpas van a hacer que deje de tener pesadillas por las noches? ¿O que al siguiente humano que decidáis "interrogar" no le pase lo mismo que a mí?

Rala agachó la mirada mientras negaba con la cabeza, sin saber que más contestarle.

—Entonces tus disculpas no me sirven para nada.

Aquello molestó muchísimo a Rala. Cualquier otro mutado ni se habría molestado en hacer todo lo que ella estaba haciendo por él, ni siquiera se habría rebajado a llamarlo por su nombre.

Ella no estaba de acuerdo con lo que le había pasado pero no podía hacer nada, tenía cierto poder pero ni de lejos el suficiente como para cambiar todo lo que le parecía incorrecto de la legislación.

Estaba disculpándose porque realmente sentía no poder hacer nada por cambiar las cosas y le parecía injusto cómo la estaba tratando. La estaba usando para descargar su enfado pero ella no estaba dispuesta a eso.

—Mira, entiendo que no confíes en mí. Pero nada de lo que has dicho depende de mí. Lo único que está al alcance de mi mano es mantenerte con vida y es lo que voy a hacer, me creas o no. Te he ayudado y lo voy a seguir haciendo pero no estoy dispuesta a que pagues tu enfado conmigo, y todavía sigo esperando que me des las gracias, por cierto.

Los ojos de Kev se abrieron por la sorpresa y sus mejillas se ruborizaron. Bajó la mirada y entrecerró las manos, nervioso. Rala esperó unos segundos mientras él suspiraba y buscaba las palabras.

—Gracias por sacarme de ahí y por venir a verme durante mi recuperación. Te lo agradezco de verdad Rala pero no confío en ti, no puedo hacerlo. Tengo mucho miedo, todavía no se qué hago aquí ni qué vais a hacer conmigo.

Rala suspiró, contenta y satisfecha de que por fin se hubiera abierto a ella. Le daría tiempo para que fuera confiando en ella, cra lo menos que podía hacer.

—Lo entiendo. Por eso te prometo que no te voy a mentir, siempre voy a ser sincera contigo. ¿Te sirve para empezar?

Kev asintió y su postura se relajó, si bien Rala sabía que lo que iba a decir a continuación no le iba a gustar. Había prometido ser sincera, pero escuchar la verdad le iba a doler. Sus miradas se encontraron y ella empezó a hablar.

—Nunca vamos a liberarte Kev, nunca, y créeme cuando te digo que te he salvado la vida encargándome de tu caso. Iban a matarte cuando ya no les fueras útil y eso iba a ser muy pronto, pero yo he visto algo más en ti. No solo creo que vayas a ser útil sino que nos vas ser de gran ayuda. Y eso es lo único que tienes que hacer para ayudarme a mantenerte con vida, colaborar

Kev no pareció sorprenderse mucho de lo que Rala acababa de decirle. Seguramente ya había asumido la duración de su cautiverio y las pocas posibilidades de que este terminara pronto. Fueron sus últimas palabras las que le causaron confusión.

—No sé qué más puedo hacer para colaborar… ya dije todo lo que sabía, conteste a todas sus preguntas.

—Exacto. Diste todas las respuestas, pero ellos no te hicieron las preguntas adecuadas. Creo que sabes más de lo que crees, y yo puedo ayudarte con eso —repuso Rala.

La mirada de confusión de Kev se acentuó.

—Pues sigo sin saber cómo.

Rala sonrió y se acercó un poco más a él. Estaba entusiasmada con los avances que habían conseguido en aquella técnica gracias a que ella misma destinara parte de su presupuesto a su investigación. Era indolora para el paciente y mucho más útil que los interrogatorios de Wellan. Estaba deseando que Kev la probara.

—No te puedo decir nada concreto todavía, pero digamos que veremos tus recuerdos contigo, de manera que nos podamos fijar en cosas que tal vez tú hayas pasado por alto.

Kev se separó de Rala el espació que ella se había acercado y la miró con temor. Ella sintió una punzada de decepción al sentir su rechazo pero se recordó que debía darle tiempo.

—Cómo se que si lo que quieres hacerme no funciona no me torturarás como hicieron ellos.

Rala volvió a acercarse y esta vez agarró sus manos entre las suyas. Necesitaba que la creyera, aunque no pudiera fiarse del todo de ella, pero tenía que saber que no le estaba mintiendo.

—Kev, te doy mi palabra de que a partir de ahora vas a estar a salvo. Y mi palabra es la máxima autoridad, solo hay una persona por encima de mí y no va a contradecirme.

—¿El Presidente? Y por qué querría él mantenerme a salvo si no le soy de ayuda —replicó con tono escéptico.

—Porque es mi padre y, si eso es lo que quiero, lo hará —contestó Rala con una sonrisa en los labios.

Los ojos de Kev se abrieron tanto que parecía que se le iban a salir de las cuencas y Rala no pudo contener una carcajada. Aquello pareció relajar a Kev porque sus ojos volvieron a la normalidad, aunque seguía sorprendido.

Rala vio de refilón el reloj de la habitación y tuvo que mirar el que llevaba en la muñeca para comprobar la hora. Casi se había pasado la hora de comer y tenía muchísimo que hacer esa tarde.

—Tengo que irme ya, Kev. Esta tarde empiezas la rehabilitación, intentaré pasarme pero no sé si me dará tiempo.

Él asintió y la ayudó a levantarse de la butaca, cosa que agradeció, ya que el mundo giró demasiado deprisa durante unos segundos hasta que consiguió mantenerse en pie por sí sola. Aun así, y a pesar de sus negativas, también la acompañó hasta la puerta.

—Prometo venir a verte en cuanto pueda —le aseguró Rala mientras abría la puerta.

—Tranquila, no me voy a mover de aquí —contestó él con una sonrisa.

Era la primera sonrisa que le veía y Rala no pudo evitar responderle con otra. Al cerrar la puerta tras de sí y salir después al pasillo sintió como el aire llenaba sus pulmones y comenzaba a respirar con facilidad. Kev tenía que ser de ayuda, de la forma que fuera, no podía permitir que lo mataran. Quería seguir viendo esa sonrisa todo el tiempo que pudiera.

***

"Restringido". Aquella palabra llamó la atención de Enol mientras ojeaba con Owen los documentos de la letra "R" en el Archivo de la Sede.

Hasta ese momento, en todos los documentos que habían visto desde la "A" a la "R" jamás había aparecido aquella palabra. Se habían encontrado con numerosos "Prohibida su difusión al público" o "Acceso limitado" pero nunca aquello.

Se trataba de una carpeta de metal, cerrada herméticamente con una alarma y con una pantalla adosada a un pequeño teclado, que seguramente eran los que daban acceso a la información que había dentro. En la solapa delantera no había nada más escrito excepto aquella palabra pero, a la vuelta, había un pequeño símbolo que le resultó familiar hasta que se dio cuenta de lo que podrían tener entre manos.

Llamó a Owen, que se acercó rápidamente al ver lo que su vinculado tenía en las manos.

—¿Crees que…? —empezó la frase y Enol le hizo el gesto para indicarle que comprobara la seguridad.

Owen asintió y sacó el pequeño ordenador táctil que llevaba en el bolsillo, con el que controlaba todas las cámaras de seguridad de los Archivos de la Sede. Con un par de toques se aseguró de que el bucle siguiera activado y todos aparecieran en la zona de archivos multimedia.

—Es seguro —afirmó, y Enol le dejó la carpeta para que la examinara—. Lo que nos contó Nolan… —Enol sonrió, Owen se había fijado en lo mismo que él—. No nos la podemos llevar, tiene una alarma y sería demasiado arriesgado. Tenemos que abrirla aquí.

Enol asintió y, entre los dos, despejaron la mesa en la que tenían esparcidos los documentos que llevaban revisados hasta ese momento. Colocaron la carpeta en la mesa y comenzaron a buscar la forma de forzar la cerradura.

—Creo que tiene otra alarma de apertura si se fuerza, mira, fíjate en esas dos pestañas —indicó Enol a su vinculado— ¿Crees que podrías hacerle un puente o resetearla?

Owen miró con detenimiento el mecanismo para introducir la clave. Estaba sujeto a la carpeta con unos pequeños tornillos pero seguía preocupándole que tuviera otra alarma que saltara al intentar acceder al sistema de apertura.

Sopesó las posibilidades. Llevaban más de un mes yendo todos los días allí y era la primera vez que parecían tener algo, al menos algo que la Sede se había preocupado de mantener tan seguro y secreto. Se estaban basando en conjeturas, pero no tenían nada más y no podían dejar escapar la oportunidad de saber qué había ahí dentro.

—Déjame tu destornillador.

Al instante, Enol le entregó el destornillador con puntas regulables que siempre llevaba en el bolsillo. Con cuidado, Owen desatornilló los cuatro tornillos y levantó la carcasa de la pantalla, dejando al descubierto un conjunto de cables. El sistema de apertura estaba soldado a la carpeta.

Contuvo la respiración unos segundos, como si esperara que fuera a sonar alguna alarma en cualquier momento. Miró a

Enol que le devolvió una mirada de seguridad y volvió a bajar la vista a las conexiones.

Tras unos minutos repasándolas comenzó a entender el funcionamiento del sistema de apertura de la carpeta. Había una posibilidad de abrirla, cambiando los cables de lugar, que era más seguro que puentear un cable y manipular el sistema desde el ordenador, ya que dejaría marca de esa manipulación en el cable.

Miró de nuevo a Enol. El sudor le cubría la frente y lo miraba con impaciencia pero a la vez con tranquilidad. Sabía que lo que le ponía nervioso era que pudieran pillarlos y lo que habría dentro de la carpeta, no lo que Owen estaba a punto de hacer.

Con cuidado cambió varias conexiones y la pantalla se encendió, a continuación, cambió el último cable y seis números aparecieron en la pantalla.

Como si le hubiera leído el pensamiento, Enol los apuntó rápidamente aunque sabía que con que los mirara de refilón no los olvidaría gracias a su memoria eidética.

Unos segundos después la pantalla se apagó y Owen volvió a colocar los cables tal y como los había encontrado, con la ayuda de Enol en un par de ocasiones. Luego volvió a colocar la carcasa de la pantalla y los tornillos que la sujetaban. Una vez comprobó que todo estaba como debía, le entregó la carpeta a Enol para que fuera él el que introdujera los números.

Enol sonrió, pulsó el botón de encendido de la pantalla y, una vez aparecieron los seis huecos para los seis números, los introdujo sin mirar el papel en el que los había apuntado, lo que hizo sonreír a Owen.

En cuanto el último dígito estuvo en su sitio la pantalla emitió un suave pitido y el cerrojo se abrió desactivando la alarma. Owen sentía los nervios en el estómago y agarró la mano de Enol, que apretó con fuerza. Ambos se miraron antes de colocar la carpeta en la mesa y abrirla.

No sabían lo que se iban a encontrar dentro pero desde luego jamás se esperaron aquello. Echaron fotos de cada una de las hojas procurando captar todos los detalles posibles y, cuando terminaron, cerraron la carpeta y la guardaron en el cajón donde

Enol la había encontrado. Una vez hecho esto fueron a reunirse con los demás a la zona de archivos multimedia.

Por fin tenían algo. Era increíble pero así era. Ya no iban a seguir dando palos de ciego, por fin tenían un objetivo claro y podían trazar un plan.

Enol sentía su propia emoción y la de Owen a través del vínculo. Antes de que abriera la puerta que los separaba de sus compañeros no pudo evitar besarlo. Owen le devolvió el beso y, sin necesidad de palabras, supo que estaba orgulloso de él.

Se miraron unos instantes, luego Owen abrió la puerta. Las miradas de sus compañeros se centraron en ellos, dejando a un lado lo que estaban haciendo. Todavía quedaban dos horas para que el turno de búsqueda terminara y solo habían vuelto antes de tiempo el día que encontraron las muestras de las armas.

Kleiff señaló al techo mientras se acercaba a ellos para que comprobaran la seguridad de las cámaras y los micrófonos. Owen lo hizo, todo correcto.

Tras asentir con la cabeza todos se acercaron pero fue Kleiff quien habló.

—Tenéis algo… decidme que tenéis algo… —dijo con una voz difícil de descifrar entre nerviosa, ansiosa y esperanzada.

Owen miró a Enol y ambos sonrieron.

—¿Recordáis la historia que Nolan nos contó acerca del nombre de la máquina del tiempo?

Los ojos de todos se abrieron de par en par y esta vez fue Calem el que respondió.

—Se cree que la máquina del tiempo tenía un nombre en clave, y que ese nombre era el mismo que la primera bomba que fue detonada en la Tercera Guerra Mundial, y por tanto, la que la inició. No andaban escasos de ironía a los humanos…

En cualquier momento todos se habrían reído de la broma pero la tensión era tan palpable que apenas alcanzaron a mostrar una sonrisa.

Owen sacó el ordenador con el que habían hecho las fotos y se las enseñó a Kleiff, los demás se agolparon tras su espalda para poder verlas a la vez. Con cada una de ellas los ojos de todos se abrían de par en par y las sonrisas aparecieron en los rostros de Enna y Vera, incapaces de aguantar la emoción.

—Son los planos para llegar a los planos… —susurró Kleiff—. ¿Como los habéis encontrado?

Enol se dejó la última foto sin enseñar, tenían una buena noticia y había que darla con dramatismo.

—¿Os acordáis del nombre de la primera bomba?

—Sí, era… —Justo antes de que Kleiff pronunciara el nombre Enol les enseñó la foto con el símbolo que le había llamado la atención de la parte de atrás de la carpeta—: Libélula…

XI

Nolan llevaba observando los planos una eternidad cuando finalmente habló.

—Si no me equivoco los planos de Libélula se encuentran dentro de la Sede, en la planta de Protección General de la Burbuja, donde se gestiona la seguridad de los dos sectores, en una especie de cámara acorazada o algo así…

Kleiff y Owen se inclinaron sobre la mesa de Nolan para verlos también. Todas las plantas de la sede eran iguales, según los planos que habían estudiado en los archivos. Sin embargo, en la última planta subterránea de la Sede a la que Nolan había calificado de "Protección General", los pasillos eran laberínticos y, en medio de todos ellos, había una pequeña sala con paredes que parecían reforzadas.

No había ninguna leyenda, ningún símbolo, nada que pudiera indicar que en esa sala se encontraran los planos de Libélula. No obstante, debía ser ahí donde los guardaban ya que de otro modo no tendría sentido acorazar esa habitación tan diminuta.

—Os daré la situación exacta de la cámara acorazada, medidas de seguridad y todo lo necesario en unos días. Después de eso os tocará a vosotros preparar los planes de entrada y salida. De los tres meses en los que se estimaba la Misión hemos consumido poco más de uno, ¿cuánto creéis que tardareis en presentármelos?

Los dos chicos se miraron durante unos segundos. Llevaban trabajando juntos el tiempo suficiente para entenderse con una mirada y, en esa, Owen le decía a Kleiff que no se comprometiera con una fecha muy ajustada.

En preparar un plan se podía tardar una tarde o un año, había muchas variables a tener en cuenta. Tendría que trabajar con Enna el tema de los materiales del edificio, con Calem el de seguridad, para luego trazar el plan con Owen y ver en qué podían ayudar Enol y Vera.

No podían fallar, tenían una sola oportunidad y no pensaban echarlo todo a perder por unos representantes impacientes.

—No podemos dar una fecha concreta, denos lo que necesitamos y le iremos informando —dijo Kleiff, manteniendo el tono que requería el protocolo.

La sonrisa que dejó entrever el rostro de Nolan fue fugaz pero Kleiff pudo verla perfectamente antes de que girara el rostro para apartarse de la mesa, rodearla y sentarse en su sillón.

—Está bien pero necesito algo que decir a los representantes.

—Dígales que se tomen una tila mientras esperan en sus cómodos sillones a que nosotros hagamos todo el trabajo.

La mirada de Nolan fue de comprensión, no de enfado, sin embargo, Kleiff sabía que se había pasado al hablarle de aquella manera, por lo que se obligó tranquilizarse y pedir disculpas.

—Os entiendo, de verdad que lo hago. Vosotros sois mi prioridad no esos imbéciles, ya lo sabéis, pero sin sus fondos ni recursos no podríamos hacer nada de esto y…

—Un mes. En cuanto dispongamos de todos los datos presentaremos el plan antes de que pase un mes —interrumpió Owen.

Kleiff se giró hacia él. Un mes podría no ser tiempo suficiente y lo sabía. Nolan también lo miró.

—¿Estás seguro? —preguntó.

Owen asintió sin mirar a Kleiff. Nolan les dirigió una mirada y luego se echó hacia atrás en su sillón.

—Bien. Un mes entonces. Os llamaré cuando tenga todo. Respecto a vuestro trabajo en la sede, ha terminado para vosotros dos. Os he puesto una semana de vacaciones a todos y después de eso se incorporaran los demás. No podéis perder el tiempo allí, pero tampoco podemos sacaros a todos a la vez —Los dos chicos asintieron—. Vale, ¿Owen puedes esperar a Kleiff fuera?

Cuando Owen cerró la puerta al salir, Nolan se levantó del sillón para apoyarse en la mesa, cerca de Kleiff.

—¿Qué tal están todos? —preguntó.

Kleiff se apoyó en la mesa a su lado y cruzó los brazos.

—Nerviosos. Sobre todo Calem, ya sabes cómo es, no le gusta la desinformación.

Nolan soltó una carcajada.

—Lo sé pero él decidió no aceptar tu puesto. Le gusta enterarse de todo y a la vez no ser responsable de nada y así no funcionan las cosas.

Kleiff asintió pero no dijo nada. Esa no era la razón por la que Calem no había aceptado el puesto pero nadie más que Kleiff sabía el por qué.

—¿Y Vera? ¿Cómo lleváis… bueno… lo vuestro?

La saliva se le atragantó en la garganta y Kleiff no pudo evitar toser. Nolan se echó a reír a la vez que le daba unos golpecitos en la espalda.

—Está bien, no tienes que contármelo. Solo quería recordarte que dentro de tres días es la Fiesta de los Fallecidos, y creo que estaría bien que llevaras a Vera a ver a vuestro padre.

—No —contestó Kleiff sin dudarlo un segundo.

Nolan suspiró sonoramente y lo miró fijamente.

—Kleiff, no has ido a verlo desde que murió.

—Ya, ¿y qué?

—Que Vera merece conocer la placa de su padre y creo que deberías aprovechar la oportunidad para ir.

Kleiff le devolvió la mirada. Tenía razón, sabía que la tenía. Vera tenía derecho a ver la placa, pero él no podía acompañarla. Ni siquiera podía soportar pensar ir a ese sitio como para plantearse si quiera en hacerlo.

—Lo pensaré —contestó, aunque ya lo había pensado.

Nolan dejó caer su mano en el hombro y suspiró.

—Bueno, marchaos a casa. No podéis decir nada de los planos, ya lo sabéis —dijo finalmente con voz cansada.

—Sí, señor.

Nolan se levantó y rodeó de nuevo la mesa a la vez que Kleiff se dirigía a la puerta pero antes de salir se giró hacia él una última vez.

—Me han pedido que te pregunte si podemos salir a celebrarlo.

Una sonrisa divertida apareció en el rostro de Nolan mientras apoyaba las manos en la mesa para estudiar los planos otra vez.

—Pues claro que si Kleiff, os lo merecéis.

Sin decir nada más Kleiff se encaminó a la puerta, cerrándola al salir.

***

Solo habían pasado unas horas desde que Enol y Owen habían encontrado la carpeta pero el tiempo parecía haberse acelerado. Tras encontrarla, Kleiff llamó a Nolan, el cual les pidió que se fueran a casa y, un par de horas después, les dijo a Kleiff y Owen que fueran a su despacho a entregársela.

Desde eso habían pasado otras dos horas. Enol, Calem, Enna y Vera se entretenían como podían para que pasaran más deprisa.

En ese momento estaban jugando a un juego de cartas al que Vera jamás había jugado pero que sorprendentemente se le daba muy bien, y, en equipo con Enna, les estaban dando una paliza a Calem y Enol.

Justo cuando Calem renunciaba a seguir jugando más, tras su enésima derrota, la puerta de la entrada se abrió. Escucharon los pasos de Kleiff y Owen hasta que finalmente entraron en la cocina.

Sus expresiones eran difíciles de describir. Parecían contentos, pero a la vez nerviosos y preocupados. El primero en reaccionar fue Calem.

—¿Bueno qué? ¿Qué ha dicho?

Owen y Kleiff se miraron unos segundos y finalmente fue Owen el que contestó.

—No se nos permite deciros nada, aunque seáis parte del equipo no quieren que os filtremos nada hasta que tengamos toda la información para trazar el plan.

Un coro de reproches y quejas empezó resonar en la cocina, empezando por Calem y terminando con Enol. Kleiff los mandó callar con un gesto y las voces fueron apagándose poco a poco.

—Parece mentira que creáis que no vamos a contaros nada —aclaró sin poder contener más la sonrisa—. De momento estamos de vacaciones, luego volveréis vosotros, nos han pedido que nos dediquemos a tiempo completo a trazar los planes. Y ya que aquí el amigo se ha comprometido en tenerlos hechos en un mes no podemos perder el tiempo. Pero hasta que no nos den toda la información solo podemos esperar. Pero… no quiero hablar más de esto, ¡nos han dado permiso para salir esta noche!

El coro de voces volvió a sonar aunque esta vez con palabras mucho más positivas. Enol y Owen se marcharon de la cocina al momento, Vera se giró hacia Calem pero Kleiff le había hecho un gesto y se estaba levantando para ir a hablar con él.

A pesar de la alegría que había mostrado unos minutos antes, su rostro estaba serio y preocupado de nuevo.

En el momento en que Kleiff se dio cuenta de que Vera lo estaba mirando, Enna tiró de ella para que se levantara y subir a prepararse para salir. La vio salir de la cocina y escuchó sus pasos subiendo escaleras arriba.

—¿Qué pasa, K? —preguntó Calem, y Kleiff recordó por qué le había pedido que se quedara a hablar con él.

—¿Me harías un favor?

—Claro. ¿Quieres que te lo haga aquí? Podría pillarnos alguien pero si a ti no te impor… vale, no estás de coña, dime —rectificó Calem al ver que Kleiff le estaba hablando en serio.

Kleiff suspiró y miró directamente a los ojos azules de Calem.

—¿Podrías llevar a Vera a ver la placa dc mi padre el Día de los Fallecidos?

Calem se pasó una mano por la melena rubia y desvió la mirada.

—Creo que deberías llevarla tú, K.

Kleiff soltó de golpe el aire que había estado conteniendo y se separó de Calem. No podía estar parado y se giró dándole la espalda.

—Claro que debería llevarla, yo. En un mundo perfecto llevaría a mi hermanastra a conocer la placa de su padre, le contaría la historia de su muerte y, posiblemente lloraríamos juntos para superarlo, pero este no es un mundo perfecto, Calem. Solo con plantearme la idea de ir a verlo me tiemblan las piernas. No puedo hacerlo, le echo mucho de menos.

Los brazos de Calem lo abrazaron desde la espalda y Kleiff sintió su cuerpo rodeándolo, consolándolo. Haciendo que el nudo que tenía en la garganta se aflojara poco a poco.

Su padre había muerto de una Tulorea, como casi todos los mutados y mestizos. Al ser médico, se la diagnosticó a sí mismo y comenzó a tratarse en secreto, pero era incurable y, al no saberlo nadie más, terminó por olvidarse de tomar las medicinas. Sin nadie que se lo recordara empeoró rápidamente.

Kleiff no supo nada hasta que se encontró a su padre desnudo en la puerta de casa, completamente desorientado y sin saber dónde estaba ni quién era.

Una vez en el hospital volvieron a medicarlo y consiguió recuperar la memoria, pero ya era incapaz de moverse y le costaba hablar. Fue allí cuando le contó que llevaba años enfermo, le pidió perdón por engañarlo y le confesó la existencia de Vera para que se lo contara a Nolan y la pudiera proteger cuando él no estuviera.

Murió a los días después, en los brazos de Kleiff, mientras le leía su libro favorito.

Todavía se sentía culpable por no haberse dado cuenta de que estaba enfermo y no haber podido ayudarle. Seguía pensando que, si lo hubiera sabido, tal vez hubiera durado más.

Calem había estado con él durante todo el proceso. Él había pasado por una situación parecida, y trataba de explicarle que las Tuloreas son así, y que no hubiera podido hacer nada por ayudarle. Pero todos los días pensaba en él, en los consejos que le habría dado de seguir con vida y en si estaría orgulloso de lo que estaba haciendo. Aunque sabía que tendría que ir a verlo en algún momento, todavía lo sentía muy reciente.

—De acuerdo, la llevaré. —Sintió que un gran peso desaparecía de su espalda pero Calem no había terminado de hablar—. Con una condición, la diré que ha sido idea tuya.

—No hará falta… se lo diré yo.

***

—Entonces solo nos queda esperar… Está bien, manténgame informado.

Carli esperó a que Duncan colgara para acercarse a preguntar. Había estado pegado al teléfono casi media hora hablando con Nolan y no podía esperar a que la contara lo que habían conseguido los chicos de la Misión.

Una vez vio cómo guardaba su teléfono en el bolsillo, se acercó a él.

Duncan no solía sonreír nunca por lo que, que lo estuviera haciendo en ese momento, solo podía significar que le habían dado muy buenas noticias.

—Creen que pueden tener la situación exacta de los planos. De momento no puede decirnos nada pero los chicos se han comprometido en proponer un plan en un mes, si Nolan lo aprueba él nos lo enviará a nosotros para que demos nuestro consentimiento y, si tanto yo, como el Representante Mutado lo damos, se llevará a cabo.

Carli soltó todo el aire que llevaba reteniendo desde que Duncan había empezado a hablar. Un mes, en un mes podía tener a su hija de vuelta si todo salía bien. Duncan pareció leerle el pensamiento, ya que se acercó a ella y la abrazó, algo que no hacía muchas veces.

—Tranquila Carli, traeremos a tu hija a salvo cueste lo que cueste.

Ella asintió pero sus palabras no la convencieron. Sabía que por estadística, de esos seis chicos, no iban a llegar al H con vida todos, solo esperaba que su hija fuera una de ellos.

Como si Duncan hubiera recordado algo se separó de ella para mirarla.

—Por cierto, se me había olvidado. Me ha pedido que le mandemos el prototipo de los nuevos chalecos antibalas para que los chicos los prueben y hacer los ajustes que se necesiten.

—Están ajustando un par de detalles pero podría estar para mañana.

Duncan asintió.

—Bien, encárgate de todo cuando esté listo y envíalas por el canal de Tierra Vacía, no nos podemos arriesgar a encubrirlas en el Intersectorial.

Esta vez fue Carli la que asintió y, tras despedirse de Duncan, se dirigió al túnel que conectaba el Refugio con el Laboratorio.

Tenía que preparar el prototipo para enviarlo, se había esforzado mucho en ayudar a los ingenieros para hacer los chalecos lo más seguros posibles teniendo en cuenta las nuevas armas que habían creado en la Sede. Sin embargo, sabía que el chaleco no era seguro en su totalidad, tenía puntos débiles pero no podían reforzarlo más y perder ergonomía, ya que los chicos tenían que tener la movilidad suficiente para trabajar en condiciones óptimas.

Una vez llegó al laboratorio entró introduciendo su código personal. Era una sala enorme, sin paredes en medio, toda llena de mesas con diversos objetos.

Se dirigió hacia los tres ingenieros, que estaban en torno a una mesa al final de la sala. Al llegar a ellos la saludaron y afirmaron que en unos minutos estaría terminado, por lo que se sentó en una de las sillas a esperar.

Sin poderlo evitar dirigió la mirada hacia las dos puertas cerradas con códigos que había junto a ella. Una de ellas eran unas escaleras y la otra un ascensor que descendía a una planta por debajo de ellos.

Nadie en el H, excepto Duncan y los dos Ingenieros Jefe, podía bajar ahí. Ellos tres y Nolan eran las únicas personas en toda la Burbuja que habían visto en primera persona a Libélula y de momento así iban a seguir.

***

—De acuerdo Nolan, le mandaré toda la información en cuanto la tenga. Que el Sol les guarde.

Después de su charla con el Jefe del Proyecto, Rick, el Representante del Comité Mutado llamó al resto de miembros para informar de que se habían hecho avances significativos y que pronto tendrían más información.

Nolan le había pedido que no les dijera nada más concreto y le había parecido una medida sensata por su parte. Sabía que Nolan no le había contado todo lo que sabía, solo lo justo para que hiciera las averiguaciones necesarias y dar la información al resto. A él no le molestaba, ni siquiera confiaba en algunos miembros del comité al que representaba, por lo que se le hacía fácil mentirlos si no disponía de toda la información.

Los mutados no eran tan fiables como los humanos, no en esto. Les costaba comprometerse con unos ideales y más si estos se basaban en destruir su propia civilización.

Un ruido tras la puerta de su despacho le hizo volver a la realidad.

—Neil, el hecho de que ni siquiera sepas escuchar a escondidas responde a tu incansable pregunta de por qué no te admitieron como recluta.

La puerta se abrió y su hijo entró en la habitación. Fingía que su comentario no le había afectado, aunque lo conocía demasiado bien para saber que sí lo había hecho.

—¿Qué quieres?

—Siempre tan agradable, padre.

—Vivimos en la misma casa y solo me diriges la palabra para pedirme dinero o favores. Déjate de rodeos, cuál de las dos cosas es esta vez.

Neil resopló mientras se acercaba a su mesa.

—Necesito entradas para el festival de música del jueves, están agotadas.

Rick miró a su hijo sin poder contener la decepción. Siempre esperaba que le pidiera involucrarse en el Proyecto pero nunca lo hacía. Si no era como recluta no quería tener nada que ver, y, aunque había entendido su postura hacía un par de años ahora solo le parecía una actitud infantil. Como no había conseguido ese juguete que tanto quería ya no quería ninguno.

—No sé si podré conseguirlas, mis contactos no se mueven por esos mundos tuyos.

—Te sorprendería lo que hacen tus contactos cuando nadie los ve.

Solo con la mirada le dijo que no iba a hacer nada por él, no pensaba gastar saliva. Su hijo, entendiéndolo, se sonrojó de ira.

—A él se las conseguirías. Le consentías y le perdonabas todo. Como se nota quién era tu favorito… Ni siquiera eres capaz de decirme de lo que se habla en el Comité…

—¡Suficiente Neil! Soportaba tus celos y tus estupideces cuando eras un niño pero ya eres un adulto y estás acabando con mi paciencia. Te he repetido hasta la saciedad que si quieres saber lo que se habla en el Comité tienes que formar parte de él, pero no te interesa la responsabilidad que eso implica, con que no, no te voy a contar nada y no te voy a conseguir esas estúpidas entradas. Fuera de mi vista.

La puerta se cerró de un portazo y Rick se pasó ambas manos por el pelo blanco. Le dolía pensarlo pero, en el fondo, aunque esperaba que su hijo se involucrara, se alegraba de que no lo hiciera. Como padre, la idea de no fiarse de su propio hijo era muy dura.

***

—¡Por el bicho! —exclamaron todos al unísono mientras brindaban.

Habían considerado peligroso brindar por Libélula, por si alguien ataba cabos y, tras varias propuestas de brindis, algunas más inapropiadas que otras, se decantaron por esa.

Vera contuvo la risa el tiempo justo para dar un trago a su copa de vodka y, a su lado, Calem se terminó lo que quedaba de la suya, pidiendo más a la camarera que rondaba las mesas.

—Sigo pensando que bicho es muy despectivo, deberíamos haber utilizado insecto —opinó Enna con la voz algo afectada por el alcohol que ya habían consumido.

Las risas volvieron a sonar en toda la mesa y Vera volvió a dar otro trago a su copa. Sabía que no debía beber demasiado pero realmente creía que tenían algo que celebrar. Con todo el trabajo que habían tenido apenas habían podido salir y tampoco pasaba nada porque se desmadrara una noche.

Sintió el brazo de Calem alrededor de su hombro y al instante la estaba apretujando contra su pecho. Olía a él, a su colonia y a su esencia y, cuando agachó la cabeza para besarla, sus labios sabían a vodka de mora, su favorito. Varios abucheos les hicieron separarse y Vera se echó a reír. De acuerdo, puede que se estuviera pasando con el alcohol.

Estaban sentados en su mesa de siempre, en el mismo orden de siempre, Calem y ella, luego Enol y Owen y por último Kleiff y Enna, de forma que tenía a Kleiff justo en frente, como siempre. Aunque esta vez, tras verlos besarse, no había puesto la misma mueca afligida sino que se estaba riendo, como todos los demás. Puede que él también se estuviera pasando con el alcohol.

—Calem… una rubita pura te está mirando… y con mucho interés al parecer. —La vocecita borracha de Enna la hizo volver al presente y todos se giraron para ver a la chica a la que se refería.

Al darse la vuelta, Vera perdió la visión durante unos segundos, demasiado borracha para soportar movimientos bruscos. Tras enfocar, distinguió a una mutada pura, muy rubia, como había dicho Enna, y muy alta, altísima.

Llevaba un conjunto muy corto de licra negra aunque sin enseñar nada, y sonreía hacia ellos. Sintió que Calem le daba un apretón con el brazo a la vez que levantaba la copa en dirección a la chica, dándole a entender que estaba ocupado.

La chica se encogió de hombros y levantó la copa a su vez, sin perder la sonrisa en ningún momento.

—¿Quién era esa? —Se escuchó Vera decir a sí misma, aunque con una voz demasiado ebria.

—¡Ohhhh, la mestiza reclama lo que es suyo! —bromeó Kleiff, para sorpresa de todos, y Enna estalló en carcajadas.

Vera se sonrojó de arriba abajo y sintió de nuevo el abrazo protector de Calem.

—No os metáis con ella… seguro que solo era curiosidad, a que si borrachita mía.

Sin ser capaz de articular una palabra Vera asintió mientras se llevaba de nuevo el vaso a la boca. Mala idea.

—Esa, amigos míos, es Rala Offen —respondió Calem con una sonrisilla.

Todos se quedaron boquiabiertos y a Enna se le atragantó el alcohol que tenía en la boca.

—¿Te has acostado con la hija del Presidente Mutado? —susurró Vera con sorpresa.

Calem se echó a reír pero a Vera no le hizo gracia. Entendía que el sexo para los mutados no significaba lo mismo que para los humanos, pero de ahí a no tener una pizca de escrúpulos le parecía cruzar el límite.

De un manotazo se separó de su abrazo y lo miró fijamente.

—Su familia asesinó a miles de humanos y ahora los mantiene recluidos en un sector, sin libertades y bajo amenazas, ¿y tú te acuestas con ella? —susurró lo suficientemente alto para que todos la escucharan pero lo suficientemente bajo como para que no lo hiciera nadie más fuera de su mesa.

La sonrisa permaneció en los labios de Calem cuando contestó, sin embargo se notaba la tensión en la rigidez de su cuerpo.

—Vera, no creo que este sea el lugar más apropiado para hablar de esto. Pero ya que has empezado, te diré que ella no sabe nada, solo yo sabía que me estaba acostando con "el enemigo".

Una risa seca y sarcástica se escapó de la boca de Vera.

—Claro, porque metérsela a sabiendas de que tu trabajo consiste en maquinar para arruinarle la vida lo hace todo mucho menos asqueroso.

—Vera, basta —intervino Kleiff con una voz sorprendente sobria y autoritaria.

Vera se giró a hacia él y su mirada era clara. Se había pasado y lo sabía, pero era lo que realmente sentía y, aunque en otro momento se hubiera expresado con palabras menos hirientes, se lo habría dicho de todas formas.

Se dio cuenta de que todos la miraban sin saber cómo reaccionar y, al volver a mirar a Calem su mirada era reflexiva, ni enfadada, ni triste. Solo reflexiva.

—Supongo que… tienes razón —concluyó.

La carcajada de Enna resonó por toda la mesa, cortando la tensión que se había formado.

—¿Me estas contando que te acaba de llamar asqueroso e inmoral en toda tu cara y eso es todo lo que tienes que decir? —resumió entre risas.

—Mira y aprende, así se aceptan las críticas, cariño. No encerrándote en el baño a llorar —dijo Owen a Enol, que se giró y le dio un manotazo en el hombro a la vez que se sonrojaba.

Todos se rieron, hasta Kleiff, que estaba muy serio. Y luego fue Calem el que retomó la palabra.

—Es que tiene razón, no tengo escrúpulos, lo único que pensaba mientras me la follaba era que tenía un culo estupendo. Por el Sol, estoy saliendo con Vera… que me hace más desleal que eso.

El silencio volvió a hacerse en la mesa.

—¿Mmmm recuerdas cuando te tiraste a la vinculada de tu padre? ¿O la vez que te montaste un trío con los padres de Enna? Creo que eso lo supera —intervino Kleiff a lo que Calem respondió asintiendo lentamente con la cabeza, como si estuviera recordando esos momentos.

Esta vez fue a Enol al que se le atragantó el trago que estaba dando a su copa.

Vera estaba alucinando con lo que estaba descubriendo de Calem y, a la vez, se sentía aliviada de que hubiera sido Kleiff el que desviara la atención de su vínculo. Era lo que menos quería y necesitaba en ese momento.

—¿Qué te montaste un trío con mis padres? ¡Eres un degenerado! Y yo aguantándome las ganas de tirarme a tu hermano porque pensaba que te enfadarías… Serás, serás… te voy a matar —sentenció Enna, y le tiró el vaso de ron medio vacío de Kleiff a la cabeza a pesar de los intentos fallidos de su dueño de que no lo hiciera.

Calem lo esquivó sin dificultad riéndose a carcajadas y se levantó de la mesa.

—Venga anda, concédele un bailecito a tu padrastro —le dijo a Enna mientras la agarraba de la mano.

Ella le dio un bofetón en la cara que hizo que todo el mundo los mirara pero se levantó y se encaminó a la pista.

Calem se frotó la mejilla dolorida pero la siguió, y, al pasar junto a Vera, Calem se agachó y susurró.

—Ya hablaremos tu y yo, señorita.

A los pocos segundos Enol y Owen miraron saltadamente a Vera y a Kleiff y, dando una excusa pésima, se levantaron de la mesa y se marcharon dejándolos solos.

La música sonaba tan fuerte como siempre pero no lo suficiente como para llenar el incómodo silencio que reinaba entre ellos.

Como si lo hubieran arreglado todo a propósito, Vera recordó lo que había hablado con Calem de ser más "amistosa" con Kleiff, por lo que bebió el último trago que quedaba en su vaso y se deslizó por los asientos continuos hasta que estuvo en el que había ocupado Enol, al lado de Kleiff.

Se sintió extraña al estar tan cerca de él fuera de la sala de entrenamientos y notaba que a él le pasaba lo mismo. Como si ambos fueran estúpidos llamaron a la camarera al mismo tiempo y se echaron a reír. No obstante ninguno dijo nada durante la eternidad que tardó la camarera en traer las copas.

Fue después de que dieran el primer trago cuando ambos, de nuevo imbéciles, empezaran a hablar a la vez y les volviera a dar la risa.

—Por el Sol, parecemos idiotas —dijo Kleiff entre risas y Vera volvió a reírse.

—Se me hace raro hablar contigo como personas normales, es absurdo, entrenamos juntos todas las mañanas pero no somos capaces de estar sentados al lado del otro sin que sea incómodo. Se nos da mejor darnos patadas que hablar.

—Brindo por eso —contestó Kleiff levantando su copa y Vera lo imitó.

Después de beber otro trago. Kleiff parecía más relajado, lo que animó a Vera.

—Se te ve bien desde que... bueno, desde que tenemos al bichito en nuestro poder.

—Si... la verdad es que tenía un peso muy grande en las espaldas y parece que se me ha quedado a la mitad —Aquello hizo reír a Vera, sin saber por qué y Kleiff también sonrió—: Se que no parece mucho al decirlo así, pero me hace sentir mucho más ligero.

Vera asintió. Volvieron a quedarse en silencio aunque esta vez fue mucho menos incómodo.

—Por cierto, antes te he dicho que pararas no porque creyera que te estabas pasando con Calem sino porque estabas diciendo demasiadas cosas del trabajo. Se merece todo lo que le digas, es un pervertido y lo peor es que le da igual.

La sonrisa que apareció en los labios de Vera fue triste, la verdad era que le había decepcionado un poco conocer esa faceta de Calem. Sospechaba que su vida sexual había sido intensa pero los detalles que había conocido esa noche superaban todo lo que ella podía haber imaginado.

—Me imaginaba que era así, pero no sé, me parece demasiado.

Para sorpresa de Vera, Kleiff negó con la cabeza a la vez que tragaba la bebida que se había llevado a la boca.

—Que esto no cambie la imagen que tienes de él, Vera. Es el mejor amigo que he tenido nunca, se que respecto al sexo no entiende de lealtades, pero dejando eso a un lado nunca me ha fallado y sé que daría su vida por cualquiera de nosotros.

Si Kleiff podía decir eso de Calem, a pesar de que estuviera saliendo con ella, tendría que ser verdad.

—Lo tendré en cuenta —contestó.

Kleiff asintió y la miró, parecía que quería decir algo pero no se atrevía a hacerlo.

—¿Me lo vas a decir ya o no? —preguntó con una sonrisa.

Él se la devolvió y suspiró.

—Es que es un tema importante para mí y me cuesta mucho hablar de ello.

Vera asintió y esperó a que Kleiff ordenara sus pensamientos. No sabía lo que estaba pasando por su cabeza pero, por el vínculo, sentía nostalgia, dolor y tristeza, sabía que ella no le producía esos sentimientos, al menos no así, por lo que no podía tratarse de nada relacionado con el vínculo.

Finalmente, y tras un trago a su copa, la miró y habló.

—Sabes que dentro de unos días es la Fiesta de los Fallecidos. —Vera asintió—. Pues Nolan me ha hecho darme cuenta de que deberías conocer la placa de nuestro padre y… yo soy incapaz de ir allí, lo he intentado muchas veces y no puedo, pero tú tienes que ir. Le he pedido a Calem que te lleve.

Al cerebro borracho de Vera le costó asimilar toda la información y, cuando lo hizo, lo único que pudo hacer fue beber un trago de copa. Muy inteligente.

—Sé que debería ser yo el que te acompañara, lo sé pero…

—Tranquilo Kleiff, te entiendo y no te voy a hacer pasar por eso. Preferiría ir contigo pero estará bien ir con Calem. Gracias por pedírselo —interrumpió Vera. No quería que siguiera justificándose, sentía por el vínculo lo mal que lo estaba pasando solo con sacar el tema de su padre y no quería ni pensar en cómo podría llegar a sentirse en el cementerio.

Él asintió e hizo girar la copa entre sus manos, nervioso. Quería que la contara lo que le pasaba por la cabeza pero no quería ser ella la que preguntara. No obstante, sabía que Kleiff no era de esos que te contaban sus problemas ni de los que pedían consejo, sabía que si quería saber algo tendría que tomar la iniciativa.

—¿Quieres que hablemos del tema? —preguntó.

Kleiff levantó la vista de su copa y la miró. Solo con aquella mirada Vera supo que no le sacaría nada aquella noche pero sus palabras lo confirmaron.

—Estamos celebrando algo, preferiría no hacerlo. Me amargaría la noche y te la amargaría a ti —contestó.

Vera asintió y dijo lo primero que se le pasó por la cabeza.

—¿Te apetece bailar?

Kleiff la miró sorprendido y hasta ella misma lo estaba, pero la creciente atracción que había empezado a sentir por él, intensificada por la bebida, habían hecho que a su cerebro no se le ocurriera nada mejor para animarlo y la verdad era que la apetecía mucho bajar a la pista con él.

Sin creérselo Kleiff asintió y ambos se levantaron de la mesa. Al instante todo el alcohol que Vera había bebido pareció subírsele a la cabeza. El camino hacia la pista fue un conjunto de imágenes, música y, entre todos ellos, Kleiff. Sobre todo Kleiff. Al ser tan alto y corpulento iba abriendo paso entre la gente pero Vera estaba tan mareada que le perdió de vista un par de veces hasta que él la agarró de la mano y tiró de ella para mantenerla cerca.

Aquel contacto tan simple hizo que un escalofrió recorriera el cuerpo de Vera. Nunca se tocaban fuera de los entrenamientos. Ese roce de sus manos con las suyas era algo a lo que no estaba acostumbrada, por lo que el vínculo palpitó con fuerza en su pecho, recordándola que estaba ahí.

Los cuerpos de los que bailaban los rodeaban pero Vera solo podía sentir a Kleiff, que avanzó hasta el centro de la pista y se giró hacia ella.

La música era atronadora pero lenta, fácil de bailar si se estaba agarrado. Por lo que, influenciada por el alcohol, el vínculo, y el Sol sabía qué más, Vera se acercó a Kleiff, poniendo sus manos alrededor de su cuello. Él, tras dudarlo unos instantes, las colocó alrededor de su cintura.

Su esencia intensa era embriagadora y comenzó a sentir claramente la influencia del vínculo. Cada célula de su cuerpo quería estar en contacto con Kleiff, y, cómo si su cuerpo necesitara de ese contacto para seguir funcionando se acercó más a él.

Lo miró como si estuviera viéndolo por primera vez. Se había excitado solo con el hecho de sentir sus manos alrededor de la cintura y el mero roce de sus dedos la producía escalofríos. Así funcionaba el vínculo, era fácil, natural.

Sus cuerpos parecían amoldarse a la perfección, como si eso fuera lo que se debía sentir al estar con alguien. Se dio cuenta de que lo que sentía al estar cerca de Calem era una sombra en comparación con el contacto de Kleiff.

El hecho de compararles la hizo sentirse mal un instante pero la fuerza del vínculo al estar tan cerca reprimía cualquier sentimiento externo que no fuera hacia él.

—Me siento tan mal, pero a la vez tan bien… —susurró al oído de Kleiff.

El se tensó y se separó de ella lo justo para poder mirarla. Sus ojos estaban vidriosos, como seguramente debían estar los de ella.

—Eres preciosa Vera, si pudiera… si solo pudiera…

Vera sabía a lo que se refería, quería besarla, quería tocarla, lo mismo que ella quería hacerle a él. Eran dos polos opuestos de un imán luchando por no unirse y Vera comenzó a preguntarse si realmente no quería que se unieran.

Al principio se había revelado a la idea del vínculo simplemente porque se escapaba de su control. Era algo impuesto por la genética, una decisión que su cuerpo había tomado por ella, pero conforme pasaban los días se había dado cuenta de que era mucho más profundo que una atracción física.

Llevaba un tiempo reprimiéndose constantemente tras la última conversación que habían mantenido pero lo cierto era que, poco a poco, su forma de ser había empezando a eclipsar toda la avalancha inicial de sensaciones generadas por el vínculo y llevaba unos días preguntándose como hubiera sido todo si lo hubieran reclamado.

No supo como ese pensamiento llegó a su cabeza y de allí a su boca pero cuando se quiso dar cuenta fue tarde para echarse atrás.

—A veces me pregunto qué hubiera pasado si hubiéramos reclamado el vínculo… Sé que ahora no, pero… cuando todo esto termine y hayamos completado la misión…

Kleiff se tensó y la miro fijamente, mientras negaba con la cabeza.

—No… yo siempre tendré esta carga… no podré hacerte feliz. Nunca te sentirías como una prioridad y mereces estar con alguien que te haga sentirlo.

La mirada de Kleiff parecía confusa, no se espera estar manteniendo esa conversación y la verdad era que ella tampoco se lo esperaba. Sin embargo, al empezarla, se dio cuenta de que ambos llevaban queriendo decirse eso desde hacía mucho tiempo y, por fin, lo estaban haciendo.

Le dolía pensar que Kleiff nunca reclamaría el vínculo, aunque fuera porque creía estar haciéndola un favor.

—Nunca podre estar con Calem al cien por cien. Siento constantemente cómo te hago daño y se lo hago a él por no poder darle todo de mí.

—No digas eso, no le haces daño, al revés, os hacéis bien el uno al otro… cuando estáis juntos… no te das cuenta de lo feliz que estás con él y cómo te cambia la cara cuando estás sola. Me gusta verte feliz y me siento mejor al saber que Calem está cuidando de ti.

Sus palabras sorprendieron a Vera. No esperaba que nadie se hubiera dado cuenta de lo fundamental que era para ella estar con Calem, pero estaba claro que con Kleiff no podía mantener en secreto sus sentimientos. Él sentía todo lo que ella sentía a través del vínculo, igual que le pasaba a ella.

—Tienes razón, pero aun así, le hago daño al no poder acostarme con él —respondió Vera, mas influenciada por el alcohol de lo que pensaba.

—¿Qué? —alcanzó a preguntar Kleiff sin poder contener la sorpresa por el giro que acababa de darle a la conversación.

Vera se sonrojó y la embargó la vergüenza, sin embargo su boca había perdido los filtros que tenía al estar sobria.

—Es como que mi cuerpo no puede. Siento el vínculo y me pide que no siga adelante, que es contigo con el que tengo que hacerlo.

Esta vez fue Kleiff el que se sonrojó. Vera sintió la vergüenza y el arrepentimiento, seguramente por haberse acostado con todas esas camareras durante los primeros días de enterarse del vínculo.

—Vale… —consiguió contestar.

Tras unos segundos en silencio él abrió la boca para decir algo pero Vera lo interrumpió, incapaz de parar los pensamientos que se amontaban en su cabeza y, después, en los labios.

—Si me prometieras que cuando consigamos… todo, reclamaríamos el vínculo, te esperaría.

La música seguía sonando y la gente continuaba bailando a su alrededor pero Kleiff solo podía mirar a Vera. Deseaba decirle que sí, que la reclamaría en ese mismo momento pero no podía.

Su cuerpo estaba paralizado y sus ojos fijos en ella. Vio el momento en que la decepción acudió a ellos al ver que no decía nada y cómo se separó de él, por no ser capaz de darla lo que quería, lo que se merecía de él.

Justo cuando Vera giraba la cabeza y se separaba de él, Kleiff la agarró con fuerza las manos y la atrajo hacia él.

—Quiero que seas mi única prioridad, Vera, solo… espérame… —dijo en un susurro, que Vera no supo cómo escuchó con la atronadora música de fondo. Sus ojos estaban vidriosos y la miraban expectantes. Casi pudo sentir como el vínculo se reforzaba, como si durante ese mes lo hubieran debilitado poco a poco y en ese momento hubiera recobrado toda la fuerza.

Sus labios se torcieron en una sonrisa y, por toda respuesta se abrazó a él con fuerza. Todo su cuerpo en contacto con el suyo.

Kleiff la devolvió el abrazo, sintiéndose completo por primera vez desde hacía mucho tiempo.

XII

El grito de dolor de Kev resonó por toda la habitación y Rala tuvo que apartar la mirada del sillón en el que estaba sentado. Miró a la enfermera mestiza que estaba junto a ella y que no apartaba los ojos de Kev.

—Me asegurasteis que no le dolería —masculló con un hilo de voz.

—Los sujetos mestizos y mutados con los que lo hemos probado no han sufrido dolor alguno. Nunca lo habíamos probado en un humano hasta ahora —contestó sin dejar de mirarlo.

Rala volvió a mirar a Kev. Había empezado la sesión de *Mementium* sentado en su silla de ruedas pero, tras inyectarle el suero y empezar a monitorizar sus recuerdos, había empezado a sentir un dolor agudo que empeoró drásticamente al intentar controlar el flujo de sus pensamientos.

Fue en ese momento cuando lo pasaron al sillón con ataduras y era como se encontraba en ese momento, con pies y manos inmovilizados, retorciéndose de dolor y con el monitor en el que tendrían que estar viéndose sus recuerdos completamente en negro. El dolor era tan fuerte que no le permitía concentrarse.

—¡Basta! —gritó Rala tras el último alarido de Kev.

Los doctores le quitaron la vía por la que estaban inyectando el *Mementium* y, casi al instante, los músculos de Kev se relajaron cayendo como si fuera un trapo sobre el sillón.

Con sumo cuidado las dos enfermeras mestizas le soltaron las manos y los pies y Rala se acercó para ayudarlas a levantarlo y llevarlo a la cama. Entre Rala y una de las enfermeras lo sujetaron por los brazos, mientras que la otra le levantaba las piernas. Con un par de movimientos Kev estaba acostado.

Tenía los ojos cerrados y la frente empapada de sudor, sin embargo, la piel del brazo que acababa de sujetar Rala estaba congelada.

—Vamos a tener que reformular el suero para que le resulte menos doloroso —dijo uno de los doctores.

—Todavía no sé si vamos a volver a intentarlo, déjennos solos, luego hablaré con ustedes.

Tras despedirse de ella, las enfermeras y los doctores salieron de la habitación dejando a Rala a solas con Kev.

Con una toalla pequeña le limpió el sudor de la frente y le tapó con la sábana, intentando que su piel recobrara su temperatura normal.

—Dijiste que no me iba a doler —susurró Kev de forma trabajosa.

Rala se sentó a su lado. Sacó su inhalador del bolsillo, se lo llevó a la boca e inspiró profundamente. Llevaba casi una hora en aquella sala con atmósfera humana y, a pesar de que cada vez se adaptaba mejor, al cabo de un rato necesitaba usar el inhalador.

Después de guardarlo miró a Kev, que le devolvió una mirada molesta.

—Eso me dijeron. No tenía ni idea de que no lo habían probado en humanos, si lo hubiera sabido no…

—Si lo hubieras sabido lo habríamos probado de todas formas, Rala, sigo con vida porque puedo seros de utilidad, en el momento en que no sea útil os desharéis de mí.

Rala soltó un suspiro, habían tenido esa conversación todos los días y, aunque Rala sabía que tenía razón, siempre intentaba darle esperanzas. Era fundamental para su recuperación que estuviera animado y con ganas de luchar. La rehabilitación de sus piernas estaba siendo bastante dolorosa.

Sin saber qué contestarle decidió no decir nada pero, como era costumbre, Kev cambió de tema. No le gustaba el silencio.

—¿Qué tal llevas la Hidro? —preguntó.

Rala todavía se preguntaba en qué momento se le había ocurrido pensar que contarle a Kev lo de su enfermedad había sido una buena idea.

Fue uno de los primeros días de su rehabilitación, ayudándole a ponerse en pie se mareó y tuvo que usar el inhalador por primera vez delante de él. Lógicamente, él preguntó qué era eso y ella se derrumbó.

Hasta ese momento lo había llevado todo sola, sin contárselo a nadie, y el hecho de contárselo a otra persona lo hizo más real, pero a la vez más llevadero. En el fondo le gustaba que alguien se preocupara por ella, y Kev lo hacía, todos los días que la veía la preguntaba cómo lo llevaba y no por cortesía, lo hacía de verdad.

—Intento no usar el hidrógeno por las noches y cuando lo uso lo pongo al nivel más bajo —contestó.

—Sabes que no funciona así, tienes que hacer lo que te han mandado los médicos y usarlo todas las noches. ¿Se lo has contado ya a tu padre?

La encantaba que Kev se preocupara por ella, pero la cosa dejaba de gustarla tanto cuando mencionaba el tema de su padre. Rala desvió la mirada de la de Kev y escuchó su suspiro de exasperación.

—Tienes que decírselo.

—Ya lo sé… lo sé, ¿vale? Pero no es fácil decirle a tu padre que tienes la misma enfermedad de la que murió tu madre.

Sintió la cálida mano de Kev sobre la suya y ella la agarró. Desde hacía unos días se habían producido acercamientos como aquel. Al principio Rala se había apartado del contacto de Kev pero, tras contarle lo de su enfermedad, había decidido no pensar en lo que podía significar y dejarse llevar.

Levantó la mirada y se encontró con sus ojos negros que siempre parecían brillar.

La vibración de su teléfono hizo que se soltara de Kev para sacarlo de su bolsillo. Al ver el identificador se quedó extrañada, su padre no solía llamarla por teléfono.

Se levantó y se dirigió al otro extremo de la habitación.

—¿Si?

—Rala, me acaban de comunicar que el sujeto H54 no ha respondido al *Mementium*.

—No, pero…

—Búscale una utilidad a ese humano o tendrás que deshacerte de él Rala, ya sabes cuál es el protocolo.

Sin darle tiempo a responder cortó la llamada. Al parecer el Presidente estaba enfadado.

Miró a Kev, que la miraba a su vez con entendimiento, como si supiera lo que su padre acababa de decirle.

—Tenemos que volver a intentarlo, ¿verdad?

Rala se acercó de nuevo a la cama y se sentó junto a Kev mientras asentía con la cabeza. Él asintió a su vez.

—Intentaré que reformulen el suero para que te sea menos doloroso.

Kev asintió de nuevo. Rala se dio cuenta de que le estaba costando mantenerse despierto por lo que lo tapó mejor con la sábana y le acarició la frente.

—Descansa, seguramente tengamos que volver a intentarlo esta tarde.

Los ojos de Kev se iban cerrando poco a poco, pero se esforzó por contestarla.

—Me gustaría poder cuidarte yo a ti en lugar de tú a mí…

Rala sintió un breve impulso de llorar, no solo por lo que Kev acababa de decir sino porque se dio cuenta de que no podría hacerlo. Él nunca podría salir de esa habitación para cuidarla y estar junto a ella si su enfermedad empeoraba. De hecho, si no se lo contaba a su padre, no tendría a nadie.

Esperó a que Kev estuviera profundamente dormido para levantarse y coger sus cosas. Tenía que hablar con su padre.

Antes de salir de la habitación realizó el protocolo de readaptación que le habían enseñado las enfermeras, exhaló todo el aire de los pulmones y, cuando sintió que comenzaba a asfixiarse, abrió la puerta que daba a la sala intermedia. Una vez fuera inhaló profundamente llenando sus pulmones con el aire de la atmosfera mutada. Sintió como los bordes de su visión se nublaban y se apoyó en la puerta a la vez que cerraba los ojos. Sintió la presencia de las enfermeras mestizas junto a ella, que, como siempre, esperaron a que abriera los ojos para preguntar si se encontraba bien o necesitaba ayuda.

Rala negó con la cabeza, sacó su inhalador del bolsillo e inhaló el hidrógeno, comenzando a encontrarse mejor casi al instante.

—Los médicos han ido a modificar el suero para intentar que sea menos doloroso para H54. El Presidente ha dado orden de probarlo esta noche.

—De acuerdo. Cuidad bien de él hasta entonces. Volveré antes de la prueba para ayudaros a prepararlo.

Ambas enfermeras asintieron y entraron de nuevo en la habitación de Kev. Al principio intentaban convencerla de que no era necesaria su presencia ni en la preparación ni a lo largo del procedimiento, sin embargo, con el tiempo, había conseguido que se dieran por vencidas.

Observó a Kev, dormido en su cama, al otro lado del cristal y reprimió todos los sentimientos que habían comenzado a despertar en su interior. No podría lidiar con ellos… con la certeza de que si Kev no era de utilidad su padre la obligaría a matarlo… con su enfermedad, era mejor no pararse a pensarlo.

Se dio la vuelta, salió al pasillo y se encaminó a los ascensores. Una vez estuvo dentro pulsó el botón de la planta en la que se encontraba la oficina de su padre.

***

—¿Sigues enfadada conmigo? Llevas mirándome mal tres días… y aunque me gustan las arruguitas que te salen en la frente al fruncir el ceño… te echo de menos —dijo Calem mientras atraía a Vera hacía sí.

Estaban en el subtren yendo hacia el cementerio y Vera llevaba sin hablar apenas con Calem desde la noche que salieron a celebrar que habían encontrado los planos.

Se había puesto a sí misma la excusa de no hablar con él por los comentarios tan desafortunados que había hecho respecto a la hija del Presidente Mutado, pero, en el fondo, estaba incómoda por todo lo que había hablado con Kleiff. De hecho los había estado evitando a ambos, sin saber qué hacer. Sin embargo, al ver a Enol y Owen vestirse para ir al cementerio, recordó que era el día de los Fallecidos y quería conocer la placa de su padre, por lo que se había vestido para la ocasión con un vestido gris y había ido a buscar a Calem a su habitación para preguntarle si el plan seguía en pie. Tras esperar casi dos horas a que Calem se vistiera, habían salido de casa, y en esas se encontraba en aquel momento.

—No estoy enfadada Calem... bueno un poco. Es que... da igual.

—Ya lo sé, me comporté como un gilipollas. Pero es que lo soy Vera, si no fuera por ti vete a saber con quién o quienes estaría. Tú me has hecho replantearme muchas cosas y darles importancia a algunas que para mí no eran relevantes, me estas rehabilitando.

Vera no pudo evitar sonreír. Era imposible estar enfadada con él.

—Vale, te perdono por ser un gilipollas en rehabilitación.

Calem soltó una carcajada y luego se acercó a ella hasta estar lo suficientemente cerca para besarla, pero sin hacerlo, como se había convertido en costumbre, esperando que ella lo hiciera. Vera eliminó el espacio que había entre sus labios con un beso dulce.

—Tengo que hablar contigo de otra cosa —empezó a decir.

—Si te refieres a lo que hablaste con K en la pista la otra noche, no te molestes, ya me lo ha contado él. Seguramente de una forma un poco más violenta y agresiva de lo que me lo pensabas contar tú, pero lo ha hecho, y me parece bien, cuando llegue el momento lo hablaremos.

Vera lo miró sorprendida, no entendía cómo podía tomárselo de esa manera. Sin embargo tenía razón, hasta ese momento eran todo promesas. Cuando llegara el momento, si es que llegaba, ya tendrían tiempo de hablarlo.

Estaba aliviada por no tener que ser ella la que le dijera a Calem que no iba a tener sexo con él y que, si todo salía bien, reclamaría el vínculo con Kleiff. Sonaba fatal en su cabeza, más aún si lo tenía que decir en voz alta, por eso no entendía la facilidad que tenia Kleiff de hablarlo todo con Calem, por muy desagradable o incómodo que fuera. No comprendía la relación que tenían y hasta qué punto llegaba la confianza que se tenían el uno al otro.

—¿Pero es que no os podéis guardar nada el uno del otro?

Calem soltó una carcajada.

—Si no quieres saber, mejor no preguntes.

Vera abrió la boca para hablar, pero Calem le puso un dedo sobre los labios y señaló hacia las ventanas del subtren.

—Ya hemos llegado.

Ella se giró sobre sí misma y quedó petrificada. No se había dado cuenta de cuándo habían salido a la calle, pero la estación del cementerio estaba justo frente a la puerta de entrada, en la superficie.

Sin decir nada se agarraron de la mano y se dirigieron a las puertas del vagón y, cuando se abrieron, se encaminaron hacia la entrada.

Vera había estado en el cementerio del Sector H para ir al funeral de la madre de una de sus compañeras de clase. El olor característico a piedra y ceniza que recordaba de ese día la recibió cuando cruzó con Calem la puerta del cementerio del Sector M, si bien eso era en lo único en lo que se parecían.

El cementerio del M estaba situado en una colina. Entrabas por la parte más baja, en la que se encontraban las placas públicas, las cuales utilizaban normalmente los mestizos o los mutados sin recursos, aunque estos eran los menos comunes.

Había hileras de muros separados por largos pasillos en los que cada difunto tenía una placa con su nombre grabado, su estatus racial y la edad que tenía al fallecer. Según ascendías por la colina las placas aumentaban de tamaño y estaban más decoradas, aunque las inscripciones seguían dando los mismos datos. Estaba prohibido añadir nada más.

Según avanzaban por los pasillos Vera se iba fijando en las inscripciones, no tanto en los nombres sino en el estatus de sangre y la edad del fallecido. Pudo comprobar cómo los mestizos eran, por lo general, más longevos que los mutados. Eso la sorprendió, aunque supuso que se debía a las Tuloreas.

—Los mestizos viven más años —dijo más para sí que para que Calem la escuchara, pero lo hizo.

—Es por las Tuloreas —contestó Calem, confirmando sus sospechas.

Vera se dio cuenta, no solo de lo seria que había sonado la voz de Calem al hablar del tema, sino de la incomodidad de su cuerpo. Sus hombros estaban tensos y los dedos que agarraban su mano, rígidos. Había estado tan enfrascada mirando las placas que no se había percatado de ello.

—¿Estás bien?

Calem la miró brevemente y Vera vio que sus ojos azules estaban tristes.

—No me gusta venir aquí —comentó únicamente.

Ella decidió no preguntar y apretó ligeramente sus dedos entrelazados y él se lo devolvió.

En el centro del Cementerio varias personas hacían cola junto a la incineradora. Allí se quemaban los restos del fallecido y eran llevados por unos tubos hasta el exterior de La Burbuja para no contaminar el interior. Vera recordó haber leído que antes, en la antigua Tierra, los muertos se podían enterrar en el suelo o, si se incineraban, podías quedarte con sus cenizas. Aquello la produjo cierta repulsión. Por qué iba nadie a querer tener a su familiar muerto en una urna en su casa o enterrarlo para que se pudriera al contacto con la tierra. Le resultaba tan desagradable que decidió dejar de pensar en ello.

Cuando ya se estaban acercando a las inscripciones de más categoría un nombre le llamó la atención.

"Kiera Loren, mutada pura, 98 años"

En realidad lo que llamó su atención fue su longevidad, la más alta no solo de los mutados puros, sino de todas las inscripciones en las que se había fijado.

Tras unos minutos, Calem se paró frente a una inscripción a la altura de sus ojos. Vera se paró a su lado y levantó la mirada para poder ver la inscripción.

"Mikael Yeren, mestizo, 45 años"

Mikael, ese era el nombre de su padre. Los ojos se le inundaron de lágrimas mientras releía la inscripción.

Por el Sol, ni siquiera sabía el nombre de su padre hasta que lo había leído ahí, no se lo había preguntado a Kleiff ni a nadie.

Se dio cuenta de que era muy joven, había tenido una vida muy corta en comparación a otros mestizos. Un sollozo se le escapó de los labios y, al instante, los brazos de Calem la rodearon. Ella apoyó la cabeza en su pecho y sintió su mejilla sobre su frente mientras seguía llorando. Se alegraba de que la hubiera llevado a verlo pero no pudo reprimir otro sollozo al darse cuenta de que no era él el que tendría que estar con ella, sino Kleiff.

—Sé lo que estás pensando… Kleiff no soporta venir aquí. Le afecta demasiado. Estaban muy unidos, más de lo que suele estar un miembro del Proyecto a nadie de su familia. Cuando murió, Kleiff quedó destrozado y comprendió por qué hacen tanto hincapié en tener las prioridades adecuadas.

—Siempre he odiado esa frase. De verdad. Y el hecho de que no te dejen querer a tu familia porque si se mueren vas a desviarte de tu cometido me parece muy cruel —respondió Vera enfadada. Sabía que lo que estaba diciendo podía tener consecuencias muy graves si fuera escuchada por miembros del Proyecto, pero Calem la abrazó con más fuerza.

—Lo sé, sabes que yo pienso igual.

Vera se abrazó a él con más fuerza. Las lágrimas caían descontroladas por sus mejillas. No podía parar, sentía que no solo estaba llorando la muerte de su padre como si lo hubiera conocido, sino que también lo hacía por Kleiff, que por culpa de la Misión no era capaz de ir a ver la placa de su padre. Lloraba por rabia, por tristeza, por miedo.

Sentía el contacto de las manos de Calem en su espalda y los besos que le repartía por el pelo, que poco a poco, consiguieron calmarla. Cuando finalmente paró se separó de él. Los restos de sus lágrimas los había dejado en su camiseta gris y él, al darse cuenta de a dónde estaba mirando, se echó a reír. Levantó su cabeza con un dedo y le secó las mejillas suavemente.

Sus ojos mostraban una dulzura infinita y Vera no pudo evitar besarle en los labios brevemente.

Él sonrió, pero al separarse estaba nervioso.

—Te importa si… ¿vamos a otra inscripción?

—Claro, ¿de quién?

—De mi madre.

No tenía ni idea de que su madre estaba muerta. Nada en su actitud decía nada sobre eso, aunque qué se suponía que debía notarse.

Ella asintió. Calem la agarró de la mano y, de nuevo, avanzaron colina arriba. Giraron por varios pasillos hasta que Calem se paró frente a una placa situada un poco más abajo de lo que había estado la de su padre, por lo que Vera la pudo leer con más claridad.

"Tatiana Delan, mutada pura, 40 años".

Leer la edad a la que la madre de Calem había muerto y pensar que hacía unos instantes había pensado que su padre era demasiado joven, le hizo un nudo en el estómago. Tenía que tener apenas dieciocho cuando se quedo embarazada de Calem.

Calem sonrió mientras rozaba la inscripción con las puntas de los dedos.

—Esto sí que es una sorpresa…

Dijo una voz tras ellos y Calem se giró.

—Mierda…

Vera miró hacia donde él hacía y descubrió a un mutado que los observaba apoyado en una esquina de placas. Un rostro igual que el de Calem los miraba con una sonrisa maliciosa; tenía el pelo un poco más largo que él, pero la cara era exacta. Rubio, con los ojos azul hielo que, en lugar de mostrar la calidez de los de Calem, lo único que se veía en ellos era odio.

—Vaya Cal… no esperaba verte por aquí, pero menos aún que trajeras a una mestiza a la tumba de nuestra madre —escupió la palabra mestiza como si le diera asco y Vera sintió como la mano que Calem le había estado agarrando se tensaba. No estaba seguro de si para que ella no dijera nada o para contenerse él mismo.

—No finjas esa cara de asco Neil, sé que el día del funeral de madre, justo después de la ceremonia, te acostaste con nuestro mayordomo Todd, y refréscame la memoria… era, ¿mestizo? Sí, creo que sí.

Vera observaba la pelea sin saber qué decir, hacer o sentir. Sorpresa y confusión por la situación en general, orgullo porque Calem la defendiera de aquella manera ante un miembro de su familia e incredulidad… por lo evidente. El gemelo malvado miró a Calem con tanto odio que tuvo que apretar las manos para no contestar. Aunque tampoco estaba segura de que tuviera mucho que decir en su defensa.

—¿No es adorable el cariño que se tienen mis dos hijos? —dijo de pronto una voz tras Vera sobresaltándola.

Se iba a girar para mirar de donde venía, pero un mutado altísimo apareció por su lado mirándola con una sonrisa cortés en los labios. Su rostro era como el de Calem y Neil pero más maduro, y el iris de sus ojos era blanco con un reborde azul.

Vera sintió aumentar la tensión en el brazo de Calem de nuevo y se quedó inmóvil sin saber qué hacer.

—Me alegro de verte Calem. ¿Quién es esta joven?

Por su expresión, Calem no parecía alegrarse demasiado de verlo. Le costaba mantener la vista fija en él, aunque Vera sí que vio sinceridad en los ojos de su padre.

—Es Vera, la hermana de Kleiff. La he traído para que viera la inscripción de su padre y, de paso… he venido a ver a madre.

Vera se sorprendió, no de las palabras de Calem sino de su forma de hablar. Nunca le había visto tan inseguro ni tan formal, ni si quiera al hablar con Nolan.

Neil bufó ante las palabras de Calem. Como respuesta, su padre se giró y con un "Compórtate, este no es lugar", le hizo callar al momento. El padre de Calem miró a Vera con curiosidad, no parecía fijarse en que fuera mestiza, sino que intentaba buscar un parecido con su padre o con Kleiff, no lo sabía. Al final sus labios esbozaron una breve sonrisa.

—Mikael… Murió de Dioxigenación Tulorea como vuestra madre, creo recordar. Me alegro de que hayas podido venir a verlo, Vera.

—¿Mi padre también murió de eso? —dijo mirando a Calem. No se había dado cuenta de que tampoco se le había ocurrido preguntar qué enfermedad había padecido su padre, lo que hizo que se sintiera aun peor de lo que se estaba sintiendo.

Calem miró a su padre enfadado y él, automáticamente, pidió disculpas a Vera. Ellas las aceptó, pero le costó un gran esfuerzo contener las lágrimas. No era el momento, no delante de ellos.

Calem entrelazó con más fuerza los dedos que les unían, un gesto apenas imperceptible que aun así no pasó inadvertido para Neil.

—¡Anda! ¿Estáis vinculados? —preguntó Neil mientras soltaba una carcajada sarcástica que fue callada con otra mirada de su padre.

El cuerpo de Calem se tensó totalmente y Vera bajó la mirada a la vez que sus mejillas enrojecían. Todo aquello estaba siendo demasiado surrealista e incómodo y estaba deseando marcharse lo antes posible.

—No, pero estamos juntos. Nos va bien así —respondió Calem—. Tú lo sabes mejor que nadie —añadió dirigiéndose a su padre.

—Sí, lo sé —contestó su padre dirigiéndole una mirada de cansancio y resignación.

Vera pudo ver claramente la necesidad de ese hombre de querer mantener una conversación normal con su hijo y la impotencia ante la actitud tanto de Calem como de Neil. El cansancio de sus ojos era palpable y Vera se preguntó cómo Calem no podía ver todo lo que ella estaba viendo y cómo podía seguir hablándole de esa manera.

No sabía qué había sucedido entre ellos, pero debía haber sido muy grave para que Calem tratara así a una persona que, claramente, no estaba pasando por un buen momento.

—Creo que deberíamos irnos, Calem —dijo tirando levemente de la mano que tenía entrelazada con la del chico para que volviera su atención a ella.

Calem la miró con una expresión indescriptible, mezcla de demasiadas emociones como para descomponerla, y asintió con la cabeza.

Miró al padre de Calem sin saber que decir para despedirse. El hombre le dirigió una cálida sonrisa que iluminó sus ojos e inclino levemente la cabeza.

—Me alegro de haberte conocido Vera, y de que estés con mi hijo. Saluda a Kleiff de mi parte.

Sin responder, Calem se giró, tirando de Vera que apenas pudo devolverle una sonrisa cortes al padre antes de doblar una esquina y comenzar a bajar la colina hacia la salida.

El cuerpo de Calem seguía en tensión mientras caminaban. Vera decidió dejarle espacio y silencio para pensar, tranquilizarse y ordenar sus pensamientos y emociones antes de empezar a avasallarle a preguntas.

Cuando casi se encontraban en la salida Calem torció a la izquierda, donde una enorme pradera se abría paso. Había mesas y sillas ocupadas por familias que festejaban compartiendo platos de comida, bancos con personas emocionadas que lloraban abrazadas, y muchos mutados y mestizos sentados en el césped. Cada uno celebrando el día de los Fallecidos como podía, según permitiera su dolor.

Avanzaron un poco más entre los grupos de personas hasta que encontraron un banco libre, un poco apartado del resto.

Calem se sentó y Vera lo imitó. Ella lo miró, pero a él le costó devolverle la mirada y, cuando lo hizo, seguía mostrando una mezcla de emociones difíciles de diferenciar.

—Te debo una explicación —sentenció. Ella asintió sin decir nada—. Te lo voy a contar del tirón, a ver si así resulta menos doloroso y… vergonzoso para mí.

"Mi madre y mi padre no estaban vinculados, tenían algo como lo que tenemos tú y yo solo que más intenso, tanto que durante toda mi infancia pensé que sí estaban vinculados, sin embargo, tuve que enterarme de que no lo estaban de la peor forma posible. Hace unos años mi madre cayó enferma. Los mutados adinerados llevan a los enfermos de Tulorea a la Villa, que es una especie de residencia y hospital carísimo, donde los encierran pensando que van a estar mejor cuidados cuando lo que están es abandonados. Esto se juntó con que justo a los pocos meses de diagnosticarle la Tulorea a mi madre, mi padre se vinculó de otra mujer.

Intentó reprimir el vínculo, tal y como tú y Kleiff estáis haciendo, pero era muy doloroso para él, por lo que se lo contó a mi madre. Yo sé que la quería y sé que aún la recuerda con amor, pero el vínculo era demasiado fuerte.

Para mi madre fue un alivio, antes no lo comprendía, pero ahora sí, ella sabía que se iba a morir y era feliz sabiendo que la persona a la que amaba no se quedaba sola. Mi padre la prometió que no aceptaría el vínculo hasta que ella no hubiera muerto. Lástima no haberlo sabido antes…"

Calem realizó una breve pausa en la que parecía ordenar sus pensamientos. Tomó aire y continuó hablando.

—Al principio íbamos a ver a mi madre todos los días, luego cada dos, luego cada semana, cada mes. Así durante tres años, hasta que un día dejamos de ir a verla.

"A la vez, mi padre nos contó lo del vínculo con Keya por lo que asocié a esa mujer como la razón por la que mi padre no quería llevarnos con mi madre, a pesar de que aún no había aceptado el vínculo.

Para ese momento la relación con mi padre estaba prácticamente destrozada, discutíamos contantemente y mi odio hacia él y Keya era tan grande que una noche llené de XIted la copa de la que Keya estaba bebiendo y después me acosté con ella. No me sentí mal. Quería que ambos sufrieran tanto como lo estaba haciendo mi madre por su traición."

Vera lo miraba con tristeza, recordando las palabras que Kleiff había dicho la noche anterior. Su voz sonaba con arrepentimiento y era la primera vez que la hablaba sin mirarla a la cara, debía sentirse muy avergonzado para actuar de esa manera, y, honestamente, era para estarlo.

—Después de hacer eso me marché a ver a mi madre. No sé muy bien con qué intención, pero lo hice, y al llegar allí... no me reconoció e intento agredirme. La enfermedad estaba tan avanzada que no reconocía ni a su propio hijo.

Calem tenía la mirada tan gacha que Vera no podía saber si estaba llorando o no. Su voz había sonado temblorosa en su última frase y, cuando había intentado levantarle la cabeza para que la mirara, él le había sujetado las manos. La costaba verlo así, no era el Calem al que estaba acostumbrada, fuerte y seguro de sí mismo, sin embargo, sabía que soltarlo todo le vendría bien. Era una carga demasiado pesada para llevar él solo.

—Comprendí que mi padre había dejado de llevarnos a verla porque no quería que la viéramos así, no porque se hubiera vinculado. Él no sabe que fui a verla esa noche. Pocos días después mi madre murió y yo estaba tan avergonzando por lo que había hecho que no les podía ni mirar a la cara, así que, cuando Nolan me propuso entrar en la Misión acepté. Me ofrecieron el puesto de Kleiff pero lo que menos necesitaba en ese momento era más responsabilidades con las que cargar, lo único que quería era entrenarme, emborracharme y follar, y siendo capitán no podría dedicarme únicamente a ello.

266

—¿Entrenarse, emborracharse y follar? No suena para nada a ti... —intentó bromear Vera.

Calem levantó la mirada y soltó una suave carcajada. Tenía los ojos llorosos y en ellos podía ver arrepentimiento y dolor, mucho dolor.

—Tu padre murió un par de meses después que mi madre y fue en ese momento cuando a Kleiff le propusieron el puesto. Él se volcó en la Misión, fue el motor que le permitió continuar adelante. Con la Misión le dieron un propósito, algo con lo que comprometerse. Somos muy distintos. Yo jamás habría podido comprometerme tanto...

Las manos de Calem acariciaron las de Vera y ambos se miraron. Por primera vez desde que se conocían Calem acercó sus labios de los de ella y la besó, sin esperar a que lo hiciera ella. Vera se apretó contra él, sintiendo la calidez de su cuerpo y el olor ácido y dulce de su esencia.

Fue un beso largo, interrumpido por las risas amables de algunos mutados que pasaban, o los improperios de otros a los que molestaba su actitud.

Finalmente, Calem se separó poco a poco de Vera y la miró a los ojos, tan oscuros y brillantes que le hipnotizaban cada vez que los miraba. Tenía las mejillas sonrojadas y los labios gruesos y rojos.

Lo único que deseaba era poder verla así al despertarse todos los días de su vida, pero sabía que eso era surrealista, un sueño imposible. Había una lucha superior a todos ellos.

—Vera... la Misión cada vez está más cerca... sé que Kleiff y Owen lo están intentando alargar para darnos margen para prepararnos, pero los de los Comités se están impacientando.

El semblante de Vera se ensombreció y sus ojos le devolvieron una mirada de seriedad. Desvió la mirada y se soltó de sus manos para arreglarse el pelo y la ropa que él había desordenado.

—Tienes razón... tenemos que pensar en eso, tenemos que tener... —comenzó a hablar, pero Calem le agarró nuevamente las manos atrayéndola hacia sí.

—No, no, no... Vera, no. No continúes esa frase. Mi única prioridad ahora mismo eres tú. Durante la Misión cumpliré con mi deber y con el juramento que hice y haré todo lo posible por protegeros a todos y porque todo salga bien. Pero no por el Proyecto ni por las prioridades adecuadas. Lo haré por ti, y me da igual tu vínculo con Kleiff, si lo aceptas o no, seguiré sintiendo esto que siento por ti. Y tú seguirás sintiéndolo por mí.

Vera lo miraba con incredulidad a la vez que un par de lágrimas se escapaban de sus ojos y surcaban sus mejillas.

—Gracias —susurró a la vez que lo abrazaba con fuerza, más de lo que lo había hecho nunca.

Calem le devolvió el abrazo y cerró los ojos, disfrutando de su olor a vainilla, de la suavidad de su piel y de la fuerza de su abrazo. Intentando retener todas esas sensaciones en su memoria.

Permanecieron abrazados y en silencio hasta que Vera habló. El momento íntimo había hecho que olvidara todas las dudas que seguía teniendo de lo que le había contado Calem pero no pensaba irse sin que se las resolviera.

—Calem… ¿puedo preguntarte algo? —masculló. El pecho de Calem vibró al reírse, moviéndola a ella también.

—Pensaba que este momento íntimo haría que te olvidaras de todo lo que acababa de confesar… —Tras una mirada medio irritada medio en broma de Vera, Calem recuperó la seriedad en el rostro y asintió con la cabeza.

Tenía tantas dudas que no sabía por dónde empezar. Lo haría por la más sencilla.

—¡No me habías dicho que tenías un hermano gemelo!

La carcajada de Calem pareció resonar por toda la pradera, aunque ningún grupo de los que estaba a su alrededor parecieron darse cuenta.

—Si, nena… mi adorado hermano Neil. Nuestro problema está precisamente en lo mucho que nos parecemos. Los dos somos cabezotas, competitivos y gilipollas. Así que te puedes imaginar nuestra infancia y nuestra adolescencia. Los hijos del Representante del Comité Mutado, teníamos que destacar en todo, ser los mejores.

—Espera, espera… ¿tu padre es el Representante Mutado? Rick Delan… claro… como no había caído antes…

De nuevo otra carcajada de Calem pareció destensar el ambiente.

—Eso ya no es culpa mía sino tuya… por no haber prestado atención el día que Kleiff nos presentó.

Vera recordó el momento de esa presentación, los choques de feromonas y los nervios que apenas la dejaban pensar. No, definitivamente no estaba en condiciones de atar cabos.

—Bueno vale… pero no cambies de tema.

—No hay mucho que contar. Nuestra relación empeoró con la enfermedad de nuestra madre y, cuando me llamaron a mí para el puesto en la Misión y a él no, fue la gota que colmó su vaso de odio y desde entonces no nos habíamos vuelto a ver.

—¿Y qué pasó con tu padre y Keya?

Calem guardó silencio durante un par de segundos. Tras un suspiro, respondió.

—Falleció de Tulorea hace unos meses…

Vera se irguió para mirarlo de frente. No podía creer lo que estaba diciendo. El dolor por el que había pasado ese hombre debía ser indescriptible y, que aun así, tuviera que aguantar las riñas estúpidas de sus dos hijos era algo inconcebible.

—Sé lo que estás pensando de mí. Pero créeme, ya no sabría cómo sacar el tema ni qué decir… ¿Perdón por no haberte creído cuando decías que madre estaba peor de lo que pensábamos? ¿Por haberme ido justo después del entierro sin siquiera despedirme? O mejor, ¿perdón por tirarme a tu vinculada y no haberte llamado al enterarme de que había muerto? Le he hecho demasiado daño como para que pueda perdonarme… Yo no lo haría.

La mirada de Calem estaba gacha y Vera le obligó a mirarla, levantándole la barbilla con la mano.

—Tu padre te quiere. Hoy he visto todo el sufrimiento en sus ojos y la necesidad de poder hablar contigo. Creo que sientes tanta vergüenza por lo que hiciste que ni tú mismo te quieres dar cuenta de ello.

Calem había comenzado a juguetear con un mechón de pelo de Vera y se sentía incapaz de mirarla fijamente.

—Ojalá tuvieras razón.

—La tengo. Y ahora vámonos a casa. Tengo hambre y ganas de entrenar, me has asustado cuando te has puesto tan melodramático en plan "se nos acaba el tiempo" —dijo Vera a la vez que se levantaba del banco.

Calem soltó otra carcajada y se levantó a su vez, sin embargo, antes de comenzar a andar agarró la mano de Vera.

—Me encantaría hablarte de tu padre Vera, sé que te has quedado con muchas dudas sobre él, pero no creo que sea algo que me corresponda contar a mí.

—Lo sé... —respondió Vera intentando alejar esos pensamientos de su cabeza.

No estaba segura de que fuera a encontrar un buen momento para hablar con Kleiff del tema, por lo que era mejor no pensar en ello.

***

—Tu padre lleva unos días muy nervioso y de mal humor, en otra ocasión intercedería por ti, ya lo sabes, pero ahora no es un buen momento.

—Pero Mery, de verdad, es importante. Necesito hablar con él.

Ante la negativa de Mery, Rala golpeó el escritorio en el que estaba apoyada con el puño. Era la segunda vez que pedía a la secretaria que la dejara entrar al despacho de su padre, pero él le había dejado a Mery una orden clara: no hablaría con Rala hasta que tuviera resultados productivos con el humano, y no había más discusión.

—Entonces dile que vengo a hablarle de las novedades de Kev, pero por favor, dile que me deje pasar.

Mery volvió a negar con la cabeza.

—Si te dejo pasar sabiendo que no vas a hablarle de H54 y que es una excusa le harás perder el tiempo y el enfado será mayor. De verdad, Rala, si quieres hablar con el llámale primero y...

—¿Y qué? ¿Le digo que estoy enferma de la misma enfermedad que murió mi madre? ¿Por teléfono?

Las lágrimas amenazaban con escaparse de los ojos y se dio la vuelta para no sostener la mirada sorprendida de Mery. Al momento sintió su presencia junto a ella y sus brazos alrededor de su cuerpo.

—Mi niña… ¿desde cuándo lo sabes?

—No mucho —respondió conteniendo los sollozos— estoy medicándome.

—¿Y qué pronóstico tienes? —preguntó Mery, tendiéndole la caja de pañuelos que tenía sobre la mesa.

Rala cogió uno, se sonó la nariz y cogió otro para limpiarse un par de lágrimas que no había conseguido contener. Luego miró fijamente a Mery.

—Incurable. Puede que con el tratamiento alarguen un poco… pero…

Esta vez la que lloró fue Mery y fue Rala la que rodeó a la mujer con sus brazos para consolarla.

En cierto modo, ella ya había asimilado que iba a morir de la Tulorea, esperaba que fuera lo más tarde posible, pero sabía que sucedería y más con la cantidad de cambios de atmósferas que hacía últimamente visitando a Kev.

Los hombros de Mery seguían convulsionándose con sus sollozos pero se apartó para mirar a Rala. Tenía los ojos rojos e hinchados y su mirada era pura tristeza.

—Le diré que te deje pasar ahora mismo.

Ella asintió y se apartó de la mesa para dejarla acceder al intercomunicador. Tocó un botón y sonó un breve pitido.

—Dime Mery —dijo su padre escuetamente al otro lado del intercomunicador.

—Rala está aquí, señor, ha venido a verlo. —Su voz había sonado más normal y calmada de lo que Rala había esperado y solo obtuvo un sonoro suspiro como respuesta por parte de su padre.

—Es importante, señor —insistió, sonando un poco más desesperada esta vez.

—¿Trae noticias de H54?

—Eh… si. —Esa duda al inicio de la frase fue lo que delató a Mery pero Rala no podía culparla. Su padre cortó la comunicación por el interfono y no contestó a las llamadas posteriores que hizo Mery.

De pronto el teléfono de Rala comenzó a sonar y descolgó al momento.

—Padre es importante, necesito…

—Cuando tengas algo útil que contarme respecto al sujeto H54 podrás pasar, mientras tanto estás haciéndome perder el tiempo y estás perdiendo el tuyo.

—Pero, padre…

—No hay nada más que decir Rala, no más excusas, no más mentiras. Baja abajo y haz tu trabajo.

Cuando se cortó la comunicación Rala estaba furiosa, se dio cuenta de que lloraba porque las lágrimas le impedían ver con claridad pero no porque fuera consciente de estar llorando. De pronto algo en su interior hizo "crack" y todo a su alrededor se desvaneció.

Haciendo caso omiso de las palabras que salían de la boca de Mery se encaminó hacia la puerta del despacho de su padre. Sintió unas manos que trataban de retenerla pero se zafó de ellas fácilmente y, una vez se encontró frente a la enorme puerta de madera, comenzó a golpearla con los puños.

—¡PADRE, ABRE! —gritó con tanta fuerza que se hizo daño en la garganta. Al volver a repetir las palabras, sonaron roncas.

Volvió a golpear la puerta esta vez también dando patadas. No sabía por qué estaba haciendo eso, esa rabia que sentía, esa urgencia por contarle a su padre que estaba enferma en ese momento, sabiendo que llevaba semanas ocultándoselo.

Seguramente estuviera perdiendo la cabeza, podía pasar en estadios avanzados de la enfermedad. No podía controlar su cuerpo y no podía parar de aporrear la puerta del despacho de su padre. La rabia que sentía se intensificó al sonar su teléfono y ver el identificador de llamadas.

—¿En serio, papá? ¿EN SERIO? ¿No eres capaz ni de abrirme la puerta? —gritó a la madera.

Dejó que sonara mientras intentaba calmarse y, tras unos segundos, soltando un resoplido descolgó el teléfono pero no dijo nada, solo esperó a escuchar lo que su padre tuviera que decir.

—¿Vas a parar ya de avergonzarme? ¿Has terminado ya tu numerito?

Rala pensó todo lo que podía responder a eso. ¿Su numerito? Era él el que era incapaz de abrir la puerta a su propia hija para hablar con ella de otra cosa que no fuera el trabajo.

¿Parar de avergonzarlo? Cuándo iba a dejar de avergonzarse ella del padre que tenía, que no consideraba si quiera la idea de escuchar a su hija cuando esta le decía que tenía algo importante que decir. Tan importante como…

—Tengo... una Tulorea, padre —dijo Rala con voz rota—. Me… me estoy muriendo.

Un golpe sordo se escuchó al otro lado de la línea y también al otro lado de la puerta, seguido de unos pasos rápidos y del pestillo al quitarse. Al instante Rala se encontró con los ojos de su padre. Con sus iris verdes brillando por las lágrimas que estaba derramando.

Su boca se abrió como si tuviera intención de decir algo, pero ningún sonido salió de sus labios. Con un sollozo la abrazó con fuerza. Rala no supo cómo reaccionar pero poco a poco colocó sus brazos alrededor de su cintura. Sintió que las lágrimas volvían a sus ojos y hundió la cabeza en su hombro, llorando con él.

Era la primera vez que su padre la abrazaba.

**

Enna estaba en la cocina. No sabía cómo había sucedido exactamente pero todos se habían puesto de acuerdo para pensar que era maestra coctelera, o algo así, y la habían encargado preparar cocteles.

Era la última vez que pensaba ofrecerse a preparar nada, ¿es que no sabían lo que eran las invitaciones por cortesía? Si alguien te dice "oye voy a la cocina ¿quieres algo?" lo normal es que tu respondas con un "no, muchas gracias", pero no. Así no funcionaban las cosas en esa casa. Allí, sus queridos compañeros le habían pedido que les hiciera un coctel a cada uno, ni más ni menos.

—Es que te salen genial, Enna –dijo imitando el tono de voz de Calem.

Vera y él se habían reconciliado en el cementerio, por lo que había deducido por la forma en la que se toqueteaban desde que habían vuelto. Lo cual la parecía genial, pero eso no

273

implicaba que Enna tuviera que preparar bebidas para todos para celebrarlo.

Terminó de agitar el líquido en la coctelera y lo echó en los cinco vasos que tenía delante. El color azul brillante parecía resplandecer mientras se mezclaba con los hielos.

Por último, recordó lo que Enol le había pedido y sacó dos pastillas de XIted. Las machacó con un cuchillo y las echó en los dos vasos que iban a ser para él y Owen.

Escuchó primero las risas de Vera antes de que las puertas se abrieran y entraran ella y Calem. Se habían cambiando las prendas tradicionales grises del día de los Fallecidos y se habían puesto ropa de deporte.

—¿Vais a bajar a entrenar? —preguntó a la vez que se daba la vuelta para recoger las botellas y la fruta que había utilizado para preparar las bebidas.

—Sí, puedes acompañarnos si quieres —dijo la voz de Vera, que se vio interrumpida por una absorción—; te has superado Enna, esto está de muerte.

Un escalofrío recorrió la espalda de Enna. Otra absorción indicó que Calem también había probado la bebida y fue entonces cuando Enna se giró lentamente.

Miró los tres cocteles restantes que seguían sin probar y vio los que estaban en las manos de Vera y Calem. Con un sorbo puede que el XIted no hiciera mucho efecto, si les avisaba ahora todavía había una posibilidad de que no…

Cuando Vera se llevó la pajita de nuevo a la boca Enna abrió mucho los ojos y casi se echó sobre ella para impedir que bebiera de nuevo.

—¡NO!

Vera se quedó mirándola extrañada y Calem, que estaba a punto de dar otro sorbo, también.

Pero… ¿por qué no? Ambos deseaban estar juntos. Ni Enna ni nadie de la casa eran ciegos y todos habían visto como se miraban esos dos, comiéndose con los ojos constantemente. ¿Por qué no darles un empujoncito?

—Quiero decir, que no, no voy a entrenar con vosotros… eh… tengo cosas que hacer —titubeó.

Calem miró a Enna fijamente y Enna le devolvió una mirada con una sonrisa falsa.

—Vale, vale —dijo Vera, llevándose de nuevo la pajita a la boca y absorbiendo con fuerza casi un cuarto del vaso.

Esta vez Calem no dejó de mirar a Enna mientras Vera bebía y Enna, aunque hizo un gran esfuerzo por recoger el resto de trastos de la cocina con normalidad, no consiguió convencerlo, por lo que se llevó el vaso a la nariz y olió el líquido que había en su interior.

Calem supo lo que había en el interior del vaso. Enna supo que Calem lo sabía. Por eso se sorprendió tanto cuando Calem se bebió el coctel de un trago, mirándola fijamente.

Aquello animó a Vera que, sin enterarse de nada de lo que estaba pasando y, entre risas, se bebió el resto de su copa también.

"Madre mía…" fue lo único que pudo pensar Enna. Definitivamente no pensaba bajar al gimnasio en toda la tarde.

***

—La entrada a la sala del laberinto se realizará por el edificio principal de la forma habitual. Con las llaves electrónicas podremos llegar hasta ahí de forma "legal". Una vez dentro, la habitación acorazada donde se encuentra Libélula se encuentra en el centro del laberinto —explicaba Kleiff a un Nolan que miraba con concentración los planos esparcidos sobre su mesa—. Enol y Owen serán los que entren, fingirán volver porque se hayan dejado algo tras acabar el turno. Tendremos una hora para que entren, cojan los planos y salgan sin llamar la atención. Utilizaremos un bucle de las cámaras de seguridad y no utilizarán tecnología mientras estén dentro por si hubiera alarmas o inhibidores, Enol memorizará los planos y las claves.

—¿No es un poco arriesgado? —preguntó Nolan.

—No lo es. Enol podría memorizar cincuenta planos como ese y no tendría un solo fallo a la hora de reproducirlos —respondió Owen.

—De acuerdo —dijo Nolan—, continúa.

—Si todo sale bien, saldrán con los planos por la puerta principal y nos encontraremos con ellos en los túneles. Si no, los sacaremos por los túneles, perforaremos la cámara desde el suelo.

—¿Y por qué no entráis todos por ahí? ¿No sería más sencillo?

La carcajada de Owen sorprendió a Nolan.

—Esa pregunta es tonta hasta para ti, jefe. Qué hacemos, ¿rompemos el suelo y que salten todas las alarmas? El hormigón no deja pasar las señales, no puedo desconectar las alarmas a menos que esté dentro.

Nolan asintió con la cabeza y continuó mirando los planos. Era muy arriesgado. Demasiado arriesgado. Podían salir mal muchas cosas y no contaban con demasiado margen de tiempo para solucionar cualquier imprevisto.

—¿No podéis alargar el tiempo del bucle? Una hora me parece poco.

—Sospecharían si tardamos más y, si todo sale bien, tardaremos incluso menos.

Nolan asintió. Seguía siendo arriesgado.

—Vale. Está bien, ¿Cuándo tenéis pensado hacerlo?

Las miradas de Kleiff y Owen volvieron a cruzarse esta vez con preocupación.

—Dentro de un par de semanas.

—Bien. Llamare a los representantes para comentárselo. Sentaos.

Mientras Nolan descolgaba el teléfono y empezaba a marcar, ambos amigos se sentaron y se miraron. Kleiff pudo ver el temor en los ojos de Owen pero a la vez su decisión.

Habían invertido días diseñando ese plan. Confiaba en él al cien por cien y estaba convencido de que no había fallos en su planificación. No eran sus habilidades informáticas lo que le preocupaba, eran todas las variables que habían contemplado y que se escapaban de sus capacidades, como que el hormigón fuera más espeso de lo esperado o que los guardias se percataran antes de lo debido de su presencia allí.

—No podéis estar hablando en serio. Necesitan más tiempo para prepararse.

Las palabras de Nolan y el tono de su voz hicieron que Kleiff prestara atención a la conversación que estaba manteniendo con los representantes.

—Soy plenamente consciente de que esto no podría llevarse a cabo sin su financiación, pero los que se van a jugar la vida son ellos.

Nolan ya no hablaba, gritaba. Su rostro se tornaba rojo con la respuesta que estaba recibiendo por el otro lado del teléfono. Aquello no le estaba gustando nada a Kleiff, que se levantó de su asiento y se colocó detrás de Nolan para tratar de escuchar, pero no pudo.

—¿Y no podemos hacer nada? —gritó.

Finalmente, Nolan dejó de pasearse y se dejó caer en su asiento. Tenía el rostro descompuesto y la rojez había dado paso a la palidez.

—Sea pues. Les enviaré las instrucciones que deberá seguir cada equipo de cada sector.

Colgó el teléfono y cuando levantó la cara para mirarlos tenía los ojos llorosos.

—No tendréis dos semanas, será mañana por la tarde.

***

El pie de Vera pasó rozando la cara de Calem, que sonrió sorprendido a la vez que lo esquivaba con dificultad.

—Muy bien —admitió tras un silbido de admiración.

—No deberías sorprenderte tanto —contestó ella con altanería.

Sin embargo, aquella charla había servido para distraerla y, con uno de los pies, Calem le hizo una zancadilla que por poco la llevó al suelo, pero en su lugar, los brazos de Calem la sostuvieron y la levantaron. Su pecho chocando bruscamente con el de él. Inesperadamente los contornos de su visión comenzaron a volverse borrosos y los oídos se taponaron, seguramente por la rapidez del movimiento de Calem.

—¿Estás bien? —susurró Calem cerca de su oído, provocando un escalofrío que la recorrió de arriba abajo.

Quería separarse de él, necesitaba separarse de él por una razón muy concreta pero su cerebro estaba embotado. No podía pensar, solo sentir los brazos de Calem alrededor de su cintura y el olor de sus feromonas.

Levantó la cabeza y se topó con su mirada gélida pero ardiente. La proximidad de sus cuerpos la hizo darse cuenta de que la respiración entrecortada no provenía solo de los entrenamientos.

El tiempo pareció detenerse mientras las manos de Calem comenzaban a moverse por el cuerpo de Vera, lenta y delicadamente como si con cada roce sintiera una corriente eléctrica agradable y excitante. Recorrió su espalda, su cintura, subió y bajó por sus brazos, cambiando de lugar y de ritmo, siguiendo los jadeos y suspiros que salían de la boca de Vera, hasta que llegó a su cuello y luego a los labios. Los acarició con el dedo, hinchados y suaves.

Vera había seguido el recorrido de los dedos de Calem por su cuerpo con la mirada. Esas manos elegantes y fuertes, con dedos largos que invitaban a todo, moviéndose con decisión por su cuerpo. Su roce era hipnótico y cuando su dedo pulgar se paró en sus labios sintió el deseo de chuparlo, de sentirlo con su lengua.

Sabía que lo que estaba haciendo no estaba bien pero no podía recordar por qué. No conseguía centrar sus pensamientos, la información que le llegaba por todos sus sentidos era demasiado abrumadora.

Poco a poco subió su mano, acariciando el abdomen duro y fuerte de Calem que se contrajo al sentir su contacto. Siguió su recorrido esta vez por su brazo, acariciando la piel tersa de sus bíceps y, al llegar a su muñeca, cerró sus dedos en torno a ella con decisión, manteniendo el pulgar de Calem en su boca. Siguiendo sus impulsos abrió los labios y lo chupó.

El cuerpo de Calem se estremeció al sentir la lengua de Vera en su dedo, imaginándose como se sentiría en otra zona de su cuerpo. Un gemido gutural se escapó de sus labios y empujó a Vera hasta quedar pegada a la pared. Agarrándole con firmeza del cuello con una mano a la vez que con la otra mantenía sus manos sujetas por encima de su cabeza.

Calem apenas podía apartar la vista de los pechos de Vera, que se movían de arriba abajo al ritmo de su respiración. Vera admiraba el cuerpo de Calem y siguió con la mirada el recorrido de una gota de sudor bajando desde su frente, pasando lentamente por el cuello hasta llegar al borde de la camiseta.

Se mordió el labio inferior, recreando el recorrido de esa gota por el resto de su pecho y su abdomen hasta llegar a sus pantalones.

Repentinamente, Calem la soltó y la besó en los labios con intensidad y rudeza. Nada quedaba de la contención que había mantenido hasta ese momento pero a Vera no la importó. Pasó los brazos alrededor de su cuello atrayéndolo más hacia ella, si eso era posible.

El calor era sofocante, casi insoportable y Vera se separó de Calem los segundos justos para quitarse con rapidez la camiseta. Eso pareció animar a Calem que profundizó el beso y entre los dos se desnudaron.

Calem la levantó en volandas del trasero volviendo a apretarla contra la pared a la vez que ella enroscaba las piernas en su cintura. Los labios de Calem comenzaron a recorrer el cuerpo de Vera, que sentía un deseo tan arrollador que le nublaba la visión.

Sentía la erección palpitante de Calem entre sus piernas y su respiración entrecortada mientras lamía sus pezones. Quería sentirlo en su interior, le necesitaba dentro de ella y aquella espera solo suponía una agonía para sus sentidos tan agudizados. Su garganta dejó escapar un gemido cuando sus dientes apretaron uno de los pezones y aquello hizo que Calem levantara la vista hacia ella.

Su mirada era indescriptible, todo deseo pero algo más. Vera sabía que estaba esperando a que ella le diera permiso para continuar por lo que le levantó la cara para besarlo de nuevo en los labios.

Calem lo tomó como un consentimiento y comenzó a penetrarla lentamente. Ella clavó las uñas en su espalda, sintiéndolo en todo su tamaño con una mezcla de dolor y placer pero apenas la costó unos segundos adaptarse al grosor de Calem en su interior. Cuando lo sintió por completo dentro de ella gimió y Calem la besó de nuevo, apasionada y salvajemente mientras empezaba a moverse entre sus piernas. Lentamente al principio pero ganando intensidad con cada embestida.

Sintió su boca en su cuello chupando y besando la piel, haciéndola gritar de placer. Lo tenía dentro de ella pero necesitaba tocarlo, sentirlo con todo su cuerpo. Recorrió la piel de su espalda, sintiendo la contracción de sus músculos por el esfuerzo, hasta llegar a su melena rubia y hundió las manos en ella, agarrándolo del pelo y tirando de él, haciéndolo jadear.

Abrió los ojos al darse cuenta de que los había cerrado pero todo era borroso y distante, sus gemidos y los jadeos de Calem en su oído sonaban lejanos. Lo único que era claro era el tacto de las manos de Calem en su espalda y su muslo, sus labios en su cuello y ese calor abrasante en el centro de su cuerpo.

El orgasmo la hizo contraerse contra el cuerpo del mutado y sintió su liberación dentro de ella. Supo que su cuerpo tenía problemas para sostenerla cuando apoyó una mano en la pared. Le miró y vio sus labios moverse pero no entendía sus palabras. El deseo que tendría que haberse satisfecho con la llegada del clímax lo único que había hecho era intensificarse, impidiéndola pensar en otra cosa que no fuera sentirlo dentro de ella otra vez.

Se removió para que la bajara y, cuando sus pies tocaron el suelo, lo empujó con decisión con intención de que se echara en él, pero en lugar de eso, Calem la dio la vuelta y la apretó contra la pared. Vera jadeó al sentirla fría sobre su pecho y su mejilla, pero en seguida el cuerpo de Calem la abrazó de nuevo, calentándola. Sus labios en su cuello y su espalda, y una nueva erección haciendo presión en su cadera.

Llevó la mano hacia atrás hasta agarrarla y Calem se tambaleó detrás de ella. Le dio un azote que pareció resonar por todo el gimnasio y ella no pudo contener un jadeo que provocó que comenzara a mover la mano de arriba abajo, desde la base hasta la punta.

Calem se pegó más a ella, facilitándole el movimiento y apoyó la frente en su hombro. Sentía su respiración agitada en su espalda, refrescándola y excitándola.

Ahogó un gemido cuando sintió los dedos de Calem en su centro, abriéndose paso entre los labios, hasta encontrar el punto exacto que hizo que sus piernas empezaran a temblar. Movía su dedo índice en suaves círculos y una oleada de placer comenzó a extenderse por su cuerpo, haciéndola suspirar.

Las contracciones de su interior comenzaron con la llegada del orgasmo y apretó con fuerza la erección de Calem, que dejó de tocarla para agarrarse con fuerza a sus caderas. Como avisándola, resopló contra su cuello y gimió roncamente. Su cuerpo se tensó completamente, dejando de respirar unos segundos antes de que sus caderas se movieran contra su mano y sintiera un líquido cálido y denso entre los dedos.

El peso de Calem cayó sobre ella hasta que apoyó las manos contra la pared para no aplastarla. Vera giró la cabeza hasta que sus labios se encontraron. El beso fue lento y suave esta vez, entrecortado por sus respiraciones agitadas, hasta que Vera se separó y se dio la vuelta para quedar frente a Calem. Recorrió su cuerpo brillante por el sudor del esfuerzo, primero con los ojos y luego con las manos. Al darse cuenta de que una de ellas estaba manchada trató de apartarla de su cuerpo por si le resultaba desagradable, no obstante, Calem la atrajo de nuevo hacia su abdomen y acompañó sus movimientos con sus manos sobre las de ella. Era tan hermoso, su pelo rubio revuelto y sus ojos azules mirándola, devorándola.

Con suavidad Vera lo empujó para que se echara sobre las colchonetas. Él, obediente, se tumbó, dando la espalda a las escaleras. Debería haber tenido suficiente de él pero su cuerpo seguía necesitándolo, esta vez de una forma diferente, más calmada, más suave.

Se colocó a horcajadas sobre él y observó con satisfacción que estaba listo para ella de nuevo. Llevó una mano entre sus piernas para ayudarse a que su erección entrara en ella y comenzó a moverse lentamente. Calem apretaba la mandíbula y la miraba fijamente. Sus manos bajaron por su espalda hasta las caderas y, de ellas, a su trasero para asestarle un fuerte azote que la hizo ahogar un grito y aumentar el ritmo para montarle con mayor intensidad.

Un gemido gutural salió de su garganta antes de erguirse y besarla con avidez. Vera gimió al sentir su erección dentro de ella en todo su tamaño pero continuó moviéndose mientras él la besaba en los labios, el cuello y los pechos. Cerró los ojos y sintió como todo su cuerpo se tensaba al instante de llegar al clímax. Un fuerte golpe la distrajo el tiempo suficiente para abrir los ojos y mirar, primero a las escaleras del gimnasio y luego a la puerta. Una figura a contraluz estaba parada en el umbral.

Como si se tratara de un globo que acabara de ser explotado la excitación se esfumó. Dejó de moverse sobre Calem y él se giró para ver lo que ella estaba mirando.

Escuchó decir algo pero su sentido del oído todavía no funcionaba correctamente. Solo su vista estaba empezando a aclararse y. en el momento en que lo hizo completamente y distinguió a la figura del umbral, un dolor punzante le atravesó el pecho, en el lugar del vínculo.

Calem comenzó a moverse debajo de ella, sujetándola y moviéndola a su vez pero ella no podía apartar sus ojos de los de Kleiff.

—Subid. Ahora. Ha habido un cambio de planes.

La voz rota de Kleiff y el portazo que resonó por toda la sala de entrenamientos, junto al inmenso dolor del vínculo, hicieron que el efecto del XIted comenzara a desaparecer.

***

Owen supo que algo marchaba mal desde el mismo momento en que Kleiff abrió la puerta de la sala de entrenamientos. Su cuerpo se tensó y sus puños y mandíbula se apretaron. Vio cómo permanecía en la puerta unos segundos y se movía un poco, como si estuviera pensando cerrar la puerta pero luego pareció pensárselo y dijo algo que no logró oír, para luego cerrar con un sonoro portazo que hizo que todos los que estaban en el hall dieran un bote.

—Cocina —dijo únicamente. Y se dirigió hacia allí con la mirada puesta en el suelo.

Owen miró alternativamente a Enol y a Enna. El primero devolviéndole una mirada de incomprensión pero recibiendo una mirada de cierta culpabilidad por parte de Enna.

Justo cuando comenzaban a moverse hacia la cocina, la puerta de la sala de entrenamientos se abrió y, al instante, salieron Calem y Vera colocándose la ropa. Vera estaba conmocionada. Miraba con desconcierto y confusión a todos, especialmente a Enna, y Calem tenía una expresión indescifrable.

De acuerdo, eso explicaba bastante.

Enna se dirigió hacia Vera y la agarró del brazo llevándosela lejos de Calem para entrar en la cocina. Calem, miró alternativamente a Enol y a Owen y, pasándose una mano por el pelo mientras negaba con la cabeza, entró también en la cocina.

Enol tiró de la mano de Owen para que se moviera del sitió.

—No sé si quiero entrar ahí… —susurró.

Su vinculado sonrió y tiró de nuevo de su mano. Esa vez Owen lo siguió.

Al abrir la puerta la tensión en el ambiente no solo podía cortarse con un cuchillo sino pegarle un tiro, envolverla en una lona y tirarla en un callejón.

Al fondo, apoyado en la encimera y de espaldas a todos, estaba Kleiff, con la espalda tensa y los nudillos blancos de tanto apretar la madera. Enna y Vera estaban sentadas en la mesa, mientras que Calem se encontraba apartado, recostado en la pared junto a la puerta, con los brazos cruzados sobre el pecho y mirando al suelo.

Enol decidió sentarse frente a las chicas y Owen pasó por su lado colocándose junto a Kleiff. Tenía la mandíbula tan apretada que temía que se le rompiera de un momento a otro.

—Cuando quieras, K —musitó.

Kleiff asintió y, lentamente, se dio la vuelta.

—La Misión es mañana—dijo únicamente.

Las caras de todos cambiaron por completo, como si no estuvieran comprendiendo lo que Kleiff intentaba decirles, siendo Enna la primera en reaccionar.

—¡Pero el plan era hacerlo en dos semanas! —voceó.

—Ha habido un cambio de planes. Tienen a un humano que conoce a Vera y están aplicándole un suero para, no solo leerle el pensamiento sino ver sus recucrdos. Si lo consiguen tendrán una imagen clara de ella que poder rastrear y, de ahí, a tenernos a todos y que todo el Proyecto se destape hay apenas un paso, así que los representantes han acordado que se haga lo antes posible, y por antes posible se refieren a mañana por la tarde.

Un coro de "no tiene sentido", "están locos" y diversas palabras no aptas para todos los públicos comenzaron a resonar en la cocina.

—No estamos preparados. Ni siquiera sabemos si los chalecos servirán para algo. Esto va a ser un desastre Kleiff —replicó Calem, avanzando hasta apoyarse en la mesa, con un tono tan bajo que hizo callar a todos.

—¡Ya lo sé! —gritó Kleiff, acompañándolo de un puñetazo en el otro extremo de la mesa—. Pero, ¿qué quieres que haga? ¡No nos han dado alternativas! ¿O acaso crees que tu padre me ha dejado elegir fecha?

Como si ese puñetazo hubiera consumido todas sus fuerzas se dejó caer en una silla y apoyó la cabeza en sus manos. Calem hizo lo mismo en el otro extremo pero mantuvo sus brazos cruzados.

El silencio pareció imponerse en la cocina mientras todos parecían estar inmersos en sus propios pensamientos.

—Lo haremos mañana. Y saldrá bien. Tiene que salir bien —dijo finalmente Kleiff—. Os quiero aquí a las cinco, listos para preparar y repasar el plan todas las veces que sean necesarias para que todo el mundo sepa exactamente cuál es su función. Hasta entonces, aprovechad vuestra última noche aquí.

La cocina comenzó a vaciarse. Primero por Calem, seguido de Enol y Owen y, por último, Enna, que esperó a que Vera se levantara pero ella le hizo una señal para que se marchara y se quedó sentada, deseando hablar con Kleiff pero sin atreverse a mirarlo.

No quería pensar en lo que había pasado entre Calem y ella pero era imposible, todavía podía sentir la sensación de la piel de Calem sobre la suya y los labios hinchados por los besos que se habían dado. Por no hablar del ligero dolor y a la vez calidez que permanecía entre sus piernas.

Físicamente se sentía bien, su cuerpo estaba relajado y satisfecho. El XIted todavía hacía su efecto en el sentido en que recordaba lo que había pasado entre Calem y ella, pero como si hubiera sido otra persona la que estuviera haciéndolo, no ella misma.

Sin embargo, el bienestar de su cuerpo contrastaba con el dolor emocional que sentía en el vínculo. Era indescriptible y se intensificó cuando miró finalmente a Kleiff, que permanecía sentado mirando las vetas de la mesa de madera con la mandíbula tensa y el ceño fruncido.

Lo único que quería era que Kleiff la mirara y supiera lo mucho que lo sentía. Pero no estaba segura de si quería pedirle perdón por el dolor que le estaba causando por haberle dicho que le esperaría, o porque realmente se arrepentía de haberse acostado con Calem.

Acababa de experimentar los efectos del XIted por primera vez en su vida. Era cierto que su excitación había aumentado considerablemente y hecho que el resto del mundo desapareciera, siendo Calem lo único en lo que Vera podía pensar. De hecho se había dado cuenta de que su bebida contenía XIted cuando el dolor físico del vínculo la había hecho volver a la realidad.

Tenía que hablar con Enna para saber cuánta cantidad de XIted había echado, pero dudaba que hubiera sido una cantidad que hiciera perder tanto la realidad como para hacer algo que no quisiera.

Lo que le hacía llegar a la conclusión de que sin el XIted seguramente hubiera tenido el suficiente autocontrol como para no llegar a tanto con Calem, especialmente después de habérselo prometido a Kleiff, pero definitivamente no era algo que no quisiera hacer.

Permanecieron en silencio durante un tiempo que a Vera se le hizo eterno, y, aunque estaba deseando romperlo diciendo algo, no sabía qué podía decirle a Kleiff.

—Mira Kleiff, lo…

—No digas nada —interrumpió Kleiff, levantando finalmente los ojos de la mesa y fijando en ella una mirada de aversión que la hizo encogerse en su silla—. No quiero escuchar nada de lo que tengas que decirme, Vera. Lo único que tengo en mente ahora mismo es a ti montando a Calem sobre las colchonetas del gimnasio, y, a menos que tengas un remedio que borre esos recuerdos de mi cerebro, no quiero saber nada más.

Ella también podía recordarle tirándose a una camarera en la discoteca. Sin embargo, no quería volver al pasado. Si se lo recordaba no solo no solucionaría nada sino todo lo contrario y todavía tenía la mente demasiado embotada como para tener esa clase de discusión, no solo por el XIted, sino por la noticia que acababa de darl Kleiff.

Esa podía ser su última noche y no quería pasarla discutiendo con él. A sabiendas de que era muy poco probable que la perdonara por lo que había hecho, quería dejar las cosas claras entre ellos.

—La bebida tenía XIted, no me di cuenta hasta que tú nos viste y cortaste el efecto. —Esa afirmación hizo que las cejas de Kleiff se levantaran una fracción de segundo antes de volver a su máscara de animadversión—. Sé que te prometí que no llegaría a tanto con Calem, y seguramente sin el XIted no hubiera pasado nada entre nosotros más de lo que ha pasado hasta ahora, pero te mentiría si te dijera que no quería hacerlo.

Se levantó de la mesa, sintiendo que no podía permanecer sentada por más tiempo.

—Mira, yo solo quiero decirte que esta puede ser nuestra última noche, Kleiff, y que siento haber faltado a mi promesa y que ahora estés dolido, porque no podría morirme mañana sabiendo que lo último que he hecho en mi vida ha sido hacerte sufrir.

No se paró a ver su reacción, no podría aguantar que rechazara sus disculpas, por lo que rodeó la mesa y se encaminó a la puerta.

—¿Volverías a hacerlo?

Sus palabras hicieron que se parara justo cuando agarraba el pomo parar abrir y salir. Se quedó quieta, sintiendo la suavidad y el frío del metal en su mano, pensando en su pregunta y se dio cuenta de que la respuesta no le iba a gustar.

—Quiero a Calem, con él todo es… real —contestó sin mirarlo—. Lo que te prometí el otro día fue en serio. Estaba dispuesta a hacerlo porque siento algo por ti y de verdad me gustaría reclamar el vínculo, pero esto ha pasado y, si mañana sale todo bien, no te puedo asegurar que no lo vuelva a hacer.

Escuchó el suspiro de Kleiff y giró el pomo. Abrió la puerta y dio un paso pero todavía le quedaba algo más que decir.

—Puede que si hubiéramos reclamado el vínculo mi respuesta fuera diferente, o puede que no, pero ahora mismo esto es lo único que puedo decir. Lo siento.

***

Las puertas del ascensor se cerraron sin hacer ruido. Por suerte no había nadie más en su interior a parte de Enna, ya que no sería fácil explicar su presencia allí.

Pulsó el botón de la planta del despacho de Nolan y bajó la velocidad al mínimo. Tenía ganas de verlo pero sentía que todos los acontecimientos se habían precipitado. Todo iba a demasiada velocidad; no podía hacer nada por frenar el ritmo de su vida pero si podía frenar el ascenso de esa máquina.

Se había marchado de la casa casi al terminar la reunión, había evitado a Vera y casi había conseguido evitar a Calem. La preguntó cuánto XIted había puesto en las copas justo cuando salía por la puerta y ella había respondido rápida y escuetamente. No quería ser cruel, pero el trío de amor y desamor de Vera, Calem y Kleiff era su menor preocupación en ese momento. Se había sentido mal al verlos salir del gimnasio, pero todo había cambiado tras escuchar las palabras de Kleiff y Owen. Esa podía ser su última noche.

Sabía que si Kleiff escuchara esas palabras la reñiría por no ser más optimista, pero Enna no era pesimista, era realista. Lo tenían jodido y, si esa podía ser la última noche de su vida, no quería pasarla lidiando con los dramas de los demás.

Había llamado a sus padres para contárselo y prometió volver a llamarles al día siguiente para despedirse, luego se había dirigido al subtren y de allí a la universidad.

Con un susurro del motor, el ascensor se paró y las puertas se abrieron silenciosamente. Frente a ella, el pasillo de despachos, que recorrió en una fracción de segundo y, finalmente, la soberbia puerta de madera.

Tocó dos veces, como hacía siempre, y esperó. Sabía que la castigaría, pues no había avisado de que iba, pero esperaba con ansias su castigo. Esperaba con ansias todo lo que viniera de él.

La puerta se abrió un par de centímetros y ella contó hasta diez regresivamente. Cuando llegó al uno empujó la madera y entró.

Nolan estaba sentado tras su escritorio, su mirada era una mezcla de preocupación, enfado y excitación.

—No me gusta que vengas sin avisar –dijo confirmando lo que ella esperaba y agachó la cabeza mostrando sumisión–. No obstante… teniendo en cuenta las circunstancias, no te castigaré.

Enna levantó la cabeza, desconcertada. Al mirarlo a los ojos volvió a ver la excitación en ellos pero ese día había algo más, algo que no conseguía identificar.

—Acércate, Enna.

Ella obedeció, moviéndose hasta llegar a la mesa, quedándose de pie. Nolan se levantó y bordeó el mueble hasta situarse junto a ella. Se sentía inquieta y sabía que él se había dado cuenta de ello.

—¿Tienes algo que decir?

Enna pensó en lo que estaba rondando por su cabeza, podía confesarle que estaba empezando a enamorarse de él. Quería contárselo, pues aunque fuera un sentimiento no correspondido y luego él no quisiera saber nada más de ella, esa podía ser realmente su última noche.

—Esta puede ser la última vez que nos veamos.

Los ojos de Nolan relampaguearon y el ardor que había visto en ellos desapareció, siendo remplazado por el miedo. Un temor tan claro como el que ella sentía.

—No pienses en eso.

Enna abrió la boca para responder pero Nolan la calló con sus labios en un beso contenido, que mostraba su desesperación y frustración.

—Haremos que esta noche sea inolvidable en caso de que sea la última —dijo en sus labios y continuó besándola.

Esa vez Enna no se molestó en intentar responder. Podía morir sin decirle a Nolan que le quería, pero no sabiendo que él se sentiría culpable por no haberla correspondido y pensando que acostándose con ella estaba aprovechándose de ella.

Si el sexo era todo lo que podría tener de él, estaba más que dispuesta a aprovechar su posible última noche inolvidable.

Le devolvió el beso con decisión y ambos se ayudaron a desnudarse. Se sentían torpes, ya que no estaban acostumbrados a mantener ese comportamiento en su relación de dominación. Se sintieron más cómodos cuando Nolan sacó unas esposas del cajón y se las colocó a Enna.

La empujó con suavidad sobre el escritorio y lo bordeó para enganchar las esposas a unas cadenas que había colocado debajo de la mesa. Tiró con fuerza, manteniendo a Enna en esa posición sin apenas posibilidad de movimiento, con el cuerpo extendido sobre el escritorio y los pies apoyados en el suelo.

—¿Has puesto esto solo para mí? —preguntó Enna con excitación, tirando y haciendo tintinear las cadenas. Sintiendo la frialdad de la mesa en sus pechos.

El azote que recibió por respuesta resonó por toda la habitación pero sabía que nadie fuera de ella podía oírles. Al escozor inicial le siguió un suave cosquilleo que aumentó su excitación.

Sería una noche inolvidable, estaba segura.

***

—¿Vas a pasar o no?

La voz de Calem sonó amortiguada tras la puerta de madera pero Kleiff pudo escucharla con claridad.

Llevaba merodeando por el pasillo desde que Vera se había ido. Iba de su puerta a la de Calem sin saber donde quería ir hasta que, finalmente, se había parado frente a la de Calem pero sin decidirse a entrar. Si bien, tras ver que el mutado se había dado cuenta de que estaba ahí no valía la pena seguir perdiendo el tiempo.

Abrió la puerta de un tirón y entró en la habitación de su amigo. Estaba echado en la cama con las piernas cruzadas y los brazos doblados con las manos detrás de la cabeza.

De fondo sonaba una de esas canciones rock del siglo XXI que tanto le gustaban y la estaba tarareando mientras miraba las fotos pegadas en el techo.

Se quedó parado sin saber qué hacer, ni qué sentir. Al principio, justo al sorprender a Calem y a Vera, se había sentido traicionado por los dos, humillado y muy enfadado. La idílica promesa que él y Vera se habían hecho era eso, idílica. Algo ideal pero más una fantasía que una realidad.

Vera lo había dicho. Con el vínculo sin reclamar lo único real que tenía era Calem, y habían sido esas palabras las que le habían abierto los ojos. Era muy doloroso, pero la verdad suele serlo.

Estaba agotado, tenía tanta tensión que sus articulaciones estaban agarrotadas y sentía el cuerpo cien veces más pesado. Se acercó a la cama y se tumbó junto a Calem.

Sentía su cuerpo cálido a su lado, y todavía podía oler en él la esencia a vainilla de Vera.

—Yo sabía que estábamos bebiendo XIted. Supongo que Enna lo echó en las copas de Enol y Owen y nosotros las cogimos por error. Pero me bebí la copa sabiendo lo que iba a pasar. Vera no.

Kleiff suspiró. Ya lo sospechaba.

—Te diría que lo siento, pero no te quiero mentir y, además, sé que no es lo que quieres oír.

—¿Ah no? Te tiras a mi vinculada y no quiero oír tus disculpas, pues ilumíname, Calem, ¿qué es lo que quiero oír?

Calem giró la cabeza para mirarlo. Tenía un brillo extraño en los ojos. Kleiff nunca le había visto llorar por lo que no estaba seguro de si había estado llorando, estaba a punto de hacerlo, o simplemente estaba drogado.

—Que todo va a salir bien mañana. Que vamos a cumplir la Misión y que todos llegaremos a salvo.

Kleiff se giró para mirarlo también. Tenía razón. Estaba aterrado. No lo había querido admitir delante de los demás pero estaba aterrorizado. No temía no llegar a cumplir la Misión o la reacción de los jefes si algo saliera mal, temía perder a sus compañeros. A su familia. Pero aun había otra cosa que temía más que eso.

La cama se hundió cuando Calem giró el cuerpo para quedar frente a Kleiff.

—Cuidaré de ella. Si algo te pasa, yo me encargare de que llegue sana y salva al H, aunque sea lo último que haga. Te lo prometo.

Kleiff cerró los ojos y una lágrima se escapó entre sus pestañas. Sintió la caricia de los dedos de Calem al recogerla y su palma cálida sobre su mejilla.

Apoyó su mano sobre la suya y abrió los ojos, encontrándose con el azul de los del mutado.

—Nunca me perdonaré no haber reclamado el vínculo.

—No es tarde todavía.

—Puede, si todo sale bien, pero ahora ya no es el momento.

La mirada de Calem seguía fija en él, era su forma de darle la razón pero a la vez decirle que no estaba de acuerdo.

Dejó caer la mano y se giró para colocarse bocarriba. Las fotos de todos los momentos que habían vivido juntos le hicieron sentir ganas de llorar pero se contuvo. Una lágrima había sido suficiente.

—¿Me prometes que si llegáis juntos al H reclamarás el vínculo?

Kleiff asintió con la cabeza por inercia pero se giró para mirar a Calem. Su mano había descendido de su mejilla al pecho al ponerse bocarriba, y de ahí comenzó a bajar hacía más abajo.

—Entonces me encargaré de que lleguéis.

XIII

Las puertas del ascensor se abrieron silenciosamente y Rala entró dentro, pulsó el botón y ralentizó el tiempo de bajada. Había pasado la noche en casa de su padre, habían cenado juntos después de años sin hacerlo y había vuelto a quedarse a dormir en la que había sido su habitación.

Se había entristecido al verla convertida en habitación de invitados pero, ¿qué esperaba? Llevaba mucho tiempo viviendo sola por decisión propia y su padre había seguido con su vida. Igual que lo haría cuando ella muriera.

Aquella certeza la hizo mirarse en el espejo del ascensor. Su rostro era el mismo de siempre, solo las ojeras delataban su malestar pero, para cualquier otra persona, podrían significar haber pasado una mala noche. Solo ella sabía que se debían a su enfermedad y al hecho de estar muriéndose.

Haber hablado con su padre había hecho más real su enfermedad, como si hasta ese momento hubiera estado viviendo en el cuerpo de otra persona. Habían llorado juntos y luego su padre había sugerido que dejara el trabajo para estar más tranquila pero Rala se negó a ello desde el primer momento. Su trabajo era lo que la daba fuerzas para levantarse todas las mañanas, o al menos eso era lo que se decía a sí misma, incapaz de creer que era ver a Kev lo que la motivaba a salir de la cama.

A pesar de su acercamiento y, tras negarse a dejar el trabajo, los planes seguían adelante y su padre quería ver resultados. Si la prueba de hoy no salía bien Rala tendría que deshacerse de Kev. Tenía que salir bien.

Se sobresaltó por el sonido de las puertas del ascensor al abrirse y giró sobre sí misma para salir. El pasillo blanco, siempre silencioso, estaba lleno de movimiento aquella mañana. Varias enfermeras corrían de un lado a otro portando instrumental médico y entrando en la sala en la que se encontraba Kev.

Rala corrió hacia allí y entró a la sala de estabilización donde pudo ver a través del cristal a los doctores alrededor de Kev, que se retorcía de dolor tumbado en la cama. Habían vuelto a inyectarle el *Mementium*.

Abrió la puerta de un tirón y entró.

—¿Qué estáis haciendo? —gritó.

Pero al instante sus pulmones se vaciaron y empezó a toser. No había realizado el cambio de atmosfera antes de entrar. Un par de enfermeras se acercaron a ella rápidamente y la empujaron para que se sentara en una silla. Se zafó de ellas, tosiendo y tomando bocanadas de aire pero era como si sus pulmones no reaccionaran.

Se llevó una mano al bolsillo del pantalón y sacó el inhalador, se lo puso en los labios y lo accionó. La medicación entró en los pulmones y los abrió. Tosió todo el aire que quedaba de la atmósfera mutada y respiró profundamente el de la humana mientras se acercaba a la cama de Kev, que ahora gritaba. La máquina que controlaba sus constantes vitales pitaba enloquecida.

—¡Desfibrilador! —gritó el doctor.

Después de eso todo sucedió demasiado deprisa. Un remolino de enfermeras y doctores impedían que viera a Kev, pero el pitido constante seguía indicándole su situación. Todo se volvió borroso y pensó que estaba perdiendo la conciencia pero al llevarse las manos a la cara se dio cuenta de que estaba llorando.

Se alejó de la cama pero su espalda chocó contra algo, al girarse se dio cuenta de que era el monitor en el que debían mostrarse los recuerdos de Kev, el que ayer estaba en negro y que hoy mostraba… ¿Qué era aquello? Pequeños puntos blancos aparecían y desaparecían acompañados de flashes intermitentes, imágenes que no podía distinguir.

—Tiene pulso, separaos, dejadle respirar —ordenó el médico.

El pitido constante paró y se reanudó la secuencia rítmica que indicaba que Kev volvía a estar bien.

Rala se separó del monitor y se abrió paso entre los médicos hasta la cama. Kev estaba intubado, con el rostro cubierto de sudor, el pelo húmedo y el pecho al descubierto con la piel enrojecida. Su pulso era estable pero no estaba consciente.

—Él lo pidió, señorita. Quisimos esperar a que llegara usted pero H54 dijo que no era necesario —masculló apurada una de las enfermeras.

Rala hizo caso omiso y se giró de nuevo hacia el monitor que estaba empezando a mostrar imágenes más claras. Se vio a sí misma, a los doctores, a los enfermeros, claramente desde el punto de vista de Kev, sin embargo seguían siendo flashes e imágenes inconexas.

Al darse cuenta de lo que estaba mirando, los doctores se giraron hacia el monitor.

—¡Hay imagen! ¡Llamen a los técnicos!

Dos hombres llegaron con ordenadores y conectaron el monitor. Intentaron moverse a través de los recuerdos pero el monitor no respondía, seguía mostrando imágenes sueltas.

—Retiren el *Mementium* —ordenó Rala. Su voz sonó ronca pero autoritaria, recordándole a su padre.

—Señorita, todavía podríamos… —Empezó el doctor pero Rala se giró hacia él. No sabía qué aspecto tendría pero el cuerpo del doctor se estremeció cuando sus ojos se centraron en los suyos.

—He dicho que no. Su cuerpo está dañado. Retiren el *Mementium* y despiértenlo.

Fueron las enfermeras las primeras en ponerse en movimiento. Rala se retiró para dejarlas trabajar y, rápidamente, retiraron la vía por la que el *Mementium* seguía entrando al cuerpo de Kev. Poco a poco le fueron quitando los tubos y mascarillas y, cuando se cercioraron de que era capaz de respirar por sí mismo, le inyectaron el medicamente para sacarle del coma.

Sus ojos se abrieron poco a poco y Rala se acercó a él. Cogió su mano y se la llevó a la cara.

—¿Qué ha pasado? —susurró él con la voz rota—. ¿Por qué lloras?

—Por tu culpa, imbécil. Estabas muerto… ha costado mucho reanimarte—respondió la mutada, todavía sin poder dejar de llorar.

Kev recogió sus lágrimas con el dedo índice y acarició su mejilla. Su tacto fue suave y breve, ya que fue el primero en darse cuenta de la presencia de los médicos a su alrededor y de la imagen inapropiada que estaban dando.

Retiró la mano de su rostro y la bajó hasta apoyarla en la cama. Rala se irguió y miró a su alrededor. Los médicos los miraban inquietos, con caras de incredulidad. Volvió a mirar a Kev, pero él evitaba mirarla directamente.

—Hemos visto algo en el monitor —explicó, sabiendo la reacción que tendría él, que giró la cabeza para mirarla de nuevo.

—¿Ha funcionado?

—No exactamente. Comenzaron a verse bien las imágenes cuando entraste en coma pero no podíamos movernos por tus recuerdos, solo verlos.

Él suspiró y volvió a apartar la mirada. A los pocos segundos habló dirigiéndose al doctor directamente.

—Si me inducen el coma directamente, ¿cree que podría funcionar?

A Rala no le dio tiempo a reaccionar antes de que el médico respondiera.

—Podría. Sin el sufrimiento de tu cuerpo por la parada cardiorespiratoria es posible que podamos movernos por tus recuerdos.

—Bien. ¿Cuándo podemos probarlo?

—¡BASTA! —exclamó Rala. Kev bajó la mirada un momento antes de mirarla—. No lo probaremos, no te van a inducir en un coma a propósito. No.

Kev intentó agarrarle las manos pero ella se zafó y se levantó, dándole la espalda.

—Rala, si no lo hago tendrás que deshacerte de mí. No hay otra opción.

El cuerpo de Rala se estremeció. Tenía razón. Lo sabía.

—Esta tarde.

Sentenció. Se encaminó hacia la puerta sin mirar a Kev, realizó el protocolo de adaptación y salió de la sala justo cuando un par de lágrimas surcaban sus mejillas. Lo más probable era que tuviera que deshacerse de él de todas formas.

***

Vera había dormido con Calem. Bueno, para ser justos con la realidad, dormir era lo que menos había hecho ya que estaba tan nerviosa que no había podido pegar ojo en toda la noche, se había limitado a escuchar la respiración profunda y rítmica de Calem junto a su oído.

Después de ver salir a Kleiff de la habitación del mutado había decidido pasar la noche con él. Habían tenido la charla de rigor sobre lo que había pasado en el gimnasio. Aclararon que todo seguía bien entre ellos y que ella no estaba enfadada porque Calem se hubiera bebido el coctel a sabiendas de que tenía XIted. Los nervios y la incertidumbre por la Misión habían hecho que todo lo que había pasado careciera de importancia, por lo que ninguno de los dos se sentía con ganas de seguir con el tema y se habían ido a la cama.

Calem se había dormido casi al instante pero ella se había pasado la noche repasando el plan una y otra vez, obligándose a pensar que todo iba a salir bien y no les iba a pasar nada a ninguno de sus compañeros.

Había visto amanecer y, tras apagar la alarma, se había despedido de un Calem somnoliento para ir a prepararse con Enna.

Al llegar a su habitación Enna ya la esperaba con la ropa para la Misión tendida sobre la cama y, juntas, empezaron a vestirse. Primero la camiseta, luego el chaleco antibalas. Pantalones, botas y ya estaban preparadas.

—¿Quieres que te haga una trenza?

Sus reflejos devolviéndoles la mirada en el espejo. Vera tenía el pelo largo suelto hasta la cintura y Enna lo acariciaba suavemente. Ella ya se había recogido el suyo en dos trenzas rubias.

—Sí, así no me molestará. Gracias.

Con un asentimiento Enna se puso a trabajar en su melena con manos ágiles y, en pocos minutos, Vera sintió el peso de la trenza sobre su espalda.

Se dio la vuelta para mirar a Enna, que tenía los ojos vidriosos, y la envolvió con sus brazos.

—Tengo que contarte algo… —susurró junto a su pecho.

Se separó y se sentó en la cama, todavía sollozando y Vera se sentó junto a ella, esperando con curiosidad hasta que estuviera preparada.

—Si algo me pasara… necesito que le digas algo a alguien. —Se secó las lágrimas y la miró fijamente antes de seguir—: Necesito que le digas a Nolan… que estoy enamorada de él pero que nunca he tenido el valor suficiente para decírselo, por miedo a que me rechazara.

Vera se quedó boquiabierta sin saber qué decir. No sospechaba nada, ni siquiera sabía que estaban saliendo o acostándose o lo que quiera que hicieran. Nunca habían hablado de él.

Su sorpresa hizo que Enna soltara una carcajada nerviosa.

—Perdona que no te lo haya contado antes…

—Pero… ¿desde cuándo estáis juntos? —alcanzó a preguntar Vera.

—Desde hace tres meses… más o menos. No estamos saliendo, pero siento cosas por él que no he sentido nunca por nadie. Me ha hecho feliz, y, si algo me pasa necesito que lo sepa.

Las lágrimas habían vuelto a sus ojos y Vera volvió a abrazarla.

—Se lo dirás tu misma —dijo y, sabiendo lo que estaba pensando, continuó—: pero si algo te pasara, te prometo que se lo diré.

Enna la abrazó con más fuerza mientras la daba las gracias. No había palabras que pudieran decirse para sofocar el miedo que sentían, ni si quiera aquel abrazo lo hacía, pero al menos les recordaba que estaban juntas ante ello.

Alzó su dedo meñique y Vera lo estrechó con el suyo propio. Tras unos minutos se separaron, Enna se limpio las lágrimas rápidamente y soltó todo el aire que había contenido.

—Llegó la hora —dijo antes de encaminarse hacia la puerta.

Vera se dio la vuelta para mirar el que había sido su cuarto los últimos meses. Apenas había objetos que delataran su personalidad, sus gustos o sus aficiones, nada que dijera quién era, todo lo contrario que el de Calem. Echó una última mirada a su reflejo en el espejo. Se veía a sí misma pero no llegaba a reconocerse del todo vestida de aquella manera, ni si quiera se hubiera esperado ser ella la que tuviera que consolar a Enna. Había cambiado tanto en esos tres meses… Solo el Sol sabía lo que pasaría aquella tarde pero esperaba que todo el esfuerzo y sufrimiento valieran la pena.

Desvió la mirada del espejo y se encaminó a la puerta, abrió y salió al pasillo sin mirar atrás. Dejó a su derecha el cuarto de Enna y, al llegar a la escalera, escuchó voces tras la puerta del cuarto de Enol y Owen. Dirigió una última mirada hacia el otro lado del pasillo, donde estaban las habitaciones de Calem y Kleiff, y bajó las escaleras.

Escuchó voces en la cocina, sin embargo, sus pies giraron a la izquierda, al salón. La luz estaba apagada y solo la claridad que se filtraba a través de las cortinas iluminaba la habitación. Al ver el mueble bar no pudo evitar recordar su primer día en el M y a Calem sirviéndose una copa con una toalla diminuta alrededor de la cintura. Luego, unos días más tarde, cuando le había encontrado por primera vez relajado y siendo él mismo, el Calem que ahora tan bien conocía, al que tanto quería y del que sintió su presencia antes que su mano alrededor de la cintura.

—Que nostálgico todo, ¿no?

—Esta habitación me trae buenos recuerdos —contestó a la vez que se daba la vuelta para mirarlo. Llevaban la misma ropa solo que él parecía haber nacido para llevarla puesta. Resaltaba sus rasgos y destacaba con el blanco de su piel y el rubio de su pelo.

Los labios de Calem se curvaron en una leve sonrisa, como si recordara lo mismo que ella había recordado hacía unos minutos, y su mano enguantada le acarició la mejilla.

—A mí también.

Acercó sus labios a los de ella en un beso rápido pero cálido y, juntos, con su mano aun alrededor de la cintura, se dirigieron a la cocina donde los esperaban Kleiff y Enna. El primero de pie, con los brazos apoyados en la mesa y la segunda sentada, inspeccionando el final de una de sus trenzas de forma nerviosa, como si no pudiera mantenerse quieta.

Vera se sentó junto a ella y agarró la mano con la que se tocaba el pelo. Ella levantó la cabeza y sonrió, devolviendo el apretón.

Sintió el cuerpo de Calem sentándose a su lado, pasando su brazo por el respaldo de la silla hasta acariciar con el dorso de la mano el brazo de Enna, que dirigió su mirada hacia él y le guiñó un ojo.

La puerta de la cocina volvió a abrirse y entraron Enol y Owen, que se sentaron rápidamente frente a ellos. Hubo miradas y sonrisas pero se mantuvo el silencio.

Vera miró a Kleiff, que mantenía su postura, con la cabeza gacha y la tensión en los nudillos apoyados en la mesa, que se extendía por el resto de su cuerpo uniformado. Parecía medir el doble con el chaleco antibalas puesto.

Al sentir su mirada Kleiff levantó la cabeza y la miró. Se sorprendió de la opacidad del color miel de sus ojos y el agotamiento reflejado en sus ojeras.

Pudo ver el peso de su cargo tan claramente que sintió un escalofrío. Toda la responsabilidad de mantenerlos con vida, de completar la misión, la convicción de que hacían lo correcto, convenciéndose de que realmente valía la pena jugarse la vida por ello.

Sintió con gran claridad la carga que le hubiera supuesto reclamar el vínculo e intentó decírselo con la mirada y con el vínculo. Quería que entendiera que finalmente lo entendía y que estaba orgullosa de él, de su esfuerzo, de haberse mantenido fuerte por los dos y por todos.

Él frunció ligeramente el ceño y la tensión de sus hombros se aflojó un poco. Soltó un suspiro y desvió la mirada de la de Vera para dirigirse a los demás, como si eso fuera lo que necesitaba para empezar a hablar.

—Sé que os lo sabéis de memoria pero quiero hacer un repaso rápido del plan.

"Enol y Owen saldrán hacia el archivo ahora, en subtren como siempre, y entrarán con sus acreditaciones fingiendo haberse olvidado algo en la sala de trabajo. Una vez dentro se dirigirán a la sala laberinto donde se encuentra la Cámara Acorazada.

Tiene un código para poder entrar que Owen manipulará, al igual que las cámaras de Seguridad, creando un bucle que durará una hora. Ese es el tiempo que tenemos aunque solo tenemos previsto utilizar cuarenta minutos.

Dentro de la sala laberinto tendréis que moveros sin nada tecnológico encendido, ya que cualquier dispositivo podría hacer saltar una alarma que desconozcamos. Mejor prevenir. Para eso tenemos a Enol que ha memorizado todos los planos y contraseñas que podáis necesitar.

Delante de la sala acorazada tendréis otro panel de seguridad que tendrás que manipular manualmente, Owen, nada de tecnologías. Y, una vez dentro, abrir la caja fuerte.

El último código conocido lo ha memorizado Enol. Si no funcionara, tendríais que abrirla manualmente. Teniendo en cuenta los cálculos de Enna de los materiales de la caja, no deberíais tardar más de cinco minutos en abrirla, pero aún así intentad tardar lo menos posible. Una vez tengáis los planos saldréis con normalidad, restableceréis el bucle y nos reuniremos en la entrada de los túneles, donde estaremos en cada extremo Calem y yo vigilando, mientras que Enna y Vera se quedarán bajo la cámara acorazada por si fuera necesaria una extracción."

Paró un momento y suspiró. La información le pasaba por la mente a toda velocidad, quería explicarlo todo perfectamente, que todos tuvieran clara su posición y su tarea.

—Recordad que una vez dentro estáis solos, no nos podremos comunicar con vosotros. Repasemos las situaciones de extracción de emergencia: Si quedan veinte minutos y no hemos recibimos señal vuestra, si salta cualquier alarma en cualquier momento, o si nos lo pedís por radio. Ahora Enna explicará en qué consistiría la extracción.

—Si llegamos a este punto es porque estamos muy jodidos y ya nos dará igual ser descubiertos, por lo que taladraremos nosotras desde el túnel y vosotros desde la sala con un taladro de mano. Con una broca de cuarenta debería ser suficiente para meter la pólvora y agrietar el hormigón para poder picar. En teoría tenemos cada uno treinta centímetros de hormigón y entre medias una capa fina de tierra y grava. Tenemos veinte minutos, así que tenemos que ser rápidos. —Enna se había levantado para hablar y, tras terminar con su explicación, volvió a sentarse.

Todos se miraron con preocupación, sabían cuál era el mayor problema, el tiempo. Si algo salía mal contaban con muy poco tiempo para la extracción.

—El tiempo que tenemos es muy justo Kleiff, por qué no empiezan Enna y Vera a taladrar desde el primer minuto por si acaso —preguntó Calem.

Kleiff suspiró y cruzó los brazos sobre el pecho antes de mirar fijamente a Calem.

—La extracción es solo en caso de emergencia porque no hay vuelta atrás, no sabemos qué alarmas podemos saltar con las vibraciones del suelo y el sonido. Solo podemos hacerlo en caso de necesitarlo realmente. Además, a la hora termina el bucle, pero no tienen que darse cuenta necesariamente en ese momento de él, contamos con un margen extra de unos 10 o 15 minutos.

Calem soltó la mano de Vera, echó hacia atrás la silla de un empujón y golpeó la mesa con el puño.

—Llevo diciéndotelo días. Apenas hay margen de error, si algo sale mal, si hay algún retraso por la razón que sea estaremos muy, muy jodidos, Kleiff, y puede ser que todo esto no haya servido para nada.

—¿Te crees que no lo sé? —gritó a su vez Kleiff—. Claro que lo sé. Pero esto es lo que hay. Es el tiempo que nos han dado.

Calem dejó de mirar a Kleiff y comenzó a pasear por la habitación, algo que hacia cuando no podía controlar los nervios. Vera miró fijamente a Kleiff, que había vuelto a su posición inicial, apoyando los puños sobre la mesa con la cabeza gacha.

Miró a Enol y Owen, que se agarraban con fuerza las manos, y a Enna, que intentaba contener las lágrimas.

Vera se levantó, rompiendo el silencio con el ruido de la silla al deslizarse en el suelo, lo que hizo que Kleiff levantara la vista para mirarla, al igual que los demás. Ella les devolvió la mirada antes de hablar.

—Solo quiero deciros que para mí es un honor estar aquí con vosotros. Vamos a hacer algo importante y lo vamos a hacer solos. Y está bien, no necesitamos a nadie. Os confiaría mi vida, es lo que voy a hacer esta noche, y espero que vosotros me confiéis la vuestra.

Paró porque sintió que le temblaba la voz y no quería llorar. Sintió la mano de Enna agarrando la suya en muestra de apoyo y continuó hablando.

—Sé que nos han enseñado a no desviarnos del objetivo, a que la Misión es lo más importante. Pero sois mi familia, os quiero y eso no hace que me desvíe, al contrario, lucharé por cumplir la Misión con más fuerza.

Había ido mirando los rostros de sus compañeros mientras hablaba, la emoción contenida de Enol, las lágrimas de Enna. Owen, Calem. Para terminar con Kleiff.

Se hizo el silencio y, aun mirándola, extendió su brazo hacia el centro de la mesa con el puño cerrado.

—Que el Sol nos guarde y nos guíe.

Vera puso su mano sobre la suya y susurró a su vez el lema de los miembros originarios del Proyecto Sol.

—Que el Sol nos guarde y nos guíe.

Calem llegó hasta ellos en dos zancadas y repitió el ritual, al igual que el resto de compañeros. Hasta que todos tuvieron las manos unidas y terminaron abrazándose.

Tras unos segundos Kleiff se separó.

—Es la hora —sentenció con voz quebrada.

Owen y Enol se separaron también y, con un gesto de la cabeza se encaminaron hacia la puerta. Los demás se separaron también y los siguieron.

—Canal 1. Sabéis lo que hay que hacer. Lo lleváis todo, ¿no? —Owen y Enol revisaron sus bolsillos por enésima vez aquella noche y, tras comprobar que efectivamente todo el material que necesitaban estaba en su sitio, asintieron con la cabeza.

—Mucha suerte —respondió Kleiff.

Owen asintió de nuevo. Tras mirarse unos a otros durante unos segundos, deseándose suerte y despidiéndose en silencio, abrieron la puerta y salieron.

El vacío ocupó el espacio en el que hacía unos segundos se habían encontrado y el silencio era tal que podían escuchar sus propias respiraciones.

Sin decir palabra, Kleiff se dirigió al sótano seguido por los demás. Marcó el código de acceso y la puerta se abrió con un clic seco. Bajaron las escaleras y, una vez llegaron al armario de armamento, comenzaron a repartirse el material.

Todos llevaban en la mochila un kit pequeño de primeros auxilios pero Vera, además, cogió todo el material médico que podrían necesitar en caso de tener que extraer balas o realizar curas de emergencia.

De reojo podía ver a Enna cargarse al hombro el taladro y la pólvora para las microexplosiones, y a Kleiff y Calem armándose con ametralladoras ligeras, pistolas y granadas.

Cuando estaba terminando de guardarse los cartuchos de repuesto, las miradas de Kleiff y Vera se cruzaron. Ambos de negro, preparados para la guerra pero eran las dos caras de la moneda, él armado hasta los dientes y ella preparada para salvar a quien lo necesitara, apenas protegida con unas pistolas en la cartuchera.

Quería abrazarla, ponerla detrás de él y protegerla para que no la pasara nada, pero era consciente de que eso no era lo que ella necesitaba. Miró el armario y cogió más armas tanto para ella como para Enna. El plan inicial no contemplaba que fueran tan armadas, en principio no debía ser necesario ya que para algo estaban Calem y él a ambos lados del túnel, pero era absurdo, cualquier cosa podía salir mal y las dejaría a ellas completamente desprotegidas.

Enna y Vera lo miraron extrañadas cuando les alargó las ametralladoras y las granadas. Enna soltó una carcajada mientras comprobaba el seguro y la carga.

—Esto ya me gusta más, gracias jefe.

Calem soltó otra carcajada mientras terminaba de colocarse las armas y Kleiff sonrió levemente a Vera antes de girarse hacia la escotilla por la que iban a salir a los túneles.

—¿Tenemos todo? —preguntó. Tras tres "Afirmativo" a modo de respuesta se acercó a la escotilla, giró la válvula y la abrió—: En marcha.

El primero en pasar fue Calem, seguido de Enna. Cuando le tocaba a Vera, Kleiff no pudo evitar agarrarla del antebrazo. Ella lo miró, esperando. Sus ojos, del color de la miel más dulce, brillaban y alargó su mano enguantada para acariciarle la mejilla.

—¿Vamos? —susurró. Él cerró los ojos disfrutando de su tacto inesperado y, poco a poco, soltó su antebrazo a la vez que ella retiraba su mano.

—Vamos —respondió a su vez, siguiéndola a través de la escotilla, cerrándola tras él.

***

Cuando Rala volvió después de comer, realizó el protocolo de adaptación correctamente y entró en la habitación de Kev para encontrarlo durmiendo. No había enfermeras todavía a su alrededor ya que aun quedaba una hora para empezar, por lo que se sentó en el sillón junto a la cama.

Su rostro estaba tranquilo, la boca abierta ligeramente, su pelo negro azabache revuelto y el pecho subiendo y bajando rítmicamente.

Kev no tenía la belleza de los mutados. Esos típicos rasgos elegantes y esbeltos. Los suyos eran más marcados, la mandíbula recta, con ese cuerpo fuerte que poco a poco había recuperado el tono después de las torturas que había sufrido. Hasta que lo conoció nunca había visto un hombre como él, era un humano puro y los mestizos que conocía, por mucho que algunos tuvieran más características humanas que otros, no se llegaban a parecer a él.

A pesar de que los mutados puros los trataran como inferiores, Rala sabía la verdad: descendían de supervivientes y, como tal, él también lo era.

Ningún mutado habría sobrevivido a lo que él. Los mutados se habían adaptado a las condiciones atmosféricas pero esa adaptación había hecho que fueran más enfermizos que ellos, más débiles físicamente, propensos a desequilibrios psíquicos. Cuanto más puro era un mutado menor era su esperanza de vida. El entrenamiento que un humano necesitaría para ponerse en forma necesitaba el doble de esfuerzo por parte de un mutado. Su única superioridad había sido cuestión de suerte, cuestión de química, nada de lo que sentirse orgulloso.

Y, sin embargo, los mutados habían conseguido girar las tornas y gobernar a pesar de ser minoría. Habían arrinconado a los humanos en la parte externa de la Burbuja, con el mundo exterior a ella con una atmosfera mortal para ellos y con los mutados en el interior, controlando todos su movimientos, sintiéndose inferiores y necesitados de ese control y protección de los mutados. Sin saber que, si decidieran actuar, podrían terminar con todos ellos.

—¿En qué piensas?

La voz de Kev la sobresaltó. Se había sentado en la cama y tenía la espalda apoyada en las almohadas. Su mirada era divertida, como si llevara observándola durante un buen rato mientras ella estaba ensimismada en sus pensamientos.

—Anoche se lo conté todo a mi padre. No he podido decírtelo esta mañana.

Kev suspiró y su mirada se tornó dulce, de comprensión. Abrió la boca para decir algo pero Rala lo interrumpió. No quería hablar de ello, igual que tampoco quería que Kev probara el *Mementium* de nuevo.

—¿Y tú? ¿Estás listo para inducirte el coma y posiblemente morir?

Su mirada tierna desapareció, hizo rodar los ojos y soltó una carcajada seca.

—Prefiero morir con un coma inducido que por tus manos. La verdad.

—Kev...

—No, Rala. Basta ya. Estoy totalmente recuperado, es cierto que aun tengo problemas para caminar pero por lo demás estoy bien. Hace tiempo que he dejado de preguntarme por qué estoy aquí o si saldré alguna vez... Sé que voy a morir, tarde o temprano...

Rala se levantó y se sentó en la cama, a su lado. Tenía razón. Su actitud, su estado de ánimo, todo había cambiado desde que lo había conocido unos meses atrás. No se había fijado antes en ello porque seguía sintiendo lástima por todo lo que había pasado pero ahora las cosas habían cambiado. Mostraba poder de decisión, determinación, no había miedo en sus ojos.

—Tiene que salir bien. Si sale bien hablaré con mi padre.

La puerta de la sala se abrió y entraron los doctores y enfermeras. Rala entrelazó sus dedos con los de Kev y él la miró con desconcierto. Trató de soltarse mientras miraba de reojo a los médicos pero Rala agarró sus dedos con más fuerza y él centró sus ojos de nuevo en ella.

—Si quieres hacerlo tendrá que ser así.

—No tengo miedo —replicó él intentando soltarse de nuevo.

—Pero yo si —susurró la mutada.

Él miró a los doctores, que fingían no ver ni oír nada mientras preparaban el instrumental, para después volver a mirar a Rala. Vio el miedo y la preocupación en sus ojos y, por primera vez, sintió la fuerza en el agarre de sus dedos.

Asintió con la cabeza y se relajó dejando de intentar soltarse.

—Todo listo. Señorita, cuando usted lo autorice.

—Cuando él lo autorice —dijo Rala sin dejar de mirarlo y él desvió la mirada un momento para asentir a los médicos, que rápidamente se colocaron a su alrededor.

—Induciendo el coma en tres, dos uno…

Tras la cuenta atrás los ojos de Kev se cerraron y Rala miró asustada el monitor pero el pitido que marcaba el pulso seguía siendo constante, nada había cambiado.

—Introduciendo el *Mementium* —prosiguió el doctor a la vez que una enfermera colocaba la vía con la bolsa de aquel líquido gris.

Durante los primeros segundos nada sucedió y Rala dirigió su mirada a la pantalla donde tenían que aparecer los recuerdos de Kev.

El negro se tornó gris y aquellos puntos blancos e interferencias aparecieron de nuevo hasta que una imagen se formó clara en la pantalla. Era ella, vista desde la perspectiva de Kev, pero no era ella, al menos no era la imagen que veía en el espejo. Su piel blanca parecía de porcelana, ni rastro de las marcadas ojeras que se había visto aquella mañana y su pelo rubio parecía brillar. Era ella, sin duda, pero vista por los ojos de Kev era preciosa.

Se dio cuenta de que estaba viendo exactamente el momento que acababan de vivir, el recuerdo más reciente que tenía Kev.

—No puedo buscar recuerdos concretos. El cerebro de los humanos es diferente.

Rala continuó mirando la pantalla, los recuerdos de Kev discurrían a cámara lenta y marcha atrás, como si estuviera rebobinando una película pero a menor velocidad.

—Prueba a rebobinar.

El técnico comenzó a aumentar la velocidad poco a poco, y las imágenes empezaron a sucederse cada vez más deprisa hasta que solo fueron un borrón.

El cuerpo de Kev se tensó y el pitido de la máquina aumentó.

—¡Baja la velocidad! ¡Rebobina más despacio! —exclamó Rala, apartando a los médicos de Kev.

Tenía que salir bien. Tenía que salir bien.

Siguiendo sus órdenes, el técnico detuvo el rebobinado hasta que las imágenes fueron claras, algo más rápidas que la velocidad normal, y el pulso de Kev se estabilizó.

—Nos espera una tarde larga, pónganse cómodos —dijo Rala mientras se acomodaba en la cama junto a Kev sin soltarle la mano.

Sería larga y dura. Esa gente había curado las heridas de Kev pero no habían visto por todo lo que había pasado. Era hora de que supieran que los monstruos no tenían especie, podían ser humanos o mutados.

***

Owen no paraba de mirar el reloj. Iban bien de tiempo pero aun así no podía evitar echarle una ojeada cada vez que el subtren se detenía en alguna parada lo que él consideraba era un tiempo excesivo.

Tras mirarlo por milésima vez Enol puso su mano sobre el reloj.

—Basta. Me estas poniendo nervioso.

Owen levantó la mirada y se encontró con sus ojos marrones. Esos ojos que había visto por primera vez unos meses atrás, el día que hicieron las pruebas para ser reclutados.

Habían elegido a unos cuantos jóvenes, hijos e hijas de miembros del Proyecto Sol, que tuvieran alguna habilidad especial, algo que pudiera servir para completar la Misión. Los habían reunido frente a Nolan, el jefe del Proyecto en el M, que luego descubriría era el padre de Calem, y Kleiff, que ya había sido elegido Jefe de la Misión y estaba eligiendo a su equipo.

Tras un par de mutados puros con dudosas habilidades que no habían conseguido impresionar a Kleiff y que recibían de Nolan la escueta y típica respuesta de "ya te llamaremos", le tocó el turno a una chica rubia, muy menuda para tratarse de una mutada pura, pero que luego resultó serlo.

—Nombre —preguntó Nolan.

—Enna Heran —respondió con voz cantarina.

—Habilidad

—Soy ingeniera y arquitecta. Deme un plano mudo y le diré los materiales de los que está hecha su estructura y la densidad de los mismos —dijo sonriendo.

Kleiff seguía con los brazos cruzados pero ladeó la cabeza, mostrando interés por primera vez en toda la tarde.

Nolan removió unos papeles y la entregó uno. Ella empezó a recitar una retahíla de materiales y cifras, que Nolan iba a su vez comprobando en su propio plano.

Una vez terminó dejó caer el plano sobre la mesa y dio un paso atrás con pose de superioridad.

Owen no pudo evitar sonreír al verla, verdaderamente había sido toda una exhibición.

—¿Sabes usar un arma? —preguntó esta vez Kleiff. Ella asintió.

—Se disparar, pistolas sobre todo, y lanzamiento de cuchillos.

Kleiff se llevó una mano a la cintura, sacó un cuchillo y se lo entregó a Enna.

Ella dio una vuelta sobre sí misma, buscando un blanco en las paredes de la habitación. Lo encontró justo detrás de Kleiff, en un letrero que ponía "Salida".

—En la I —dijo un segundo antes de colocarse y lanzar el cuchillo, que voló ágilmente y se clavó justo donde ella había dicho que lo haría.

Nolan y el Jefe del Proyecto se giraron rápidamente y miraron la pared asombrados. A Kleiff le bastó ver la cara de satisfacción de Enna para saber que había dado al blanco.

—La quiero —contestó únicamente.

—Pero Kleiff, hay que esperar a que todos muestren sus habilidades para decidir —intervino Nolan.

—Me da igual. Es mi equipo y la quiero en él —argumentó secamente, para después girarse hacia la fila de asientos donde se encontraban el resto de aspirantes—: Y a todos los demás, si no sabéis hacer algo así de útil mejor será que os larguéis de aquí y no me hagáis perder más el tiempo. Me dan igual quienes sean vuestros padres, estáis aquí para jugaros la vida por una causa. Si no estáis dispuestos a hacerlo, largaos.

La sala se quedó unos segundos en silencio para después escucharse susurros de miedo e indignación, que fueron seguidos de arrastramiento de sillas y pasos hacia la puerta. Primero de unos pocos para después de la mayoría, quedándose después del alboroto solo dos. Owen y otro chico rubio que, tras cruzar sus miradas, se dio cuenta de que era mestizo por sus ojos marrón oscuro.

—Acercaos —ordenó Kleiff.

Ambos se levantaron y se dirigieron a la mesa, saludaron a Enna con un movimiento de la cabeza y miraron a Kleiff.

—Nombre y habilidad.

—Owen Kenan, soy informático y programador.

—¿Puedes manipular cualquier dispositivo? —interrumpió Kleiff.

—Bueno, si… —contestó Owen. Kleiff se quedó en silencio, esperando a lo que Owen interpretó fue una prueba de sus habilidades.

Cogió su teléfono y comenzó a trabajar. Entró en el sistema electrónico del edificio en el que estaban y apagó las luces de la sala. Después, se conectó a los teléfonos y activó las alarmas para que sonaran.

Enna soltó una carcajada mientras intentaba apagar la de su móvil.

—Este tío es la hostia —dijo entre risas.

Tecleando un par de códigos silenció los teléfonos y volvió a encender las luces.

—Puedo acceder a paneles de puertas codificados y cajas fuertes. También manualmente.

Kleiff no pudo evitar que una sonrisa se formara en sus labios.

—También lo quiero a él —le dijo a Nolan, que señaló su nombre en la lista que tenía en las manos, también sonriendo—: Y, ¿tú?

—Enol Wessen, tengo memoria eidética.

—Perfecto. Estás dentro. Tengo a Calem como experto en armas y solo me faltaría un médico —sentenció Kleiff dirigiéndose a Nolan.

—Perdone, ¿no hace falta que se lo demuestre? —interrumpió Enol.

Kleiff se volvió hacia él.

—Dime todos los nombres y habilidades de los que han pasado por aquí.

Enol empezó a recitar nombre y habilidad de todos ellos, aportando además su raza, vestimenta o rasgo físico característico mientras Nolan lo iba comprobando. Hasta llegar a Enna y Owen.

—Enna Heran. Ingeniera, arquitecta y lanzadora de cuchillos. Aunque también dispara pistolas. Mutada pura, inusualmente bajita. Owen Kenan, informático y programador, mutado puro, ojos grises.

—Perdona, ¿me acabas de llamar "inusualmente bajita"? —inquirió Enna.

Kleiff lo miró sonriendo, ignorando a Enna, y miró a Nolan.

—Pues eso, que necesito un médico. De lo demás, vamos sobrados —sentenció mirándolos a ellos, que se miraron entre sí a su vez. Unos desconocidos que terminarían volviéndose su vinculado y su familia.

A partir de ese momento todo había ido muy deprisa, tanto su relación como la Misión. Enol y él notaron el vínculo y lo aceptaron, a la vez que se mudaron a la mansión y comenzaron a entrenar para la Misión.

Se complementaban perfectamente, en eso consistía un vínculo. Había estado con él cuando murió su madre, dejando a Enol huérfano, aunque los padres de Owen habían intentado que no notara demasiado su ausencia, apoyándole y estando ahí para él, tanto como lo estaban para su propio hijo.

Habían pasado por muchas cosas juntos y ahí estaban. A punto de cumplir la misión que los había hecho conocerse.

—Ya hemos llegado —susurró Enol. Owen le dio un beso rápido antes de separarse para bajar del tren en la parada de la universidad.

Se acercaron con tranquilidad a la puerta y saludaron a los vigilantes, que les devolvieron el saludo sin apenas reparar en ellos.

Pasaron por los tornos y bajaron a los sótanos que tan bien conocían, donde estaban realizando los trabajos de organización. Entraron a las salas en las que estaban trabajando esos días, hicieron como que rebuscaban entre las cajas para ser grabados por las cámaras y luego entraron al almacén, donde ya no había cámaras.

Owen creó el bucle para que pareciera que no salían del almacén, y se dirigieron a las escaleras para bajar tres niveles más. A partir de ese momento fue trabajo en equipo, Enol hacía de guía a través de escaleras y pasillos mientras Owen iba modificando las cámaras que se iba encontrando, hasta llegar a un pasillo repleto de puertas protegidas con clave de Seguridad.

Habían llegado al pasillo de Archivos Protegidos de la Sede, donde se escondían todos los secretos de los presidentes, altos mandos y gobiernos que había habido desde la construcción de la Burbuja.

Enol se dirigió con decisión hasta el final del pasillo y se paró frente a una puerta igual que todas las demás, pero que escondía el tesoro más importante de todas.

Owen conectó su teléfono al panel de Seguridad y comenzó a estudiar la información y teclear en la pantalla mientras Enol esperaba.

Cuando terminó de preparar el panel miró a Enol.

—Ya está. Una vez introduzca la clave no hay marcha atrás.

Enol asintió con la cabeza y envió un mensaje cifrado a Kleiff pidiendo confirmación.

"Estamos en la puerta, ¿dónde estáis?"

A los pocos segundos el teléfono vibró con un mensaje de respuesta.

"Os estoy viendo, venid a la parte de atrás."

Ambos asintieron al recibir el mensaje. Estaban en posición y esperando. Una vez introdujeran la clave estaban solos el resto de la misión, ya no podrían contactar con ellos a menos que fuera para pedir un rescate de emergencia.

—1389 —susurró Enol.

Owen introdujo los dígitos.

El panel se encendió en verde y la puerta se deslizó hacia un lateral abriendo ante ellos la sala preámbulo a la gran Cámara Acoraza donde se encontraba Libélula. La sala a la que habían llamado "El laberinto", pero que no habían contado con que fuera un laberinto de espejos.

***

Tras bajar por la escotilla caminaron unos metros por un conducto hasta llegar a los túneles de las alcantarillas. Una vez allí tuvieron que hacer el mismo trayecto que Enol y Owen en el subtren, pero a pie y bajo la ciudad, hasta llegar a las alcantarillas que se encontraban bajo la sala acorazada.

Con los planos en la mano y un detector de metales, fijaron la posición de la cámara y señalaron el lugar de taladro en caso de una extracción de emergencia.

Fue en ese momento cuando Kleiff recibió el mensaje de Enol y todos pusieron en marcha sus cronómetros. A partir de entonces Enol y Owen tenían cuarenta minutos para dar señales de vida, tanto para bien o para mal.

Calem y Kleiff se marcharon a sus posiciones, uno en cada extremo del túnel en el que se encontraban, para controlar las dos entradas. Mientras que Vera y Enna comenzaron a preparar la perforadora y a mezclar los componentes de la pólvora para las explosiones.

—Esperemos no tener que utilizarlo —dijo Enna mientras terminaban de prepararlo todo.

Vera miraba con nerviosismo la X marcada en la curva del techo y la pared del túnel, donde esperaba no tener que perforar para rescatar a sus compañeros.

—Se me hace tan raro estar aquí… ¿Cómo crees que les estará yendo? —preguntó Enna.

Nunca le había gustado el silencio, tendía a rellenarlo con conversaciones banales o preguntas, para obligar a no ser ella la única en hablar.

Vera miró su reloj, en la cuenta atrás habían pasado diez minutos desde el mensaje de Enol y el "ok" de Kleiff.

—Por el bien de todos… espero que bien —masculló Vera, que comenzó a pasear por el túnel sin saber qué hacer. Aquello era lo peor… esperar.

***

El suelo a cuadros blanco y negro reflejado en las paredes de espejo había hecho que Enol se desorientara completamente. Había memorizado el mapa, lo tenía todo en su cabeza pero algo había ido mal y, en el cuarto giro, se había encontrado con una pared sin salida que no debía estar ahí. Se dio la vuelta asustado mirando a Owen.

—No sé donde estamos —susurró aterrado.

Owen sospechaba que algo iba mal desde hacía un par de minutos pero no sabía cuan mal estaban hasta que Enol se había girado confuso y aterrado.

Miró el reloj, llevaban diez minutos, les quedaban cincuenta para encontrar la cámara, entrar, sacar los mapas y salir. Llevaban unos cinco de retraso según los cálculos iniciales por lo que tenían que llegar cuanto antes.

Owen miró a Enol, que tenía la vista perdida en el reflejo infinito que le devolvían los espejos. Él siempre lo sabía todo, si lo memorizaba era imposible que se equivocara y esta vez no iba a ser la primera.

—Enol, tranquilo. Piensa en el mapa. Sabes dónde estamos.

Enol repasó todos los giros que habían hecho pero seguía teniendo que poder girar a la izquierda, esa pared no tenía que estar ahí.

Miró de nuevo a Owen asustado negando con la cabeza.

—No debería estar aquí. Esta pared no debería estar aquí, Owen.

Su vinculado lo cogió de las manos y le hizo levantar la cabeza para mirarlo a los ojos. Estaba empezando a hiperventilar y un ataque de ansiedad con desmayo incluido no era algo que les viniera bien, precisamente.

—Pero está. Respira hondo y cierra los ojos.

Enol lo hizo, cerró los ojos y comenzó a tranquilizar su respiración. Acompasándola a la de Owen.

—Concéntrate, no pienses cómo hemos llegado aquí sino dónde estamos —decía la voz de Owen junto a él—, piensa en el mapa, ¿dónde había una pared sin salida?

Enol repasó todos los movimientos que habían hecho, todos los giros, y trató de ampliar la vista de la sección del mapa en la que podrían estar, y ahí estaba. Encontró la pared sin salida dos pasillos más a la izquierda de donde deberían estar. No se encontraban lejos pero esto los iba a retrasar más de lo esperado.

—¿Lo tienes? —preguntó Owen al notarlo más tranquilo.

Enol le dio un beso y abrió los ojos.

—Vamos —contestó agarrándolo de la mano y encaminándose al pasillo correcto.

✱✱✱

—Comprobación de seguridad, Calem ¿todo bien? —preguntó Kleiff a su radio en el canal común.

—Todo perfecto, más aburrido que una ostra… Me he hecho amigo de una rata, estoy pensando en llamarla Neil como mi hermano.

Kleiff hizo una mueca, no supo si de gracia o de enfado o una mezcla de las dos. Se trataba de Calem, no era que se estuviera tomando a broma la situación, simplemente lo necesitaba.

—Genial. ¿Enna, Vera?

—Preparadas para todo. Por cierto Calem, ten cuidado, no vaya a ser que Neil la rata te muerda los huevecillos —respondió Enna entre risas.

—Las ratas no trepan Enna… —intervino Calem— A que no, Neil… a que tú eres una ratita buena… ¡ah! ¡Joder! ¡Sí que trepa!

Se escuchó una especie de forcejeo y golpes a través de la radio, luego el carraspeo de Calem al otro lado de la línea.

—Neil ha muerto.

Enna y Vera comenzaron a reírse y Kleiff no pudo contener una sonrisa.

—Bueno, vale ya, seriedad por favor. Comprobación de relojes. ¿Calem?

La voz de Calem sonó centrada de nuevo cuando volvió a escucharse.

—40 minutos, 40 segundos.

Kleiff asintió y preguntó a las chicas.

—40 minutos, 30 segundos, K.

Volvió a asentir con aprobación antes de responder a su vez.

—40 minutos, 25 segundos —sentenció Kleiff mirando su reloj.

***

—Nos quedan 40 minutos, Enol —dijo Owen con la respiración agitada, ya que habían pasado de andar rápido a correr por los pasillos, al ver como los minutos se iban descontando del cronómetro.

—Ya estamos, el siguiente pasillo a la derecha.

Doblaron el pasillo y una puerta apenas visible entre los espejos apareció ante ellos, solo se percibía que estaba ahí por el panel de Seguridad.

—¿Código de inhabilitación del terminal?

—28024 —susurró Enol apenas sin aliento.

Owen lo introdujo. El aparato pitó dos veces, lo que hizo que le devolviera una mirada afirmativa a Enol.

Sacó sus utensilios, abrió el panel y se puso a trabajar, cortando, pelando y empalmando cables. Ahí la tecnología no tenía cabida, tenía que hacerse de forma manual por eso habían inhabilitado el terminal, para poder toquetearle las entrañas sin que saltara alguna alarma.

Miró su obra maestra un momento antes de conectar el último cable. Al hacerlo, el panel volvió a pitar dos veces abriéndose la puerta y dejando ver, en medio de la cámara acorazada, la caja fuerte.

Entraron rápidamente y Owen consultó su reloj.

—Tenemos menos de 35 minutos, ya podemos abrirla rápido o estos entrarán a por nosotros —dijo mientras se acercaban a la caja.

Owen echó un vistazo general. Aparentemente parecían los materiales que Enna esperaba y la descripción encajaba con lo que habían planeado. El panel de apertura se encontraba en medio de la caja pero no había nada más, ni manivelas o cerraduras. Lo cual también encajaba con lo que esperaban. Tendrían que hacer lo mismo que habían hecho para entrar a la sala.

—¿Código de inhabilitación? —volvió a preguntar Owen.

—28047.

Owen lo introdujo pero en lugar de sonar los dos pitidos que esperaba se escuchó en su lugar un pitido prolongado que puso el panel en negro un segundo para luego encenderse una cuenta atrás de veinte minutos.

—¡Mierda! —maldijo Enol por los dos.

Eso no se lo esperaban. Esa cuenta atrás podía significar tres cosas, o la autodestrucción de la caja, la activación de una alarma... O ambas.

—¿Qué hacemos, Owen? —preguntó Enol con nerviosismo.

Owen se pasó la mano por la cabeza, ¿cómo no habían pensado que algo así podía pasar? No se lo explicaba.

—Joder... Empieza a perforarla, yo voy a intentar abrirla pero no me la quiero jugar a una sola carta.

Miró su reloj. *29 minutos.*

Escuchó el taladro de Enol y miró la caja. *19 minutos.*

Ni de coña, ni de puta coña. Abrió el panel y se encontró de nuevo algo que no esperaba. Un único cable. Parecía ser la tarde de las sorpresas.

—¡Joder! —gritó.

Enol miró primero a Owen, que había tirado el destornillador contra la pared, y miraba el panel con incredulidad, por lo que se giró hacia este. Joder. Apretó con más fuerza el taladro contra la caja y llamó a Owen.

—Plan B, que le den. No vamos a poder salir. Que nos saquen de aquí, llámalos.

Owen lo miró. Sabía que tenía razón pero no se podía sacar de la cabeza cómo todo se había podido ir a la mierda en tan poco tiempo. Sacó el walki, lo conectó y esperó a que sonara alguna alarma o se encendiera algún detector de frecuencia, pero no pasó nada. Pulso el botón y habló.

***

—Como sigas así vas a terminar haciendo un foso a nuestro alrededor —dijo Enna.

Vera se detuvo y suspiró. El momento de risas con Calem había sido un pequeño oasis de calma que, por desgracia, no había durado demasiado. Sin nada más que hacer, había ordenado su mochila dos veces y, hasta ese comentario de Enna, había estado caminando en círculos.

De pronto Vera vio en el walki de Enna cómo el canal de radio de Owen se encendía y la miró asustada. Enna, al ver a donde se dirigía su mirada sacó el walki. A los pocos segundos empezó a sonar la voz de Owen.

—Adelante plan de extracción de emergencia.

Sin pensarlo un segundo Enna le pasó el walki a Vera, cogió la perforadora, apuntó al centro de la X que habían marcado y comenzó a perforar el techo.

—Comenzado plan de extracción —dijo Vera, angustiada.

—¿Qué ha pasado Owen? —preguntó la voz de Kleiff, que sonaba nerviosa.

—Era un laberinto de espejos y nos hemos perdido. Al entrar en el panel de la caja fuerte se ha encendido una cuenta atrás de 20, he intentado manipularlo pero al abrirlo solo hay un cable. No sabemos qué va a pasar al llegar la cuenta atrás. Quedan 15 minutos. Estamos perforando la caja, llevamos dos centímetros. Sospechamos que tendrá unos cinco.

—¿Has empezado a taladrar el suelo? —preguntó Calem. Tras maldecir un par de veces.

—Sí, espero confirmación de Enna para poner la pólvora.

Vera había comenzado a preparar las dosis de pólvora mientras Enna taladraba. Miró el agujero que su compañera estaba realizando con gran precisión, ancho y redondo, perfectamente milimetrado. Lo había hecho tan rápido que casi no veía ni su cabeza dentro del agujero. Paró un momento y metió la mano para tocar los materiales

—Puede que podamos hacerlo sin ella, por aquí vamos bien, ¿cuánto tiempo nos queda? —inquirió Enna.

Un coro de voces le contestó diez y ella se giró hacia Vera con la mano extendida, pidiéndole la pólvora.

—A la mierda. Owen, coloca la pólvora y espera mi señal, no nos la vamos a jugar —sentenció mientras seguía trabajando en el agujero, poniendo la pólvora en el lugar adecuado para lograr el efecto que necesitaban.

Daba un poco igual donde la colocara Owen, ya que su agujero era de salida, pero el de ella podría derrumbarse y cerrarse si no la colocaba justo en su sitio.

Tras comprobarlo dos, tres, cuatro veces sacó la cerilla, se alejó un par de pasos y la encendió.

—Owen, ¿me recibes?

—Afirmativo.

—Cerilla en 3, 2, 1…

Tiró la cerilla hacia el agujero y una explosión sonó en estéreo, tanto en la radio como en el túnel, haciendo que Vera se tapara los oídos y Enna se pegara a la pared opuesta.

***

Enol había seguido taladrando, solo había parado un segundo al escuchar la explosión. En cuanto comprobó que Owen estaba bien continuó empujando el taladro contra la caja. No debía quedar mucho. No podía quedar mucho…

Apretó aun más el hombro contra la puerta hasta que esta cedió y el taladro giró libre sin nada más que perforar. Con un clic, abrió la caja.

Continuó escuchando la perforadora de Owen en el suelo pero él solo tenía ojos para la puerta de la caja fuerte. Miró la cuenta que se había detenido en 3:58, lo cual podía significar que al abrir la caja acababan de activar lo que quiera que fuera que activaba esa cuenta atrás o que la había desactivado, algo que, aunque deseable, no era nada probable.

—¡Owen, la cuenta atrás se ha parado! —gritó para que lo oyera a través del ruido del taladro.

Él levantó la vista y miró primero el panel y luego la puerta abierta.

—Ábrela —masculló.

Enol siguió la orden de su vinculado y abrió la puerta para encontrar un sobre cerrado con el mismo logotipo de la libélula que el que encontraron en el almacén. Alargó la mano para cogerlo rápidamente y miró a Owen, que, de nuevo, con un gesto de la cabeza le indicó que lo abriera.

Rasgó el borde del sobre con cuidado y sacó los papeles de dentro, que contenían unos planos y dibujos manchados de sangre de lo que, sin duda, era la máquina del tiempo.

Owen sonrió, cogió el walki y habló.

—¡Los tenemos!

Gritos y exclamaciones sonaron al otro lado de la radio.

—Pero tenemos un problema —añadió recordando el panel de la cuenta atrás—: la cuenta atrás se ha parado. Lo que quiere decir que seguramente hemos hecho saltar alguna alarma.

—Perforad lo más rápido que podáis. ¡Ya casi estamos, chicos! Vamos a sacaros de ahí —gritó la voz de Enna.

***

Llevaban horas de rebobinado. Durante los recuerdos de las torturas algunos médicos tuvieron que salir a vomitar y las enfermeras habían llorado desconsoladamente. Habían tenido que parar un par de veces para estabilizar a Kev pero Rala había ordenado continuar y, en ese momento, se encontraban justo en el momento previo a su secuestro.

Había estado escondido frente a una vivienda la cual ya había sido identificada. Pertenecía a la humana en búsqueda y captura Carli Ebben a la que delató en los interrogatorios de Wellan, madre de Vera, esa mestiza de la cual no tenían ni foto ni información. Habían encontrado el registro escolar por lo que había cursado sus estudios básicos y también aparecía inscrita en la Facultad de Medicina pero no había llegado a graduarse, de ahí que no tuviera foto registrada como doctora. Aun así tendrían que tener la de su carnet de estudiante pero no encontraron nada y eso sí era sospechoso.

Tras unos minutos una chica apareció en la grabación. Tenía el pelo largo y castaño claro pero no podían ver claramente su rostro. No paraba de moverse, estaban teniendo una discusión, hasta que finalmente su cara pudo verse con claridad.

—¡Páralo! —exclamó Rala levantándose rápidamente para acercarse a la pantalla.

Aquella chica le resultaba familiar, la había visto antes en algún sitio pero no conseguía recordar dónde.

—Es Vera Ebben. Mejora la imagen y envíala a registro. Ha hecho un cambio de identidad. Es mestiza, puede que esté aquí en el M.

La emoción que había contenido hasta el momento pareció despertar en su cuerpo y la adrenalina le renovó las fuerzas que había perdido al pasar tantas horas en la atmosfera humana de la habitación.

Sacó el móvil para llamar a su padre y contarle las noticias pero él se adelantó. Con una sonrisa descolgó el teléfono.

—¡Padre! Tengo buenas noticias…

—¡Nos están robando! Ha saltado una alarma de la Cámara Acorazada, todavía no sabemos quién ha sido. Los guardias han ido tras ellos…

La voz de su padre sonaba agitada, jamás lo había escuchado hablar de aquella forma, atropelladamente y apenas sin hacerse entender.

—¿Pero qué han robado, padre? No te entiendo.

Su padre suspiró al otro lado de la línea y cuando habló su voz sonó aterrada.

—Los planos, Rala, los planos de Libélula.

***

Enol y Owen perforaban a toda velocidad. Estaban a punto de llegar al final de su capa de hormigón cuando escucharon la voz de Enna, no solo en la radio sino a través de la fina capa que quedaba.

—¡Os veo! ¡Veo vuestro hormigón! ¡Apartaos, terminaré de perforar con la mía!

Se apartaron a la vez que empezaron a sonar golpes y disparos al otro lado de la puerta de la Cámara Acorazada.

—¡Date prisa, Enna, tenemos compañía!

Se escuchó el sonido de la perforadora de Enna, más gritos y disparos y, después, silencio.

—Enna… —susurró Owen en el walki y, casi al instante, apareció su cabeza por el agujero.

—¡Vamos! —gritó.

Enol le pasó los planos a la vez que ella se apartaba para dejarlo pasar por el agujero. Mientras Owen se introducía tras Enol, la puerta de la cámara explotó.

***

Enna le pasó los planos a Vera, que los guardó rápidamente dentro de su chaleco. Mientras ayudaban a Enol a salir del agujero sintieron la explosión de la Cámara Acorazada.

Kleiff llegó corriendo desde su posición, encontrándose a Enna y Vera que tiraban de Enol que, a su vez, tiraba del cuerpo de Owen.

—¡Está herido! —exclamó Vera.

Los disparos comenzaron a sonar al otro lado del agujero y no tardarían en mandar una patrulla al túnel.

—¡No hay tiempo, corred! —gritó Kleiff mientras ayudaba a Enol a cargar con Owen.

Vera corría por el pasillo lo más rápido que podía con Enna junto a ella. Los disparos comenzaron a escucharse a sus espaldas y lo hacían cada vez más cerca, a la vez que las voces de los guardias mutados.

Un disparo pasó rozando la cabeza de Enna y chocó contra la puerta que Calem mantenía entreabierta al final del pasillo.

De nuevo más disparos, seguidos de explosiones y gritos. Estaban utilizando las balas modificadas.

Enna y Vera llegaron hasta Calem, que ya estaba esperándolas y, tras unos segundos Kleiff, que cargaba con Enol y Owen. Entre Enna y Vera ayudaron a dejarlos en el suelo mientras Calem los cubría, tirando granadas al pasillo y disparando a los guardias como podía.

—Kleiff, ayuda a Vera —dijo Enna mientras se colocaba junto a Calem con su rifle.

Vera abrió su mochila mientras miraba de reojo a Enol y a Owen. Se le formó un nudo en el estómago. Owen tenía una herida en el cuello de la que no paraba de manar sangre y la parte baja de la pierna de Enol parecía unida a la rodilla solo por los tendones.

Sacó unos cinturones con velcro y se los pasó a Kleiff, que intentaba separar a Enol de Owen, que no paraba de chillar su nombre mientras sujetaba la herida del cuello.

—Hazle un torniquete —dijo señalando la pierna de Enol.

Ella se acercó a Owen y revisó su herida, que no solo no paraba de sangrar sino que no había ninguna forma de que dejara de hacerlo, ya que tenía un trozo de metal clavado en la arteria. Si lo quitaba se desangraría aun más rápido y, si no lo hacía, moriría igualmente.

Un sollozo se le escapó de la garganta y miró a Owen, que asintió suavemente y sonrió, antes de mirar a Enol, que la miró con los ojos llorosos y fuera de las órbitas.

—Lo siento…—susurró apenas sin voz.

Enol gritó y agarró las manos de Owen, que lo miró fijamente a los ojos mientras su vinculado lloraba desconsoladamente.

—No me dejes, por favor… —Repetía una y otra vez, hasta que los ojos de Owen se cerraron y su cuerpo se quedó inmóvil.

Enol gritó su nombre a la vez que una nueva oleada de disparos alcanzaron a Calem y Enna, que cerraron la puerta tras ellos.

—Ya están aquí, tenemos que irnos.

Ambos miraron a Enol, que agitaba los hombros de Owen y lo abrazaba llorando su nombre desconsoladamente, para luego mirar a Vera y Kleiff.

Sonó una explosión tras la puerta y, al momento, otra más pequeña pero mucho más cerca. Vera miró a Enna que se llevaba la mano al estómago. Le había alcanzado una bala explosiva.

—¿Estás bien? —gritó, levantándose con un montón de gasas para taponar la herida.

Calem corrió hacia ella sujetándola a la vez que ella asentía y apretaba las gasas con fuerza.

—Estoy bien, ya me curarás después…

Kleiff se levantó y miró a Enol.

—Enol, tenemos que irnos —dijo, pero Enol negaba con la cabeza sin apartar los ojos de Owen.

—Kleiff… dejadme aquí, os retrasare. El protocolo dice que…

—¡A la mierda el protocolo! —La voz de Kleiff resonó como si fuera un trueno. Vera nunca lo había visto así, su cuerpo temblaba y tenía lágrimas en los ojos. Sin embargo, las últimas palabras que dijo sonaron en un susurro amargo, una súplica—: Enol, por favor…

El chico miró a Owen y negó con la cabeza.

—Lo siento… no he sabido tener las prioridades correctas…

Kleiff miró a Vera y ella se estremeció al ver sus ojos color miel, vidriosos e inyectados en sangre. Entendió en ese instante lo que Enol estaba pidiendo. Quería dejarse morir, prefería morir junto a la persona a la que amaba a vivir en un mundo en el que él no estuviera.

Kleiff volvió a mirar a Enol y apoyó su mano en su hombro. Con la otra rebuscó en el bolsillo y le tendió una píldora negra pero Enol negó con la cabeza.

—Dame una granada. Os daré el tiempo que necesitáis para escapar.

—¡No, Enol! —chilló Vera, entre lágrimas—. Podemos cargar contigo, por favor.

Vera sabía que Enol tenía razón pero no pudo evitar estremecerse y echarse a llorar de nuevo. Él la miró y cogió la granada que Calem le tendía.

—¿Qué coño haces? —gritó Vera. Calem estaba pálido pero la miró con seguridad.

—Lo que hay que hacer. —Se inclinó a Enol y lo abrazó con fuerza. Él le devolvió el abrazo—. Te quiero. Os quiero.

Se apartó y, tras acariciar la mejilla de Owen se acomodó a Enna en su hombro, que sollozaba en silencio con una mano apretándose la herida. Vera vio cómo Kleiff se inclinaba también hacia Enol, le decía algo al oído y ambos asentían.

—No, no, no, qué estamos haciendo. Enol, por favor… no. —Él abrió sus brazos y ella se abrazó a ellos, sollozando.

Tras unos segundos Enol levantó su cabeza con la mano que no agarraba a Owen. Ella bajó la mirada hacia Owen y le acarició la mejilla a su vez, a modo de despedida pero enseguida volvió a mirar a Enol.

—Cumplid la Misión, Vera. Este mundo no tiene solución y la única opción que nos queda es intentar volver atrás.

Ella asintió entre lágrimas. De nuevo unos golpes, más fuertes que los anteriores, resonaron en la compuerta, haciendo saltar uno de los goznes que la mantenía cerrada.

Unos brazos la separaron de Enol y ella se dejó mover. Alguien gritó "corred" y ella se soltó de los brazos, que eran los de Kleiff, y corrió tras Calem y Enna por el pasillo hacia la salida. No miró atrás, si lo hacía no podría irse y dejar allí a parte de su familia.

A los pocos segundos se escuchó saltar el segundo gozne y, tras el tercero, una explosión, acompañada de un temblor que les hizo caer al suelo.

El silencio inicial vino acompañado de un pitido. El primero en levantarse fue Kleiff, que tiró de Vera hasta ponerla en pie. Todo estaba borroso y lleno de humo y vio sus labios moverse pero solo escuchaba el pitido.

Se giró buscando a Calem que estaba levantándose torpemente con Enna a su lado. Corrió hacia él junto a Kleiff para ayudarlos y, los cuatro, continuaron corriendo por los túneles.

Bordearon un par de esquinas, giraron por varios túneles y cerraron varias puertas tras ellos parando lo justo para cambiarle a Enna los vendajes e inyectarle coagulantes en los bordes de la herida, aunque Vera estaba empezando a sospechar que tenía una hemorragia interna que no podría curar.

No supo cuanto tiempo corrieron hasta que Enna perdió pie y cayó al suelo.

Vera se agachó junto a ella y empezó a trabajar con rapidez. Sacó el botiquín de su mochila y miró a Enna, que se sujetaba el estómago con fuerza mientras su rostro comenzaba a perder color y por las rendijas de las manos no paraba de manar sangre, que ya había empapado el montón de gasas que acababa de colocarle.

Revolvió en su bolsa, pero no le quedaban más vendas ni gasas por lo que rasgó los pedazos de camiseta que sobresalían bajo el chaleco antibalas. Tras romperla en varios trozos, puso uno sobre las manos de Enna. Miró ojos azules de su amiga inyectados en sangre y que la miraban aterrados.

—Vera… —susurró, a la vez que un hilo de sangre descendía por la comisura de su boca.

Se le nubló la vista. Al llevarse la mano a los ojos fue cuando se dio cuenta de que estaba llorando.

—Enna, aguanta… voy a mirarte, déjame…

Enna negó con la cabeza y ese movimiento hizo que tosiera sangre, oscura y espesa, que salpicó la ropa de Vera. Tal y como sospechaba, la herida superficial no era demasiado grande, el daño verdadero estaba en el interior. Su amiga se estaba desangrando internamente sin que Vera pudiera hacer nada por ayudarla.

Las lágrimas seguían surcando sus mejillas y miró hacia sus compañeros pidiendo ayuda, que se acercaron pero solo para ponerle una mano en el hombro a Vera y negar con la cabeza.

Vera apartó la vista de ellos para centrarse en Enna, que la estaba mirando, entendiendo en sus últimos momentos de conciencia la situación, viéndolo a través de sus ojos. No sabía qué decir. En ese momento deseó ser como esos actores de las películas que tenían una frase para todo, incluso para cuando tu mejor amiga se moría.

Esa realidad golpeó a Vera tanto que se mareó y, por unos segundos, lo vio todo borroso. Enna se iba a morir, al igual que Owen y Enol. Y tendrían que dejarla allí también, como a ellos. Eso decían en los entrenamientos, la Misión por encima de todo. Si alguien cae será por el bien superior del Proyecto y será recordado con el debido reconocimiento.

Un gemido de impotencia salió de su garganta y bajó su mirada a la herida de Enna, cuya sangre ya había empapado el pedazo de camiseta que Vera le había puesto. Su cuerpo no tenía intención de dejar de sangrar.

Volvió a mirar sus ojos azules, inyectados en sangre y llenos de lágrimas. Enna hizo un puchero al ver la verdad en los ojos de Vera. Al saber que se iba a morir.

El hecho de verlo en los ojos de otra persona era diferente a sentirlo en el propio cuerpo, al decirlo otra persona era de verdad. Eso forzó a Vera a serenarse y se inclinó sobre su amiga, dispuesta a transmitirle toda la fuerza que pudiera.

—Tranquila Enna… respira hondo. —Enna lo hizo y una lágrima cruzó su mejilla—Recuerdo la promesa que te hice… —Se limpió las lágrimas de los ojos, limpió las que inundaban las mejillas de Enna y extendió su meñique—. Te quiero… nunca te olvidaré.

Enna esbozó una ligera sonrisa y extendió su meñique tembloroso hasta el de ella para entrelazarlo. Intentó articular una palabra pero de su garganta no brotó ningún sonido. Con un jadeo miró a Vera fijamente con los últimos resquicios de vida. El pecho subió con fuerza intentando llenar los pulmones y, al soltar el aire, los ojos se quedaron fijos y el pecho no volvió a subir.

Vera sintió pánico a pesar de que ya se había despedido. Su cuerpo se movió solo y llevó sus manos ensangrentadas a los hombros de Enna y la sacudió con fuerza.

—No…por favor…—jadeó.

Enna no respondió y las lágrimas de Vera rodaron con más fuerza sobre sus mejillas.

Vera se tapó la cara con las manos y se dejó caer hacia atrás, sin ser capaz de sostenerse ni un minuto más. Miró con terror a Kleiff que se acercó a Enna para bajarle los párpados y acariciarle la mejilla, a la vez que Calem le besaba la frente.

—Tenemos que irnos —dijo una voz, no supo si la de Calem o la de Kleiff. Y se dejó levantar, tambaleándose, para alejarse de Enna y seguir avanzando por los túneles.

No sabía a dónde se dirigían. Hacía mucho tiempo desde que habían dejado a Enna y Vera solo corría tras Kleiff con todas sus fuerzas hasta que este se paró frente a una pared y miró hacia abajo. Había una pequeña escotilla de un conducto de ventilación, la retiró y se agachó.

—Pasad. Seguid el conducto y, en la bifurcación, girad a la derecha. Yo iré el último para cerrar la escotilla —ordenó en un susurro.

Calem miró a Vera e indicó con un gesto que pasara primero, ella se quitó la mochila y se agachó. La claustrofobia hizo que sintiera un nudo en el estómago pero respiró hondo, entró por la escotilla y empezó a reptar.

La oscuridad era total y solo se oían sus respiraciones y el sonido de sus cuerpos al moverse por el conducto.

Al llegar a la bifurcación giró a la derecha, como había dicho Kleiff. Tras unos metros vio la luz de otra escotilla similar a por la que habían entrado. La empujó con la mano y cayó al suelo de una sala de máquinas pequeña y oscura. Se arrastró y salió del conducto, apartándose rápidamente para que Calem y Kleiff pudieran salir también.

Miró a su alrededor y encontró la compuerta redonda de metal por la que tenían que ser rescatados. Se examinó a sí misma, su cuerpo temblaba y los pulmones le escocían del esfuerzo.

Escuchó como salían Calem y Kleiff y observó como este último colocaba de nuevo la escotilla y sacaba el teléfono para llamar a Nolan. En su rostro solo había determinación. Seguramente era esa determinación la que hacía que no se derrumbara ante lo que acababa de ocurrir como estaba pasándole a ella.

Sintió que se le hacía un nudo en la garganta y se giró buscando a Calem que estaba apoyado en la pared, con los ojos cerrados. Su rostro, ya de por si pálido, estaba adquiriendo poco a poco un tono azulado.

Bajó la mirada hasta su cuerpo, dándose cuenta de que estaba herido. Se acercó rápidamente y él abrió los ojos.

—No, Calem, tu también no, por favor… —susurró mientras comenzaba a quitarle el chaleco antibalas. Calem no dijo nada y se dejó hacer. Cuando se lo quitó se llevó la mano al costado izquierdo y levantó el brazo. Tenía un orificio de bala bajo la axila, justo en el espacio libre que dejaba el chaleco. Le hizo tumbarse de lado en el suelo y preparó el escaso material quirúrgico que la quedaba para intentar extraerla.

Parecía una bala simple pero no podía estar segura, por lo que, abrió la herida con un bisturí hasta que llegó a ella, haciendo que Calem se retorciera y gimiera de dolor.

Limpió la herida con un poco de agua y se encontró una bala en forma de cruz incrustada en el cuerpo de Calem. No podría extraerla, no sin causarle más daños de los que ya tenía.

Estaba en una zona peligrosa porque no sabía el alcance de la bala ni la trayectoria, seguramente le había perforado el pulmón. La herida sangraba pero no excesivamente, eso podía ser bueno o malo, ya que la hemorragia podía estar en el interior como había pasado con Enna.

Miró a Calem, encogido y tembloroso, y tuvo que contener las lágrimas. Cogió las tijeras y rasgó con cuidado los restos de su camiseta y la de Calem. Los dobló y taponó la herida, que poco a poco empezó a impregnar la camiseta de sangre.

Se giró hacia Kleiff, que se había quitado el chaleco antibalas y estaba quitándose su camiseta mientras seguía con el teléfono en la oreja. Con movimientos ágiles se deshizo de ella y se la tendió a Vera, que la dobló y colocó sobre la herida.

Cogió todo el esparadrapo que encontró y apretó el improvisado vendaje. Miró a Calem que sudaba y temblaba al mismo tiempo. Se sentó junto a él y le hizo colocar la cabeza sobre sus piernas para que estuviera más cómodo.

Tenía la mirada perdida y los labios secos, pero no podía darle agua. Se había quedado sin coagulante. No podía hacer nada más por él, solo esperar y estar a su lado.

Agarró sus manos con las suyas y, al sentir su contacto, Calem entrelazó sus dedos con fuerza. Giró la cabeza lentamente y sus ojos azul pálido la miraron sin verla. Vera no pudo contener más las lágrimas y un sollozo salió de su garganta, aunque también era posible que no hubiera dejado de llorar en ningún momento.

—Ya están aquí —dijo a lo lejos la voz de Kleiff y Vera apretó a Calem contra su cuerpo, pensando que se refería a los guardias mutados, sin embargo, Kleiff se acercó a la compuerta y comenzó a girar la rueda para abrirla.

Su cuerpo se movía con precisión y rapidez, sin rastro alguno de cansancio en él. A los pocos segundos abrió la compuerta y se apartó.

Unos hombres cargados de armas entraron rápidamente. Vera sabía que no eran guardias mutados pero vestían como ellos e, instintivamente, apretó más a Calem contra su cuerpo.

Cuando los hombres se acercaron e intentaron separarla de él, chilló y los apuntó con su arma. Lo veía todo borroso por las lágrimas y a cámara lenta.

Observó cómo esos hombres la apuntaban a ella y luego a Kleiff poniéndose en medio. La visión de su espalda solo cubierta por el chaleco antibalas con los brazos en alto, después su cara al girarse hacia ella, agachándose para mirarla en su misma altura. Moviendo los labios pero sin poder entender lo que decía.

Fue al darse cuenta de que él tenía lágrimas en los ojos y la desesperación que había en ellos cuando respiró hondo y los sonidos irrumpieron de nuevo en sus oídos.

—Vera baja el arma por favor, deja que se lleven a Calem, tienen que ayudarle.

Sintiendo como toda la adrenalina desaparecía de su cuerpo bajó la mirada a Calem, que había cerrado los ojos y respiraba con dificultad.

Bajó el arma con las manos temblorosas y se la dio a Kleiff que la tiró lejos. Con cuidado cogió a Calem y lo levantó como si fuera un muñeco de trapo, como si no fuera veinte centímetros más alto que él. Se giró, con él en brazos y caminó hacia la compuerta, donde esos hombres habían dejado una camilla, y lo colocó encima. Después se volvió hacia ella y la ayudó a levantarse.

A partir de ese momento todo sucedió demasiado rápido.

Los envolvieron en mantas y les hicieron pasar por la compuerta que, sorprendentemente, daba a un prado donde esperaban unos vehículos que Vera no había visto nunca. Apenas cabían unas pocas personas en ellos y tenían una especie de ruedas negras. Metieron la camilla en uno de ellos, que se marchó rápidamente y buscó a Kleiff, que estaba estrechando la mano de una mujer alta, con pelo corto.

Miró a su alrededor, estaba oscuro pero no era de noche. Subió la vista al cielo cuando una luz apareció y desapareció rápidamente, para encontrar una neblina negra que lo cubría todo impidiendo que la luz se filtrara, creando reflejos verdosos. No estaban en el Sector M, habían llegado a Tierra Vacía.

***

—¿Cómo va esa búsqueda? — gritó Rala, exasperada.

Hacía tiempo que había abandonado la idea de permanecer sentada por lo que se paseaba de un lado a otro por la habitación.

Su padre no había vuelto a llamar y eso no era buena señal. La Guardia no había capturado todavía a los intrusos, lo que significaba que, o habían escapado o estaban a punto de hacerlo. Y aquella chica estaba involucrada en ello, a cada segundo que pasaba estaba más segura.

Habían seguido rebobinando los recuerdos de Kev pero lo único que habían encontrado eran más imágenes de Vera y su relación con ella, lo que, sin duda había empeorado el ánimo de Rala. Había decidido que le retiraran el *Mementium* y, en aquel momento, se disponían a sacarlo del coma.

La tos de Kev la hizo girarse y acercarse a él. Se dio cuenta que después de ver la relación que había tenido con Vera, la imagen que tenía de él había cambiado, aunque no estaba segura de cómo.

—¿Ha ido bien? —preguntó Kev mientras miraba a su alrededor y se daba cuenta del revuelo. Se giró hacia el monitor y se encontró la imagen de Vera.

Rala estudió con atención su reacción al verla. Sin duda sorpresa pero luego algo más.

—¿Todavía la quieres? —preguntó. Sonando más cortante, enfadada y celosa de lo que había pretendido. Pero, después de todo lo que había visto, necesitaba saberlo.

Él la miró. Tras darse cuenta de todo lo que Rala había podido llegar a ver negó con la cabeza.

—No. Creo que ahora me gustan más las rubias.

Rala soltó una carcajada pero un recuerdo del BlackSpirit le vino a la mente. Calem Delan, aquel mutado puro rubio. Se habían acostado un par de veces pero esa noche al verlo rodeado de gente había decidido no acercarse. No. No fue porque estuviera rodeado de gente, tenía el brazo sobre los hombros de una chica. Sobre los hombros de Vera.

Todos fichaban para entrar. Si tenía otra identidad tendría su foto en el carnet con el que fichó para entrar al club.

—Los fichajes del BlackSpirit. Busca la imagen de Vera y el carnet de Calem Delan. Aparecerán juntos.

El técnico asintió y comenzó a teclear en la pantalla, cambiando los comandos y reseteando la búsqueda.

—¿Qué pasa con Vera? —dijo Kev desde la cama.

Su voz sonaba preocupada pero Rala no era capaz de concentrarse en responder. Lo único que podía hacer era mirar la pantalla por la que pasaban a toda velocidad los nombres y fotos de todos los que habían fichado en el club.

El nombre de Calem se paró y su foto los sonreía de forma chulesca. A los pocos segundos también lo hizo la foto de Vera, que sonreía tímidamente. Eran los mismos ojos que había visto en los recuerdos de Kev, el mismo pelo, todo era igual excepto el nombre. Vera Yeren.

—Tienen la misma dirección, señorita Offen —indicó el técnico. Aunque Rala ya lo sospechaba, al igual que también sospechaba donde trabajaban.

—Busca su oficio —ordenó, acercándose aun más a la pantalla.

Cuando las palabras "Archivo de la Universidad de Historia" aparecieron en la pantalla la adrenalina volvió a su cuerpo con más fuerza.

—Busca los últimos fichajes e introduce todos los datos de Calem y Vera, su dirección, todo. No lo han hecho solos, si no han entrado ellos habrán entrado otros.

—Hay dos fichajes que coinciden en dirección, Enol Wessen y Owen Kenan. Además de ellos hay dos personas más con el mismo domicilio: Enna Heran y Kleiff Yeren, hermano de Vera.

Rala sacó su teléfono rápidamente y marcó el número de su padre. Su voz sonó apagada cuando respondió.

—Han escapado, Rala. La guardia ha conseguido eliminar al menos dos de ellos pero otros cuatro han escapado…

—Habrán escapado padre pero los tenemos. Se quienes nos han traicionado.

EPÍLOGO

Vera seguía sentada en la silla en la que el médico había dicho que esperara hasta que tuviera noticias de Calem. No sabía dónde estaba Kleiff, habían sido trasladados a aquel complejo en vehículos diferentes y no le había vuelto a ver.

Habían intentado llevarla a la que iba a ser su habitación pero había pedido que la llevaran con Calem. Tras insistir varias veces, había conseguido que la dejaran en esa sala blanca llena de sillas, y se había sentado en una frente al quirófano.

Habían pasado dos horas cuando la puerta se abrió y un mestizo salió de ella. Vera se levantó al instante y se acercó a él mientras se secaba las lágrimas que no paraba de derramar desde que había llegado.

—Tranquila Vera, todo ha salido bien. Hemos podido extraer la bala y su vida ya no corre peligro.

Vera soltó un suspiro de alivio y sus hombros se relajaron.

—Gracias —susurró mientras intentaba sonreír al mestizo torpemente, él la devolvió una sonrisa cansada.

—Estará dormido unas doce horas. Deberías ir a descansar. Mandaremos a alguien a avisarte en cuanto despierte.

Vera asintió y el mestizo se marchó, dejándola sola.

Allí, de pie frente al quirófano, no supo qué hacer. No quería dejar solo a Calem pero tampoco era útil sentada en esas sillas incómodas durante doce horas.

Al ver su reflejo en uno de los cristales opacos se asustó. Su pelo trenzado parecía una maraña. Las manchas de sangre la cubrían por todas partes y su ropa estaba rota.

Decidió preguntarle a uno de los mestizos que cuidaban la puerta si podían llevarla a su habitación para darse una ducha y descansar. Enseguida llegó otro que la guió a través de unos pasillos hasta un dormitorio gris y oscuro.

El mestizo encendió la luz y, en cuanto Vera entró al interior de la habitación, se marchó cerrando la puerta tras de sí.

No era un dormitorio grande pero sería más que suficiente para descansar hasta que Calem despertara. A la derecha había una puerta, al abrirla entró en un pequeño baño con una ducha, un lavabo y el WC. Miró a su alrededor y descubrió unas toallas junto al espejo al que se miró.

Si se había asustado mirándose en ese cristal oscuro, en ese espejo y con la luz encendida daba verdadero miedo.

Se quitó las botas, los pantalones destrozados, el chaleco antibalas y los restos de la camiseta que había cortado para taponar las heridas de Enna y Calem, quedándose en ropa interior. Tenía el cuerpo totalmente dolorido pero se obligó a pensar en la ducha caliente.

Al darle la vuelta al chaleco antibalas descubrió cuatro balas de punta redonda incrustadas en él. Cuatro balas que, si hubieran sido explosivas, la habrían matado. Se giró y se miró la espalda en el espejo para encontrar los cuatro moratones redondos allí donde la bala había impactado, sin llegar a rozar su piel gracias al chaleco.

Terminó de desnudarse y se metió en la ducha. Se soltó los restos de trenza que le quedaba en el pelo y abrió el grifo. Un chorro de agua caliente salió de la alcachofa y bajó por el cuerpo de Vera haciéndola estremecer.

Miró al suelo y un charco de agua, primero negra, luego roja, después rosa y, por último, transparente se iba yendo por el sumidero. La sangre de Calem, de Enna, de Enol, de Owen...

Obligándose a no pensar se lavó el pelo dos veces y se enjabonó el cuerpo otras tantas, sin embargo, cuando ya había terminado de aclararse la ultima vez, todos los recuerdos de lo que había pasado en las últimas horas volvieron a ella.

El sonido de la explosión, los rostros asustados de Enol y Enna intentando bajar a Owen por el agujero, el ruido de las botas de los guardias mutados persiguiéndolos, lo mucho que habían corrido, Enol gritando el nombre de Owen, la explosión de la bala de Enna…

Se tapó los oídos y cerró los ojos pero entonces escuchó los disparos, vio la imagen de Enna antes de morir, luego Enna muerta, y también Owen. Enol cogiendo la granada. El ruido de la explosión. Calem herido, con su cabeza apoyada en sus piernas.

Sin poder soportarlo más Vera se dejó caer de rodillas en la ducha y gritó. Las lágrimas rodaban por sus mejillas fundiéndose con el agua. No supo cuándo dejó de gritar, no se preocupó de que alguien pudiera oírla. En ese momento nada tenía importancia.

Se sentó en el suelo de la ducha con el agua caliente cayendo sobre ella y se llevó las rodillas hasta la barbilla, apoyando los brazos en ellas y enterrando la cara en ellos. Siguió en esa posición, llorando, hasta que sintió el cuerpo arrugado por el agua.

Cerró la ducha y se levantó torpemente. Las piernas le temblaban pero no había llegado hasta allí para resbalarse en la ducha y partirse la crisma, por lo que, con las últimas fuerzas que le quedaban, salió de la ducha, se envolvió en una toalla y salió del baño.

Cuando estuvo junto a la cama se dejó caer sobre ella, sin molestarse en ponerse algo de ropa o meterse en ella. Se colocó en posición fetal y se abrazó a sí misma. No pudo evitar pensar en que todo sería diferente si Kleiff estuviera junto a ella abrazándola. Pero no estaba. Y pensando en eso y a la vez en nada se quedó dormida.

AGRADECIMIENTOS

Como bien dice el refrán "es de bien nacido ser agradecido" y yo tengo mucho que agradecer porque, por suerte, he recibido mucha ayuda durante el proceso de creación de *Libélula*.

Andrés, gracias por ser el primero en leer el manuscrito completo –en tiempo record, he de decir– y enviarme tus sugerencias y opiniones.

Jose, mil gracias por TODO. Por tus correcciones, por tu ayuda y paciencia con mi laísmo y leísmo; en definitiva, por darme el empujón a empezar con esta locura.

Cris, mil gracias por estar ahí. Esto hay que celebrarlo yendo a la ichiban, ¿no te parece?

Y, por último, gracias a todos los que me habéis ayudado de cualquier forma a que Libélula haya salido a la luz: mis amigas de toda la vida Lidia, Ana y Cristina (¡enhorabuena, mami!), y, especialmente mi chico. (Tranquilo nene, por fin voy a poder dejar de ser una mujer a un portátil pegada… ¿o no?)

SOBRE LA AUTORA

Becky Rojo es una historiadora madrileña, apasionada de la lectura, las anécdotas históricas, el rock y los gatos.

Lleva compaginando sus trabajos humanos escribiendo por afición desde hace más de una década.

El género romántico, erótico y distópico, son sus preferidos, los cuales engloba en su primera novela autopublicada: *Libélula*, perteneciente a una bilogía, cuya segunda parte, *Caléndula*, se encuentra en proceso de elaboración, así como *Despiertos*, la primera parte de una nueva bilogía.

Puedes seguirla en instagram @becky_rojo_autora

Printed in Great Britain
by Amazon